KB272330

이장생전 李長生傳

이장생전 李長生傳

발행일	2026년 4월 24일

지은이	송진용
펴낸이	손형국
펴낸곳	(주)북랩

출판등록	2004. 12. 1(제2012-000051호)
주소	서울특별시 금천구 가산디지털 1로 168, 우림라이온스밸리 B동 B111호, B113~115호
홈페이지	www.book.co.kr
전화번호	(02)2026-5777　　　　　　　　팩스　(02)3159-9637

ISBN	979-11-7598-249-9　03810 (종이책)　　979-11-7598-250-5　05810 (전자책)

작가 연락처 문의 ▸ ask.book.co.kr
전용 게시판에 문의를 남기시면 저자에게 직접 전달됩니다.

(주)북랩 성공출판의 파트너
북랩 홈페이지와 SNS에서 다양한 출판 솔루션을 만나 보세요!
홈페이지 book.co.kr　•　**블로그** blog.naver.com/essaybook　•　**출판문의** text@book.co.kr
카톡채널 북랩

송진용 장편 역사 활극 소설

이 장 생 전

李長生傳

목차

제1장

이장생(李長生)의 한(恨)

사내는 허공에 대하여 크나큰 적의를 가지고 있는 것 같았다. 그렇기에 점점 무심해져가고 있는 내면을 칼끝을 통해 흘려보내고 있는 것이리라.

죽는다는 것과, 죽어가고 있다는 것과의 사이에는 하늘과 땅 만큼이나 큰 차이가 있다. 그러나 죽인다는 것에는 아무런 차이도 없다. 하늘이든 땅이든 죽인다는 결의와 행동 앞에서는 한 가지일 뿐이다.

그러므로 지독한 증오와 살의를 가지고 있는 자에게 세상에는 오직 하나만 존재한다. 바로 그놈. 내가 죽여야 할 그놈만이 내가 가지고 있는 세상의 모든 것이다.

지금 사내가 온통 두르고 있는 결기는 바로 그런 것이었다. 지독한 집념과 고집으로 허공을 대하고 있는 것이다.

치켜세워 들고 있는 칼이 새파란 요기를 뿌리며 번쩍였다. 바람도 그것 앞에서 두려워 떨며 멀어진다.

　－ 해 봐. 너의 집념과 고집으로 할 수 있는 일이 과연 얼마나 될
　　까? 나는 그게 궁금해. 너의 분노가 대체 무얼 할 수 있다는 거
　　지? 네 자신을 돌아봐. 너는 아무 것도 아니야.

　저만큼 달려간 바람이 멈추어 서서 돌아보며 그렇게 비웃는 소리가
들렸다. 사내의 짙은 눈썹이 꿈틀거렸다.
　머리 위에 붉은 단풍잎을 우산처럼 펼쳐놓고 있는 커다란 나무가 흔
들린다.

　－ 살기로 너의 기운을 누르리라.

　그자와 대면한 뒤 사내가 품었던 첫 번째 결의였다.
　그자의 거대한 기운을 이길 수 없어서 절망했기에 생겨난 오기 같은
것이다. 너의 기운이 태산 같다면 나는 살기로 그것을 이기고 말 테다,
하는 오기다.
　그리고 또 하나.
　그자의 바윗덩이처럼 굳세고, 커다란 파도처럼 무서웠던 힘. 그 믿을
수 없는 힘 앞에서 느꼈던 두려움.
　사내는 그때의 두려움을 결코 잊을 수 없었다. 그래서 이처럼 허공
을 향해 칼을 치켜세우고 있다. 그 두려움을 떨쳐 버리고, 베어 버리기

제1장 이장생(李長生)의 한(恨)

를 오직 소망하면서.

사내는 스스로 비결을 찾아냈다. 그자의 큰 파도 같은 힘을 베어버리
릴 수 있는 유일한 방법을 찾아낸 것이다.

빠름.

오직 그것만이 세상의 모든 걸 베어 버릴 수 있는 무서움이라고 사내
는 굳게 믿었다. 그래서 빠르면 빠를수록 내 칼의 무서움은 배가될 것
이라는 신념 하나를 붙들고 벌써 삼 년째 이렇게 홀로 짐승이 되어 몸
부림치고 있는 중이었다.

머리 위에서 붉은 나뭇잎 한 장이 떨어져 내렸다.

좌로, 우로 비틀리고, 방향성 없이 허공에 나부끼며 떨어진다.

그 순간 사내의 칼이 번쩍, 하고 뻗어 나갔다. 번갯불이 어둠을 가르
듯이, 소리 없는 바람 한 줄기가 풀잎을 흔들듯이, 그리고 맹렬한 화살
이 표적을 꿰뚫는 것처럼.

찰나의 순간에 사내는 칼과 한 몸이 되어 낙엽을 뚫고 지나갔다. 이
쪽에서 저쪽으로 움직여 간 순간은 세상의 시간이 멈춘 것 같았다. 아
니, 번갯불처럼 빠르게 감겨버린 것 같다.

한 장의 낙엽이 몇 조각의 나뭇잎이 되어 허공에 흩어졌다. 사내의
발아래 나뒹군다.

하나, 둘, 셋…… 여덟.

여덟 조각이었다.

그것을 눈으로 세어본 사내가 "으음." 하고 신음을 흘렸다. 만족하지
못하는 것이다.

칼의 빠름과 정확함은 이 세상에서 그를 따라올 자가 없을 것이다. 그러나 사내는 만족하지 못했다.

수많은 인생의 길처럼 수많은 검법의 길이 있지만 사내가 그 중에서 택한 건 오직 빠름 하나였다. 그리고 그것의 정점에 올라선 것처럼 보였다.

그러나 아니었다. 그렇지 못하다. 칼을 쥐고 있는 사내 스스로가 아니라고 부정했기 때문이다.

그는 더 빠른 칼을, 더 정확하고 힘 있는 칼을 원했다. 그렇기에 만족할 수 없다.

사내는 떨어지는 나뭇잎 한 장이 땅에 닿기 전에 열여섯 조각으로 잘라버릴 수 있는 칼을 원하고 있었다. 그래서 지난 삼 년 동안 제 삶을 버렸다. 그리고 그 대가로 지금 얻은 건 여덟 조각의 나뭇잎이었다.

'내 살기는 그놈의 기운을 이길 수 있을 것이다. 그러나 내 칼은 아직 아니다.'

한참 동안 분한 듯 나뭇잎 조각을 노려보던 사내가 칼을 거두었다.

 – 네 꼴을 좀 봐. 이제는 짐승이나 다름없게 되었구나. 너는 어
  디 있지?

조각난 나뭇잎이, 나무가, 숲이 그리고 커다란 산이 비웃었다. 깔깔 거리고 웃는다.

'뭘?'

제1장 이장생(李長生)의 한(恨)

사내가 신경질적으로 고개를 들고 머리 위에 우뚝 솟아 있는 거대한 산봉우리를 노려보았다.

***

이장생(李長生).

칼 한 자루를 지닌 그가 스물다섯 살의 나이를 버리고 이 산에 들어온 건 삼 년 전이었다. 여름이 막바지에 이르렀을 무렵이다.

그때의 그는 곱상하게 생긴 청년이었다. 강단 있어 보이는 체구에 눈빛이 매서웠지만 그저 잘생긴 청년이었을 뿐이다. 오만한 기운이 넘쳐났다는 게 남달랐다. 그건 자기 자신에 대한 자부심이었다. 어디에 학식 있는 선비가 있고, 어디에 솜씨 좋은 예인(藝人)이 있으며, 어디에 나와 맞설 왈자(曰子)며 건달이 있단 말이냐? 하는 자부심이다.

그것이 그에게 지독한 오기와 독기를 품게 했다. 그래서 풀이 죽는 대신 기가 더욱 펄펄 살아 이 산으로 들어왔던 것이다.

그리고 삼 년.

미친 것처럼 살았다.

이 산 봉우리와 저 산 봉우리를 하루에도 몇 차례씩 뛰어다니고, 노루를 쫓아 골짜기를 바람처럼 달려갔다. 멧돼지에게 받힐 뻔한 위기를 넘긴 건 헤아릴 수도 없고, 호랑이와 조우한 적도 여러 번이었다.

그때마다 그는 죽지 않고 살아났다. 처음에는 운이 좋아서, 다음에는 발이 빨라서 그리고 언제부터인가는 당연히 그렇게 되었다.

좋아하던 학문도, 서예와 그림도 다 잊었다. 오직 한 가지, 빠른 칼을 갖기 위해 스스로의 방법으로 죽을 만큼 연마하고 또 연마했을 뿐이다.

스승은 없어도 좋았다. 가르침은 제 안에서 활화산처럼 타오르는 적개심으로 충분했다. 그놈에 대한 증오와 자기 자신에 대한 한탄이야말로 넘치도록 충분한 스승이었으니까.

처음 그에게 수벽(手癖)치기라고도 하는 수박(手搏)과 격검(擊劍)의 도리를 가르쳐 주었던 노인. 곽노(郭老)라고 하던 그 뜨내기 노인이 없었다면 오늘날 이장생이 이처럼 저만의 검법을 찾아 미친놈처럼 온 산을 밤낮없이 뛰어다니지 않았을 것이다.

열두 살 되던 해 겨울에 장사치들 속에 섞여 마을에 들어온 곽노는 이장생을 예사 아이들과 다르게 보았다. 아이가 관내의 진사 이춘명(李春明)의 서자라는 걸 알고서는 더욱 관심을 보였던 것이다.

이장생이 또래에 비해 체구가 단단하고 활달한데다가 타고난 재능까지 있다는 걸 안 곽노는 그해 겨울 혼자서 마을에 남아 아이를 가르쳤다. 이장생은 곧 수박과 격검의 재미에 흠뻑 빠져 글 읽은 것도 폐하고 종일 곽노와 붙어살았다.

봄이 오자 길을 떠나기 전 곽노가 말했다.

"얘, 아무리 힘이 세고 주먹과 손바닥이 매서워도 빠르고 정확하지 못하면 다 소용없느니라. 칼도 마찬가지지. 그것이 아무리 예리하고, 그것을 다루는 손이 아무리 훌륭해도 굼벵이처럼 느려서야 무 하나 제대로 자르겠느냐?"

제1장 이장생(李長生)의 한(恨)

그 말이 어린 이장생의 머릿속에 들어와 박혔다.

"함부로 힘자랑하는 건 용렬한 짓이다. 언젠가는 네가 배운 걸 요긴하게 쓸 때가 있을 거야. 그때까지는 그저 아침저녁으로 연습해서 잊지 않도록 하렴. 그러길 바란다."

아이의 머리를 쓰다듬어 준 곽노가 괴나리봇짐을 추스르며 허청허청 떠나갔다. 그가 산모퉁이를 돌아 보이지 않게 될 때까지 아이는 당산나무 아래에 서서 무예의 첫 스승이라고 할 수 있는 노인의 뒷모습을 바라보기만 했다.

곽노는 한 번도 뒤돌아봄 없이 그렇게 떠나가 다시는 만날 수 없었다.

자라면서 이장생은 그가 누구인지 궁금했지만 알 길이 없었고, 이제는 잊어버렸다.

하지만 그때 곽노로부터 배웠던 수박의 기묘한 수법들과 격검의 비결은 여전히 간직하고 있었다. 곽노의 말대로 하루도 거르지 않고 연습에 연습을 거듭했으므로 스무 살 무렵이 되었을 때는 한양성 중에서 이장생의 적수가 될 만한 한량, 건달들을 찾아보기 힘들었다.

그의 집은 흥인문 밖 장안벌에 있는데, 용마산을 뒤에 두고 있는 곳이었다. 중랑천변의 논과 밭은 홍수가 나는 일도 거의 없는데다가 기름지기까지 해서 일대의 농민들을 먹어 살리기에 충분했다.

그곳에서 이장생의 부친인 이춘명은 내로라하는 지주이면서 양반이었다. 비록 관직에는 나가지 않았으나 윤원형(尹元衡)과 쌍벽을 이루는 세도가이면서 왕족인 이량(李樑)의 먼 친척뻘이 되었으므로 현령은 물론 현청의 관원들 누구도 그를 업신여기지 못했다.

이장생전 李長生傳

이장생은 그런 이춘명의 서자로 태어났다. 이춘명이 기방에 출입하면서 춘향(春香)이라는 기생과 배가 맞아 몇 날 며칠 머물더니 그 결과를 보았던 것이다.

이춘명은 그래도 자기 씨앗이라고 핏덩어리 이장생을 냉큼 빼앗아왔을 뿐, 춘향이는 더 이상 거들떠보지 않았다. 그래서 이장생은 오늘날까지 어미가 죽었는지, 살았는지조차 알지 못하고 있었다.

커가면서 이장생의 재주는 본처 소생인 두 형을 앞지르기 시작했다. 학문에서 그랬음은 물론 주먹질과 배포에 있어서도 나이 많은 두 형은 그의 상대가 되지 못했다.

어렸을 무렵, 형들을 놀려 주다가 아버지에게 불려가 서출 주제에 감히 형들을 능멸했다는 이유로 치도곤을 당한 뒤로 다시는 그러지 않았다. 아예 두 형을 무시했던 것이다.

그때부터 이장생의 가슴에는 서출이라는 두 글자가 각인이 되어 박혔다. 살아생전에는 영영 지울 수 없는 화인(火印)같은 것이다.

겉으로는 본처의 두 소생과 이장생을 차별했을망정 뜻하지 않게 본 막둥이에 대한 부친 이춘명의 사랑은 애틋했다. 아이의 재주와 총명에 감탄하지 않을 수 없기에 더욱 그랬다.

언젠가 이춘명은 이장생이 서출로 태어난 것을 못내 안타까워하며 탄식한 적이 있었다.

"저 녀석의 재주라면 약관에 능히 과거에 급제하여 이름을 당상에 올리고도 남을 것이다. 서출만 아니었다면 우리 집안을 크게 일으켜 세울 재목인데 정말 아깝다, 아까워."

그 말을 들은 두 형은 질투심이 일어 그 뒤부터 어린 동생을 더욱 미워하고 구박했다.

억울하기 짝이 없는 일이었다. 생각 같아서는 형이고 뭐고 가릴 것 없이 머리가 터지도록 싸우고 싶었다. 그래야 분이 풀릴 것이지만 한번 아버지에게 호되게 혼난 뒤가 아니던가. 이장생은 감히 형들에게 대항하여 싸울 생각을 하지 못하고, 분한 마음을 삭히며 멀찍이 피하는 걸로 대책을 삼았다.

그는 집과 부친을 멀리 하고 겉돌기 시작했다. 그러다가 열여덟 살 무렵부터 학문보다 글과 그림으로 먼저 이름을 떨쳤는데, 사서삼경을 줄줄 꿰고, 시재(詩才)를 자랑해 봐야 아무짝에도 쓸모없다는 걸 안 결과였다.

그의 글씨체는 안평대군을 이어받았다는 말을 들었다. 특히 초서에 두각을 보여서 한번 붓을 잡으면 관운장이 청룡도 휘두르듯이 단번에 부(賦)와 사(辭)를 써내려갔다. 필체의 화려함과 붓 끝을 날리는 현란한 기교는 이미 대가의 반열에 들었다고 해도 좋을 정도였다.

그 손놀림으로 화선지에 붓을 찍어 그림을 그리면 생동감이 넘쳐났다. 말을 그리면 버드나무 아래에서 풀을 뜯고 있던 그놈이 즉시 발을 굴러 화선지 밖으로 뛰쳐나올 것 같았고, 난을 치면 시퍼렇게 뻗친 난 잎의 예리함이 눈을 찌를 것 같아서 감히 똑바로 바라보기 어려웠다.

그와 같은 재주로 인해 오래지 않아 한양에 거하는 사류(士類) 중에서 이장생이라는 이름 석 자를 모르는 자가 없게 되었다. 누구나 그의 글과 그림 한 폭을 얻으면 보물을 얻은 것처럼 좋아하며 헤프게 술과 밤을 샀다. 약관의 나이에 이장생은 한양성 중의 유명 인사가 되었던 것이다.

그만한 재주와 성취는 아무에게서나 볼 수 있는 게 아니었지만 그는 서출이었다. 아무리 뛰어나도 출세할 길이 없지 않은가. 그래서 스무 살 무렵부터 이장생은 저자의 망나니 건달들과 어울려 지냈다.

강단이 있고, 주먹질은 물론 검술 또한 능하니 한양의 저자에서 그는 곧 글씨와 그림보다 한량으로 더 이름이 높아지게 되었다.

내로라하는 왈짜는 물론 건달들도 그와 시비가 붙으면 두세 주먹 만에 펑펑 나가떨어졌으므로 두 해가 지났을 때는 감히 그에게 시비를 거는 자가 없었다. 그러니 기방에 가든 주막에 앉든 곁에는 늘 그를 따르는 건달들이 웅성거렸고, 교재하려는 자들이 줄을 섰다. 그러므로 이장생은 굳이 집에 들어가지 않아도 어디에서든 호사스러운 생활을 할 수 있었다.

닷새나 열흘쯤에 한 번 집에 찾아가 데면데면한 아버지에게 형식적인 인사를 드리면 그뿐, 두 형은 거들떠보지도 않았으며, 그들의 구박과 잔소리는 담 너머 개가 짖는 소리로 들어 넘겼다. 그러다가 그것도 지겨워졌는지 어느덧 한 달에 한 번 집에 들어갈까 말까했다.

그러던 중에 아버지가 비명횡사했다는 소식을 들었다. 기방 안에서였다.

삼 년 전이다.

그날도 이장생은 늦도록 월녀의 무릎을 베고 누워서 빈둥거리고 있

제1장 이장생(李長生)의 한(恨)

었다. 지난밤의 숙취가 아직도 남아있는 데다가 유난히 보채며 파고드는 그녀를 몇 번이나 품었는지 모르는 터라 사지가 노곤했던 것이다.

훤하게 날이 밝았을 때 낯익은 건달 한 놈이 헐레벌떡 찾아왔다.

"학현 관아가 깨지고 네 부친이 살해당했다더라."

이장생이 월녀를 밀쳐내고 벌떡 일어나 앉았다.

부친이 뒤늦게 해주부에 속한 학현의 현감이라는 벼슬을 받아 식솔을 이끌고 임지로 떠난 게 두 달 전이었다. 이장생은 홀로 한양에 남았다. 따라가 봐야 여기에서보다 좋을 일도 없었던 것이다. 그런데 살해당했다니 어안이 벙벙하다.

"네가 지금 나를 놀리는 것이냐?"

정색하며 묻자 그놈이 두 손을 홰홰 내저었다.

"저자에 벌써 소문이 파다하다. 이틀 전 임꺽정의 무리가 학현 관아를 들이쳐서 네 부친을 죽이고 곳간을 열었다던데? 일부는 소굴로 져나르고 일부는 백성들에게 마음껏 가져가라고 쌓아두고 갔다더라."

얼굴이 굳은 채, 말을 듣고 있던 이장생이 떨리는 손으로 의관을 갖추고 환도를 쥐었다. 아무리 야속해도 아비는 아비 아닌가. 곱게 죽지 못하고 살해당했다니 마음이 급하지 않을 수 없다. 그 길로 말에 올라탄 이장생은 뒤도 돌아보지 않고 해주로 달려갔다.

그가 학현의 관아에 이르렀을 때는 그로부터 닷새 뒤였다. 벌써 초상이 끝나고 사태가 수습되었지만 학현 전체가 어수선하고 들떠 있었다. 관아의 무너진 담도 그대로여서 당시의 상황이 얼마나 보기 흉했을지 짐작이 갔다.

이장생전 李長生傳

"뭐 하러 왔어?"

사저의 대문에 들어서자 마침 방에서 나오던 큰형 새문이 장생을 알아보고 대뜸 소리쳤다. 그는 아직 거친 베옷을 입고 허리에 새끼줄을 묶은 차림이었다.

방에 있던 둘째 형 새경도 뛰어나왔다. 새문의 호통에 종들이 우르르 달려나와 마당 안이 시끌벅적해졌다.

"어째서 나에게는 기별도 하지 않았소?"

이장생이 원망하자 새문이 잡아먹을 듯 눈을 부릅뜨고 삿대질을 해가며 소리쳤다.

"부친이 흉적에게 화를 입었는지 아닌지도 모르고, 발정난 개새끼마냥 온 천하를 싸돌아다니는 놈이니 기별은 해서 무엇 한단 말이냐? 네 놈이 어느 기방에 처박혀 있는지 어찌 알고?"

"서출이라고 손가락질 받는 이유가 달리 있는 줄 아시오? 행실이 저 모양이니 누군들 곱게 볼까?"

중형 새경이 거드는 말에 이장생은 울화가 치밀고 말았다.

"시끄럽소! 평소에도 형제라고 생각해본 적 없으니 아우 대접을 하지 않는다고 탓하지 않겠소. 그러나 이왕 온 터, 나리께 절이라도 올리고 갈 테니 비켜서시오."

"그럴 필요 없다. 너는 이제 우리 집안과의 한 가닥 끈도 떨어진 터이니 어디로든 꺼져 버려라. 가서 네 마음대로 살아. 다시는 찾아오지 마라."

저놈을 내치라는 불호령에 종들 서넛이 우르르 달려들었지만 잔뜩

제1장 이장생(李長生)의 한(恨)

화가 난 이장생의 주먹질 몇 번에 모두 나뒹굴었고, 한 달음에 마당을 건너뛰어 새문의 멱살을 틀어쥔 이장생이 으르렁거렸다.

"집안을 이끌어갈 장형께서는 그래, 아버지가 도적들에게 죽임을 당할 때 무얼 하고 계셨나? 설마 측간에 숨어 문고리를 잡고 벌벌 떨고만 있지는 않았겠지?"

"이, 이놈. 네까짓 놈이 감히……"

"형이 말 잘했어. 아버지의 영전에 절을 올리고 나면 나는 이 빌어먹을 집안과 영영 남이 되고 말 테니, 그때부터는 형 아우를 따질 일도 없겠지."

수틀리면 한 주먹에 때려 엎어 버리기라도 할 듯한 기세에 이새문은 부들부들 떨기만 했다. 이장생이 더욱 멱살을 틀어쥐었다.

"나는 서출이지. 이 집에서는 낯익은 개보다 못해. 그러나 아버지의 피를 받은 건 사실이니 그걸 어쩌겠어? 사람의 손으로 천륜을 끊을 수는 없지. 다시 방해하면 먼저 피를 뿌리고 난 뒤에 아버지의 영전에 절을 올려도 그만이야."

와락 밀쳐 버리고 성큼 마루로 올라서지만 이새문은 더 이상 아무 말도 하지 못했다.

무릎 꿇고 앉아 아버지의 위패를 멍하니 바라보던 이장생이 부드득, 이를 갈았다.

"생전에 나를 자식 취급하지 않으셨지만 나리의 영전에서 감히 맹세하겠습니다. 내 손으로 반드시 임꺽정과 그 도당들을 섬멸하여 통쾌하게 복수해 드리겠다고."

이장생전 李長生傳

말투에 절절이 한과 원망이 묻어났다.

"아버지의 한을 풀어주는 사람이 과연 누구인지 똑똑히 보십시오. 나중에 저승에서 만나게 될 텐데, 그때 과연 나에게 무어라고 하실지 그게 궁금해지는군요. 나는 반드시 아버지에게서 고맙다는 말을 듣고야 말 것입니다. 네가 진정한 내 자식이라는 말을 들을 수 있다면 저승에서라도 크게 웃을 수 있겠지요. 그때를 위해서 이제는 붓 대신 이것을 들으렵니다."

선뜻 칼을 뽑아 위패 앞에서 크게 휘두른 이장생이 미련 없이 돌아섰다.

두 형에게는 눈길 한 번 주지 않고 그 길로 집을 떠나 구월산으로 향하는 건 거기 청석골이 있고, 임꺽정이 있을 터이기 때문이었다. 오직 죽어서라도 아버지로부터 인정을 받고, 두 형을 비웃어 주겠다는 오기가 있을 뿐 두려움은 조금도 없었다.

구월산이 아직 멀리 있는데 궁벽한 화전민 촌에서 그를 만났다. 마을 초입에 있는 허름한 주막에서였다.

이장생은 주막이 저 앞에 보일 때에 벌써 수상쩍은 기미를 느꼈다. 돌담을 건너오는 걸걸한 음성들도 그렇거니와, 문 앞 버드나무에 매어 있는 말이며 노새들 때문에 더욱 그랬다. 말은 이런 궁촌에서 볼 수 없는 좋은 종자이고, 세 마리의 노새 등에는 단단히 묶은 봇짐이 바리바리 실려 있었다.

임꺽정이다.

학현을 부수고 돌아가는 길에 두 차례 더 약탈을 하고 한 차례 강도질을 했다더니 그느라고 길이 늦었으리라.

학현의 일로 황해도 관찰사가 대로하여 길목마다 관병들을 풀어 지키는 한편 뒤를 쫓게 했다는데, 그런 와중에도 약탈과 강도질을 하며 달아나 이곳까지 왔으니 대담한 놈들이 아닐 수 없다.

지그시 주막을 노려보던 이장생이 곧장 쳐들어갔다.

성큼 마당으로 들어서며 "이리 오너라!"하고 소리치자 왁자하던 웃음과 말소리가 뚝, 끊겼다.

방마다 그득하게 들어앉았고, 마루며 평상에 눌러앉아 질펀한 술판을 벌이고 있는 놈들은 어림잡아도 스무 놈이 넘어 보였다. 그들의 시선을 한 몸에 받으며 마당 가운데 우뚝 선 이장생이 천둥치듯 소리쳤다.

"임꺽정이를 잡으러 왔다!"

어리둥절해서 바라보던 자들이 일제히 와, 하고 웃어댔다. 곱상하게 생긴 새파란 총각 놈이 천둥벌거숭이 같이 뛰어들어 대뜸 임꺽정이를 잡으러 왔다고 소리쳤으니 그럴 만도 한 일이다.

"너는 누구냐? 어디에서 왔는고?"

시커먼 얼굴에 가시 같은 수염이 턱이며 볼을 뒤덮은 커다란 놈이 제법 의젓하게 물었다.

이장생은 그자가 누구인지 짐작했다. 귀동냥으로 들은 말에 의하면 여섯 놈의 두령들 중 한 놈이 저렇게 생겼다고 했다.

쇠도리깨를 잘 쓴다는 무지막지한 놈, 곽오주가 틀림없다.

이장생이 코웃음을 쳤다.

이장생전 李長生傳

"나는 이장생이다. 네놈들이 무참히 살해한 학현 현감 이춘명 나리의 복수를 하기 위해 왔다."

"네가 그와 무슨 상관이기에 이렇게 소란을 떠는 것인고?"

곽오주가 생긴 것답지 않게 여전히 점잔을 떨었다. 놀리는 것이다. 이장생이 주먹을 움켜쥐고 버럭 소리쳤다.

"나는 그분의 자식이다. 네놈들에게 분하게 돌아가신 선부의 복수를 하러 왔으니 너는 썩 꺼지고 어서 임꺽정이를 내놓아라!"

"그래? 어린놈의 용기가 가상하구나. 그런데 이춘명이에게는 아들이 둘 밖에 없던데? 제 아비가 맞아 죽는 걸 보면서도 너처럼 대들기는커녕 오줌을 지리며 벌벌 떨기만 하더구나. 그런데 너는 별종이니 아무래도 믿기 어렵다."

곽오주가 왕왕 짖어대는 귀여운 강아지를 보듯 빙글빙글 웃으며 이장생을 바라보는데, 어두컴컴한 방안에서 누가 카랑카랑한 음성으로 말했다.

"듣기로 이춘명이 제법 쓸 만한 서출을 한 놈 두었다던데 저 어린놈이 바로 그놈인 모양이요."

"그래?"

곽오주가 고개를 갸웃거리더니 껄껄 웃었다.

"이놈아, 적자라는 놈들도 가만히 있는데 서출인 주제에 복수가 다 무어냐? 너는 우리와 별다를 게 없는 불쌍한 놈이니 특별히 봐 주마. 임 두령은 잊고 이리 오거라. 내 술이나 한 잔 받고 몸 성히 돌아가렴. 똘똘하게 생긴 놈이니 처신도 그렇게 하겠지?"

제1장 이장생(李長生)의 한(恨)

철부지 조카라도 어르듯 하는 곽오주의 말에 도적패들이 다시 와, 하고 웃어댔다.

독이 오른 이장생이 악을 썼다.

"개소리! 임꺽정이를 잡고 너도 잡은 뒤에 술은 내가 스스로 따라 마시겠다!"

곽오주가 눈살을 찌푸렸으나 여전히 발작하지 않았다. 그가 이처럼 참는 건 보기 드문 일이었다.

"어린놈이라 정말 철이 없구나. 그래, 포승은 가져왔느냐?"

환도 한 자루를 허리에 찼을 뿐 빈손인 이장생을 아래위로 훑어보며 여전히 비웃는다. 이장생이 코웃음을 쳤다.

"필요 없다. 목을 따서 그것만 들고 갈 작정이거든."

"저런 쳐죽일 놈!"

"귀엽다고 오냐, 오냐 해줬더니 기어이 상투를 쥐고 흔드는구나!"

"곽 두령, 더 타이를 것 없소. 내 저놈의 주둥이부터 찢어 놓고 보리다!"

토방 툇마루 아래의 평상에 앉아 있던 세 놈이 일제히 소리치더니 술상을 엎어 버리고 뛰어 일어났다.

곽오주도 화가 치솟은 참이라 그들을 말리지 않았다. 시커먼 입을 꾹 닫고 이글거리는 눈으로 노려보기만 한다. 이장생은 마음을 다잡고 어금니를 악물었다.

이렇게 독기를 품고 오기를 부려 쳐들어왔다는 게 누가 보든 무모하기 짝이 없는 일이었지만 이장생 본인에게만은 그렇지 않았다. 그에게 중요한 것은 죽은 아버지의 복수를 하기 위해 자기가 나섰다는 그것이었다.

맹세한 대로 임꺽정을 죽일 수 있으면 좋으나 자기가 죽는다고 해도 상관없었다. 어쨌든 저승에 가서 아버지를 만나면 기특하게 여기고 진심으로 고마워할 것이다. 그래서 "서출이라고 무시했던 네가 두 형도 엄두를 내지 못한 일을 하겠다고 나섰으니, 너야말로 진정한 내 아들이다. 고맙구나."라고 말해 주지 않을 것인가.

이장생이 원하는 건 바로 그 말 한 마디를 듣는 것이었다. 저승에서라도 상관없었다. 임꺽정이의 목을 따지 못해도 상관없고, 저 무지막지한 곽오주의 쇠도리깨에 맞아 죽어도 상관없는 것이다. 어쩌면 그렇게 되기를 바라고 정신없이 달려온 것인지도 몰랐다.

휙, 하고 바람을 이끌며 솥뚜껑 같은 주먹이 코앞을 스쳐갔다.

이장생은 죽을 때 죽더라도 자기가 허풍쟁이가 아니고, 미친놈도 아니라는 걸 확실하게 보여 주겠다고 작정했다. 그래야 저승에서 아버지를 만나도 떳떳할 것 아닌가.

슬쩍 발을 물리며 어깨를 틀자 또 한 놈의 발길질이 가슴 앞으로 흘러갔다.

춤을 추듯 하는 가볍고 부드러운 움직임으로 분기탱천한 세 놈의 주먹과 발길질을 피한 이장생이 손바닥을 활짝 폈다.

다시 들이닥치는 놈의 주먹을 감싸 비틀며 손바닥으로 얼굴을 뒤덮듯이 하여 인중을 치고 밀어내는 건 '안면치기'라고 하는 수벽치기의 교묘한 수법이다.

의외의 장격(掌擊)을 당한 놈이 비명을 터뜨리며 나가떨어졌는데, 뒤에서 누가 세게 잡아당긴 것처럼 한 길이나 날려갔다.

수벽치기의 장격은 온몸의 힘을 쏟아, 치고 밀어내는 것이라 한 대 제대로 맞으면 황소라도 뒷걸음질칠 수밖에 없다.

픽, 픽! 하는 소리가 연거푸 들리고, 기세등등하여 달려들었던 세 놈이 어느새 모두 패대기친 개구리처럼 사지를 쭉, 뻗고 널브러졌다. 얼굴이 온통 피범벅이 된 채 꼼짝하지 않는 것이 단 한 번의 타격에 숨이 끊어진 것 같았다.

순식간에 벌어진 그 일에 곽오주가 "엇!"하고 놀란 외침을 터뜨렸고, 느긋하게 구경하던 놈들도 모두 "으앗!"하며 벌떡 일어섰다.

갑작스럽게 무거운 적막이 내려 덮었다. 시간이 멈추어 버린 것 같다.

"어린놈이 당돌하구나!"

방 안에서 한 놈이 소리치고 나와 마당으로 내려섰다. 호리호리한 체구에 눈매가 음침하고 날카롭게 생긴 자였다. 청석골의 두령들 중 한 명인 배돌석이다.

이장생은 그가 생긴 것과 달리 완력이 대단하며, 돌팔매에 능하고, 여색을 밝히는 잔인무도한 놈이라는 걸 들어 알고 있었다. 그러나 조금도 두렵지는 않았다.

"이놈, 기어이 피를 뿌렸으니 살아서 돌아갈 생각은 하지 마라."

음침하게 말한 배돌석이 옷소매를 걷어붙이며 성큼성큼 다가왔다.

이장생이 널찍하게 벌려선 두 발의 무릎을 삼 푼쯤 굽히고 활짝 편 한 손을 가슴 앞에, 다른 손으로는 그 손의 팔꿈치를 받치는 것처럼 하며 어깨를 낮추었다.

"음."

그것을 본 배돌석이 의미를 알 수 없는 신음을 흘리더니 대뜸 한 발을 번쩍 들어 걷어찼다.

가슴을 노리고 벼락처럼 다가서며 찬 발길질에 무시할 수 없는 위력이 깃들어 있었다. 그러나 이장생은 그것이 저를 홀리기 위한 헛발질이라는 걸 간파했다. 이쪽이 당황하여 급히 움직이기를 바라는 것이다. 네모난 돌을 움직이려면 모서리를 밀어야 한다는 이치다.

이장생이 부드럽고 유연하게 몸을 틀어 방향을 바꾸었다. 그 즉시 배돌석이 와락 달려들었다. 우측으로 몸을 기울였으므로 그쪽을 치고 들어오려는 것 같지만 실은 허술해 보이는 좌측에 온 힘과 술법을 숨기고 있다.

그와 같은 허허실실(虛虛實實)은 수벽치기에 능숙한 자만이 할 수 있는 비결이었다. 그것을 이미 훤히 꿰고 있는 이장생이 맥없이 당할 리가 없다.

그가 물러서거나, 상대의 의도대도 왼쪽으로 비켜서는 대신 오히려 성큼 파고들었다.

"엇?"

의외의 반응에 당황한 배돌석이 즉시 몸을 옆으로 세우며 손끝을 곧게 뻗어 명치를 찌를 듯이 공격해 왔다. 상대가 미처 수법을 펼치기 전에 선수를 친 것이니 역시 고수의 재빠른 임기응변이다. 그래서 이장생은 장을 어깨 너머로 휘둘러 안면을 찍어 누르듯 치려던 생각을 버리

25

고 한 걸음 물러설 수밖에 없었다.

방 안에서 그들의 싸움을 구경하고 있던 임꺽정이 고개를 끄덕였다.

"방금 저놈이 '오광잽이'의 술수를 부리려고 했지?"

"그렇소. 보아하니 어린 녀석이 수박을 제대로 배운 것 같소이다."

말을 받은 자는 박유복이었다. 곁에 있던 또 한 명의 두령, 황천왕동이가 낮게 투덜댔다.

"쳇, 단칼에 목을 쳐버리고 말 것이지 이게 뭐 하는 장난이요? 어른들이 총각 한 놈 잡아두고 놀려대는 게 그리 재미있으시오?"

임꺽정이 벙긋 웃었다.

"저놈은 우리가 잡아다 놓은 게 아니다. 그러니 네 말이 틀렸지. 놀려대는 게 재미있느냐는 말은 일면 맞는 구석도 있다."

애매하게 말하고 나서 박유복이를 향해 웃음 띤 눈길을 던졌다.

"제법이다. 어린놈이라고 얕봤다가는 된통 당하겠어. 저것 봐라, 돌석이가 아주 쩔쩔매는구나. 허허, 그놈 참."

기특하다는 듯 무성한 턱수염을 쓰다듬으며 실소를 흘린다. 박유복이 고개를 끄덕였다.

"솜씨를 보아하니 전라도 쪽에서 챕이를 배운 모양이요. 돌석이의 그것과는 같은 것 같으면서도 조금씩 차이가 나오."

같은 수벽치기의 수법이지만 전라도 쪽에서는 '챕이'라는 말을 썼고, 경상도 쪽에서는 '잽이'라고 했다. 같은 것 같으면서도 다른 말이듯이 수법에서도 그랬다. 미묘한 차이가 있었던 것이다. 임진강 이북과 이남이 다르고, 같은 전라도에서도 동쪽과 서쪽이 달랐다. 그 지방 사람의 기질과 습성, 풍토에 맞게 약간씩 변해 왔으니 그럴 것이다.

"그래, 네 눈이 밝구나. 저놈의 솜씨는 틀림없이 전라도 쪽에서 나온 것이다. 그 중에서도 순천의 풍미가 있어. 대체 누구에게서 배웠을까?"

막 배돌석에게 옆발질을 하고 좌로 돌아 물러서는 이장생의 가뿐한 몸놀림을 보며 임꺽정이 감탄하는 한편 궁금증을 드러냈다.

그는 물론 박유복 역시 수벽치기에 두루 밝았다. 보통 사람이 보아서는 좀체 알아낼 수 없는 수법의 미세한 차이를 단박 알아볼 만큼 고수들인 것이다.

그 무렵 이장생과 배돌석의 싸움은 정점에 이르고 있었다. 두 사람 모두 범이 으르렁거리듯 낮게 기합성을 넣으며 손발을 놀리지만 한 번도 부딪친 적은 없었다. 수벽치기의 수법들이 워낙 힘이 있고 사나운 것이라 한 대 맞으면 어떻게 되는지 잘 알기에 서로 피했던 것이다.

저쪽에서 이런 수법으로 공격하면 미리 알아채고 이쪽에서는 그것을 찌를 수법을 생각해 낸다. 그러면 저쪽에서 또 그것을 알고 수법을 바꾸는 식이었다. 그러니 온 힘을 써서 손발을 나누고, 붙었다가 떨어지기를 거듭했지 정작 누구도 매섭게 상대를 때릴 수 없었다.

마당 한쪽에 모여서서 와, 와 하며 함성을 질러대는 졸개들에게는 두 사람이 서로 양보하는 건가? 하는 의문도 들었으리라. 그 안의 수많은 속임수와 치열한 머리싸움을 알아볼 수 없으니 그렇다.

"안 되겠다."

지켜보던 임꺽정이 상을 집고 일어섰다.

"어? 임 두령이 직접 할 생각이오? 그럴 것까지 있겠소?"

박유복이 깜짝 놀라 말렸다. 자기나 곽오주가 나서도 될 일이라고 보
지만 임꺽정의 생각은 달랐다.

"나를 찾아온 빚쟁이이니 내가 얼굴을 내밀어야 옳지."

성큼 걸어나가는 건 아무래도 배돌석이 위태로워질 것 같았기 때문
이었다.

제2장

구명(求命)

"그만!"

임꺽정이 마루에 우뚝 서서 소리쳤다.

범이 산중에서 포효하는 것처럼 쩌르릉, 울려 나오는 그 소리에 막 '호안치기' 일격을 때려 넣으려던 이장생이 움찔 했고, 그 틈에 배돌석이 재빨리 몸을 뺐다. 펄쩍 뛰어 세 걸음 밖으로 물러서더니 제 분을 삭이지 못해 씩씩거리고 노려본다.

흉명이 자자한 그로서는 젖비린내 나는 백면서생 놈에게 쩔쩔매는 꼴을 보였다는 게 이가 갈리도록 분할 것이다.

'임꺽정이다!'

성큼 마루를 내려서는 텁석부리 사내의 눈에 횃불처럼 이글거리는 광채가 담겨 있었다.

그를 본 이장생은 목이 타는 것 같은 긴장으로 몸이 굳었다.

"그 재주는 누구에게서 배웠느냐?"

장승처럼 우뚝 서서 한동안 바라보던 임꺽정이 불쑥 물었다.

"곽 노인이라는 사람에게서요."

엉겁결에 대답한 건 역시 당황해서였다.

임꺽정이 "그래?"하는 듯 턱을 끄덕이더니 다시 물었다. 그의 관심은 이장생의 당돌함에도, 저기 저렇게 널브러져 아직 깨어나지 못하고 있는 부하 세 놈에게도 있지 않았다.

"순천의 그 곽 노인이란 말이냐?"

"어디 사람인지는 모르오."

"하관이 빠지고 말랐으며, 왼쪽 눈두덩이 아래 시커먼 사마귀가 나 있는 영감이 아니더냐? 손마디가 남보다 굵으니라."

"그렇소, 바로 그 노인이요."

얼결에 또박또박 대답하면서 이장생은 이상한 일이라고 생각했다.

'어찌 곽 노인을 그렇게 잘 안단 말인가?'

임꺽정이 껄껄 웃더니 곽오주를 돌아보고 말했다.

"애, 오주야. 네 아재비가 아직 살아 있는 모양이구나."

이번에는 곽오주가 급하게 물었다.

"언제 만났느냐? 어디에서? 또 지금도 거기 계시냐?"

"도성의 흥인문 밖에서였소. 헤어진 게 오년 전이었으니 지금은 어디에서 무얼 하는지 나도 모르오."

"허허, 그놈 또박또박 대답도 잘하는 것이 착하구나."

흐뭇하다는 듯 웃는 임꺽정의 말에 이장생이 비로소 화들짝 놀라며 정신을 차렸다.

30

‘내가 잠시 무엇에 홀려도 단단히 홀렸구나.’

등에 식은땀이 흘렀다. 불쑥 나타난 임꺽정의 기세에 형편없이 짓눌려 넋을 잃었던 것이다.

그저 웃으며 서 있을 뿐인데도 이렇게 오금이 저릿저릿해 오니 일반 사람들이야 어떨 것인가, 하는 생각이 절로 들었다. 그가 노여움을 내비치기만 해도 놀라서 숨이 멎어버릴 것이다. 깊은 산중에서 굶주린 범과 딱 마주친 것 같을 테니 그렇지 않을 것인가.

죽이겠다는 결의마저 깜빡 잊은 채 자기도 모르게 꼬박꼬박 공대를 했으니 부끄럽기 짝이 없다. 그래서 분이 치솟았다.

바짝 정신을 차린 이장생이 뱃심을 든든히 하고 두 눈에 잔뜩 힘을 주며 가슴을 폈다.

“면상을 보니 임꺽정이 틀림없는 터. 자, 이리 와 목을 늘여라. 내 오늘 반드시 그것을 가져가고 말 테다!”

“저런, 죽일 놈! 임 두령, 잠시 비켜서시오. 내가 저놈을 떡메로 짓이기듯이 아주 박살을 내버리고 말겠소!”

여전히 분한 숨을 씩씩거리고 있던 배돌석이 버럭 소리쳤으나 정작 끔찍한 소리를 들은 임꺽정은 태연했다.

“이왕 참은 길에 조금만 더 참아라. 아직 이 녀석과 할 말이 남았다.”

점잖게 타이른 임꺽정이 다시 말했다.

“아비의 복수를 하겠다는 생각이 기특하고, 곽 영감에게서 배웠다는 재주가 보기 좋다마는 네 뜻을 이루기는 어렵겠구나. 그러지 말고 하나뿐인 목숨을 보존할 궁리나 하는 게 어떻겠느냐?”

31

제2장 구명(求命)

"개소리!"

이장생이 한 소리 고함과 함께 그대로 몸을 날렸다. 허공에 떴다 싶었는데 한 바퀴 몸을 틀더니 뒷발을 세차게 내뻗어 걷어찼다. '돌아 뒤쪽 차기'라는 고명한 발기술이다.

그것이 그대로 임꺽정의 가슴 복판에 작열했다.

꽝! 하고 가마솥 깨지는 소리가 났다.

온몸을 던져서 걷어찬 것이니 그것에 실린 힘이 황소라도 넘어뜨릴 만할 터인데 임꺽정은 꿈쩍도 하지 않았다.

미련스럽게 커다란 바위를 찬 것 같아서 이장생이 깨금발을 디디며 껑충 뛰었다. 걷어찼던 발이 견딜 수 없이 아프지만 어금니를 악물고 참는다.

"그만하면 분이 풀렸겠지?"

앞가슴을 툭툭 턴 임꺽정이 무슨 일이 있었느냐는 듯 태연한 신색으로 다시 말했다.

"네 아비는 죽을 만한 짓을 했기에 그리된 것이니 원통해할 것 없다."

"무슨 헛소리를 하는 것이냐?"

"네 아비가 어찌 현감 벼슬을 얻었을 것 같으냐?"

이장생이 눈살을 찌푸렸다. 아버지는 당대의 세도가 이량의 먼 친척이고, 진사라는 신분이었지만 벼슬과는 상관없는 사람이었다. 그런데 갑자기 현감 자리를 얻어 떠난다니 어리둥절하기는 했었다.

"짐작했겠지만 네 아비라는 작자는 돈으로 그 자리를 샀지. 그 돈을 장만하기 위해서 종이며 소작들을 얼마나 닦달했겠느냐? 그래서 현감

이장생전 李長生傳

이 되어 부임해 왔으니 당연히 본전 생각이 났겠지. 인끈을 물려받자마자 관내의 민초들을 잡아들인 게 수십 명이고, 호구조사만으로 모자라 집집마다 광을 뒤진 건 물론, 시렁에 얹어놓은 놋쇠 주발까지 개수를 헤아렸다더라. 무엇 때문에 그 난리를 쳤겠느냐?

이장생은 입을 꾹 다문 채 말하지 않았다. 아버지의 아귀 같은 탐심이야 일찍부터 알고 있지 않았던가.

"그런 수령이라면 영영 가망이 없는 터. 일찌감치 죽여 없애는 게 민초들을 위한 길이니라."

부리부리한 눈에 위엄까지 갖추고 찍어 누르듯이 바라보는 데에 이장생은 절로 어깨가 늘어질 수밖에 없었다.

"또, 네가 기왕에 곽 영감에게서 재주를 배웠다니 나는 물론 저기 오주와도 이미 인연을 맺은 것이다. 나도 한때 그에게서 재주를 배운 적이 있거니와, 그 영감이 오주의 아재비이니 그렇다. 그러니 굳이 족보를 따진다면 너와 나는 동문의 사형제 간이라고 할 수 있지. 이쯤 말했으면 알아들었을 터. 네가 이춘명이의 서출 신세라는 건 따로 거들 필요도 없으리라."

말을 마치고 지그시 바라보는 건 그러니 쓸데없는 원한 따위는 잊고 나를 따르는 게 어떻겠느냐는 뜻이다.

몇 번 거친 숨을 몰아쉰 이장생이 선뜻 환도를 뽑아 들었다. 육박(肉薄)으로 되지 않는다는 걸 알았으니, 흉기를 써서라도 끝장을 보고야 말겠다는 각오였다.

번쩍이는 칼을 본 임꺽정의 눈에 비로소 이글거리는 노여움이 떠올

제2장 구명(求命)

랐다. 가슴과 허리를 쫙 펴자, 태산이라도 누를 것 같은 기운이 일어 사방을 뒤덮는다.

그건 이장생이 여태까지 겪어본 적이 없고, 상상해 본 적도 없는 무서운 기운이었다. 사람에게서 어찌 이와 같은 기세가 뻗어 나올 수 있단 말인가? 하는 의문이 절로 인다.

노루 새끼가 호랑이 앞에 섰을 때가 이럴 것이고, 쥐가 고양이와 딱 마주쳤을 때의 심정이 이와 같을 것이라는 생각이 들었다.

두 손으로 칼을 움켜쥐고 선 채 이장생은 꼼짝도 하지 못했다. 온몸이 얼어붙은 것 같아 숨을 쉬기도 힘들었다.

"내 칼을 가져와라!"

임꺽정의 호령에 이장생이 움찔 놀랐다. 멍해졌던 정신이 화들짝 깨어나고, '여기서 죽는구나.'하는 생각이 절로 들었다. 그러자, 오히려 두려움이 사라졌다. 그래서 이를 악물고 애써 살기를 불러일으켰다.

커다란 칼을 쥔 임꺽정이 그것을 허공에 두어 번 휘둘렀다.

어지간한 장정은 들고 다니기에도 버거워할 칼이었다. 그것을 한 손으로 부지깽이 휘두르듯 해 보이는 임꺽정 앞에서 이장생은 말할 수 없이 초라한 자기 자신을 느껴야 했다. 애써 일으켰던 살기가 한순간에 절망으로 바뀐다.

곽오주와 배돌석은 물론 졸개들이 모두 놀라서 눈을 휘둥그레 뜨고 임꺽정과 이장생을 번갈아 바라보았다. 여간해서는 칼을 뽑지 않고 또 그럴 일도 없는 임꺽정이 칼을 들었기 때문이다.

방 안에서 그 광경을 본 황천왕동이가 술상을 두드렸다.

이장생전 李長生傳

“대체 매부는 뭘 하려는 거야? 기껏 저따위 놈에게 칼을 뽑아 들다니, 쯧쯧…….”

젓가락을 만지작거리던 박유복이 못마땅한 얼굴로 혀를 차는 황천왕동이를 보고 빙긋 웃었다.

“임 두령은 저 녀석을 한 명의 상대로 인정해 준 것이야.”

“쳇, 그게 말이 되오?”

“그의 용기를 높이 산 것이지. 생각해 봐라. 너 같으면 아비의 원수를 갚겠다고 혼자서 임 두령을 찾아오겠느냐?”

“내가 미쳤소?”

“그렇지. 제정신을 가진 자라면 누구든 그럴 수가 없지. 그러니 저 녀석의 용기가 더욱 가상하지 않으냐?”

무언가 알 것도 같고 여전히 모를 일이기도 해서 황천왕동이가 머리를 갸웃거렸다.

임꺽정은 가슴 앞에 칼을 세워든 엄숙한 모습으로 이장생을 마주 보고 있었다.

“자, 재주를 마음껏 부려보아라. 네가 곽 영감에게서 무엇을 얼마나 배웠는지 보자꾸나. 나를 한 걸음이라도 물러서게 한다면 네가 이긴 것이다. 기꺼이 목을 내주지.”

“헛소리는 아니겠지?”

“다른 놈이라면 몰라도 내가, 이 임꺽정이가 어찌 너 따위 철없는 아이에게 헛소리하겠느냐?”

조롱과 무시로밖에 들리지 않는 그 말에 이장생이 불끈 투지를 불러

일으켰다.

죽일 수 있으면 더욱 좋고, 죽임을 당해도 원통할 것 없다는 생각으로 쳐들어오지 않았던가. 이제 살든 죽든 결판을 낼 때가 되었다.

이장생이 휘파람 소리 같은 격한 숨을 토해내며 몸을 던졌다.

그의 환도가 쉬잉, 하는 매서운 소리와 함께 좌에서 우로 비스듬히 떨어졌다.

수벽치기의 수법에는 손으로 칼을 대신하는 비결이 담겨 있다. 손을 칼처럼 쓰는 것이다. 그러므로 능통한 자는 당연히 격검의 수법에도 밝다.

치고 베고 찌르고 자르는 수십 가지의 수법은 그것들 간의 상호 배합과 변화를 더 해 공수의 많은 수법들을 만들어낸다. 그 비결을 터득하고 있는 이장생이었다. 단순하게 사선을 긋는 것 같은 그의 칼끝에는 어디로 향할지 모르는 수많은 변화가 감추어져 있었다.

그 솜씨의 정교함을 본 임꺽정이 벙긋 웃었다.

이리저리 몸을 움직이고 칼을 가볍게 놀려 받아내는데, 조금의 어색함도 없다.

눈 깜짝할 사이에 십여 차례나 땡강거리는 쇳소리가 터져 나오고 불똥이 어지럽게 솟구쳤다.

그러는 동안 이장생은 온 힘과 살기를 쏟아 냈고, 지닌 재주를 아낌없이 다했다. 그러나 임꺽정을 물러서게 만들지 못했다. 그의 두 발은 땅속에 깊이 박힌 것처럼 요지부동이었다.

다시 이장생의 칼이 가슴을 찔러 오자 임꺽정이 처음으로 "핫!"하고

이장생전 李長生傳

기합을 넣었다. 그저 가로막기만 하던 여태까지와는 다르게 손목에 힘을 넣어 칼을 뿌린 것이다. 그것이 찔러오는 이장생의 칼을 쳐버렸다. 그러자 땅! 하는 소리가 크게 울리고 칼이 덧없이 부러져 날았다.

이장생이 손목을 움켜쥐고 비틀거리며 물러섰는데, 자기를 밀어낸 임꺽정의 칼 힘을 견디지 못하고 기어이 엉덩방아를 찧었다. 제아무리 용을 써도 임꺽정의 한 주먹, 한 칼을 당할 수 없다는 절망감에 얼굴이 새파랗게 질린다.

칼을 거둔 임꺽정이 고개를 끄덕였다.

"장하다. 네가 곽 영감에게서 제대로 배웠음은 물론, 그동안 게으름을 부리지 않고 열심히 연마해 왔다는 걸 알았다. 그러나 내 목을 치기에는 아직도 까마득히 멀었다. 그것을 깨달았기 바란다. 돌아가라. 한번 더 기회를 줄 테니 언제든 자신이 생기면 다시 찾아와도 좋다."

"죽이지 않는 거요?"

배돌석이 분하다는 듯 소리치자, 임꺽정이 그에게 엄하게 말했다.

"나는 아비를 죽이고 자식마저 죽이는 살인귀가 아니다."

그게 포악한 자기를 꾸짖는 말이라는 걸 안 배돌석이 머쓱해져서 목을 움츠렸고, 이장생은 수치와 분노와 절망으로 부들부들 떨며 방 안으로 들어가는 임꺽정을 노려보기만 했다.

부끄러웠다. 하늘을 보기 부끄러웠고 땅을 보기 부끄러웠다. 무엇보다도 자기 자신에게 가장 부끄럽다.

내가 고작 이것밖에 안 된다니, 하는 생각을 떨쳐버릴 수 없다는 게

제2장 구명(求命)

더 끔찍하다. 그래서 이장생은 정신없이 말을 몰았다.

임꺽정을 죽여 복수하리라는 분노는 곧 자신의 못남에 대한 분노였다.

아버지가 화를 당하는 자리에 없었다는 분노이며, 어쩌면 자기가 그 시간에 기생을 희롱하며 낄낄거리거나, 술에 취해 비틀거려 웃음거리가 되었거나, 아니면 어느 골목에서 건달 놈들과 싸움질이나 하고 있었을지도 모른다는 것에 대한 분노였다. 그리고 세상이 모두 내 것인 양 거들먹거리며 저자를 휘젓고 다녔던 자신에 대한 부끄러움이기도 했다.

임꺽정에 대한 분노의 정체가 바로 그러한 것이었음을 자각할 수밖에 없는 각성의 부끄러움이기도 하다.

차라리 거기서 죽었어야 한다고 생각했다. 지금이라도 돌아가 곽오주의 쇠도리깨에 머리가 깨져 죽거나 배돌석이의 주먹에 맞아 죽는 게 마음 편할지도 모른다. 그럴 것이다.

임꺽정이는 생각하기도 싫었다. 한주먹 거리도 되지 않는 자신의 초라함만 더 커질 것이기 때문이다.

채찍질을 당해가며 쉬지 않고 달려온 말이 구슬픈 비명을 지르더니 기어이 앞발을 꿇고 쓰러졌다.

그것을 버린 이장생이 두 발로 달리기 시작했다. 잊어버리기 위해서 숨이 턱에 차도록 달리고 또 달린다. 자기가 지금 어디로 가고 있는 것인지, 여기가 어디인지 아무 생각도 나지 않았다. 길이 있는 듯 없는 듯한 깊은 숲속이고, 적막한 산속이라는 것도 몰랐다. 머릿속에는 오직 임꺽정의 부리부리한 눈과 껄껄 웃는 웃음소리만 가득했다. 그건 떠올

이장생전 李長生傳

리지 않으려고 애를 쓰면 쓸수록 더욱 생생하게 떠오르는 악몽이었다.

숨이 막힐 정도로 크고 무시무시하던 임꺽정의 기세. 그것이 여전히 자기를 뒤쫓아 오고, 덮어 누르는 것 같았다.

그의 힘은 또 어떻던가. 그것 앞에서는 제아무리 솜씨가 좋고 검법이 훌륭해도 다 소용없을 것이다. 서너 살 먹은 꼬마가 아무리 용을 쓴들 어찌 장정의 눈을 찌를 수 있으랴.

그러나 분했다. 그런 생각을 하는 자기 자신에게 실망하기에 또 분하다. 죽어서라도 아버지에게 인정을 받고 두 형을 비웃어주겠다는 유일한 소망을 이룰 수 없으니 더 분한 것이다.

"술!"

사립문을 박차고 뛰어들며 버럭 소리부터 지르는 이장생은 정말 미친 놈 같았다.

이름도 알 수 없는 산속 길가에 있는 허름한 주막이었는데, 아마도 개성 쪽으로 오가는 장사치들이 묵어가는 곳이리라. 날이 어두워지면 산을 넘을 수 없으니 여기서 하룻밤 묵고 다음날 아침에 다시 길을 나서는 것이다.

"술을 가져와!"

사지를 활짝 펴고 평상에 벌렁 드러누워 숨을 헐떡이다가 다시 소리치자 그제야 부엌에서 늙은 주모가 앞치마에 손을 닦으며 나왔다. 일찍 와 방에 들어 있던 몇 명의 장사치들이 고개를 내밀고 기웃거리더니 혀를 차고 문을 닫았다.

얼마나 시간이 지났는지 모른다. 정신없이 몇 사발의 독한 술을 들이켜고 나서 그대로 평상 위에 널브러져 기절하듯 잠에 떨어졌던 모양이다.

"일어나."

카랑카랑한 음성이 어렴풋이 들려왔다. 꿈속인가 싶기만 했다.

"이놈이 아주 떡이 되었구먼, 쯧쯧."

누군가 혀를 차는 소리도 들렸다.

그래도 이장생은 눈을 뜰 수 없었다. 천근만근 무거워진 몸과 함께 눈꺼풀 또한 그랬던 것이다.

찰싹찰싹 뺨을 때리는 손이 느껴졌다. 비로소 조금씩 정신이 돌아온다.

이장생이 힘겹게 눈을 떴다. 자기가 여전히 평상 위에 큰 대자로 널브러져 있다는 걸 깨닫는 데 조금 시간이 필요했다.

한밤중인 모양이었다. 검은 하늘에 촘촘히 박혀 있는 별들이 참 영롱하기도 하다는 엉뚱한 생각이 드는데 내려다 보는 두 개의 얼굴이 그것을 가려버렸다.

깨끗한 얼굴에 광대뼈가 두드러진 사내와 익히 알고 있는 얼굴 하나였다. 배돌석이다.

대체 이게 꿈인지 생시인지 아직도 모르겠다는 듯 이장생이 눈을 끔벅이며 두 개의 얼굴을 번갈아 바라보았다. 비로소 웅성거리는 소리가 들려왔고, 횃불로 붉게 물들어 있는 어둠도 눈에 들어왔다.

"아는지 모르겠지만 나는 박유복이다."

낯선 자가 자기 이름을 밝혔다.

‘박유복!’

이장생이 벌떡 몸을 일으켰다. 그가 청석골의 두령 중 한 명이고, 표창 솜씨가 귀신같다는 걸 익히 들어 알고 있었다. 술기운이 저 멀리 달아나는 것과 동시에 가슴이 싸늘해졌다.

“임 두령은 너를 기특하게 여기는 모양이다만, 나와 돌석이는 그렇지 않다. 너는 반드시 후환이 될 놈이니 미리 제거하지 않을 수 없지.”

그가 흐흐, 하고 음침하게 웃는 배돌석이를 이끌고 뒤로 물러섰다.

주춤거리며 평상 아래로 내려선 이장생이 주위를 두리번거렸다. 다섯 놈의 졸개들이 사립문을 지키고 있는 것을 보고 가슴이 철렁했다. 부러진 칼일망정 지니고 있을 걸 괜히 내던지고 왔다는 후회가 드는데, 박유복이 횃불 빛을 받아 이글거리는 눈으로 노려보며 침착하게 말했다.

“얌전히 무릎을 꿇어라. 그러면 아무 고통 없이 죽여주마.”

이렇게는 죽을 수 없다. 이장생이 우뚝 서서 핏발 선 눈으로 박유복을 똑바로 바라보았다.

내가 어떻게 해야 할지 판단하고 결정하는 데 촌각의 시간도 긴 상황이다. 재빨리 주변을 파악한 이장생이 입술을 아프게 깨물었다. 정신이 조금 더 맑아진다.

“그렇게 하지 못하겠다면?”

“고통을 자초할 뿐이지. 죽는 건 달라질 게 없으니 쉽게 가자. 그래야 너도 우리도 편하지 않겠느냐?”

제2장 구명(求命)

"호걸입네, 의적입네 하더니 고작 이렇게 치사한 놈들이었구나."

"뭐라고 해도 좋다. 떳떳하지 못하다는 건 인정하지. 그러나 너를 살려 보내줄 수는 없다. 얌전히 군다면 양지바른 곳에 잘 묻어주마."

"아니면?"

"숲에 던져서 짐승들의 밥이 되게 해야지. 죽어서도 몸뚱이를 보존하지 못하고 갈가리 찢겨 흩어진다면 원귀밖에 더 되겠느냐?"

그러니 좋은 말로 할 때 들으라는 듯 거만하게 턱을 치켜들고 바라본다.

술은 이미 깼고, 상황이 어떤 지도 파악했다. 박유복은 느긋한 여유를 부리고 있었다. 그렇다면 시간을 끌 필요 없다. 바로 지금이 아니면 영영 기회가 없을 것이다.

아직 술이 덜 깬 듯 비틀거리며 박유복에게 다가서던 이장생이 고양이가 비둘기를 노리고 뛰어오르듯 획, 몸을 틀고 맹렬하게 도약했다. 한쪽에서 음흉한 웃음을 흘리며 바라보고 있는 배돌석에게였다.

"으헛!"

갑작스러운 일에 박유복이 두어 걸음 물러섰고, 배돌석이 놀란 외침을 터뜨리며 급히 목을 움츠렸다. 이장생의 발길질이 두려웠던 것이다.

무릎으로 가슴을 찍을 듯이 날아들던 이장생이 그의 어깨를 딛고 반쯤 무너진 돌담을 뛰어넘는 게 눈 깜짝할 새였다.

박유복이 "이놈!"하고 소리치며 뒤를 쫓았다. 훌쩍 돌담 위로 뛰어오른 그가 십여 걸음 앞을 달려가고 있는 이장생을 향해 손을 획, 뿌렸다. 이십 보 안에서는 결코 빗나가는 법이 없다는 표창이다. 그것이 번쩍, 하고 이장생의 허벅지 깊숙이 박혀 들었다.

앞으로 고꾸라질 것 같던 이장생이 뒤도 돌아보지 않고 다시 어둠 속으로 달려갔다.

박유복이 돌담을 차고 힘껏 몸을 날리며 다시 두 자루의 표창을 던졌다. 어둠을 가르고 날아간 그것이 등과 어깨에 여지없이 박혔으나 이장생은 움찔하고 몸을 떨었을 뿐 여전히 달아났다. 필사적이다.

다시 두 자루의 표창을 던지며 쫓아간 박유복이 멈추어 섰다. 이장생의 모습이 어둠 속으로 완전히 꺼져 버렸던 것이다. 뒤따라 배돌석과 졸개들이 횃불을 들고 달려왔다.

"어떻게 된 거야? 놓친 거냐?"

배돌석이 악을 쓰지만 박유복은 대꾸하지 않았다. 졸개의 손에서 횃불을 빼앗아 들고 발 아래를 비추어 본다. 핏방울이 점점이 떨어져 있었다.

"그 어린놈은 내 표창을 다섯 대나 맞았다. 멀리 가지 못할 거야."

씩씩대는 배돌석을 안심시킨 그가 소리 없이 웃었다.

"게다가 독까지 발라 놓은 것이니 살아날 수 없지. 날이 밝은 뒤에 이 핏자국을 느긋하게 따라가면 된다. 그러면 짐승들이 뜯어 먹고 남긴 몸뚱이를 찾을 수 있을 게다."

배돌석은 지금이라도 쫓아가 확인하고 싶은 생각에 어깨를 움찔거렸다. 그러나 칠흑 같은 어둠에 잠겨 있는 울창한 숲을 보고는 한숨을 쉴 수밖에 없었다.

주막에서 하룻밤을 보내고 다음날 아침 일찍 그들은 이장생을 찾아 나섰다. 이슬에 젖어 묽어진 핏자국을 뒤쫓는다.

여기저기 뚝 뚝 떨어져 있는 핏자국은 숲속으로 들어갈수록 양이 많아졌고, 간격도 좁아졌다. 달아나는 자의 걸음이 느려졌다는 증거다.

저 앞 바위 아래 그가 쓰러져 있으리라고 확신한 박유복은 느긋했다.

"그러면 그렇지. 제까짓 놈이 내 표창을 맞고 살 수 있겠어? 허허, 그렇긴 해도 참으로 지독한 놈이로구나. 몸뚱이에 다섯 대의 표창을 꽂고서도 여기까지 도망쳐 왔으니 말이야."

나무 그루터기에 앉아 숨을 돌리는데 바위 아래로 달려갔던 졸개들이 소리쳤다.

"여기 없소!"

"핏자국도 사라졌구려!"

"어디로 갔는지 통 모르겠소."

"뭐야?"

배돌석이 버럭 소리쳤고, 박유복은 혀를 찼다.

"쯧쯧, 뒈진 놈이 땅으로 꺼졌단 말이냐, 하늘로 솟았단 말이냐? 잘 찾아봐라."

엉덩이를 털고 일어나 늘쩡거리며 다가간 그가 눈살을 찌푸렸다. 과연 핏자국이 거기에서 뚝 끊어다. 사방을 두리번거려 보아도 어디로 갔는지 알 수 없었다. 여기 엎어져 있어야 할 놈이 감쪽같이 사라진 것이다.

한동안 생각하던 박유복이 피식 웃었다.

이장생전 李長生傳

"상관없어. 어디서든 죽었을 것이다. 짐승이 끌고 간 것인지도 모르지."

살모사의 독을 발라 놓은 표창을 맞았으니 틀림없으리라고 믿는다.

***

얼마나 시간이 지났는지 모른다. 죽은 것인지 살아있는 것인지도 모호하다. 깜깜한 어둠에 푹 잠겨 영영 벗어나지 못할 것 같다.

혈관에 피 대신 지독하게 쓰고 아린 어둠이 콸콸 흐르고 있었다.

이장생은 자기가 죽어서 저승에 와 있는 것이라고 여겼다. 벌레들이 몸뚱이를 파먹고 있는 모양이었다. 그렇기에 이처럼 온몸이 간질거리고 바늘로 찌르는 것 같은 고통이 함부로 날뛰며 오르내리는 것 아니겠는가.

'아니다!'

그가 목청껏 소리쳤다. 머릿속에서만 울릴 뿐 숨도 새 나오지 않는 소리였지만 그것에 놀란 의식이 조금 더 뚜렷해졌다.

고통을 느끼고 생각을 할 수 있다는 건 아직 내가 살아 있다는 것 아니겠는가. 그렇다면 '어떻게? 여기는?'하는 의문이 잇따르는데 귓속에 웅웅 울리는 음성이 파고들었다.

"허허, 정말 목숨 줄이 질긴 녀석이로다. 이놈아, 깨어났으면 눈을 떠야지 어째서 여전히 죽은 척 꼼짝하지 않는고?"

'기어이 내가 붙잡힌 모양이구나.'

그렇게 여긴 이장생이 분해서 이를 악물고 눈을 떴다. 눈꺼풀을 밀어

45

내는 일이 이처럼 힘들다는 걸 처음 느낀다.

시커멓고 커다란 얼굴이 눈앞에 있었다. 임꺽정이 아니라는 데에 우선 마음이 놓였다.

"뉘십니까?"

눈에 초점을 맞추며 던진 첫 마디가 젖먹이의 옹알거림보다 못하게 흘러나왔다.

"허허, 그놈 참."

낯설고 커다란 얼굴이 저만큼 물러났다.

"저승사자 손에서 너를 빼앗아온 사람이지 누구겠느냐?"

'그렇다. 내가 확실히 살아 있구나.'

그 말을 들은 이장생의 가슴이 기쁨과 희망으로 뛰었다.

"벌써 움직이려고? 아서라. 항우장사라도 그렇게는 못한다. 꼼짝 말고 있어. 앞으로 닷새는 말도 하지 말고 그저 눈만 끔벅거리고 있어야 할 게다."

애써 일어나 보려던 이장생은 자기가 손가락 하나 움직일 수 없는 신세라는 걸 알았다. 온몸에 기운이 한 가닥도 남아 있지 않았다. 오행산에 눌린 손오공이라도 된 것 같았다. 천근만근 무거운 몸이 자꾸만 밑으로 가라앉는 걸 느끼며 다시 의식이 멀어졌다.

구수한 냄새가 코를 간질이는 것이어서 이장생은 재채기를 하고 눈을 떴다. 여전히 온몸은 무력감에 결박당한 것 같지만 그래도 처음 의식을 차렸을 때보다는 나았다.

고개를 돌려 바라보니 저쪽 구석에 화덕이 있고, 이글거리는 숯불 위에 기묘하게 생긴 청동 그릇이 올라앉아 있는 게 보였다.

저와 같은 그릇을 처음 보았다. 주발이라기에는 지나치게 크고, 솥단지도 아니었다. 생김이 말총 갓을 뒤집어놓은 것 같은 기묘한 물건이다. 정체를 알 수 없는 장년의 사내는 열심히 그 속을 휘젓는 중이었는데, 그때마다 무럭무럭 솟아나는 김과 함께 이루 말할 수 없이 구수한 냄새가 풍겨 왔다.

주위를 두리번거려 본 이장생은 비로소 이곳이 쥐똥 지린내가 배어 있는 낡은 산신당 안이라는 걸 알았다.

그가 버둥거리는 기척을 느꼈는지 오십 중반쯤으로 보이는 사내가 돌아보았다.

"어? 깨어났느냐? 그놈, 회복도 빠르구나."

"대체 당신은 뉘시오? 내가 어떻게 된 거요? 얼마나 시간이 지났소?"

여전히 힘이라고는 하나도 실려 있지 않은 음성으로 겨우 묻자 사내가 껄껄 웃었다.

"이놈아, 보채지 마라. 우선 내 배부터 채우고 보자꾸나."

바랑에서 주발과 수저를 꺼내더니 놋쇠 단지 속에서 무언가를 건져 후후 불어가며 정신없이 먹는다.

열흘이 지났다.

아직 몸을 움직일 때마다 통증이 남아 있었고, 기력 또한 상처를 입기 전과 비교할 수 없었다. 그러나 지금은 그걸 애석하게 여길 때가 아

제2장 구명(求命)

니었다. 죽지 않고 살아 있지 않은가.

이장생은 텅 빈 산신당 안을 둘러보았다. 저 구석에 앉아 졸던 사람. 죽어가는 자기를 들쳐업고 하룻밤 사이에 세 개의 산봉우리를 넘어왔다는 사내. 침과 뜸으로 독기를 몰아내고 원기의 불씨를 살려 놓고 떠난 장년의 그 사람에 대해 생각할 때마다 감탄하게 된다.

정체를 물었을 때 그가 웃으며 말했다.

"나도 내가 누구인지 모르는데, 세상 사람들은 나를 토정이라고 부르더구나."

그 말에 이장생이 기암을 할 듯 놀라 소리쳤다.

"토정이라고요? 당신이 정말 그 토정 이지함 선생이란 말씀입니까?"

"내 성이 이 가고 이름이 지함인 건 맞지."

"아!"

한양성 중에 토정(土亭) 이지함(李之菡)이 어떤 기인인지 모르는 사람은 없었다. 이장생 또한 익히 듣고 사모해 왔던 터라 더욱 놀랐다.

화담 서경덕 선생 문하에서 수학했고, 마포 강변에 흙집을 지어놓고 살며 하늘과 땅의 이치를 훤히 꿰고 있다는 사람 아닌가.

개성에서 황진이를 추억하며 하룻밤 술에 취하고 아침 일찍 길을 나서서 평양으로 가는 중에 표장을 맞고 죽어가는 이장생을 발견했노라고 했다.

한나절에 삼백 리 길을, 그것도 산을 타고 그렇게 왔다니 믿을 수 없는 일이나 그가 토정 이지함이라는 걸 생각하고는 믿지 않을 수 없었다.

축지법이라도 쓰신 것이냐고 묻자 실없는 소리라고 핀잔을 주었다.

이장생전 李長生傳

그따위 잡술쯤이야, 하는 말에 이장생은 기가 막히고 말았다.

그가 자기 때문에 여러 날 길을 지체하고 있었다는 걸 미안해하자 이지함이 손사래를 쳤다. 그리고 바랑을 짊어지고 나서며 말했다.

"너와는 인연이 있으니 언젠가는 또 만나게 될 게다."

"그때가 언제쯤이겠습니까?"

"때가 되면."

"그동안 소생이 무얼 하고 있어야 하겠습니까?"

"살기를 키워야지."

"살기?"

"임꺽정이를 죽여 선부의 한을 풀고 서출로 괄시받던 너의 한 또한 풀기를 소원한다고 하지 않았느냐? 그래서 지금은 죽을 수 없다고 말이다."

"그랬습지요."

"이놈아. 너는 죽었다 깨어나도 임꺽정이를 이길 수 없느니라. 그놈의 힘과 기운은 하늘이 허락해 준 것이니 사람으로 어찌 그것을 이길 수 있겠느냐?"

"하오면 살기를 키우라는 말씀은……."

"짐승이 된다면 또 모르지."

"소생이 말입니까?"

"한을 품은 놈 아니냐? 짐승 아니라 더한 것도 못될 리 없지. 네 기운으로는 그놈의 기운을 이길 수 없지만 짐승의 살기를 키운다면 가능할 수도 있다는 말이다."

제2장 구명(求命)

"어떻게 하면 되겠습니까?"

"간절히 원하면 되는 거지, 뭘 어떻게 해?"

눈을 부릅뜨고 핀잔을 주더니 중얼거렸다.

"악이 극성을 떨면 하늘은 때로 악으로써 악을 응징하기도 하느니라. 하늘의 뜻에서 누가 벗어날 수 있을꼬? 너를 보니 이제 그때가 된 것 같아 한편 마음이 놓이면서도 한편으로는 불쌍해서 눈물이 나는구나."

"소생을 불쌍히 여기시는 것입니까?"

감격하여 묻자, 이지함이 눈을 부라렸다.

"흉악한 짐승이 되어야 할 놈인데 불쌍하기는 뭐가 불쌍해? 장차 사나운 짐승과 악귀가 서로 물어뜯으며 싸우게 될 테니 수많은 생령들이 어찌 성할 것이냐? 그들의 삶이 비록 헛된 것이라도 끊어지는 건 슬픈 일이지."

이장생이 그 자리에 엎드렸다.

"제발 가르침을 주소서."

"이미 다 배웠는데 뭘 더 가르쳐?"

"예?"

"글을 배웠고, 수박과 검술을 배웠으며, 글씨와 그림 솜씨 또한 제법이라면서?"

"어찌 아셨습니까?"

"들었지. 이춘명이의 서출 이장생이가 한 재주 하는 놈이라는 소리를 말이다."

이장생전 李長生傳

“부끄러울 뿐입니다.”

“그러니 더 배울 건 없고, 내 가르침 또한 이미 받았으니, 나머지는 네가 알아서 해라.”

그러더니 ‘그 약을 다 먹을 때까지 여기 꼼짝 말고 있으라.’라는 말을 던지고는 뒤도 돌아보지 않고 휭 하니 떠나버렸다.

이장생은 ‘짐승이 돼라.’는 토정 선생의 말을 곰곰이 생각하고 또 생각했다. 살기로 임꺽정의 기운을 이길 수 있을지도 모른다는 그 말은 한 줄기 빛과도 같았다.

살기는 생령을 끊어버리는 의지다. 그리고 단호함이 그것을 이루어 준다.

사악함에는 주저함이 없지 않던가.

“나는 본래 짐승이었다.”

문득 그 말이 터져 나왔다. 돌이켜 생각해 보니 자신에게 그보다 알맞은 말이 없었다. 스스로 짐승처럼 살아오고 있었다. 그랬기에 일찍부터 술과 기생의 단맛을 알았고, 거들먹거리며 저자를 활보하다가 울분이 생기면 굳이 싸울 구실을 찾아 한바탕 난리를 피우곤 했다.

아무 목적도 없이, 이루고자 하는 목표도 없이 쏟아버리듯 헛되이 버린 그 시간은 자기 자신에 대한 자학이었다. 그러면서도 한 번도 그런 자신을 짐승이라고 생각해 본 적이 없지 않았던가. 실로 뻔뻔했다는 자책감 때문에 가슴이 아파왔다.

시간은 속히 지나가고 날은 기다려주지 않는다. 떠내려간 나뭇잎이 물을 거슬러 돌아올 수 없는 것과 같이 과거의 시간과 날을 되돌릴 수는 없다. 아무리 후회한들 무엇 할 것인가. 그보다는 지금, 이 순간에 내가 무엇을 해야 하는지 생각하는 게 현명한 일이다.

그래서 이장생은 처음으로 자기가 무엇이 되어야 할지, 무엇을 해야 할지를 생각하고, 결심했다.

"이미 짐승이었으니 이제는 그보다 더한 게 되고 말리라."

짐승보다 더 한 것. 맹수보다 끔찍한 것. 그건 야차(夜叉)밖에 없다. 두억시니가 되어야 하는 것이다.

이장생이 부드득, 이를 갈았다.

"살기로 그놈의 기운을 누르고, 빠름으로 그놈의 힘을 베어버릴 테다."

토정 선생이 던져주고 간 화두가 바로 그것이라고 믿었다.

한 주머니의 환약을 다 먹는 데 다시 열흘이 걸렸다. 그리고 이장생은 멀쩡한 몸이 되어서 지난 이십여 일 동안 짐승처럼 웅크리고 있던 산신당을 버리고 떠났다.

삼 년 전의 일이었다.

***

토정 선생과 헤어지고 나서 칼 한 자루를 구해 이 깊은 산중으로 들어온 후 이장생은 세 번째 겨울을 눈앞에 두고 있었다.

피부가 파랗게 변해가고, 턱이 절로 떨리며, 악문 이가 부딪쳐 딱딱거리는 소리를 크게 냈다. 이장생은 머리카락이 곤두서는 한기에 온몸을 내맡긴 채 지독하리만큼 미련스럽게 차가운 폭포의 물줄기를 견뎌 내

이장생전 李長生傳

고 있었다.

시월의 계곡물은 칼끝보다 날카롭게 살을 찌르고 뼈를 쪼갠다. 이장생은 그 물을 온몸으로 받아들이는 일이 어디까지 가능한지 시험해 보는 것 같았다. 맨몸뚱이를 푸른 웅덩이 속에 처박고 한 길 높이에서 떨어져 내리는 물줄기를 정수리로 고스란히 맞고 있다.

정신이 혼미해질 지경에 이르도록 버티고 있었다. 가슴이 쪼개지는 것 같았다. 심장이 얼어붙어 간다.

이장생은 그런 지독한 고통을 스승으로 삼아 어떤 경우에도 흔들리지 않을 평정심을 얻기 위해 정신을 집중하고 단련하는 게 아니었다.

도를 닦는 자들은 종종 그런 자기 고통을 통해 더 높은 정신세계를 들여다본다고 한다. 그래서 그처럼 미련한 짓을 하지만 지금 이장생이 원하는 건 살기가 더 지독해지는 것이었다. 그리고 그것을 오직 한 점에 집중시키기 위해 이를 갈며 버티고 있다.

임꺽정.

그에 대한 증오는 이제 선부의 복수를 하겠다는 단순한 동기를 넘어서 버린 원한이고, 미움이 되어 있었다.

매일, 매 순간 그를 죽이는 생각만 했다. 그렇게 하지 않고서는 짐승이 될 수 없기 때문이다. 그래서 자학이라 해야 마땅할 만큼의 지독한 수련을 하면서 반드시 선부의 복수를 하고, 내 한을 풀 것이라고 수도 없이 다짐했다.

그건 자기 최면을 거는 것과 같았다. 이장생은 머뭇거리지 않고 그것에 빠져들어 갔다. 그러자 어느 순간부터 증오가 스스로 증폭되기 시작하더니 이제는 걷잡을 수 없이 커져서 그의 본질인 것처럼 되어가고 있었다.

그것이 지난 삼 년 동안 그를 살아남게 해준 힘이었다. 그게 없었다면 벌써 포기하고 하산했거나, 아무도 알지 못하는 이 깊은 산중에서 병든 짐승처럼 죽어버렸을 것이다.

스스로 만들어 가진 지독한 고통 속에서 그가 원하는 건 오직 하나였다.

세상에서 가장 강한 칼을 이루는 것이다. 그것만이 한을 풀어주고, 증오를 소멸시켜 줄 것이라고 믿어 의심치 않는다.

이장생은 그것을 빠름에서 찾았다. 어렸을 적, 수박을 가르쳐 주고 떠났던 곽 노인의 말 속에 그 단서가 있었다.

　－ 칼이 아무리 예리하고 그것을 다루는 손이 아무리 훌륭해도
　　굼벵이처럼 느려서야 무 하나 제대로 자르겠느냐?

이장생은 곽 노인의 그 말을 아직도 기억하고 있었다. 아니, 그동안 까맣게 잊고 있었는데 간절하게 힘을 원하자, 가슴속에 묻혀 있던 그것이 되살아났다. 그래서 임꺽정의 힘을 베어버릴 수 있는 유일한 방법은 그것뿐이라고 확신했다.

이장생전 李長生傳

제3장

짐승이 되리라

심장이 멎어 버리기 직전에 물에서 나왔다. 혼미해지는 정신을 가까스로 붙들며 엉금엉금 기어 나온 것이다.

그처럼 죽음 직전까지 자기를 몰아가는 건 인내만으로 될 수 있는 일이 아니었다. 이 산의 호통과 이 물의 충동질이 그를 그렇게 하도록 강요한 탓이다.

— 그래가지고 그를 이기겠다고? 쓸데없는 고집 따위는 시원하게 버려라. 이놈아, 그냥 한량으로 빈둥거리며 살다가 죽어. 누구도 너를 탓하지 않을 테니 그게 편하잖아?

— 나를 이길 수 없으면 너 자신도 이길 수 없지. 그래가지고서야 임꺽정이를 죽이겠다고 말할 수 있겠어? 자, 다시 와 봐. 이번에는 확실히 너를 얼려 죽여 줄 테니까.

그런 산의 소리와 물의 소리는 끊임없이 반복되는 충동질이었고 채찍질이었다. 그래서 이장생은 죽을 수 없었다. 죽어버린다면 한껏 세웠던 오기가 웃음거리밖에는 되지 않을 테니 그렇다. 그래서 악착같이 살며 버티는데, 그게 그에게는 수련의 모든 것이었다.

그가 정법(正法)을 버리고 사도(邪道)를 택한 건 오직 살기를 키우기 위해서였다. 임꺽정과 마주했을 때 느꼈던 그의 거대한 기운은 백 년 동안 정법을 수련해도 이길 수 없을 것이기 때문이다. 분하게도 토정 선생의 말처럼 그놈의 기운은 하늘이 내려준 게 틀림없었다.

그것을 꺾으려면 역천의 방법을 택할 수밖에 없지 않겠는가.

그래서 이장생은 스스로 야차가 되기를 간절히 바라면서 살기를 절망의 자리에 채워 넣었다.

혹독한 수련을 하는 동안 온갖 사마와 요괴들이 몰려들어 수시로 그를 흔들어대고 유혹했다. 이장생은 그것들마저 살기로 눌러버렸고, 수련이 거듭될수록 무섭게 커지는 그의 살기는 드디어 이 산의 온갖 사악한 것들을 굴복시키고 말았다. 그래서 그는 그해 겨울이 지나고 봄이 왔을 때 드디어 자기만의 비법을 완성할 수 있게 되었다. 살기마저도 극복해 낸 것이다. 그리하여 스스로 무겁고 장중해졌다.

다시 일 년이 지났다. 그리고 그는 드디어 원하던 칼을 얻었다.

네 번째 겨울이 다가오고 있을 무렵이었다.

눈의 빠름과 몸의 가벼움이 모두 손목에 실리고, 손아귀의 힘이 칼을 통해 연줄이 풀리듯이 풀려나갔다. 한 점 미혹됨이 없고 막힘이 없다.

가볍게 허공을 긋고 가르는 칼에 실린 힘이 천변만화했다. 그것을 따르는 눈과 몸이 바람보다 빠르고 깃털보다 가볍다.

팔랑거리고 떨어지는 나뭇잎이 이마 앞에 있을 때 한순간에 저절로 그렇게 되듯이 베어져 두 조각이 되었고, 그것이 다시 네 조각 여덟 조각으로 갈라졌다. 각기 흩어지는 열여섯 개의 조각을 쫓는 눈과 손과 칼이 열여섯 개로 변화했다. 한 명이던 이장생이 열여섯 명이 된 것 같은 현란함이었다.

나뭇잎은 형체를 잃었고, 바람에 날려 사라졌다.

누구도 하지 못할 일을 사 년 만에 기어이 이루어낸 것이다.

세상을 등지고 산속 깊이 들어왔을 때 그는 아직 감정을 지닌 사람이었다. 그러나 사 년이 지난 후 산을 등지고 세상으로 돌아갈 때는 짐승도 아니고 사람도 아닌 이상한 무엇이 되어 있었다.

＊＊＊

"영영 당신을 보지 못할 줄 알았어요."

믿지 못하겠다는 듯 멍하니 바라보고 섰던 여인이 와락 품으로 뛰어들었다.

"하지만 이렇게 돌아와 줄 것을 믿었어요. 꿈속에서는 늘 당신이 웃으며 돌아왔으니까요."

울먹이며 더욱 품속으로 파고들지만, 이장생은 어색하기만 했다. 손을 어떻게 해야 할지 모르고 엉거주춤하더니 겨우 그녀의 어깨를 안았다.

57

그녀는 기생이다.

화장추색(花藏秋色) 임가선(任佳嬋)이라면 장안의 한량들치고 알지 못하는 자가 없을 만큼 이름난 기생인 것이다.

미모가 출중하고, 거문고를 잘 탔으며, 시(詩)에 밝았지만 그런 재주를 가진 기생은 한양에만도 열 명이 넘었다. 그녀가 특히 이름을 얻은 건 행실이 바르고 선하기 때문이었다. 어느 여염집의 규수라고 해도 그녀처럼 단정하고 심성이 곱지 못할 것이다.

그런 그녀를 탐내서 때로는 돈 많은 장사치가, 때로는 권세 높은 양반이 첩실로 들이기를 원했으나 그녀는 절대 허락하지 않았다. 자신과 같은 서출 자식을 낳아 원통함을 대물려 주고 싶지 않았기 때문이었다. 그러자 한양성 중에 화장추색 임가선이 지나치게 콧대가 높다는 소문이 돌았다.

젊은 유생들은 물론 제 딴에는 풍류를 안다는 점잖은 선비와 우격다짐으로라도 어찌 해보려는 왈짜패들이 갖은 수단을 다 썼다. 누가 먼저 그녀를 꺾느냐 하는 걸로 많은 재물을 걸고 내기를 하는 자들까지 생겨날 정도였다.

그러나 장안의 망나니이면서 재주꾼으로 이름 높은 이장생이 화장추색 임가선의 정인이라는 게 알려지면서부터 치근대던 자들이 싹 사라졌다. 그가 여러 모로 껄끄러운 존재였기 때문이다.

뭇 사내들이 그를 질투했는데, 고관대작의 자제들은 물론 내로라하는 사대부가의 염치없는 늙은 나리들도 예외는 아니었다. 이장생을 헐뜯고 임가선을 비방하는 온갖 소문들이 떠돌았다. 그러나 누가 뭐라고

이장생전 李長生傳

하든 임가선은 자기와 처지가 같은 이장생을 지극히 위하고 사랑했다. 하지만 그의 마음을 알 수 없어서 애태워야 했다. 자기 침소를 무시로 드나들면서도 믿음을 주지 않았기 때문이다.

그는 자유분방한 여느 바람둥이와 다를 게 없어 보였다. 그래서 그녀는 그가 자기를 그저 천한 기생으로 대하는 게 아닌가 하는 생각에 많이 울기도 했다. 그러나 화류계의 평은 그렇지 않았다. 임가선이 한양의 풍류남으로 이름난 이장생을 독차지했다며 많은 기생들이 그녀를 시샘했던 것이다.

그러던 어느 날 그가 한양성 중에서 꺼지듯이 사라져 버렸다. 그리고 얼마 뒤 아버지의 원수를 갚기 위해 필마단창(匹馬單槍)으로 임꺽정을 찾아갔다가 청석골의 두령들에게 맞아 죽었다는 말이 떠돌았다.

하늘이 무너지는 것 같은 충격을 받은 임가선은 쓰러져 눕고 말았다. 세상의 모든 남자가 징그러워지고 삶의 의욕마저 사라져갔다. 그래서 그녀는 몇 달씩이나 기방에 나가지도 않은 채 두문불출했다.

그러나 목구멍이 포도청이고, 타고난 팔자가 모진지라 기생어멈의 닦달을 견디지 못하고 다시 기방에 나왔지만, 예전 같지 않았다. 그래서 그녀를 본 한량들은 모두 혀를 차며 안타까워했다. 개성의 황진이와 비견되던 한양의 명물 하나가 이렇게 사라지는가, 하는 애석함 때문이었다.

그렇게 무의미한 하루하루를 실연의 시름 속에 보내고 있었는데 천둥벌거숭이 뛰어들듯 이 깊은 밤중에 이장생이 남루한 몰골로 불쑥 찾아왔다.

제3장 짐승이 되리라

　방 안을 둘러본 그가 실소를 흘렸다. 북쪽으로 난 창 아래 제단이 있고, 자신의 위패가 모셔져 있었던 것이다. 얼굴을 붉힌 임가선이 얼른 그것을 치웠다. 등 뒤로 감추고 멋쩍은 웃음을 짓는다.

　그녀를 물끄러미 바라보는 이장생의 심정은 복잡하기만 했다. 자기가 죽었다고 여긴 사람이 어디 한둘일 것인가. 그러나 이처럼 위패를 모셔 놓고 날마다 애도하는 사람은 이 넓은 천지에 그녀 한 명뿐일 것이다.

　그녀의 진심이야 벌써 알고 있었지만 설마 이 정도일 줄은 몰랐던 터라 충격이 크기도 했다. 이장생은 그래서 더욱 무심해지려고 애쓸 수밖에 없었다.

　'찾아오는 게 아니었다.'

　그런 후회가 드는 건 그녀를 위해서였다. 자기를 깊이 사랑할수록 이 아름다운 여인에게 불행이 빨리 다가오리라는 걸 예감할 수 있기 때문이었다.

　화난 듯 말없이 돌아서 나가려고 하자 임가선이 두 팔을 활짝 벌리고 막아섰다.

　"이제 다시는 가시지 못합니다. 보내드리지 않을 거예요."

　"나는⋯⋯."

　"말하지 마세요."

　그녀가 온몸으로 그의 말을 가로막았다. 가슴속으로 파고들어 가기라도 할 듯 안겨들며 도리질을 친다.

　"백 마디, 천 마디 말해도 소용없어요. 무슨 말도 듣고 싶지 않아요. 그냥 내 말만 들으세요. 딱 한 마디만 할 게요. 나는 이제 절대로 이랑

이장생전 李長生傳

을 보내지 않을 거예요."

이장생이 탄식했다. 찾아오는 게 아니었다고 다시 한번 생각하지만 그의 팔은 애처롭도록 가녀린 그녀의 몸을 으스러지게 껴안고 있었다.

그래, 네가 원한다면 떠나지 않으마. 살아서 떠나지 않고 죽어서도 떠나지 않으마. 그러나 그런 내 마음을 너에게 말할 수가 없구나. 내 몸은 다시 너를 떠나야 하니까. 그래야 너를 지켜줄 수 있을 테니까. 하지만 그때가 되어도 슬퍼하지 말렴. 원망하지 말렴. 내 마음은 영원히 너와 함께 있을 거니까. 약속할게. 이렇게.

이장생은 마음속에 가득 넘쳐나는 열정적인 말들을 한 마디도 입 밖으로 꺼낼 수 없었다. 그래서 그녀를 더 힘주어 끌어안을 뿐이다. 제 몸의 따뜻함과 그녀 몸의 따뜻함이 섞여 하나로 되고 다시는 나뉘지 않기를 바라듯이.

***

임꺽정이 죽었다.

청천벽력 같은 그 말은 이장생을 다시 한번 절망하게 했다.

무엇 때문에 그토록 지독한 집념을 가지고 살아왔던가. 무엇 때문에 뼈가 부수어지도록 검법을 연마했던가.

그런데 오직 하나의 목표이자 목적이었던 그가 죽었다니……

산에서 내려오자 기다리고 있었다는 듯 들려온 세상의 말 앞에서 이장생은 기가 막혔다.

61

제3장 짐승이 되리라

삼 년 전, 청석골의 꾀주머니 서림이 체포되어 투항한 것을 계기로 조정에서는 선전관 정수인과 봉산, 평산의 관병들을 동원했으나 오히려 평산에서 임꺽정에게 대패당하는 수모를 겪었다.

기가 오른 임꺽정 무리는 더욱 포악을 떨어댔고, 보다 못한 임금이 남치근을 토포사로 삼아 대규모의 군사들을 이끌고 그 무리를 토벌하게 했으니, 그해 십일월의 일이었다.

소식을 들은 임꺽정의 무리는 몇 개로 쪼개져 달아났으나 남치근과 그의 병사들에 의해 토벌되었다. 근거지였던 청석골마저 초토화되었으며, 이듬해 정월에 기어이 임꺽정 또한 황해도 서흥에서 체포되어 목이 잘렸다고 했다(명종 17년, 1562). 벌써 이 년이나 지난 일인 것이다. 임꺽정을 따르던 적도들은 물론 두령들까지 모두 죽었다고 하니 허탈한 일이 아닐 수 없다.

이장생은 청석골로 달려갔다. 그리고 그곳에서 자기가 들은 말들이 사실이라는 것을 확인했다. 도적의 무리로 들끓었을 그곳이 낮도깨비라도 나올 것처럼 을씨년스럽게 변해 있었다. 임꺽정은 물론 곽오주와 배돌석이 그리고 자기에게 표창을 날렸던 박유복이까지 이제는 이 세상 사람이 아니라는 걸 생각하자 온몸에 맥이 풀려 털썩 주저앉고 말았다.

이승에서는 영영 그놈들을 찾아가 원한을 풀 수 없게 되었으니, 기가 막힌다.

지난 사 년 동안의 수련이 헛고생이 되었다는 것쯤은 대범하게 웃어넘길 수 있었다. 그러나 임꺽정의 목이 내가 아닌 다른 자의 손에 의해

이장생전 李長生傳

잘렸다는 건 용납할 수 없었다. 그래서는 안 된다고 목이 쉬도록 악을 써봐야 공허한 메아리만 돌아왔다.

청석골 복판에서 넋을 잃고 주저앉아 뜬눈으로 하룻밤을 보낸 이장생은 다음날 아침 이슬을 차며 그곳을 떠나 한양으로 향했다.

갑자기 삶의 목표를 잃어버린 자의 참담한 심정이 되어 무기력해진 채 숨듯이 한양성으로 들어왔지만 갈 곳이 없었다.

장안 벌의 집으로 돌아가기는 죽기보다 싫었다. 원망도 했으나 그래도 마음 한구석에는 위안이 되었던 아버지마저 죽고 없으니 더욱 그렇다.

기세등등하여 떠났다가 사 년 만에 거지꼴이 되어 돌아왔다는 걸 알면 누가 비웃지 않을 것인가. 자기를 따르던 건달들은 물론 재주를 질투하던 유생 나부랭이들이 모두 박장대소하며 좋아할 것이다.

가슴속에는 아직 한과 증오가 남아 있고, 검법을 이루어 천하에 두려운 자가 없었지만, 그것을 쏟아낼 대상을 잃어버렸다는 건 주머니가 빈 것보다 더 비참한 일이었다.

생각 끝에 이장생은 한때 자기를 끔찍이 위하고 사랑했던 임가선을 찾아가기로 했다. 그녀가 아직도 나를 사랑하고 있을지, 가면 반겨줄 것인지 몰라 한 걸음, 한 걸음이 천근처럼 무거웠다. 어쩌면 그새 어느 영감의 첩실로 들어앉았을지도 모르지 않는가. 그렇다면 맥없이 돌아서는 걸음이 더 비참해질 것이다.

그런 온갖 생각과 근심을 안고 찾아왔는데 불쑥 들이닥친 저를 그녀가 이처럼 반겨주니 더욱 미안했다.

“다 잊으세요. 그러면 예전으로 돌아갈 수 있어요. 처음에야 당신이 살아왔다는 걸 알고 다들 놀라겠지요. 더러는 이랑의 말처럼 비웃고 손가락질할 거예요. 하지만 몇 날 지나지 않아서 그들은 다시 이랑의 재주 앞에 기가 죽고, 그림 한 폭, 글씨 한 자를 얻기 위해 안달을 할 게 틀림없어요.”

어린아이를 재우듯 가슴을 토닥거리며 소곤소곤하는 그녀의 말에 이장생은 다시 가슴이 아려왔다.

다음날 아침상을 물린 이장생이 임가선을 넌지시 바라보았다.

“아직 그 어른이 안녕하시겠지?”

정유길(鄭惟吉)을 말하는 것이다.

동래 사람으로 자를 길원(吉元), 호를 임당(林塘)이라고 한다. 중종 33년(1539)에 별시 문과에 장원하여 출사한 문신으로서, 시문에 뛰어나고 서화에도 능하기로 이름 높았다.

이조와 예조의 참판을 지내고 판서가 된 고관이었으나 재주 있는 자와는 신분과 귀천을 가리지 않고 두루 사귀었으므로 서얼 출신의 이장생과도 거리낌없이 왕래했었다.

이장생이 누구의 안부를 묻는 것인지 잘 아는 임가선이 고개를 저었다.

“웬 걸요. 관직에서 물러나셨지요. 지금은 한가하게 지내신답니다. 가끔 저희 기방에도 찾아오세요.”

의외의 말이었다.

“그 어른이 관직에서 물러났어?”

"쫓겨나신 거지요."

"허, 아니 무엇 때문에?"

"아직 그 소식은 듣지 못하셨군요."

임가선이 한숨을 쉬었다.

"작년에 이량 대감이 탄핵받고 조정에서 내쫓겼답니다. 그 일로 세상이 시끄러웠는데, 다들 을사년 이후 다시 한차례 피바람이 부는 게 아닌가 하여 전전긍긍했지요. 평소 이량 대감과 가까이했던 사람들이 모두 파직당하고 더러는 귀양을 가고 그랬어요. 그 와중에 그 어른도 관직을 내놓은 거지요."

"허!"

이장생이 탄식했다.

"권불십년이라더니 그 말이 맞긴 맞는가 보구나. 천하의 권세가 이량 대감이 그렇게 될 줄 누가 짐작이나 했겠느냐?"

이량은 왕족이자 임금의 외척으로서 무소불위의 힘을 행사하던 권신이었다. 역시 외척인 윤원형과 함께 권력을 다투며 전횡을 일삼았는데, 기어이 과욕이 화가 되었다. 자기 권력을 위하여 신진 사림(士林)을 제거하려다가 기대승(奇大升)의 사촌 형인 홍문관 부제학 기대항과 적이 된 게 화근이었다. 이후 돈령부영사 심강(沈鋼)과 심의겸(沈義謙) 부자의 탄핵을 받고 삭탈관직 되어 평안도 강계로 유배되었다가 그곳에서 죽었다(명종 18년, 1563).

이량이 그렇게 권좌에서 밀려나고, 그를 따르던 자들마저 축출되자, 다시 끔찍한 사화(士禍)가 재현되는 것 아닌가 하여 다들 두려워했다.

제3장 짐승이 되리라

평소 이량의 당여(黨與)로 꼽히던 예조판서 정유길도 벼슬을 내놓았는데, 그 와중에 귀양을 가지 않고 무사할 수 있었던 건 그의 무던한 성품 때문이었다. 호방하고, 사람 사귀기를 좋아하여 곳곳에 친분 있는 사람이 많았으므로 그 덕을 본 것이다.

이제 천하는 윤원형의 손에 들어갔다고 해도 좋았다. 세간에는 이량의 축출 뒤에 윤원형과 문정대비가 있다는 말이 공공연히 나돌았다. 사정이 그러니 백성과 뜻있는 선비들은 욕심이 아귀 같던 이량의 도태를 기뻐하는 것 못지않게 세상이 윤원형의 손에 들어간 걸 더 근심할 수밖에 없었다.

잠시 생각하던 이장생이 도포를 입고 갓을 찾아 썼다.

"어디를 가시려고요?"

"그 어른을 뵐 일이 있다. 저물기 전에 돌아오마."

***

"이 녀석, 죽었다더니 살아 있었구나. 하하, 이래서 세상의 소문이란 죄다 헛되다는 것이다."

한거(閑居)하고 있다는 북촌의 집으로 찾아간 이장생을 정유길이 반갑게 맞아 주었다.

인사를 마치고 그동안의 사정에 대하여 대충 고하자 정유길이 탄식했다.

"애석하구나. 네가 학문을 버리고 검객의 길로 들어섰다니 참으로 애

66

석한 일이다. 하지만 어찌할꼬? 임꺽정은 이미 죽어 없어졌으니 수고가 헛되고 말지 않았느냐? 그러니 이제 다시 글을 읽고 그림을 그리는 게 어떻겠느냐? 내가 볼 때 너의 재주는 그쪽으로 훨씬 더 깊으니라."

"소생은 아직도 얼떨떨하기만 합니다. 임꺽정과 마주해본 적이 있는 저로서는 그가 그처럼 허망하게 죽었다는 말이 도무지 믿어지지 않는군요."

"쯧쯧, 믿지 않으면 어쩔 것이냐? 서림이라는 자가 그의 목을 확인했고, 붙잡혀 온 자들도 모두 그러했으니, 그걸 믿지 않으면 무엇을 믿는단 말인고?"

"그자를 붙잡아 목을 쳤다는 남치근 영감을 만나보고 싶습니다. 실은 그 부탁을 드리고자 찾아뵌 것이지요."

"이 녀석, 내가 보고 싶어서 온 게 아니었단 말이지? 고얀 놈 같으니."

정유길이 눈을 흘겼다. 서운해하는 기색이 역력하다. 이장생이 미소 지었다.

"소생에게 나리는 아버지 같으신 분입니다. 어찌 보고 싶고 그렇지 않고 가 있으며, 어찌 흠모하는 마음을 입 밖에 꺼내 말할 수 있겠습니까?"

"허허, 그동안 검법을 수련했다더니 세 치 혀도 그렇게 한 모양이구나."

비로소 흡족한 듯 수염을 쓸며 너털웃음을 흘린 정유길이 지그시 바라보았다.

"그래, 그 사람은 만나서 어쩌려고? 정 만나고 싶으면 네 발로 찾아가 문을 두드리면 될 일 아니냐?"

제3장 짐승이 되리라

"듣기로 임꺽정 토벌 이후 남 영감이 좌포청의 포도대장으로 부임했다더군요. 범 중의 범이 되신 셈인데 저 같은 서출이 감히 대면을 청할 주제가 되겠습니까?"

"하긴 그렇구나. 좋다. 나도 그 사람 본 지 오래되었으니 겸사해서 불러내지. 오늘 저녁에 명월향으로 가마. 가선이 얼굴도 보고 노래도 한 번 들어보자꾸나."

힐끔 이장생의 안색을 살피는 건 그가 임가선의 정인이라는 걸 아는 까닭이다. 이장생이 활짝 웃었다.

"감사합니다. 언제든 어르신께 진 신세는 반드시 갚겠습니다."

"허허, 그놈. 생전 안 하던 말도 할 줄 아는 걸 보니 철이 든 모양인 게로군."

흡족하게 웃은 그가 정색했다.

"지금 당장 내 부탁 하나 들어주련?"

"말씀하시지요."

"지난 사 년 동안 네가 변한 건 알겠다. 과연 네 그림은 또 어떻게 변했을지 궁금하구나. 오랜만에 나를 위해 난을 한 폭 쳐주지 않겠니?"

"붓 대신 칼을 쥔 지 몇 해인데 예전처럼 될지 모르겠습니다."

겸양하던 이장생이 마지못한 듯이 정유길이 밀어 놓은 화선지를 펼쳐 놓고 붓을 잡았다.

허리를 꼿꼿이 펴고 앉아 낙엽을 노려보듯이 화선지를 무섭게 노려보던 그가 거침없이 붓을 놀리기 시작했다.

그 모습을 지켜보던 정유길이 눈살을 찌푸렸다. 이장생의 그림 그리

이장생전 李長生傳

는 모습을 여러 번 보았지만, 지금처럼 무섭지 않았던 까닭이다. 그의 붓을 놀리는 손에서, 모습에서 갈수록 살기가 느껴지고 있었다.

이장생은 칼을 휘두르듯이 붓을 치달리고 있었다. 칼끝이 허공을 베고 돌아나가는 것처럼 화선지 위를 달리는 붓끝에 충만한 힘과 의지가 실렸다. 그렇게 난 한 폭을 후딱 친 이장생이 그것을 정유길에게 바치고 물러앉았다.

뚫어질 듯이 그림을 바라보던 정유길이 한숨을 쉬고 노려보았다.

"이놈!"

갑자기 벼락 치듯 하는 호통을 터뜨린다.

"내가 난을 한 폭 쳐달라고 했지 언제 살벌한 싸움판을 그려달라고 했더냐?"

이장생이 말없이 고개를 숙였다.

"어허, 화법은 어디로 가고 흉심을 드러내는 검법만 남았단 말이냐? 너 같은 놈은 처음 본다. 붓을 칼 휘두르듯 하는 놈이라니, 쯧쯧……."

못마땅하고 그래서 화가 난 것처럼 이장생을 흘겨보던 그가 불쑥 말했다.

"그림을 보자고 할 게 아니라 네놈의 칼을 보자고 하는 게 나을 뻔했다. 보여 주겠느냐?"

이장생이 다시 머리를 조아렸다.

"흉한 물건이라 함부로 보여 드릴 게 못 됩니다."

"그냥 솔직히 말해라 이 녀석아. 나 같은 문사 나부랭이 앞에서 검법을 보이는 게 철부지 어린애 앞에서 시문을 뽐내는 것처럼 소용없고 유

제3장 짐승이 되리라

치한 짓이라 못 하겠노라고 말이다."

그 말에 한숨을 쉰 이장생이 칼을 쥐고 일어서더니 서너 걸음 물러서서 읍했다.

"정 그러시다면 하찮은 재주이나마 보여드리겠습니다. 그 앞의 붓을 제게 던져 보시겠습니까?"

"그러지."

정유길이 냉큼 붓을 잡아 힘껏 던졌다. 그 순간 번쩍, 하고 이장생의 칼이 눈 부신 빛을 뿌리며 허공을 갈랐다.

토막 난 붓대가 투두둑, 하고 발 아래 떨어졌는데 모두 여덟 조각이었다.

번갯불이 번쩍이는 것보다 빠른 솜씨였던지라 정유길은 눈을 부릅뜨고 있었지만 대체 어찌 된 건지 알아보지 못했다.

"허!"

믿지 못할 그 일에 한동안 넋을 놓았던 정유길이 비로소 정신을 차렸다.

언제 칼을 뽑아 쳤고, 언제 그것을 갈무리했는지 이장생은 제자리에 손을 모으고 조용히 서 있었다. 방금 전 눈앞에서 신기(神技)를 보여준 사람 같지 않다.

정유길이 머리를 설레설레 흔들었다.

"이놈아, 검법을 보여 달라고 했지 언제 요술을 보여 달라고 했더냐?"

"어르신의 눈을 어지럽게 했으니 송구합니다."

"허어-"

겸양하는 그를 보고 다시 탄성을 발한 정유길이 눈을 비볐다. 보고도 여전히 믿을 수 없는 것이다.

대나무 뿌리로 만든 붓대는 단단한 물건이다. 그것을 후려치면 당연히 튕겨 나가리라. 두 쪽으로 동강 났다고 해도 마찬가지 아닌가. 그런데 이장생은 그것을 뒤쫓아 가 네 쪽으로 만들었고, 다시 그 네 조각을 하나씩 뒤쫓아 가 절단했다. 그 움직임이 얼마나 빨랐으면 붓 조각이 미처 튕기기 전에 그렇게 했을 것인가, 하는 생각에 머리가 어지러웠다.

더 믿을 수 없는 건 칼보다 빠르게 붓 조각을 쫓았을 이장생의 눈이었다. 자신은 눈을 부릅뜨고 있었으면서도 번쩍이는 검광만 보았을 뿐인데 이장생은 찰나의 순간도 놓치지 않고 낱낱이 보았다는 것 아닌가. 그 눈의 빠름과 밝음이 대체 어떤 것일지 상상조차 되지 않았다.

그는 이장생이 자기 솜씨의 반밖에 보여주지 않았다는 것은 짐작도 하지 못하고 있었다. 방금 본 것만으로도 놀라 자빠질 지경인데 이장생이 솜씨를 모두 보여주었더라면 기절해 쓰러졌을지도 모른다.

"네 검법을 보니 말로만 듣던 추풍검법이라는 것을 대성한 모양이로구나."

정유길이 혀를 차며 하는 말에 이장생은 어리둥절해졌다.

"추풍검법이라니요?"

"모른단 말이냐?"

"그렇습니다."

"검법을 수련했다는 놈이 조선의 유명한 검법을 모른다니 우습구나."

제3장 짐승이 되리라

운을 뗀 정유길이 비로소 가슴이 진정된 듯 느긋하게 말했다.

"대전별감 중에 김호원이라고 하는 자가 있지. 그자의 검법이 매우 훌륭하다고 들었다. 언젠가 함께 술을 마신 적이 있었는데 그자가 그러더구나. 고려 때부터 전해져 내려오는 신비한 검술 두 가지가 있으니 하나는 추풍검법이고, 하나는 월녀검법이라고 말이다."

이장생의 눈이 호기심으로 반짝였다.

"추풍검법은 검객들에 의해 은밀히 전승되는데, 가을날 떨어지는 낙엽을 베며 수련한다고 하더라. 그러니만큼 빠르고 정교한 검법이겠지. 그에 비해 월녀검법은 무장들에게 계승되는 것인데 보름밤에 달빛의 기운을 받아 수련한다더구나. 장중한 중에 음사한 기운이 있고, 위력이 지대해서 장수들이 익힐 만한 검법이라더군. 그러니 네 검광을 보고 과연 추풍검법을 대성한 자의 검이 저러하겠구나, 하는 생각이 들지 않을 수 있겠느냐?"

"흥미로운 이야기로군요. 그러나 소생은 금시초문이니 어리둥절할 뿐입니다. 소생의 검법 수련이 우연히도 추풍검법의 그것과 통하는 바가 있었던 모양입니다. 스승 없이 홀로 연마한 검법이라 조악할 터인데, 고명한 검법과 비교해,주시니 부끄러울 뿐입니다."

"정말 너 혼자서 그만한 성취를 이루어냈단 말이지?"

"그렇습니다. 제가 어찌 나리께 거짓말을 하겠습니까?"

"그렇다면 더욱 놀라운 일이지. 아마도 오늘날 너의 그 솜씨를 당해낼 자가 몇 되지 않을 것이다."

이장생은 또 다른 호기심을 느꼈다. 자기 솜씨에 대한 자부심이 대단한데 겨룰 만한 자들이 있다니 그렇다.

"나리께서는 그림을 보는 안목이 남다르시니 사물을 꿰뚫어 보는 안목 또한 그럴 것입니다. 그러니 나리의 말을 믿지 않을 수 없지요. 궁금하군요. 대체 그 검객들이 누구입니까?"

"내가 아는 건 세 사람이지. 우선 방금 말한 대전별감 김호원이 있느니라. 그가 어떤 검법을 익혔는지 모르나 그의 칼은 귀신도 벤다는 소문이 자자하지. 하지만 그는 주상을 모시는 별감이니 남과 다툴 일이 없을 터라 예외로 쳐야 할 것이다. 다른 한 명은 장약허인데, 조선 제일의 검객이라고 하더구나. 검법이 더할 수 없이 뛰어난 모양이다만, 심성이 음침하고 포악하니 가까이할 자가 못 되지. 다른 한 명은 곽거도이니라. 그자의 검법 또한 조선 제일을 다툴 만하다더구나. 듣기로 곽 가는 무가의 피를 받은 자로서 월녀검법을 익혔다니⋯⋯; 그 말이 사실이라면 그런 자가 장수가 되어 공을 세울 생각을 하지 않고 강호의 검객으로 자족하고 있다는 건 아까운 일이 아니겠느냐?"

"말씀을 들어보니 어르신께서는 그들을 모두 잘 아시는 것 같군요?"

"김 별감이야 저절로 알게 된 사이이고, 장약허 그놈은 교동 윤 대감의 식객으로 있다가 발탁되어 호위무사들의 우두머리가 되었다더라. 눈꼴신 일이지."

쯧쯧, 혀를 차며 못마땅해하는 게 그 장약허(張若虛)에 대해서인지 윤원형에 대해서인지 애매하다.

"그리고 곽거도는 그가 뛰어나다는 소문을 들은 이정빈이 거금을 주고 끌어들여 자신의 호위로 삼았다더라."

제3장 짐승이 되리라

"이정빈이라면?"

"탄핵 당해 돌아가신 이량 대감의 장남이지. 교동 윤 대감의 세가 무시무시하게 커졌으니, 위기감을 느끼지 않을 수 있겠느냐? 게다가 윤 대감의 수하에 고수라고 할 만한 자들이 넘쳐난다니 더욱 불안할 수밖에. 나라도 그 입장이 되면 든든한 무사들을 호위로 두고 싶을 게야."

이장생은 정유길의 말을 들으며 무언가 세상이 심상치 않게 돌아가고 있다는 것을 직감했다. 조선 제일을 다툴 만하다는 두 검객이 모두 한양에 와 있는 것만 해도 수상쩍은 일인데, 한 명은 윤원형에게 다른 한 명은 그에게 앙심을 품고 있을 이정빈(李廷賓)에게 붙어 있다니 그렇다.

"됐다. 그만 가 보거라."

정유길이 손을 내저었다.

공손히 절하고 물러나는 이장생을 바라보던 그가 홀로 남게 되자 탄식했다.

"흉이 될지 길이 될지 모르겠구나. 저놈이 과연 피바람을 불러올 놈인지, 그것을 잠재울 놈인지……."

제4장

의혹(疑惑)

날이 저물어갈 무렵부터 종로 뒷골목의 기생집 명월향(明月香)은 하나둘씩 찾아오는 한량들로 인해 바빠지기 시작했다. 후원의 임가선 처소에서도 들을 수 있을 만큼 떠들썩해진다.

명월향에는 모두 일곱 명의 기생이 있었는데 주인인 기부(妓夫) 홍 가는 다른 장사 일로 바빠 얼굴 내미는 일이 드물고, 대신 첩실인 퇴기 명월이 기생어멈으로서 실제 주인 노릇을 하고 있었다.

그녀의 수단도 좋지만, 명월향이 장안에서 제일 유명한 기방이 되어 돈을 쓸어 담는 건 임가선이 있기 때문이었다. 명월향을 찾는 한량, 건달들은 말할 것도 없고, 궐내의 대소 별감이며 여타 벼슬아치들도 오직 그녀를 보기 위해 수시로 드나들었다.

때로는 이름을 대면 누구나 알 만한 무관, 사대부들도 변복하고 찾아왔다. 그들의 세도라면 집에 기생을 불러서 놀 수도 있으련만 임가선이 워낙 까탈을 부렸으므로 그게 마음대로 되지 않았던 까닭이다.

그녀의 명성이 높아 한양의 황진이라고 불릴 정도였던지라 함부로 오라 가라 하기도 걸끄러운 면이 있었다. 그 때문에 대감으로 불리는 당상관들도 그녀를 보려면 평복하고 몸소 찾아오는 수밖에 없었다.

세도가 당당한 나리가 일행 몇 명과 함께 은근히 걸음 한 날은 일찍부터 와 죽치고 있던 한량이며 유생들은 슬그머니 꽁무니를 뺐다.

그런 날이면 기생어멈 명월이는 물론 기생들과 기방에 딸린 식솔들 모두가 비로소 허리를 펼 수 있어서 좋아했다. 시중들 손님이 적은 데다가, 다들 체면을 차리느라고 점잖을 떠니 일이 한결 수월했던 까닭이다.

이장생은 오늘도 그와 같을 것이라고 생각하며 듣기 싫은 소음을 꾹 눌러 참고 있었다. 여느 날과 달리 유독 시끄럽게 구는 자들이지만 밤이 되면 정유길이 포도대장 남치근과 함께 올 것이니 그때까지만 참으면 된다고 여긴 것이다.

임가선의 몸 냄새가 배어 있는 자리에 팔베개를 하고 누워 이런저런 생각을 하는데 바깥이 더욱 소란스러워졌다. 누가 다투기라도 하는 모양이었다.

취객들이 서로 목청을 높이는 건 흔한 일이라 그러려니 하는데 참담한 비명이 연이어 터져 나오고 카랑카랑한 호통 소리도 들려왔다.

이건 무언가 심상치 않다고 느낀 이장생이 슬그머니 일어나 앉았다. 이내 바쁘게 달려오는 발소리가 들리고 문밖에서 누가 다급하게 말했다.

"큰일 났소. 아무래도 이 형이 좀 나와 봐야 할 것 같소."

장가의 음성이었다. 기방에서 먹고 사는 네 놈의 장정 중 한 놈이다.

이장생전 李長生傳

이장생이 낯을 찌푸렸다. 자기는 명월향에서 없는 것으로 치는 게 무언의 약조 아니던가. 기생어멈 명월이 그렇게 명했으므로 누구든 지키지 않을 수 없다. 그런데 이처럼 급히 불러대는 건 그만큼 심상치 않은 일이 생겼다는 것이리라.

이장생의 머릿속에 퍼뜩 임가선이 떠올랐다. 그가 문을 벌컥 열자 초조하여 손을 비비고 있던 장가 놈이 사색이 되어서 빠르게 말했다.

"가선이를 데려가려 하오."

"뭐라고?"

"막아 보려고 했지만 모두 된통 당했소. 우리가 상대할 자들이 아니요. 오죽했으면 안주인이 이 형을 데려오라 했겠소?"

명월이 그렇게 분부했다면 예삿일이 아닐 것이다. 이장생이 침착하게 물었다.

"어떤 자들이냐? 몇 놈이나 되고?"

"교동 윤 대감 댁에 거하는 장정들이라오. 윤 대감을 믿고 행패를 부리는데 우리가 어쩌겠소? 모두 다섯 놈인데 아주 악질들이요."

윤원형이 거느리고 있다는 무사들이 분명하다. 그자들이 작심하고 행패를 부린다면 기생집의 장정 놈들 열이 있다고 해도 소용없을 것이다.

"호가호위하는 여우 같은 놈들이군."

코웃음을 친 이장생이 옷자락을 허리춤에 찔러 넣고 성큼성큼 후원을 가로질렀다.

마당에 핏자국이 선명했다. 여기저기 쓰러져 끙끙대고 있는 세 놈의

제4장 의혹(疑惑)

장정을 일별한 이장생이 안을 바라보았다.

아수라장이 따로 없었다. 술상은 엎어져 있고 명월이 사색이 되어 벌벌 떨고 있었으며, 기생 셋이 머리채를 잡히거나, 어디를 얻어맞았는지 잔뜩 웅크리고 애절하게 끙끙거리고 있었다.

임가선은 눈매가 매서운 놈의 품에 안겨 발버둥치는 중인데 심상치 않아 보였다.

이장생이 성큼 댓돌 위로 올라서더니 신도 벗지 않은 채 방 안으로 쑥 들어갔다. 문을 가로막고 서서 난장을 치고 있는 다섯 놈을 노려본다.

기생의 머리채를 쥐고 있던 놈이 핏발 선 눈을 부라렸다.

"네놈 눈에는 먼저 온 나리들이 있는 게 안 보인단 말이냐? 방에 들어오려거든 선객의 허락부터 구해야지!"

기방에 출입하는 자들이 지켜야 할 규칙을 들먹인 것이다.

늦게 온 자는 기생 차지에서도 늦을 수밖에 없다. 마음에 든 기생이 이미 다른 손님의 술 시중을 들고 있을 수도 있고, 방마다 한량들로 꽉 차서 따로 잡을 수 없는 형편일 때도 있다.

그러면 맥없이 돌아가거나 합석해야 하는데, 신분의 고하나 귀천에 상관없이 늦게 온 자는 선객의 양해를 구해야만 하는 것이다.

우선 격식을 차려서 자신을 소개하고, 점잖은 말로 허락을 구하는 게 상례였다. 그러면 선객은 그자의 생김새를 살펴보고 언변을 들어서 판단한다.

마음에 들어 선뜻 합석을 허락하면 다행이지만 물리치면 때로 고성이 오가기도 하고 더러는 주먹다짐이 벌어지기도 했다. 거절을 당하고 나면 놀겠다는 마음보다 자존심이 앞서는 탓이다.

그처럼 기생을 끼고 노는 술자리가 낯선 자들 간의 교제가 이루어지는 자리가 되느냐, 아니면 앙심을 품는 자리가 되느냐 하는 것은 선객의 마음에 달렸다.

지금 기생의 머리채를 움켜쥔 채 눈을 부라리는 놈은 그런 규칙을 들어 이장생을 나무라는 것 같았지만 실은 위협하는 것이었다. 생긴 것을 보아하니 기방의 머슴 놈들과는 다르게 사족(士族) 같지 않은가. 다짜고짜 윽박지르고 걷어차기에는 아무래도 껄끄러운 데가 있었다.

이장생의 입가에 싸늘한 비웃음이 떠올랐다.

"내 눈은 사람만 볼 뿐이다. 이 방 어디에 사람이 있느냐? 너는 개한테도 허락을 구하는 놈인 모양이구나."

"무엇이?"

지독한 말에 그놈이 즉각 몸을 폈고, 다른 놈들도 흉흉한 눈으로 노려보았다.

후객이 이렇게 나오면 더 이상 왈가왈부 할 필요가 없다.

"어디 네 몸뚱이도 주둥이처럼 야무진지 보자!"

소리친 놈이 쓰러져 있는 기생을 뛰어넘어 들이쳐 왔다. 주먹이 매서운 바람 소리를 내는 것이 싸움깨나 해본 솜씨였다.

임가선이 발버둥 치는 걸 본 순간부터 이장생의 마음에는 자비심이 사라지고 없었다. 장안 제일의 세도가인 윤 대감 댁 무사들이라고 해서 거리끼지 않는다.

"흥." 하고 코웃음을 치며 놈의 주먹을 어깨 위로 흘려보낸 이장생이

제4장 의혹(疑惑)

'턱밀기'라는 수법으로 턱을 후려쳐 밀어 버렸다. 손속에 사정이 없다.

호기롭게 달려들었던 놈이 퍽! 하는 소리와 함께 내던져진 것처럼 뒤로 나가떨어졌는데, 깨진 턱이 형체도 없이 사라졌다. 충격을 받을 때 혀를 깨물었던지 선지피를 울컥, 울컥 쏟아내며 축 늘어진다. 다행히 죽지 않는다고 해도 영영 사람 구실 하기 어려울 게 틀림없어 보였다.

"저놈이!"

놀란 두 놈이 엎어진 술상을 걷어차며 사납게 달려들었다. 이장생은 꿈쩍도 하지 않았다. 두 놈의 주먹질이 코앞에 닥쳤을 때야 가볍게 움직였는데, 한 놈의 무릎을 걷어차 중심을 빼앗고 '팔굽치기'의 수법으로 팔꿈치를 불쑥 뻗어 다른 놈의 가슴을 찍어버리는 게 한 동작처럼 보였다.

무릎을 걷어차인 놈이 "어이쿠!"하는 비명을 터뜨리며 지저분한 방바닥에 얼굴을 처박을 때 다른 놈에게서는 빠각!하고 가슴뼈 박살 나는 소리가 났다. 그놈이 눈을 까뒤집고 입을 딱 벌렸다. 신음도 내지 못하고 주저앉듯이 천천히 무릎을 꿇더니 이내 앞으로 풀썩 꼬꾸라져 몇 차례 바들바들 떨다가 잠잠해졌다. 그대로 숨이 끊어져 버린 것이다.

잠깐 사이에 벌어진 끔찍한 일이었다.

앞서 무릎이 꺾여 엎어진 놈의 목을 짓밟고 선 이장생이 아직까지도 임가선을 붙들고 있는 놈을 바라보았다. 날카로운 그놈의 눈에 어리둥절했던 기색이 사라지고 이글거리는 살기가 실리기 시작했다. 이장생을 잡아먹을 듯 노려보며 음침하게 묻는다.

"너는 누구냐?"

“개를 때려잡는 백정이지.”

그놈이 빠드득 이를 가는데 남은 한 놈이 소리쳤다.

“내가 저놈을 아오! 흥인문 밖에 살던 이장생이 틀림없소!”

“이장생?”

눈매 날카로운 자가 비로소 임가선을 풀어주고 비웃음을 흘렸다. 눈에는 여전히 살기가 이글거리고 있었다.

“들어보았지. 한양성 중의 건달패들을 주무르던 놈이었다지? 뒈졌다는 말을 들었는데 그렇지 않았던 모양이구나. 하지만 상관없어. 이제 곧 그렇게 될 테니까.”

이장생을 알아본 놈이 삿대질했다.

“이놈, 우리가 교동 윤 대감 댁의 사람들이라는 건 알고 이 짓을 한 것이냐?”

이장생이 코웃음을 쳤다.

“새장 속에 새를 넣었듯이 세상을 손에 넣고 있는 윤 대감 아니더냐? 그런 분이 제 집의 개 몇 마리 때려잡았다고 화를 낼 리도 없을 터이니 속 보이는 짓은 그만둬라.”

“저런 발칙한 놈!”

발을 구르지만 그놈은 감히 나서지 못하고 힐끔거리며 눈매 매서운 자의 눈치를 보았다. 그자가 이놈들의 우두머리가 틀림없다. 이장생이 턱짓으로 그자를 가리켰다.

“듣자 하니 윤 대감 집에 쓸 만한 검객이 한 명 있다고 하더군. 네가 그 장 뭐라는 자이냐?”

제4장 의혹(疑惑)

"흥, 네까짓 파락호 놈이 감히 그를 입에 올리다니, 살고 싶은 마음을 일찌감치 버린 놈이로구나."

그자가 코웃음을 치고 천천히 칼을 뽑았다. 그걸 보는 이장생의 눈에서도 살기가 옅게 배어나기 시작했다.

"칼을 지닌 놈이라면 그것을 뽑아 드는 순간 목숨을 걸어야 한다는 걸 잘 알겠지?"

"흥!"하고 다시 코웃음을 친 놈이 칼끝을 아래위로 조금씩 흔들며 발을 소리 없이 끌었다. 상대의 주의를 빼앗으려는 술책이다.

이장생은 그자의 칼을 바라보지 않았다. 꿈쩍도 하지 않고 서서 두 눈을 노려볼 뿐이다.

"이얏!"

그놈이 날카로운 기합성을 터뜨리며 훌쩍 술상을 뛰어넘었는데, 가볍고 민첩한 운신이었다. 이장생은 그자의 솜씨가 제법이라는 걸 한눈에 알아보았다. 그래서 더욱 살기가 솟구쳤다.

휙!

매서운 칼바람이 비스듬히 떨어졌다가 다시 긋고 올라왔다. 과연 능숙한 솜씨였다.

허깨비처럼 몸을 움직여 세 번의 칼질을 피한 이장생이 성큼 그놈의 가슴 앞으로 다가섰다. 목을 쳐오는 칼을 뿌리치며 손목을 낚아채는 솜씨가 경쾌하다.

"헛!"

놈이 급하게 칼을 물렸으나 이장생의 손아귀에서 빠져나갈 수 없었다.

팔이 맥없이 뒤로 꺾였다. 온 힘을 써보지만 관절을 비틀고 꺾는 데에는 견딜 수가 없다. 기어이 우두둑, 하고 팔꿈치 관절이 어긋나 쑥 빠졌다.

이장생은 거기서 멈추지 않고 사정없이 수도(手刀)를 내리쳐 놈의 어깨 뼈를 부수어 버렸다. '빠각!'하는 끔찍한 소리와 함께 놈이 새된 비명을 터뜨리며 주저앉았다.

상처가 나으려면 몇 달 족히 고생해야 할 것이고, 다 낫는다고 해도 다시는 칼을 잡을 수 없을 것이다.

놈이 고통을 참느라고 진땀을 흘리며 이장생을 노려보았다. 원독이 풀풀 날리는 눈길이었다.

"어쩌려고 그리 큰일을 저질렀어요?"

상황이 수습되자 임가선이 책망하듯 말했다. 가슴뼈가 박살 나 죽어버린 놈이 업혀 갔던 것이다. 뼛조각이 안으로 밀리면서 간과 폐를 찢어 놓았던 모양이다.

가만히 이장생을 바라보던 임가선이 다시 한숨을 쉬었다.

"윤 대감 댁의 사람들이라는 걸 알면서도 살인을 했으니 윤 대감이 가만히 있지 않을 거예요. 장차 그 화를 어찌 당하시려고……."

나무라지만 이장생은 태연하기만 했다.

"오면 오는 족족 숨통을 끊어버리지 뭐."

"윤 대감의 세도가 어떤지 알면서도 그런 말을 하세요?"

"졸개 몇 놈 손봐줬다고 설마 관병을 풀겠느냐? 제 얼굴에 먹칠을 하

제4장 의혹(疑惑)

는 짓이니 그렇게 할 리가 없지. 그렇게 한다고 해도 겁날 건 없다."

"이랑은 그렇다고 쳐요. 우리 명월향은 어찌 되겠습니까?"

한숨을 쉬는 건 기생어멈 명월의 심정을 대신하는 것이리라. 이장생은 역시 자기가 이곳에 머물러 있지 말았어야 한다고 생각했다. 그러나 이미 엎질러진 물이니 할 수 없다.

***

"기분 나쁜 놈이더군요."

남치근이 분한 듯 씨근댔다.

정유길은 그의 성정이 포악하고 냉정한 자라는 걸 잘 알고 있었다. 달래주어야 한다.

"이 사람, 너무 불쾌하게 여기지 말게. 그 아이가 한이 깊어서 그런 것 아니겠는가."

"그래도 내가 마치 저를 속이는 것처럼 대할 건 뭐란 말입니까? 아니, 대감이 보시기에 소관이 그까짓 놈한테 거짓부렁이나 지껄일 그런 자입니까?"

"허허, 그럴 리가 있는가. 아직 어리고 철이 들지 않아 그러니 자네가 이해하시게. 대범한 장군님 아니신가. 허허-"

아무리 불같은 성정을 가진 남치근이지만 예조와 이조의 참판과 판서를 두루 지낸 정유길 앞에서 성질대로 할 수는 없었다.

명월향에서 술대접을 잘 받고 돌아가는 길이었다.

84

이장생전 李長生傳

그 자리에서 이장생을 처음 대면한 남치근은 날카로운 그의 눈을 보고 '이놈 봐라?'하는 생각이 들었다. 타고난 무장답게 상대의 심상치 않은 기운을 즉각 느낄 수 있었던 것이다. 그래서 호기심을 가지고 요모조모 뜯어보는 중이었는데 이장생이 따지듯 임꺽정에 대한 일들을 물어대는 것 아닌가.

격식을 차린 인사말이 오가고, 술을 권하며 일상적인 잡담 몇 마디를 나누는 동안에는 그저 성정 반듯하고 기개가 있는 젊은 놈인 줄만 알았다.

제법 머리에 든 것도 많고, 은근히 사람을 위압하는 자신감마저 엿보이는 것이어서 서출로 썩고 있기에는 아까운 놈이라는 생각을 하기도 했었다.

이장생이 넌지시 토포사 시절에 세웠던 공을 치하하는 말을 꺼냈을 때는 껄껄 웃으며 우쭐대기도 했다.

그런데 그것이 자기를 닦달하기 위해 던져준 미끼였다는 것을 알고는 얼마나 분했던가.

평소 그의 성질대로였다면 당장, 이장생은 물론 명월향의 기생이며 군식구들을 모조리 포도청으로 잡아가 물고를 냈을 것이다. 수틀리면 백성은 물론 지방의 수령들까지도 거침없이 두드려 패 버리는 그의 포악함은 이미 조정 내에 모르는 자가 없었다.

그가 전라 방어사로 있던 때의 일이 유명하다.

군령을 시행한답시고 나주 목사 최환을 잡아다가 곤장을 때렸는데, 얼마나 모질게 때렸던지 최환은 풀려난 뒤 며칠 가지 못해 장독으로 죽었다.

대신들이 들고 일어나 탄핵했으나 임금은 남치근이 최환을 그 자리에서 때려죽인 게 아니라는 핑계로 의금부로 압송하는 대신 삭탈관직하는 선에서 무마했다. 그리고 몇 년 뒤에 다시 순찰사로 등용했으니, 그에 대한 신뢰가 얼마나 깊은지 알 수 있다.

그는 분명 조선에 몇 되지 않는 뛰어난 장수이고, 능력도 출중한 자이지만 그런 성질 때문에 여러 번 고초를 겪기도 했다. 그러면서도 매번 다시 등용되었고, 그때마다 승진을 거듭했던 건 그만한 장수를 찾아보기 어려운 탓이었다. 임금은 어떻게 하든 그를 달래서 쓰기 원했던 것이다.

그런 주상의 믿음에 보답하듯 남치근은 을묘왜변을 진압하는 큰 공을 세웠고, 얼마 전에는 나라 안의 골칫거리였던 임꺽정 일당을 토벌하는 공을 세웠다.

그 후 좌포청의 포도대장이 되어서 한양의 호랑이로 군림하는 자신에게 한낱 서출에 지나지 않는 놈이 꼬치꼬치 캐묻고, 되묻는 데에는 울화가 치밀지 않을 수 없었다.

임가선의 나긋나긋한 접대와 정유길의 눈짓이 없었다면 무슨 일을 저질렀을지 모른다.

"소관이 보건데 그놈은 반드시 큰 사고를 칠 놈입니다. 대감께서 그놈을 어찌 그렇게 역성드는지 모르겠으나 조심하시는 게 좋을 것입니다."

"명심함세. 그나저나 조만간 내 집에서 다시 한번 보세. 오늘 자네에게 신세를 졌으니 갚아야지."

이장생전 李長生傳

“그러지요.”

남치근이 시원하게 대답하고 껄껄 웃었다.

정유길은 조정에 뿌리가 깊은 사람이었다. 주상의 신임도 두텁다. 지금이야 파직되어 하릴없이 날을 보내고 있으나 조만간 다시 출사할 게 틀림없었다. 장차 판서도 되고 정승도 될 사람이다. 잘 사귀어 두어야 득이 된다는 걸 아는 터라 남치근은 조금 전의 불쾌했던 일은 툴툴 털어버릴 수밖에 없었다.

실제로 정유길은 몇 년 후 복직되었고, 선조 임금 치세에는 우의정과 좌의정의 자리를 두루 거쳤다.

“어쩌자고 그처럼 무례하게 구셨어요?”

그 시간에 이장생은 또 한 차례 임가선의 책망을 듣고 있었다.

“그분이 어떤 분이신 줄 잘 알면서 그렇게 대들 듯이 하다니…… 저는 당장 무슨 일이 벌어질 것만 같아 가슴이 조마조마해서 죽는 줄 알았답니다.”

“일은 무슨……”

멋쩍은 얼굴로 중얼거리면서도 이장생은 속으로 여전히 남치근이 했던 말에 대해서 생각하고 있었다.

그가 마지못해 하면서도 임꺽정을 토벌하던 때의 일을 자세히 말해주었는데, 고생이 심했다는 것과 자기의 무용과 지략이 뛰어났기에 성공할 수 있었다는 것을 은근히 강조했다.

재령의 전투에서 임꺽정은 심복들을 다 잃고 가까스로 몸을 빼 달아

제4장 의혹(疑惑)

났다고 했다.

화가 난 남치근이 사람으로 벽을 두르고는 재령에서부터 서홍에 이르기까지 한 집 한 집 샅샅이 뒤지며 수색해 갔다. 그러기를 며칠. 한 노파의 집에 숨어 있던 임꺽정이 관병으로 변장하고 달아나는 걸 서림이 발견했다고 한다.

뒤쫓은 남치근이 활을 쏘아 기어이 그를 잡고 즉각 목을 쳐버렸다는 대목에서 이장생이 벌컥 화를 냈다. 그처럼 대역무도한 도적을 형조나 의금부에 넘겨 왕명에 따라 조치하지 않고 어째서 사사롭게 목을 쳤느냐고 매섭게 따졌던 것이다.

그토록 원하는 임꺽정의 목을 남치근이 가져갔다는 데에 대한 억울함이었으나, 남치근으로서는 괘씸하기 짝이 없는 일이었다. 그래서 노성을 터뜨리고 발작하려는 그를 임가선이 붙들었고 정유길이 큰기침으로 만류했다.

가까스로 분을 삭인 남치근이 석 잔의 술을 거푸 들이켜고 나서 다시 말했다.

"한양으로 압송해 가는 중에 아직 어디엔가 숨어 있을 잔당들이 구출해 간답시고 달려들 테니 그게 귀찮고, 또 화살에 맞아 목숨이 경각지간에 달렸으므로 그렇게 할 수도 없었느니라."

그의 해명이 이치에 맞았지만 이장생은 여전히 불만일 수밖에 없었다.

그래서 혹시 가짜를 잡고 진짜라고 한 건 아니냐고 불쑥 묻자 남치근이 기어이 화를 버럭 내며 상을 내리쳐 두 쪽을 내고 일어섰다.

이장생이 그런 엉뚱한 질문을 던진 건 억지가 아니었다.

이장생전 李長生傳

그전에도 순경사 이사증이 임꺽정을 잡았다고 조정에 보고했으나 나중에 그자가 임꺽정이 아니라 그의 형인 가도치라는 게 밝혀져 처벌받았고, 그 후에는 의주목사 이수철이 임꺽정을 잡았다고 했으나 그 또한 가짜였다. 이수철이 가짜를 협박하여 진짜라고 자백하도록 한 것임이 드러나 문책받고 파면되었던 일도 있었다.

임꺽정이 득세할 때부터 각처에 그를 자처하는 자들이 여럿 생겨났었다. 이름을 도둑질해 이득을 얻거나, 위세를 떨치려던 자들인데, 임꺽정에게는 그게 꼭 나쁜 일만은 아니었다. 세상의 눈이 흩어질 테니 그렇다. 또한 곁에 자기와 흡사하게 생긴 자를 두어서 수색을 면했던 일이 있기도 했다. 그런 사실을 모르는 사람이 없는 터라 이장생이 의심했던 것이다.

"이제 그만 잊어버리세요. 서림이라는 사람이 진짜 임꺽정이라고 증언했고, 봉산 사람들도 죄다 그렇다고 했다니 의심할 여지가 없잖아요?"

임꺽정이 황해도 봉산에서 오래 있었던지라 그곳 사람들 중에 아는 사람이 적지 않았다. 그들을 불러서 수급을 보여주었는데 모두의 증언이 일치했다.

그래도 이장생은 믿을 수 없었다. 믿고 싶지 않았다. 자기가 본 임꺽정은 그렇게 맥없이 죽을 자가 결코 아니었다.

더구나 잡배처럼 산골 노파의 집에, 그것도 냄새나는 헛간에 숨어 있었다는 게 얼토당토않았고, 발각되자 허겁지겁 달아나다가 등에 화살을 맞고 붙잡혔다는 것도 그랬다.

만약 그게 사실이라면 그렇게 시시한 자에게 한을 품고, 사 년 동안

제4장 의혹(疑惑)

이나 목숨을 건 수련을 했다는 것 자체가 허탈해지고 만다.

남치근과 헤어진 정유길은 집으로 가는 대신 광통교(廣通橋)를 성큼성큼 건너고 있었다.

그가 붓골(필동)의 한 저택에 이른 건 한밤중이었다. 횃불이 이글거리는 대문 앞에 두 명의 건장한 사내가 칼을 찬 채 서 있다가 다가오는 정유길을 알아보고 얼른 달려와 인사했다.

"대감마님께서 이 시간에 어인 일이십니까?"

"이 집 주인이 지금 주무시느냐?"

"사헌부의 나리들이 찾아와 늦게까지 한담하시다가 조금 전에 돌아가셨으니 아직 안 주무시고 계실 겁니다요."

"그럼 내가 좀 뵙겠다고 전하여라."

"우선 안으로 드시지요."

무사가 정유길을 공손하게 사랑채로 안내했다. 조금 뒤에 어린 계집종이 종종걸음으로 찾아와 고했다.

"안으로 뫼시라는 분부가 계셨습니다."

헛기침을 한 정유길이 넓은 마당을 지나는데, 힐끔힐끔 바라보는 곳마다 건장한 무사들이 창이며 칼을 쥔 채 서 있었다. 그늘진 곳에는 궁수도 숨어 있는 듯했다. 모두 이 집 주인 이정빈의 수하들로서 사병이나 다름없는 자들이었다. 낮에는 이정빈을 호위할 최소한의 무사만 집에 있다가 밤이 되면 이렇게 죄다 모여들어 겹겹이 저택을 에워싸고 지키는 것이다.

이장생전 李長生傳

윤원형이 언제 살수를 뻗어올지 몰라 전전긍긍하는 이정빈의 모습을 보는 듯하여 입맛이 썼다.

"대감께서 이 늦은 밤중에 어인 일이십니까?"

대청으로 나와 반갑게 맞이하는 이정빈의 얼굴 가득 의아해하는 기색이 있었다.

이량의 장자인 그는 잘생긴 스물여섯 살의 청년이었다. 무너져가는 집안을 일으켜 세우고자 안간힘을 쓰고 있는 게 안타까워 보일 수밖에 없는 나이다.

이량이 삭탈관직당하고 귀양지에서 허망하게 죽은 게 작년의 일이었다. 그가 비록 처량한 신세가 되어 세상을 떠났으나 조정을 떨게 하던 위세마저 모두 사라져 버린 건 아니었다. 실권을 잡아 전횡하고 있는 윤원형이 여전히 이량의 남은 세력을 꺼리는 것만 보아도 알 수 있다.

그 세력의 중심에 서 있는 사람이 이정빈이었다. 윤원형으로서는 눈엣가시 같은 존재가 아닐 수 없고, 이정빈으로서는 윤원형의 세도 하에서 어떻게든 살아남기 위해 발버둥 치지 않을 수 없는 형편이었다.

그런 그에게 누구보다 든든한 힘이 되어주는 사람이 바로 정유길이었다. 선부와 가까이 지냈을 뿐 아니라, 학문과 정치적 역량이 뛰어났으므로 이정빈은 어렸을 때부터 그를 존경해 온 터였다.

좌정하자 정유길이 물끄러미 바라보더니 혀를 찼다.

"쯧쯧, 자네의 그 몰골이 뭔가? 가문의 흥망은 가장의 얼굴에 제일 먼저 나타나는 법일세. 그러니 식솔들은 물론 아랫것들 모두가 가장의 눈치만 보는 게지. 아무리 처지가 궁색해도 낙심한 기색을 달고 살아서

제4장 의혹(疑惑)

는 안 되네."

"죄송합니다."

이정빈이 고개를 숙였다. 부친이 살아 돌아와 꾸짖는 것 같아서 마음이 더욱 쓰라리다.

시무룩해진 그의 안색을 보고 안타까워진 정유길이 넌지시 말했다.

"내가 자네에게 호통을 치는 건 선부와의 교우를 생각해서이기도 하지만 자네를 그만큼 아끼고 있기 때문이라는 걸 알아주게."

"이를 말씀입니까. 소생은 나리의 꾸짖음을 들을 때마다 반성할 뿐 조금도 원망하는 마음을 품지 않았습니다."

"그래야지. 그건 그렇고……."

"말씀하소서."

"내가 이렇게 늦은 밤에 불쑥 찾아온 건 한 가지 일러줄 말이 있어서 라네."

"일러줄 말이라 하심은……?"

이성빈이 의아하여 바라보았다. 무언가 중요한 일이 틀림없으리라는 생각이 들어 긴장되기도 하는데, 정유길이 불쑥 꺼낸 말을 듣고서는 어리둥절해지고 말았다.

"밖에 곽가가 있겠지?"

"갑자기 곽가라니요? 소생은 무슨 영문인지 모르겠습니다만……."

"아무튼 있으면 이리 불러 주게."

고개를 갸웃거린 이정빈이 종을 불러 말을 전했다. 잠시 후 곽거도(郭巨道)가 들어왔다. 가벼운 옷차림에 칼을 차고 있었다.

그는 삼십 대로 보이는 걸걸한 사내였다. 체구가 큼직하고 손이 두툼했으며, 각진 얼굴에 부리부리한 눈은 누구나 위압감을 느낄 만한 용모였다.

"하명하실 일이라도⋯⋯?"

정유길에게 인사한 그가 이정빈을 향해 두 손을 모으고 서서 공손히 물었다. 이정빈이 손짓해 불렀다.

"자네를 찾은 건 내가 아니라 어르신일세. 이리 가까이 와서 뵙게나."

성큼 다가온 곽거도를 물끄러미 바라보던 정유길이 고개를 끄덕였다.

"언제 봐도 네 기상은 늠름하구나. 그리 앉아라."

곽거도를 불러 앉힌 정유길이 가타부타 말없이 품에서 이장생이 그려주고 갔던 난(蘭) 그림 한 폭을 꺼내 펼쳐 놓았다.

"보거라."

"예?"

어리둥절해하던 곽거도가 유심히 난 그림을 살펴보기 시작했다. 점점 눈살을 찌푸리더니 이내 얼굴마저 벌겋게 상기되어 씩씩거렸다. 그의 반응이 의아해서 목을 빼고 그림을 살펴보던 이정빈의 낯빛도 변해 갔다.

그들을 넌지시 지켜보던 정유길이 헛기침으로 주의를 환기하고 물었다.

"그래, 무얼 느꼈느냐?"

곽거도는 여전히 상기된 얼굴로 그림에 눈을 갖다 붙이기라도 하듯이 바라보기만 하고 있었다. 그의 숨결이 점점 거칠어져 갔다.

제4장 의혹(疑惑)

잠시 후에야 그가 휴, 하고 길게 숨을 내쉬고 정유길을 마주 보았다.

"감히 여쭙겠습니다. 대체 이런 그림을 그린 자가 누구입니까?"

이정빈이 의아해서 곽거도를 보았다.

"아니, 자네가 언제부터 그림도 볼 줄 알았나?"

곽거도는 듣지 못한 것처럼 정유길만 바라볼 뿐이었다. 정유길이 그림을 말아 품속에 넣고 말했다.

"그래, 역시 너도 느끼는군. 이 그림은 내가 아는 어떤 사람이 그려 준 것이니라. 자, 네가 느낀 바를 말해 보거라. 그러면 그가 누구인지 가르쳐 주지."

"서화에 무지한 소인이 뭘 알겠습니까마는, 한 가지는 매우 잘 느낄 수 있었습니다. 그림을 그린 자는 아마도 소인 같은 무사가 아닐까 합니다만……."

"옳거니, 네가 느낀 그게 무어냐?"

"살기입죠."

곽거도의 말에 이정빈이 불길한 소리를 들었다는 듯 얼굴을 찌푸렸으나 정유길의 입가에는 미소가 떠올랐다.

"그래, 잘 봤군. 역시 너는 뛰어난 검객이라 단번에 그림의 기운을 느낄 수 있었던 게야."

"이와 같이 그림 속에 살기를 담을 줄 아는 자라면 아마도……."

"아마도?"

"보기 드물게 뛰어난 검객일 게 틀림없습니다. 그것도 지독한 심성을 지닌 자이겠지요. 가만, 그렇다면 혹시?"

이장생전 李長生傳

누구를 떠올렸던지 곽거도의 눈빛이 매서워졌다. 정유길이 그의 속을 안다는 듯 대뜸 말했다.

"장약허를 생각한 것이냐?"

"그렇습니다."

"하하, 좋은 생각이다만 그자는 너와 마찬가지로 서화에는 문외한이다. 그러니 그자가 이런 그림을 그렸을 리가 없지."

"하오면 누구입니까?"

"이장생."

"예?"

정유길의 말에 곽거도가 눈을 크게 떴다. 들어보지 못한 이름이었던 것이다. 혹시 이 높으신 대감이 저를 놀리는 게 아닌가, 하고 생각하는지도 모른다.

그러나 이정빈은 그렇지 않았다.

"아니, 녀석이 죽지 않았단 말입니까?"

"멀쩡하게 살아서 나를 찾아왔었다네. 이 그림 한 장을 그려주더군."

"그녀석이 죽었다는 소문을 들었을 때 타고난 재주가 아깝다고 애석해했는데 다행이군요."

말은 그렇게 하지만 가볍게 낯을 찌푸리는 건 이장생이 먼 인척인 이춘명의 서출이라는 것 때문이었다. 장안의 난봉꾼으로, 싸움꾼으로 소문이 나지 않았던가. 재주가 아까워 눈여겨 본 적도 있었으나 행실이 바르지 못한 자라서 가까이하지 않았다. 혹시라도 가문에 누가 될지 모르기 때문이다.

곽거도가 심각해져서 말했다.

"소인은 그자가 누구인지 모릅니다. 하지만 이런 그림을 그릴 수 있는 자라니 한번 만나보고 싶군요. 그런데 검객이 아닙니까?"

그렇게 짐작하는 건 그림의 주인이라는 자를 정유길은 물론 이정빈 역시 알고 있기 때문이었다. 그자가 검객이라면 눈앞의 두 양반이 잘 알 리가 없다고 생각했다. 다른 세상에 살고 있는 사람들 아닌가.

정유길이 곽거도의 말에는 대답하지 않고 불쑥 물었다.

"붓을 던지게 하고 그것을 단번에 여덟 토막으로 자를 수 있는 검객이 조선에 몇이나 되겠느냐?"

"예?"

곽거도가 눈을 휘둥그레 떴다.

"너는 그렇게 할 수 있느냐?"

"그렇게 할 수 있는 자라면 지독히 빠른 검법을 익혀 대성한 자일 것입니다. 소생이 배운 검법은 쾌검과 다른 것인지라 그렇게 할 수 없습니다."

비교당하는 것 같아서 기분이 나쁘다는 게 말투에 고스란히 드러난다. 정유길이 빙긋 웃었다.

"네가 월녀검법을 대성한 보기 드문 검객이라는 걸 안다. 추풍검법과 월녀검법이 아무래도 차이가 있으니 어느 것이 우월하다고 단정할 수 없겠지."

"아니, 대감의 말씀은 그럼, 그자가 추풍검법을 대성한 자라는 것입니까?"

"내가 알기로 그처럼 빠른 검법은 추풍검법밖에 없는 줄 아는데 그 녀석은 부정하더구나. 그러니 아닌 게지. 하지만 분명히 내 눈앞에서 붓을 여덟 토막으로 잘랐더니라. 너무 빨라서 나는 번쩍이는 검광밖에 보지 못했다."

"허!"

이제는 이정빈도 탄성을 터뜨렸다.

"정말 그만한 검객이라면 장약허 그놈과 겨루어도 지지 않을 것입니다. 그런데 그게 이장생이라니 믿기 힘들군요."

"나도 그랬지. 직접 보았으면서도 여전히 믿어지지 않네."

"하오면 나리께서 몸소 저를 찾아오신 건 바로?"

"그렇다네. 자네에게 도움이 될까 해서 귀띔이라도 해줄 목적이었지. 자고로 문사가 붓을 소중히 여기고, 검객이 검을 품에서 떼어놓지 않는 건 언젠가는 자기 재주로 좋은 주인을 모시고자 함이 아니겠는가? 그걸 알아줄 주인을 기다리는 것이기도 하지. 내 생각에는 그녀석이 자네를 돕는다면 큰 힘이 될 것 같은데 자네 생각은 어떠한가?"

"여부가 있겠습니까? 그런데 나리 말고 그 녀석이 검객이 되어 돌아왔다는 걸 아는 사람이 또 있는지요?"

"아마도 없을 걸세."

이정빈의 얼굴에 웃음이 떠올랐다.

아직 아무도 그런 사정을 알고 있지 못한 것 같으니, 마음이 급해진다. 윤원형이 알게 되면 수단과 방법을 가리지 않고 수하로 끌어들이려고 할 테니 그 전에 손을 뻗쳐야 하겠다는 마음에 벌써 엉덩이가 들썩거렸다.

비슷한 시간에 남치근은 사저로 돌아와 있었다. 옷도 갈아입지 않은 채 종들에게 호통을 쳐서 최달평(崔達平)을 불러오게 했다.

종들이 놀란 꿩들 마냥 사방으로 흩어져 내달렸다.

느지막이 집에 돌아와 잘 준비를 하던 최달평이 급한 말을 전해들은 건 그로부터 얼마 지나지 않아서였다.

한밤중이지만 포도대장의 호출을 받았으니 못 들은 척할 수 없다. 최달평은 투덜대면서도 옷을 다시 입고 나설 수밖에 없었다.

그는 흔히 포교라고 부르는 포도부장 직위에 있는 자였다. 여느 포교보다 몇 배는 더 끈질기고 집념이 강해서 한 번 점찍은 범죄자를 놓치는 법이 없기로 유명하다.

완력도 있고, 무예 솜씨 또한 뛰어난 데다가 오랜 경험에서 얻은 눈썰미가 남달랐다. 부하 포도군관이며 포졸들을 부리는 수단도 능수능란하다. 타고난 포교인 것이다.

한양성 중의 무뢰배, 범죄자들이 저승사자보다 무서워한다는 최 포교이지만 남치근 앞에서는 그저 고양이 만난 쥐 신세였다.

부지런히 달려와 머리를 조아리자 활활 옷을 벗어부치고 홑옷 차림으로 앉아 있던 남치근이 이글거리는 눈으로 바라보는 것이어서 최달평은 영 불안하기만 했다. 혹시 자기가 무언가 잘못한 일이 있는 건 아닌지 좌불안석이다.

"네가 재주가 좋고 수단 또한 좋아서 다른 놈들보다 믿음직하다."

남치근의 첫 마디가 엉뚱한 것이어서 최달평은 더 가슴이 조마조마했다. 그가 면전에서 부하를 칭찬하는 사람이 아니라는 걸 알고 있기 때문이다.

"그래서 내가 너에게 특별히 한 가지 일을 시키려고 하는데 잘할 수 있겠느냐?"

"하명만 하십시오."

"너는 이제부터 다른 모든 일을 제쳐두고 한 놈의 뒤만 쫓아라."

"예?"

"당직이니 번이니 하는 걸 설 필요도 없다. 조회 자리에 나오지 않아도 좋아. 시시한 도적들 뒤를 쫓는 건 다른 놈들에게 다 맡기고 너는 그저 한 놈만 쫓으란 말이다."

워낙 엉뚱한 일이요 뜬금없는 말이라 최달평은 자기가 지금 꿈꾸고 있는 것인지도 모른다고 생각했다.

"명월향에 이장생이라고 하는 수상쩍은 놈이 있느니라. 나이는 스물아홉이고 서출이다. 제법 완력이 있고 강단이 있는 놈이라더라. 하지만 너만이야 하겠느냐?"

"하오나 그놈은 이미……."

죽은 놈이 아닙니까? 하고 대꾸하려다가 입을 다물었다. 들은 풍문이었을 뿐 확실한 것도 아니었거니와, 남치근이 이처럼 이름까지 거명하면서 특명을 내려주는 걸 보면 무언가 사달이 벌어졌기 때문이라는 생각에서였다.

"소직이 해야 할 일이 무엇인지 좀 더 자세히 말씀해 주십시오. 그저 뒤꽁무니를 따라다니기만 하라는 건 아니겠습지요?"

"이놈아!"

남치근이 버럭 소리쳤으므로 최달평은 움찔하여 얼른 고개를 숙였다.

"대체 그놈이 무슨 꿍꿍이짓을 하는지 잘 감시하라는 말이다. 그리고 수상쩍은 짓이나, 죄가 될 만한 짓을 하거들랑 냉큼 잡아 와라. 당장 시작해!"

"명을 받듭니다."

얼떨결에 복명하고 물러나지만 최달평은 대체 이게 무슨 일인지 여전히 어리둥절하기만 했다.

대면한 적은 없지만 이장생이라면 그도 이미 알고 있었다. 한때 주의할 인물이었으나 한양에서 사라진 뒤에 죽었다고 소문이 파다하게 나지 않았던가. 그것도 사 년 전이다. 그런데 뜬금없이 그놈의 뒤를 밟으라니 귀신에 홀린 것만 같았다.

"제기랄, 상관없어. 죽은 놈이면 어떻고 산 놈이면 어떠며, 귀신이면 또 어떨 것이냐? 하라시면 해야 하는 거지. 빌어먹을."

아무래도 포도대장이 자기를 밉본 모양이라고밖에는 생각할 수 없었다. 그래서 골탕을 먹이려는 것인가 본데, 못 하겠노라고 할 수도 없으니, 부아가 났다.

이장생전 李長生傳

얽히는 사람들

남치근의 사저에서 달아나듯 나온 최달평은 집으로 돌아가려다가 멈추어 섰다.

억울하기도 하고 분하기도 해서 골이 났던 것이다.

"제기랄, 내가 이게 무슨 꼴이냐, 그래."

사저를 향해 한껏 눈을 흘기고 주먹질을 해 보일 뿐, 할 수 있는 게 아무것도 없다는 데에 한숨이 나온다.

혀를 차고 발길을 돌린 그가 어슬렁거리며 향하는 곳은 장통방 방향이었다. 다시 돌아가 잠을 잘 생각이 싹 사라져 버린 것이다. 아닌 밤중에 홍두깨라고, 느닷없이 불려 가 호통을 듣고 엉뚱한 명령을 받은 터라 부아도 났다.

장통방은 좌우로 온갖 상점이 즐비하고, 각처에서 온 장사치들의 발길이 끊이지 않는 곳이라 종일 사람들로 북새통을 이루는 거리다. 그러나 새벽을 바라보는 이 시간에 오가는 자가 있을 리 없었다. 순라를 도는 포졸들이 가끔 지나다닐 뿐인데, 지금은 그들도 보이지 않았다.

최달평은 기다리기로 했다. 순라꾼을 만나면 그놈들을 붙잡고 한바탕 치도곤을 내 줄 작정인 것이다. 괜한 트집이라도 잡아서 분풀이를 해야 가슴이 시원해질 것 아닌가. 그래서 그는 장통방 거리가 저 앞에 보이는 곳에서 몸을 감추고 있었다.

남의 집 대문 기둥에 찰싹 붙어 서서 여기저기 기웃거리는 꼴이 영락없이 만만해 보이는 놈을 하나 골라 냅다 후려치고 주머니를 털어 달아나려는 잡배 같다.

그러나 아직 통행금지가 발효되고 있는 시간의 거리는 쥐 죽은 듯 고요하기만 했다. 가끔 어느 집 아이가 꿈꾸다 놀랐는지 자지러지게 울어대는 소리며, 개 짖는 소리만 간간이 들려올 뿐이다.

하품하다가 꾸벅꾸벅 졸던 최달평이 고개를 들었다. 인기척이 났던 것이다.

이 시간에 돌아다니는 놈이라면 그 자체로 수상쩍은 놈이 아닐 수 없다. 고개만 내밀고 살펴보던 그가 회심의 미소를 지었다. 저쪽 어둠 속에서 다섯 놈이 다가오고 있었는데, 보아하니 술에 잔뜩 취한 놈들인 것 같았다. 화풀이할 대상을 찾은 최달평의 눈이 매우 반짝였다.

왕명으로 시행되는 통금을 어기고 이 시간에 저렇게 고주망태가 되어 활보하고 있으니 잡아다가 물고를 내도 할 말이 없으리라. 싹싹 빌면서 묵직한 돈 꾸러미라도 슬그머니 건네준다면 다시 생각해 볼 수도 있다. 화풀이를 단단히 할 것이냐, 실속을 챙길 것이냐. 어느 쪽이 좋을지 속으로 저울질하지만 한심한 놈들이라는 생각은 변함없었다. 그래서 속으로 혀를 차며 가까워지기를 기다리던 그가 눈을 휘둥그레 떴다.

"가만, 그게 아닌 것 같은데?"

절로 인상이 찌푸려지는 것은 다가오는 놈들의 수상쩍은 몰골을 이제 똑똑히 알아볼 수 있게 된 때문이었다.

고주망태가 된 것 같은 두 놈은 서로 부축하고 비틀거렸으며, 멀쩡해 보이는 한 놈은 정신을 잃은 것처럼 보이는 놈 하나를 업고 있었다. 다른 한 놈은 비록 혼자서 걸어오고 있었지만 역시 온전해 보이지 않았다.

다섯 놈 모두 피투성이였다. 서로 부축하고 있는 두 놈은 물론 혼자 걸어오고 있는 놈도 팔에 부목을 대고 붙들어 맨 꼴이 상태가 심각해 보였다. 한 놈의 등에 업혀 있는 자는 이미 숨이 끊어진 놈이라는 느낌이 즉각 왔다. 그렇다면 이건 그냥 지나칠 일이 아니다.

범죄자 사냥꾼의 본능이 발동한 최달평은 남치근의 명령마저 까맣게 잊고 눈을 더욱 반짝이며 그놈들을 노려보았다.

그들 다섯 명은 명월향에서 포악을 떨다가 이장생에게 호되게 당하고 쫓겨난 놈들이었다. 명월향에서 나와 종루 뒤쪽 피맛골에 있는 의원에게 찾아가 급한 대로 처치를 받았다. 그러나 가슴뼈가 박살 난 자는 이미 죽었으니 소용없었고, 턱뼈가 부서진 놈과 어깨뼈가 부서진 놈은 무사했다. 목을 밟혔던 자도 급한 대로 침을 맞고 그럭저럭 운신할 수 있게 될 때까지 시간이 꽤 지체되었다.

이 꼴로는 교동으로 돌아갈 수 없다고 여긴 그들은 우선 장통방에 있는 지인의 집에 묵으면서 치료를 더 받기로 하고 그리로 가는 길이었

제5장 얽히는 사람들

다. 그러나 그런 사정을 알 리 없는 최달평의 눈에는 그저 그들이 무언가 심상치 않은 일을 벌이고 오는 도적놈들로 보일 뿐이었다. 그래서 그놈들을 잡을 요량으로 더 가까이 다가오기를 기다리는데 저 앞 어둠 속에서 빠르게 달려오는 발소리가 났다.

이건 또 웬 놈들인가 하여 훔쳐보던 그가 눈살을 찌푸렸다. 가마 한 채와 앞뒤에서 그것을 호위하는 무사 네 명이 뛰듯이 다가오고 있었다. 가마를 메고 있는 두 놈의 씩씩거리는 소리가 들린다.

통행금지를 무시하는 건 물론 호위 무사까지 대동하고 있으니 가마 안에 있는 사람의 신분이 예사롭지 않을 것이다. 그래서 누구인지 더 궁금해져 고개를 슬며시 내밀고 엿보던 최달평이 "염병."하고 낮게 중얼거렸다. 재빨리 어둠 속으로 기어들어가 꼼짝하지 않는 건 가마의 휘장을 알아보았기 때문이었다.

붉은 모란꽃을 화려하게 수놓은 비단 휘장인데, 한양성 중에서 가마에 그런 휘장을 치는 사람은 딱 한 명, 정경부인 정난정이 있을 뿐이었다.

'정경부인이 이 시간에 왜 이런 곳에?'

의문이 일었지만, 가마가 다가오자 은은히 풍겨오는 향 냄새를 맡고서는 고개를 끄덕였다. 도대선사(都大禪師) 보우(普雨)가 있는 선릉 아래의 봉은사(奉恩寺)에 찾아가 늦도록 불공을 드리고 교동 집으로 돌아가는 길이 틀림없었다.

첩실에 불과한 그녀가 무슨 요사를 떨었던지 윤원형을 꽉 틀어쥐었다는 건 이미 천하가 다 아는 사실이었다.

그녀에게 빠진 윤원형은 정실 김 씨를 내쫓고 정난정을 안방마님으로 들였으며, 주상마저 움직여 그녀를 정경부인으로 올렸다. 그 일로 세상이 떠들썩했던 게 얼마 전이다.

다들 뒤에서 정난정을 염치도 없는 계집이라고 욕했지만 윤원형의 위세에 눌려 감히 입을 뻥긋거리는 자도 없었다. 지금에 이르러서는 더 말할 것도 없다.

윤원형도 윤원형이지만 수렴청정하고 있는 문정대비와 정난정이 형님, 아우님 하며 지내는 사이 아닌가.

그처럼 위세 당당한 정경부인께서 행차하는 것도 모르고 저쪽에서는 다섯 명의 수상쩍은 놈들이 마주 오고있으니, 무언가 사단이 날 터였다.

최달평은 어떻게 되든지 지켜보기만 할 작정으로 어둠 속에서 눈을 반짝였다. 정경부인 앞인데 제가 나설 처지가 아니기도 하려니와, 이럴 때는 그저 숨죽이고 있는 게 보신하는 일임을 잘 아는 것이다.

"웬 놈들이냐?"

저 앞에서 마주 오는 수상한 놈들을 발견한 무사 한 명이 소리치고 앞으로 나섰다. 즉시 가마가 멈추어 선다.

비틀거리며 정신없이 다가오던 놈들이 주춤하더니 이내 저희 앞의 무리를 알아보고 반색했다.

"너희들이구나. 나다. 김 가야."

이장생에게 한쪽 팔이 부러진 놈이 살았다는 듯 소리치고 나섰다.

"어? 이 시간에 네가 어쩐 일이냐? 왜 여기에 있지? 아니, 그 꼴들은 또 뭐야?"

제5장 얽히는 사람들

앞서 하문했던 놈이 비로소 알아보고 놀란 소리를 질렀다.

'어라? 이것들 봐라?'

숨어서 지켜보고 있던 최달평의 눈이 호기심으로 반짝였다.

'이제 보니 저놈들도 교동 윤 대감의 수하들이었군. 서둘러 덮치지 않기를 잘했다.'

그런 생각이 드는 건 윤원형 대감의 수하 무사들과 시비를 벌여봐야 자기만 피해를 볼 게 뻔하기 때문이었다. 포도대장 남치근도 윤 대감의 눈치를 보는 건 물론 그를 제 상전처럼 떠받들고 있지 않은가.

그때 가마 뒤에서 한 사람이 앞으로 나왔다. 후리후리한 키에 마른 몸집이 장작개비처럼 단단해 보이는 자였다. 장도(長刀) 한 자루를 차고, 번쩍이는 눈빛이 차갑기 짝이 없었다. 하관이 빠져서 강퍅해 보이는 얼굴인데, 가늘게 찢어진 눈과 뾰족하게 솟은 콧날 때문에 더욱 날카로워 보이는 인상이었다.

'장약허다!'

그자를 알아본 최달평은 정말 운이 좋았다는 생각에 가슴을 쓸었다. 장약허가 귀신같은 자라는 걸 모르는 사람이 없는 터 아니던가. 멋모르고 뛰어나갔더라면 큰 봉변을 당하고 말았을 것이다.

"무슨 일이냐? 그 꼴은 뭐고?"

장약허가 한 팔을 붙들어 매고 있는 김 가를 싸늘하게 노려보았다. 김 가가 이를 갈며 말했다.

"비번이기로 명월향에 놀러 갔다가 한 놈에게 당했소이다. 정 가는 목숨을 잃었습지요. 이렇게 장 대형을 만났으니 마음이 놓입니다. 우리들의 원을 풀어줍시오.”

자못 억울하다는 듯 말하지만 장약허의 눈길에는 노여움도, 분해하는 기색도 떠오르지 않았다. 얼음을 조각해 박아놓은 것처럼 차갑고 무심할 뿐이다.

“한 놈에게 당해 그 꼴들이 되었단 말이지?”

“그렇소. 분하기 짝이 없소이다. 그놈은 우리가 교동 대감마님 댁 사람들이라는 걸 알면서도……”

“시끄럽다!”

낮게 꾸짖는 장약허의 어조에서 살기가 느껴졌다.

“그놈이 누구냐?”

“이장생이랍디다.”

“이장생?”

장약허가 고개를 갸웃거렸다. 그러나 그 말을 엿들은 최달평은 뒤통수를 한 대 얻어맞은 것 같았다.

장약허가 다시 말했다.

“너는 이제 다시는 칼을 잡을 수 없겠구나.”

냉정한 말에 김 가가 두 눈에서 원독의 불길을 활활 뿜어냈다.

“장 대형이 복수해 주기를 바랄 뿐이오. 그래 준다면 은혜를 잊지 않으리다.”

“그래 주지. 하지만 그 전에 너희들의 죄를 물어야겠다.”

“아니, 무슨 그런 말을……”

“너희들은 신분을 밝힘으로써 우리 모두의 얼굴에 먹칠을 했다. 대

제5장 얽히는 사람들

감마님의 체면마저 손상시켰지."

그 말에 김가가 대꾸하지 못하고 고개를 푹 숙였다. 장약허의 말투가 더욱 차가워졌다.

"그분을 위해 써야 할 몸뚱이를 고작 기방에서 그 지경으로 망가뜨렸으니 더 용서할 수 없다."

말을 마친 순간 허공에 번쩍, 하고 검광이 뿌려졌다.

'헙!'

최달평이 급히 입을 틀어막았다. 장약허의 칼이 김 가의 목을 치고 나가는 걸 본 것이다.

그의 칼은 거기에서 그치지 않았다. 이내 나머지 놈들 속으로 파고들었는데, 한 번 번쩍일 때마다 한 놈씩 목이 꺾이고 가슴이 쪼개져 쓰러졌다. 비명을 지를 새도 주지 않는 잔인하고 쾌속한 검 격이었다. 그의 눈부시게 빠르고 깨끗한 솜씨를 본 최달평이 부르르 진저리를 쳤다. 동료들에게 눈 한번 깜짝하지 않고 살수를 펼치는 장약허의 잔인함에 치를 떨지 않을 수 없었다.

죽은 자의 옷깃에 칼을 문질러 닦은 장약허가 주위를 둘러보았다. 최달평은 꼼짝도 할 수 없었다. 숨을 멈추고 그의 눈길이 지나가기를 기다리는 시간이 끔찍하게 길기만 하다.

"흉한 꼴을 보여서 송구합니다."

장약허가 가마를 향해 고개를 숙였다. 가마 안에서는 아무 말도 없었다.

"너희는 저것들을 처리하고 뒤따라라. 가자."

그가 가마꾼을 재촉해 떠났고, 남은 자들이 시체를 옮기기 시작했다. 최달평은 비로소 안도의 숨을 쉬고 가슴을 폈다.

아침이 되면 수표교 아래에서 변사체 다섯 구가 발견되었다는 신고가 들어올 것이다. 그 일로 포도청이 시끄러워지리라.

“나하고는 상관없는 일이다. 나는 본 게 아무것도 없는 거야.”

중얼거린 최달평이 다시 부르르 몸을 떨었다.

“그런데 이장생이라는 놈이 정말 죽지 않았던 모양이구나. 그렇다면 심각한 일이 생기겠는걸?”

비로소 남치근의 명을 충실히 수행해야겠다는 결의가 선다.

***

“어디를 가시려고요?”

“잠시 다녀오마. 며칠 걸릴지도 몰라.”

“이랑이 없는 새 그들이 또 찾아오기라도 하면……”

임가선이 울 것 같은 얼굴을 하고 옷깃을 잡았다. 아침 일찍 행장을 갖추고 나서는 그를 보기가 왠지 불안했던 것이다.

“걱정 마라. 한번 치도곤을 당했으니, 당분간은 조용할 거야.”

즉각 찾아와 소란을 떨 만큼 치졸한 놈들은 아닐 것이라고 생각했다. 세도가 윤원형을 모신다는 놈들 아닌가. 여타 하오 잡배들과 같을 리 없으리라고 믿지만 그대로 넘어갈 리도 없으니, 장차가 문제였다. 후환을 없애려면 역시 그놈들과 담판을 짓는 게 최선일 것이다. 이장생은 이번 일을 마치고 돌아와서 그렇게 하겠다고 생각했다.

그는 충청도 금산에 다녀올 작정이었다. 거기 임꺽정이 죽기 전에 그의 노릇을 했던 가짜가 있다는 걸 알았기 때문이다. 김갑석이라는 자인데, 생긴 모양이 임꺽정을 빼다 박은 것 같아서 한동안 진짜 임꺽정이 그놈을 부리기도 했다는 말을 들었다.

임꺽정이 죽었다고 알려진 후 각처에서 준동하던 가짜들도 싹 사라진 터에 그가 특별히 김갑석이라는 놈에게 관심을 두는 건 그런 이유 때문이었다.

이장생이 다른 사람들에게는 아무 말도 없이 명월향을 나섰을 때 최달평은 맞은편의 국밥집에서 아침밥을 먹으며 어디서부터 시작할지 궁리하는 중이었다. 그러다가 그가 나오는 걸 보았다.

'저놈이다.'

한눈에 알아보았다.

가만히 엿보던 최달평이 급히 수저를 내려놓고 국밥집을 나갔다.

이장생은 빠른 걸음으로 광통교를 건너 남산을 바라보고 나아가고 있었다. 아침이 되어 부산스럽게 깨어나는 성중의 활기를 느끼면서도 마음은 무겁기만 했다.

숭례문을 나와 한양성을 벗어나자, 도성 안과는 완연히 다른 풍경이 펼쳐졌다. 용산에 이르기까지 논과 밭이 연이어 있고, 드문드문 모여 있는 마을들은 고요하기만 했다.

이장생이 나루에서 배를 타는 것을 본 최달평은 낙심하고 말았다.

더 이상 뒤쫓을 수 없게 되었기 때문이다.

"다시 돌아오겠지."

미행을 멈추고 혀를 차면서 최달평은 지금 자기 존재를 발각당하는 것보다 그가 돌아오기를 기다리는 게 현명한 일이라고 생각했다. 언덕에 서서 느릿느릿 강을 건너가는 배를 멍하니 바라보던 그가 한숨을 쉬고 돌아섰다.

"명월향에서 대체 무슨 일이 벌어질지 그걸 지켜보고 있는 것도 중요한 일일 것이다."

그렇게 위안을 삼으며 다시 명월향으로 돌아왔다. 그리고 그날 저물녘에 수상한 자 한 명이 그곳으로 들어가는 걸 발견했다.

'저놈?'

최달평이 머리를 갸웃거렸다. 장년의 장사치로 보이는 자 하나가 문을 지키고 있던 장정 놈의 환대를 받으며 명월향으로 들어갔는데, 옷차림이며 거드름을 떠는 행태가 돈깨나 만지는 자인 게 틀림없어 보였다.

최달평이 이상하게 여기는 건 그자가 어디에서인가 본 자인 것 같았기 때문이었다. 그러나 누구였던지 당최 생각해 낼 수가 없었다.

인상을 쓰던 최달평이 어슬렁거리며 명월향으로 다가갔다. 문을 지키던 놈이 수상하다는 듯이 바라본다.

"이보게, 방금 들어간 그 양반이 뉘신가?"

"그건 왜 물으시오?"

"지나가던 길에 얼핏 보았는데 내가 아는 사람 같지 뭔가. 그래서 내 짐작이 맞는다면 공술이라도 한 잔 얻어먹을 수 있지 않을까, 하는 생각이 들었지. 그래, 뉘신가?”

장한이 허름한 최달평의 행색을 훑어보고 혀를 찼다.

명월향의 술값은 비싸고 기생 값은 더 비싸기로 이름 높다. 어지간한 자들은 감히 구경할 엄두도 내지 못하는 곳인 것이다. 그래서 가끔 이처럼 개꾼으로 붙으려는 자들이 귀찮게 굴기도 했다. 그러니 나오는 말이 퉁명스럽지 않을 수 없다.

“댁이 생각하는 사람이 누군지 먼저 말해 보구려. 맞으면 안에 통보해 드리지.”

“글쎄, 내 생각에는……”

눈살을 찌푸렸던 최달평이 얼른 수를 생각해 냈다.

“장통방의 포목점 김 나리가 아닌가?”

장통방에는 포목점이 많고, 김 씨는 흔한 성이니 대충 걸려들 것이라고 생각했는데 오산이었다.

장한이 콧방귀를 뀌었다.

“흥, 어쭙잖은 수작 말고 썩 꺼지시지?”

“아니란 말인가?”

“장통방의 나리가 맞기는 한데, 그 양반의 성은 김씨가 아니라 이씨라네. 괜한 수작 부렸다가는 알지?”

눈을 부라리며 주먹을 들어 보인다.

‘제기랄, 잘못 짚었군. 하필 이 가람.’

멋쩍어진 최달평이 입맛을 다시며 물러섰다. 그러나 수확이 있으니 헛걸음은 아니었다. 적어도 그자가 장통방에서 포목점을 한다는 건 알아냈지 않은가. 명월향을 들락거릴 정도이니 포목점 중에서도 제법 규모가 큰 점포를 가진 자일 것이고, 성이 이가라니 나중에라도 찾기 쉬울 것이다.

최달평은 한 번 의문이 생기면 무슨 수를 쓰든 풀어야만 만족하는 사람이었다. 점찍은 자를 집요하게 쫓아 반드시 결과를 보고야 마는 데에는 그런 성품의 영향이 컸다.

포목점 이 가라는 자가 분명 어디에서인가 본 자인 것 같기도 하고, 아니기도 한데 굳이 거기에 매달릴 필요는 없는 일이었다. 그냥 내가 잘못 보았나보다, 하고 넘겨도 될 일을 자꾸 생각하는 건 느낌 때문이었다. 그가 생각하는 '어디에서인가 본 자'가 기억 속에 '나쁜 놈'으로 남아있기 때문이다.

이장생이 돌아올 때까지 할 일도 없는 터라 최달평은 그놈을 한번 밝혀보기로 작정했다.

"얘, 가선아. 어찌 그렇게 고집이 세단 말이냐?"

"벌써 백 번도 넘게 말씀드렸잖아요."

"그러니까, 네 그 기둥서방이라는 자가 뭐가 그렇게 아까워서 미련을 버리지 못하느냐 그 말이다. 돈이 있느냐, 뒷줄이 있느냐. 아니면 장차 벼슬아치라도 되어서 인끈을 꿰찰 그런 위인이냐?"

"……."

"나도 뚫린 귀는 있어서 들을 건 다 주워듣고 산다. 그자는 인물 빼면 아무짝에도 쓸모없는 건달이야. 재주가 아무리 많으면 뭐 하니? 누

113

가 알아줘야 말이지. 그런 자에게 순정을 바쳐봐야 돌아오는 건 네 눈물밖에 없을걸?"

"말씀이 과하십니다."

임가선이 노골적으로 불쾌하다는 기색을 내비치지만 포물점 이가라는 사내는 아랑곳하지 않았다.

"그러지 말고 내 후처로 들어앉으라니까 그러는구나. 자식이 하나 있기는 하지만 다 큰 놈이니 무슨 상관이냐? 게다가 첩 노릇 하라는 것도 아니고 엄연히 처가 되라는 것 아니니. 내 집에만 들어오면 안방을 차지하고 종들에게 이래라저래라 하면서 편히 살 수 있지 않겠느냐?"

포물점 이가가 오래전에 죽은 마누라 대신 임가선을 후처(後妻)로 삼기 위해 안달이 난 게 어제오늘의 일이 아니었다. 그러나 가선의 마음은 여전히 돌덩이 같기만 했다.

그녀의 냉랭한 얼굴 앞에서 더욱 애가 단 사내가 간곡하게 말했다.

"너도 생각해 봐라. 꽃다운 네 얼굴이 십 년, 이십 년 가는 것도 아닐 테고, 백 년, 천 년 기생질하고 살 수 있는 것도 아닌데 늘그막을 생각해야지. 얼굴의 윤기가 시들어가고, 이마에 주름살이 하나둘 생기며, 흰 머리카락이 파 뿌리처럼 자라나는 게 순식간이다. 아침에 일어나서 어제와 오늘이 다르다는 걸 느끼고 한숨을 쉴 때는 이미 돌이킬 수 없느니라. 그러니 그렇게 되기 전에 나 같은 사람에게 찰싹 붙는 게 백방으로 네게 이로운 게야. 안 그러냐?"

구구절절이 옳은 말이다. 그러나 역시 임가선의 마음을 돌려놓을 수는 없었다. 그녀에게는 돈보다, 장래의 일보다 지금의 사랑이 더 크고 소중했던 것이다. 내 인생에서 언제 또 그와 같은 사랑이 찾아올 것인가, 하고 생각한다.

"아이, 쓸데없는 소리 그만 하고 어서 잔이나 비우세요."

그녀가 억지웃음을 지으며 술을 권했다.

장통방에 번듯한 가게를 여럿 가지고 있는 그는 이필교(李弼交)라는 자였다. 오십 줄에 든 홀아비이지만 재력가로 소문나 있는 터라 그의 재산을 보고 수많은 매파가 달려들었다. 그래도 내내 독신을 고집하더니 임가선을 한 번 보고는 홀딱 빠져서 이제는 자기 가게마저 거추장스럽게 여길 지경이 되었다.

장통방 뒤편의 저택 외에 중촌에 고래등 같은 기와집만도 세 채를 가지고 있으며, 명나라를 뻔질나게 드나드는 무역업자이기도 한 그의 재산이 얼마나 되는지 아는 사람이 없었다. 그의 집에 가면 발에 차이는 게 돈이고 굴러다니는 게 호박, 마노 같은 귀물이라고 했다. 그런 자가 오직 임가선을 후처로 들이기 위해서 안달하는 것이다.

이필교는 명월향에 찾아올 때마다 돈을 물쓰듯 해가며 사람들의 마음을 사려고 애썼다. 그들의 입을 통해서라도 가선이의 마음을 움직여볼 요량인 것이다.

그러나 그녀는 요지부동이었다. 열녀도 그런 열녀가 없을 것이다. 그럴수록 이필교의 마음은 달아오르기만 했다. 오르지 못할 나무가 더 올라가고 싶어지고, 갖지 못할 물건이 더 탐나는 것 아니던가.

시간이 지날수록 찾아오는 자들이 많아졌다. 이필교는 그동안 뿌린 돈의 힘으로 임가선을 독차지하고 있었으나, 그녀를 찾는 자들의 성화

제5장 얽히는 사람들

가 갈수록 커지니 더 이상 어쩔 수 없었다.

그가 아쉬움이 가득 담긴 손으로 그녀의 손을 잡고 손등을 쓸며 한숨을 쉬었다.

"얘, 가선아. 내일이라도 내가 죽었다는 소리가 들리거든 다 너 때문인 줄 알거라."

"어머나, 농도 잘하시네요. 왜 저 때문입니까?"

"상사병을 앓다가 그리된 것이니 너 때문이지."

"에그, 무슨 그런 흉한 말씀을 하세요?"

"사실이다. 어쨌거나 내일 명나라로 떠나는데 한 달쯤 지나서야 돌아올 것 같구나. 뭐 가지고 싶은 거라도 있니? 억만금을 들이는 한이 있어도 반드시 구해다 주마."

"아무것도 필요 없어요."

"그러지 말고 말해 보렴."

"꼭 하나 있기는 해요."

"응? 그래? 그게 뭔지 말해 보아라. 황제가 산다는 자금성을 월담해 들어가서라도 구해다 줄 테니까."

"단정초(斷情草)라는 게 있다던데 그걸 가져다주세요."

"먹으면 죽는 단장초(斷腸草)가 있다는 말은 들었다만, 단정초라니 금시초문이구나. 그런 게 다 있어?"

"그 약초를 달여 마시면 정인에 대한 애틋한 마음이 사라지게 된다고 하더군요."

"오라, 그걸 마시고 이장생이라는 녀석을 잊을 셈이구나? 그렇다면 생전 들어보지 못한 물건이지만 죽을힘을 다해서 구해와야지."

그의 너스레에 임가선이 입을 가리고 웃었다.

"웬걸요. 소첩은 그 약초를 달여서 나리의 술에 섞어 드리려고 그런 답니다."

"이런, 이런 발칙한 것 같으니. 하지만 소용없을 거야. 잊었다가도 너를 보면 다시 새 정이 생겨날 테니 너는 단정초를 끓이다가 늙어 죽고 말 걸?"

"에그, 참 딱도 하시지."

임가선이 곱게 눈을 흘기고 한숨을 쉬었다.

어두워진 거리를 걸어 장통방의 가게로 돌아온 이필교가 깜짝 놀라 "억!"하고 소리쳤다.

"어딜 그렇게 싸돌아다니는 거야? 또 명월향에 갔었지?"

팔짱을 끼고 서서 매섭게 다그치는 사람은 이십대 중반의 아가씨였다. 꼭 조인 허리띠 틈에 두 자루의 짧은 칼을 꽂고 있다.

도톰하고 붉은 입술을 잘근잘근 깨물며 실눈을 뜨고 노려보는 것이 영락없이 앙칼진 고양이 같았다.

"너, 너, 묘화 아니냐?"

"왜 귀신이라도 본 것처럼 놀라?"

"어허, 차라리 귀신이 반갑지."

정말 그렇다는 듯 부르르 진저리까지 치는 이필교를 향해 그녀, 묘화 (猫花)가 코웃음을 쳤다.

제5장 얽히는 사람들

"흥, 쓸데없는 소리 말고 내 말 똑똑히 들어. 오늘 아침에 수표교 아래에서 다섯 놈이 시체로 발견된 걸 알지?"

"안다."

이필교가 한숨을 쉬었다. 묘화의 말에 술이 다 깬 얼굴이다.

"뒈진 놈들이 그 시간에 왜 장통방 초입에서 어슬렁거리고 있었던 것인지, 그것도 짐작하지?"

"나에게 오려고 했겠지. 그런데 대체 어떤 극악무도한 자가 그런 짓을 저질렀단 말이냐?"

"장 대형이었어."

"허!"

장약허의 짓이었다는 말에 이필교의 눈이 찢어질 듯 커졌다.

"아니, 그자가 드디어 미친 게냐? 어째서 제 수하들을 파리 때려잡듯 해?"

"그 일로 어르신의 엄명이 떨어졌다. 당신은 더 이상 명월향에 출입해서는 안 돼."

"뭐라고? 나리가 정말 그랬단 말이냐? 나에게만 금족령을 내리신 이유가 뭐래?"

"죽을 걸 살려주려는 것이지. 당신은 우리의 돈줄이잖아."

"내가 명월향에 가면 왜 죽는단 말이냐?"

"임가선이라는 여우 같은 년 때문이지."

"말조심해라. 듣기 싫구나."

"흥, 그 다섯 놈이 죽은 것도 그년 때문이었다. 그년에게 홀렸다가 그리된 거야. 그러니 다음 차례가 당신이 될지, 아닐지 누가 알겠어?”

“뭐라고? 아니, 그건……”

이필교의 입이 딱 벌어졌다.

“나는 분명히 말을 전했다. 죽든지 살든지 그건 이제 당신이 알아서
할 일이고 돈이나 내놔.”

묘화가 불쑥 손을 내밀었다.

“무슨 돈?”

“어르신이 시킨 거야. 뒈진 놈들이야 하나도 불쌍하지 않지만, 그놈
들의 가족은 그렇지 않잖아? 오백 냥이다.”

이필교가 끄응, 하고 강아지 앓는 소리를 냈다. 이럴 때를 위해 쌓
아두고 있는 재물이니 어쩔 수 없지만 그래도 아깝다는 생각이 든 것
이다.

최달평은 명월향 밖에서 이필교가 나오기를 끈질기게 기다렸다. 그
리고 그의 뒤를 밟아 기어이 장통방에 있는 가게를 알아냈다.

이만하면 되었으니 오늘은 일단 돌아갈까, 하다가 그래도 무언가 미
심쩍은 마음이 들어서 미적거리는 중인데 그곳에서 나오는 묘화를 보
았다. 문 곁에 붙어 선 그녀가 잠시 사방의 동정을 살피고 나서 재빨리
인적 뜸해진 거리 저쪽으로 멀어져갔다. 그 꼴이 영 수상쩍다.

내내 엿보고 있던 최달평이 인상을 썼다.

“저건 또 뭐야? 계집애야, 사내야?”

선머슴 같은 행색도 그렇지만 허리띠에 두 자루의 칼을 꽂고 있는 것

제5장 얽히는 사람들

이며, 가볍고 빠른 걸음걸이가 호기심을 끈다.

망설이던 최달평은 그녀의 뒤를 밟기로 했다.

청계천을 따라 종묘 방향으로 걷는 동안 밤이 더욱 깊어졌고, 인적도 끊어졌다. 조금 전에 통금을 알리는 인정(人定) 종이 울린 시간인 것이다.

최달평은 여자 혼자서 두려움도 없이 어두운 거리를 활개 치고 걷는 묘화에게 흥미를 느꼈다. 멀찍이서도 꽉 조인 허리의 잘록함과 그 아래 펑퍼짐한 엉덩이 하며, 날렵하고 단단해 보이는 몸매가 잘 보이는 건 달이 밝아서도 아니고, 눈이 밝은 때문만도 아닐 것이다.

저 계집애의 얼굴은 어떨까, 하고 엉뚱한 생각을 하는데 앞에서 순라꾼들의 딱따기 소리가 들려왔다.

"엇?"

최달평이 자기도 모르게 놀란 소리를 냈다. 어둠 저쪽에서 순라꾼들의 형상이 보이기 무섭게 묘화가 땅을 박차고 뛰어올랐던 것이다.

한 줄기 바람처럼 솟구쳐 한 길도 넘는 담 위에 사뿐히 내려앉아 몸을 감추는 솜씨가 놀라웠다.

입을 딱 벌렸던 최달평도 재빨리 솟을대문의 기둥 뒤에 몸을 숨겼다.

아무것도 모르는 순라군들이 딱따기를 치며 지나갔다. 그들의 발소리가 멀어지고 나서야 고개를 내민 최달평은 난감해졌다. 어디로 사라졌는지 묘화의 모습을 찾아볼 수 없었기 때문이다.

잠시 기다려보던 그가 혀를 차고 몸을 드러냈다.

"쳇, 놓쳤군. 실로 날랜 고양이 같은 계집애로구나."

다시 혀를 차고 돌아서는데 머리 위에서 싸늘한 음성이 들려왔다.

"어떤 쥐새끼이기에 내 뒤를 밟는 것이냐?"

"헛!"

기겁을 하고 바라보는 최달평 앞에 묘화가 낙엽처럼 가볍게 내려섰다. 그녀가 언제 움직여 자기가 숨어 있던 대문 지붕 위로 옮겨왔던지 전혀 알지 못했다는 데에 가슴이 철렁한다.

싸늘하게 노려보고 있는 묘화를 찬찬히 살펴보던 최달평이 속으로 탄성을 터뜨렸다. 앙칼진 고양이 같지만 보기 드물게 예쁜 얼굴이었다.

그녀의 훌륭한 몸매와 얼굴 앞에서 나이 든 홀아비인 최달평은 주눅이 드는 걸 어쩔 수 없었다. 새침한 표정과 냉랭한 분위기마저 그녀에게 잘 어울리는 것이어서 더욱 기가 죽는다.

"너는 누구냐? 누구의 명을 받고 내 뒤를 밟았지?"

다시 묻는 말에 최달평이 비로소 정신을 차렸다.

"어허, 아가씨의 입이 생긴 것과 다르게 험하구나. 내 물음에 대답하면 나도 네 물음에 대답해 주마."

어이없다는 듯 묘화가 피식 웃었다. 그러자 달빛 아래 그녀의 얼굴이 더욱 요염하게 빛나는 것이어서 최달평의 가슴이 쿵쾅거리고 뛰었다.

"마지막 소원을 들어주지 못할까. 말해 봐."

최달평은 마지막이라는 말이 마음에 걸렸지만 개의치 않고 물었다.

"네 이름이 무엇이냐? 이 깊은 밤중에 어디로 가는 길이지? 장통방이 가의 포목점에서 나오던데 그와는 어떤 사이냐?"

말을 듣는 동안 묘화의 눈길이 점점 더 싸늘해지더니 말이 끝났을

제5장 얽히는 사람들

때는 살기를 띠고 번쩍였다.

"나는 묘화다. 그밖에는 아무것도 말해줄 수 없으니, 그것만 알아 둬."

"그렇다면 나도 대답해줄 수 없다."

"상관없어. 네가 재수 없는 포청의 포졸이라는 걸 알았으니까."

"어? 어떻게 말이냐? 나는 한마디도 하지 않았는데?"

"흥!"

최달평이 깜짝 놀란 시늉을 하고 너스레를 떨었다. 아무래도 그녀가 내비치고 있는 살기가 심상치 않다고 느낀 것이다. 내 팔자가 아녀자의 칼에 맞아 죽을 팔자는 아니라고 믿지만 묘화의 허리춤에 꽂혀 있는 짧은 칼에 신경이 쓰이는 건 어쩔 수 없었다.

"허허, 너는 생긴 것만 예쁜 게 아니라 눈치도 빠르니 여우의 화신인 모양이로구나. 그렇다면 여우 굴로 돌아가고 있을 터. 내가 괜히 방해했는가 보다. 다시 뒤를 밟지 않을 테니 그만 가 보렴. 우리 각자 제 길을 가자꾸나."

짐짓 너털웃음까지 쳐가며 되지도 않는 소리를 해대는 건 어떻게 하든 그녀의 주의를 산만하게 해서 살기를 가라앉혀 보려는 의도였다. 내가 포도청 사람이라는 걸 짐작했으니 설마 대들기야 하겠나, 하는 마음도 있다.

그러나 묘화의 생각은 그렇지 않은 모양이었다.

"네가 보지 말았어야 할 걸 보았으니 살려 보낼 수 없지."

기어이 쨍, 하고 두 자루의 시퍼런 칼을 뽑아 든다.

"너?"

이장생전 李長生傳

비로소 상황이 여유롭지 못하다는 걸 느낀 최달평이 주춤 물러선 것과 함께 그녀가 가볍게 쳐들어오며 좌우로 칼을 뿌렸다.

고양이가 쥐를 움키려는 것처럼 날렵하고 사나운 솜씨였다.

거듭 물러서며 몸을 피하던 최달평이 더 견디지 못하고 품에서 두 자루의 단봉을 꺼내 들었다. 그래야 할 만큼 묘화의 칼이 주는 위협이 컸던 것이다.

손아귀에 착 달라붙는 굵기에, 한 자 다섯 치 길이의 단봉은 잘 마른 박달나무를 깎아 만든 것이라 쇠처럼 단단했다.

완력과 솜씨가 뛰어난 그의 손에 들리자 그것은 단순한 몽둥이가 아니라 끔찍한 흉기가 되었다. 한 대 맞으면 누구라도 여지없이 뼈가 부러지고 머리통이 깨질 것이다.

"조심해라. 내 몽둥이에 맞아 머리통이 깨져서 그 예쁜 얼굴에 핏물을 뒤집어쓰면 끔찍하지 않겠느냐?"

번쩍이는 빛을 뿌리며 눈앞을 어질어질하게 하는 칼을 향해 단봉을 휘둘러 마주쳐 가면서도 최달평은 희롱하기를 멈추지 않았다. 역시 그녀의 주의를 흩뜨리기 위해서였다.

따다당, 하는 묵직한 소리가 정신없이 터져 나왔다.

상대의 격한 반응이 의외라는 듯 묘화가 흠칫하더니 더욱 이를 악물고 칼을 휘두르며 쳐들어왔다.

사방이 온통 칼빛으로 번쩍거렸다. 그물을 덮어씌운 것 같다. 아차, 하는 순간에 목숨을 빼앗기고 말 위험한 상황이 거듭해서 지나갔다.

'이건 여간내기가 아니다. 잘못했다가는 큰코다치겠는걸?'

제5장 얽히는 사람들

급히 몸을 움직이고 단봉을 휘둘러 몇 차례의 위기를 넘긴 최달평은 묘화가 위험한 아가씨라는 것을 절실히 느꼈다.

이래서는 그녀를 아녀자라고 봐줄 형편이 되지 않는다. 정말 목숨을 걸고 싸워야 할 상대라는 것을 의식하자 마음에 갈등이 생겼다.

'이 최달평이가 고작 여자하고 싸움질이나 하고 있어서야 되겠어?'하는 오만과 '이러다가 저것의 칼에 맞아 죽으면 대체 포도대장 영감이 뭐라고 비웃을 것인가?'하는 걱정, 그리고 묘화에 대한 괘씸함이 범벅이 되어 정신이 산란해진다.

'그냥 때려잡아 버려?'하는 충동이 들기를 여러 번이었다. 그러나 묘화가 그리 만만한 상대가 아니고, 또 모질게 대하고 싶지 않다는 얄궂은 마음이 들기도 해서 갈수록 혼란해지기만 했다.

최달평이 부지런히 손발을 놀리면서도 그런 생각들로 갈팡질팡할 때 묘화 또한 자못 의외라고 여기며 놀라고 있었다. 별 것 아니게 보였던 자가 자기의 칼을 벌써 십여 차례나 막아냈으니 그렇다.

교동 윤 대감 댁에는 솜씨 좋은 무사들이 많이 있다. 묘화는 그러나 그들 중 자신의 쌍칼을 당해낼 만한 자는 장약허 한 사람뿐이라고 믿었다.

그건 장약허는 물론 다른 자들 모두가 인정해 주는 터라 그에 대한 자부심도 대단하다. 그런데 한낱 포청의 포졸 하나를 어쩌지 못했다면 그들이 모두 비웃을 것 아닌가.

그런 생각에 그녀가 이를 악물고 한층 매섭게 칼을 휘둘렀다. 반드시 죽이고 말겠다는 살기가 더욱 충만해진다.

묘화의 더욱 앙칼져진 칼질 앞에서 최달평은 난감하기만 했다. 망설일수록 위험이 가중된다.

"이크!"

칼이 머리카락 몇 올을 베고 이마를 서늘하게 하며 스쳐 지나갔다. 정신이 아찔해진 순간 "이얍!"하고 사납게 외친 최달평이 온 힘을 다해 단봉을 휘둘렀다.

따당!

그것이 목과 옆구리를 동시에 노리고 쓸어오는 칼을 부수어 버릴 듯이 두드렸다. 그 힘에 놀란 묘화가 주춤거렸다. 손목이 저릿저릿해지고 칼이 윙윙거리며 진동한다.

최달평은 그 틈에 몸을 빼 뒤도 돌아보지 않고 달아났다.

"거기 서!"

묘화가 날카롭게 외치며 뒤쫓았지만, 최달평의 걸음 또한 그녀 못지않게 날랬다. 게다가 어둠 속 아닌가. 뒤도 돌아보지 않고 달아나는 그를 쉽게 따라잡을 수 없었다.

"쳇, 쥐새끼 같은 놈."

묘화가 분해서 발을 굴렀다. 그리고 이내 얼굴에 수심이 가득해져서 한탄했다.

"그나저나 귀찮게 되었잖아. 하필 포청의 개에게 뒤를 밟혔으니……"

거듭 발을 구르고 후회하지만 엎질러진 물이다. 이 일을 보고하면 윤원형이 화를 낼 게 틀림없다고 생각했다. 어쩌면 문책을 당할지도 모른다.

마지못해 칼을 갈무리하면서 묘화가 다시 "호-"하고 한숨을 쉬었다.

제5장 얽히는 사람들

“그러나 해결도 그분이 해주실 테니 맡기는 수밖에.”

최달평이 달아난 어둠을 노려본 그녀가 혀를 차고 재빨리 사라진다.

이장생전 李長生傳

제6장

음모자(陰謀者)

어떻게 밤을 보냈는지 모르고 아침을 맞은 최달평은 묘화와의 일을 남치근에게 보고해야 할지 말아야 할지 고민하지 않을 수 없었다.

"제기랄, 그 고약한 것이 나를 어지럽게 하는구나."

벌컥, 저 혼자 역정을 내는 건 자꾸만 눈앞에 그녀의 앙칼진 모습이 떠올라서였다.

임가선이 장안의 미녀로 손꼽히지만, 묘화가 결코 그녀에게 뒤지지 않을 것이라는 엉뚱한 생각마저 들었다. 임가선에게서는 찾아볼 수 없는 야성적인 매력이 있으니 그렇다.

"대체 그 깜찍한 것의 정체가 뭘까?"

사람들로 붐비는 장통방 거리의 찻집에 앉아서 한동안 생각하던 최달평은 몇 가지 결정을 했다.

우선 묘화와의 일은 남치근에게 보고하지 않겠다는 것이었다.

보고해 봐야 이장생을 감시하라고 했지, 쓸데없는 짓을 하라고 했느냐며 불호령을 내릴 게 뻔하지 않은가.

다음으로 이장생이 다시 나타날 때까지 명월향을 계속 지켜봐야겠다는 것이고, 끝으로 이필교의 포목점도 감시하겠다는 것이다. 거기서 묘화를 다시 볼 수 있을지 모르기 때문이라는 야릇한 이유가 하나 더 붙었다.

그런 최달평에게 처음으로 낙심할 일이 생겼다.

이필교의 포목점 앞을 태연히 지나가던 그가 우뚝 걸음을 멈추었다.

다른 가게들은 모두 문을 열었는데 웬일인지 이필교의 포목점만 여전히 문이 닫혀 있었다.

"뭐야? 명나라로 떠났어? 아니, 언제?"

점원으로 보이는 놈이 쪽문을 열고 나오는 걸 붙들고 물어보자, 이필교가 물건을 구입하기 위해 벌써 떠났다는 것이었다.

"새벽같이 길 나섰다오. 그런데 댁은 뉘시오?"

"어허, 그 양반이 나와의 약조를 그새 까맣게 잊은 모양이구나."

짐짓 발을 구르며 탄식한 최달평이 점원을 붙잡고 간절하게 말했다.

"그 양반이 내게 일백 냥을 빌려준다고 약조했거든. 그게 오늘 날짜일세. 그래서 일찍 찾아온 길인데 이런 낭패가 있나. 이보게, 혹시 그 양반이 떠나기 전에 자네에게 맡겨두지 않던가?"

"쳇, 아침부터 별 실없는 소리를 다 하시오. 주인이 어떤 사람인데 남에게 돈을, 그것도 일백 냥이나 맡긴단 말이요. 그리고 나는 주인이 누구에게 돈 빌려준다는 말을 듣지도 못했고 그런 꼴을 보지도 못했소."

이장생전 李長生傳

"다른 사람에게는 몰라도 나에게는 철석같이 약조했다네. 그러니 잘 좀 생각해 보게. 죽고 사는 일이 걸렸어. 어허, 이거 정말 큰 낭패인 걸……."

"생각하고 말고 할 것 없소. 주인이 돌아오면 그때 다시 와서 묻든지 따지든지 하시구려."

"언제 돌아오시나?"

"한 달 뒤라야 할 거요."

"아니, 그렇게 오래?"

"보통 열흘이나, 길어도 보름을 넘기지 않았는데 이번에는 건수가 크고 중요한 모양이외다."

"무얼 들여오기에 그런단 말인가? 그렇게 오래 가게를 비워둘 만큼 중요한 일인가?"

"가게야 내일 주인 대신 관리할 사람이 오면 다시 열 테고, 주인이 무엇을 사 올지는 내가 어찌 알겠소?"

눈을 흘긴 점원이 부지런히 떠나가는 걸 보며 낯을 찌푸렸던 최달평이 히죽 웃었다.

"적어도 세 가지는 알았군. 제기랄, 어째 갈수록 귀찮은 일만 계속 생긴담. 포도대장 영감에게 가서 이번 임무는 제발 물러 달라고 해볼까?"

잠깐 생각하던 그가 고개를 설레설레 흔들었다.

"아서라, 그랬다가는 볼기가 터지도록 곤장을 맞을걸? 덤으로 주리나 틀리지 않으면 다행이지. 에휴, 내 팔자가 왜 이러냐?"

제6장 음모자(陰謀者)

그날 저녁 다시 명월향을 감시하고 있던 최달평은 깜짝 놀라 눈을 비볐다. 두 명이 그리로 들어갔는데, 익히 아는 사람들이었다.

"아니, 저 나리는 붓골의 이 정랑이 아닌가? 어허, 저 공자님이 이런 곳에 출입하다니……"

그가 알아본 사람은 이정빈이었다. 아버지 이량이 이조참판에 있을 때 그를 따라 출사하여 정랑 벼슬을 하다가 물러났으므로 아직도 사람들은 그를 이 정랑이라고 불렀다.

그는 아비 이량이 권세를 잃고 죽은 후 윤원형의 자객들을 두려워해서 붓골 저택 밖으로는 좀체 나오지 않는다고 널리 알려져 있었다. 그런데 이 저물녘에 호위로 보이는 장정 한 명만 대동하고 명월향에 찾아왔으니 놀랄 일이다.

그러나 이정빈의 곁에 붙어 서 있는 큼직한 체구의 장한을 보고는 고개를 끄덕일 수밖에 없었다.

"곽거도가 직접 모시고 나왔구나. 그러면 그렇지."

그자가 어떤 인물인지는 최달평도 잘 알고 있었다.

조선에서 첫째 둘째를 다투는 검객이라는 그가 호위하고 있는 한 감히 이정빈을 노리는 자는 없을 것이다.

그렇기는 해도 이건 극히 예외적인 일이었던지라 최달평은 더욱 궁금증을 참을 수 없었다.

"아무리 임가선의 미모가 장안을 시끄럽게 한다고 해도 그렇지, 부친상을 당하고 집안이 풍비박산 하기 직전인데 한가롭게 기방 출입이나 해? 쯧쯧……"

이장생전 李長生傳

혀를 차다가 자기 머리통을 쥐어박는다.

"아니지, 그럴 리가 없지. 세상의 눈과 입을 두려워하는 양반이 그럴 리가 없는 게야. 그렇다면?"

다른 이유가 있어서 명월향에 찾아왔다면 그게 뭘까, 하고 곰곰이 생각하던 최달평이 인상을 썼다.

"우라질, 이것도 역시 이장생 그놈과 관계된 일이란 말인가?"

"정말 그렇다면 땅을 칠 일이 아닐 수 없구나. 한발 늦었으니 말이다."

이정빈이 진심으로 탄식했다. 그 앞에서 기생어멈 명월은 물론 임가선은 어쩔 줄 모르고 머리만 조아렸다.

"천한 것이 어찌 나리께 거짓을 아뢰겠습니까?"

비록 죽었다지만 이량이 얼마 전까지만 해도 천하를 쥐락펴락하던 세도가였던 만큼 그의 후광은 여전히 빛을 발하고 있었다. 그 때문에 선부(先父)를 대신해 가문을 이끌고 있는 이정빈을 어리다고 무시하는 사람은 아무도 없었다.

이정빈이 그윽한 눈길로 임가선을 보았다.

"네가 윤 대감 댁의 무도하고 무지한 놈들에게 큰 욕을 치렀다고 들었다. 얼마나 놀랐겠느냐?"

임가선이 어리둥절하여 얼굴을 들었다가 얼른 숙였다.

그 일이 있은 지 고작 며칠이 지났을 뿐이고, 명월이 모두의 입단속을 단단히 했으므로 밖으로 소문이 새 나가지도 않았을 것이다.

아무도 그런 일이 있었다는 걸 짐작하는 자도 없을 텐데 이정빈이 훤

제6장 음모자(陰謀者)

히 알고 있으니 신기하기도 했다.

곁에 있던 명월이 얼른 말을 받았다.

"다행히 이 서방이 있어서 화를 면했습지요. 천만다행이었사옵니다."

명월은 이장생에게 '서방'이라는 호칭을 썼다. 가선이는 임자가 있는 몸이니 탐내지 말라고 은근히 암시를 준 것이다. 이정빈이 빙긋 웃었다.

"그래, 들었다. 그때 그 다섯 무뢰배가 된통 당했다고?"

"깨소금 맛이었습지요."

"그 뒤로 다른 놈들이 또 찾아와 귀찮게 하지는 않더냐?"

이정빈은 계속해서 임가선에게 물었고, 대답은 여전히 명월이 했다.

"웬걸요. 그때 학을 뗴었던지 얼씬도 하지 않았답니다."

이장생이 돌아오면 반드시 기별해 달라는 당부의 말과 함께 적지 않은 돈을 쥐여준 이정빈이 돌아가고 나자 명월이 싱글벙글했다.

"얘, 가선아. 네가 이 서방 덕분에 말년 운이 활짝 피려나 보다. 붓골 나리가 이처럼 애틋하게 이 서방을 찾으니 반드시 좋은 일이 있을 거야. 안 그러냐?"

명월이 호들갑을 떨지만 임가선의 얼굴은 어둡기만 했다.

"두고 봐야 할 일이지요. 그게 과연 이랑에게 좋은 일이기만 할지……."

"좋은 일이고말고. 지금이야 붓골 이 대감 댁이 졸아들었다만, 언젠가는 예전의 성세를 구가하게 될 거다. 나라님의 인척이라는 게 그게 어디 보통 일이냐? 그러면 이 서방도 한 자리 얻어 할 수 있을 거야. 재주가 그만하니 틀림없다."

이장생전 李長生傳

“그이는 서출인데 정말 그렇게 될 수 있을까요?”

가선이 안타까워하는 건 이장생의 태생 때문이었다. 서출이 행세할 곳은 어디에도 없는 게 이 나라 아닌가.

명월이 그녀의 등을 다독였다.

“이 정랑이 괜히 몸소 찾아왔겠니? 게다가 윤원형 대감이 임금님을 움직여 서얼허통법을 공표하게 한 게 오래전이잖아. 이제는 능력만 있으면 서얼들도 얼마든지 관직에 나갈 수 있다니까. 너 그때가 되면 나를 모른척하면 안 된다.”

명월이 묵직한 전낭을 추스르면서 연신 너스레를 떨어대지만 가선의 얼굴은 여전히 어둡기만 했다.

계축년(癸丑年, 명종 8년, 1553년)에 윤원형이 무리하게 밀어붙여 서얼허통법이 임금의 명으로 공표된 적이 있었다. 그러나 조정의 대신과 유생들의 반발이 강력해 제대로 시행되지 못하더니 지금에 와서는 유명무실한 것이 되다시피 했다. 그런 게 있다는 걸 아는 사람조차 드물었다. 그러나 그 일은 이 땅의 모든 서출에게 한 가닥 희망을 주었다.

“빨리 그런 세상이 왔으면 좋겠어요.”

임가선이 한숨을 쉬었다.

*＊＊

“대감, 무슨 언짢은 일이라도 있었나요?”

다소곳이 앉아 묻는 정난정의 자태를 물끄러미 바라보던 윤원형이

133

제6장 음모자(陰謀者)

탄식했다.

"임자, 나도 이제 늙은 모양이야."

"무슨 그런 말씀을 하세요?"

"그렇지 않고서야 그까짓 주둥이만 살아서 나불거리는 유생 몇 놈을 피해 달아나듯이 이렇게 왔을까."

"무슨 일이 있었는지 소첩에게 말씀해 보세요. 억울한 일을 당하셨다면 즉시 대비전에 고하고 주상께 아뢰어야지요."

"퇴궐하고 오는 길에 성균관의 유생이라는 것들이 길을 막더군."

다시 생각해도 분하다는 듯 거친 숨을 내쉰 윤원형이 입술을 깨물었다.

오늘도 그는 임금과 독대하여 과거제도를 뜯어고쳐야 한다는 걸 간하고 오는 길이었다. 벌써 며칠째 끈질기게 주장을 하지만 임금은 난감한 기색을 지을 뿐 가타부타 말을 하지 않았다.

윤원형은 그게 뒤에서 벌떼처럼 떠들어대는 조신들의 압력 때문이라는 걸 잘 알고 있었다. 오늘 아침의 어전 조회 때에도 대신들이 두 패로 나뉘어 임금 앞이라는 것마저 잊고 언성을 높이지 않았던가.

예조판서 김한식이 앞장서서 과거의 서얼허통법마저 비판하고 나서자 조정에서 윤원형의 입이라고 불리는 이조판서 윤춘년이 그를 공박하기 시작했다. 그러자 이내 조정의 대신들이 김한식과 윤춘년을 지지하는 두 패로 나뉘어 얼굴을 붉혀가며 언성을 높였다.

시끄럽게 떠들어대는 잡다한 말에 골치가 아파진 임금이 말도 없이 조회의 자리를 떠났다. 그렇게 자신의 불만을 나타낼 뿐 조신들 앞에서 위엄조차 세울 수 없는 심약한 왕이었다.

　임금이 이마를 짚고 물러갔으므로 그날 조회는 흐지부지되었다. 윤원형을 두고 그에게 아부하고 동조하는 자들과 그렇지 않은 자들이 누구인지 다시 한번 확연하게 드러난 것 외에는 아무 소득도 없었다. 오늘 아침의 일만이 아니었다. 매번 조회가 열리면 그런 일이 반복되었다.

　조정의 그와 같은 분란은 역시 윤원형 때문이었다. 그가 있으나 마나 하게 된 서얼허통법을 더 강화하여 서출들에게도 유생들과 동등하게 문무 과거의 시험장에 나올 수 있도록 해야 한다고 임금에게 주장한 것이 빌미가 되었던 것이다.

　유능한 자라면 출신을 따지지 않고 등용하여 쓰는 게 나라에 큰 힘이 된다는 그의 주장은 일리가 있었다. 그러나 조선 왕조를 유지해 온 신분제의 근간을 뒤흔드는 일이었으므로 이미 그 혜택을 크게 누리고 있는 유생이며 족당들이 그것을 환영할 리가 없었다. 그래서 불거진 논란이지만 그 이면에는 윤원형의 소회(所懷)가 있었다. 양반 중심의 신분제가 계속되는 한 정난정과 자기 사이에 태어난 자식들도 서출이라는 손가락질을 받아야만 할 것이기 때문이다.

　비록 정경부인에 올려놓았어도 유생들은 정난정이 기생 첩 출신이라는 걸 잊지 않고 있었다. 그러니 자신과 그녀가 죽고 난 뒤에는 자식들의 처지가 어찌 될지 뻔하지 않은가.

　윤원형은 자기가 아직 살아 있고, 권세를 쥐고 있을 때 자식들의 앞길을 열어주어야 한다고 결심했다. 그래야 죽어서도 통한을 남기지 않게 될 것이니 더욱 그렇다.

제6장 음모자(陰謀者)

그래서 이왕 임금의 명으로 공표했던 서얼허통법을 더욱 강화하고, 당대에 실현이 되도록 밀어붙이려는 것인데, 반대 세력들이 결사적으로 대응해 오니 골치가 아팠다. 게다가 임금이 예전과는 달리 편을 들어주는 말 한마디하지 않으니 더욱 심난했다.

비록 아직 문정대비의 섭정이 지속되고 있지만 몇 해 뒤에는 어찌될지 그것도 알 수 없는 일이다.

이제는 마음대로 주물럭거릴 수 있던 예전의 어린 주상이 아니라는 데에 윤원형의 초조함은 날로 커지고 있는 중이었다.

자기 뜻대로 되지 않아 치솟은 울화를 삭히며 퇴청하여 집으로 향하는 길에 갑자기 십여 명의 성균관 유생들이 뛰어나와 가마 앞을 막아섰다. 호위들이 즉각 달려들어 밀어냈으나 막무가내였다. 그들과 몸싸움하며 떠들어대는 말이 온통 윤원형을 비난하고 그의 불충함을 꾸짖는 당돌한 말들뿐이었다. 사람들이 구름처럼 모여들어 구경하고 있으니 성질대로 그놈들을 패대기칠 수도 없는 터라 창피가 이만저만이 아니었다.

윤원형은 대범함을 가장하고 껄껄 웃으며, "너희와 같이 입 바른 유생들이 있으니 조선의 장래가 밝다."하고 마음에 없는 찬사로 응답해 주고는 도망치듯이 그곳을 뜰 수밖에 없었다.

"소첩이 대비전에 다녀오겠습니다. 감히 정승의 가마 앞을 막고 패악을 떨어대는 유생들이라니. 대체 어느 시대에 그처럼 몰지각한 패거리가 있었단 말입니까? 그자들이야말로 뒤에서 조정을 흔들고, 주상의 위엄을 능멸하는 자들이 아닙니까? 그런 자들이 성균관의 유생이랍시

이장생전 李長生傳

고 거들먹거리는 한 나라의 꼴이 말이 아니게 될 것입니다. 차제에 기 강을 바로잡고, 나리의 위엄과 주상의 위엄을 확고하게 해야 할 것입 니다."

정난정이 자기가 일을 당하기라도 한 것처럼 흥분했다.

평소에는 요조숙녀의 표본 같은 그녀였지만 한번 화를 내면 타오르 는 불길 같았다. 과단성이 여느 사내 못지않아서 윤원형으로서도 그녀 가 하겠다고 나서는 일을 만류하기 힘들었다.

"가마를 대령해라, 대비전으로 행차하겠다!"

소리친 그녀가 옷자락을 떨치고 일어섰다.

***

"얘, 너는 대감마님의 생각이 어떻다고 보느냐?"

"예?"

"서출이나 천민(天民) 중에도 분명 학식이 깊거나 재주가 뛰어난 자들 이 있을 것 아니겠니?"

"그렇사옵니다."

묘화가 동의하자 흡족해서 그녀를 지그시 바라본 정난정이 다시 말 했다.

"너도 그런 사람 중 한 명이지. 서출이 아니라 계집이라는 게 다르지 만 그래도 네 재주라면 귀하게 쓰여야 옳지 않겠느냐? 이 조선 땅에서 는 서출과 계집들이 사람 취급받지 못한다. 아무리 재주가 있어도 할

137

수 있는 게 없어. 이래서야 어디 단군 국조께서 처음 나라를 세우실 때 지표로 삼았던 홍익인간의 뜻이 살아 있다고 할 수 있겠느냐? 태조대왕께서 고려를 멸하고 나라를 세우실 때 단군조선의 정통을 이어받았다는 뜻에서 국호를 조선이라 하였건만 오늘날 단군왕검의 이념은 사라지고 없느니라. 그게 다 저 덜떨어진 유생 놈들 때문이야. 성리학으로 조선의 이념을 대신했으니 어찌 보면 태조대왕의 원대한 뜻을 뒤집어엎고 조선을 엉뚱한 곳으로 몰고 간 역적 놈들이지.”

묘화가 눈을 휘둥그레 뜨고 주위를 두리번거렸다. 누가 엿들을 리도 없건만 귀신이라도 들을까 봐 경계하는 것 같았다. 정난정의 말이 구구절절 옳았으나 지나치게 과해서 두려웠던 것이다.

정난정은 아랑곳없이 말했다.

“갖바치 병해 대사가 좋은 예이니라. 그는 비록 천출이지만 경서에 밝고 신통력 또한 있어서 조광조 같은 양반과도 교류하지 않았더냐? 하지만 천출의 벽을 넘을 수 없었지. 그런 사람이라면 육조에 호패를 걸어도 결코 부족함이 없을 것이야.”

병해 대사는 양주팔이라는 속명을 가지고 있는데 그가 임꺽정의 스승이라는 것을 아는 사람이 많지 않았다.

그는 젊은 시절 갖바치 노릇을 하며 떠돌다가 나이 지긋해지자 중이 되어 안성 칠현산 아래에 있는 고찰 칠장사(七長寺)에 정착했다. 이후 불도에 전념한 결과 지금은 모든 사람이 생불로 숭앙하는 고승이 되어 있었다.

“또 이 시대에 토정 이지함 같은 분도 있느니라. 그 양반도 학식이 깊고 재주가 많기로 조선에서 둘째가라면 서러울 지경이지. 그러나 결코 사대부가의 적통임을 내세워 거만하지도 않을뿐더러 천출이나 서얼이 라고 괄시하지도 않는다. 그런 양반이 높은 관직에 나아가 당하를 호 령해야 마땅하련만 사림의 유생이라는 것들은 그저 이단아요, 기인 취 급을 할 뿐 상대하지 않는다. 나라의 장래를 위해서 이 얼마나 안타까 운 일이냐? 너는 이 일에 대하여 어찌 생각하는고?"

"그건…… 소녀는 생각이 짧아서 감히 드릴 말씀이 없습니다."

말은 그렇게 하지만 묘화의 가슴속에도 그런 생각이 있었다. 그래서 자기가 모시고 있는 정경부인의 울분에 찬 말을 듣고 두려운 한편 속 이 시원해지기도 했다.

묘화는 정난정이 자리에 들면 그림자가 되어서 침소를 지켰다. 그녀 가 윤원형과 합방하는 날에도 문밖에 앉아 아침이 될 때까지 움직이지 않았다. 그러나 이처럼 난정이 독침하는 날은 방안에 들어와 늦도록 그녀의 말 상대가 되어주기도 했다.

종이 감히 주인의 침소에 들어 잠자리를 지킨다는 건 있을 수 없는 일 이다. 그러나 정난정이 강권했으므로 어쩔 수 없이 그렇게 하기를 여러 날. 이제 교동 윤원형의 집에서 그 일은 공공연한 비밀이 되어 있었다.

난정이 유독 묘화를 귀여워하고 아끼는 걸 보고 정경부인이 그녀를 불쌍히 여겨서 그러는 것이라고 다들 이해했다. 그러니 종들은 하나같 이 난정의 너그러움과 자애로움에 대하여 감복할 수밖에 없었다.

윤원형 또한 그런 사실을 잘 알고 있기에 가끔 묘화와 마주치면, "부 인의 마음을 두고 이제는 내가 너와 다투어야 하겠구나."하는 농을 던

제6장 음모자(陰謀者)

지곤 껄껄 웃기도 했다. 그러면 묘화는 얼굴을 붉힌 채 몸 둘 바를 모르고 쩔쩔맸다.

그녀의 솜씨가 여느 검객들보다 뛰어나고 앙칼지다는 걸 잘 아는 터라 윤원형은 오히려 잘된 일이라며 묘화를 격려해 주었다. 그녀가 난정의 곁에 그림자처럼 붙어 있는 한 누구도 귀하고 사랑스러운 부인을 해치지 못할 것이니 그렇다.

난정이 슬그머니 손을 뻗어 묘화의 손을 어루만지며 말했다.

"갖바치가 불도에 귀의하여 병해 대사로 불리게 된 것은 자신의 처지를 원망했기 때문이지. 그래서 스님 중에 손꼽는 선승이 되었으니, 조선의 불자들에게는 오히려 다행한 일이 아닐 수 없구나."

"대사님의 불력이 매우 고명해서 칠현산의 짐승들마저 그분을 따른다고 들었어요."

"고명하다 뿐이냐? 얘, 내가 보름 뒤에 그분의 설법을 듣기 위해 칠장사에 갈 계획인데 그때 너도 함께 가자꾸나. 병해 대사의 설법을 한번 듣고 나면 네 마음에도 부처님의 자비가 깃들게 될 것이야."

"마님이 원하시면 어디든 모시고 가야지요. 그게 소녀가 이 집에 있는 이유인걸요."

"에그, 나는 진정을 바라지 그따위 의무나 책임감을 바라는 게 아니란다."

곱게 눈을 흘긴 난정이 자리에 누웠다.

"이리 오렴. 오늘은 나와 함께 자자꾸나."

"예?"

뜻밖의 말에 묘화가 깜짝 놀라 눈을 휘둥그레 떴다.

"놀라긴. 네가 거기 앉아서 밤을 꼬박 새우는 게 안쓰러워서 그러느니라. 또 누가 발치에 앉아서 지켜보고 있으면 무섭지 않겠니? 편히 잘 수가 없어. 그러니 너도 나와 같이 누워서 푹 자렴."

"하오나 소녀는 마님을 지켜야 하는지라……"

"밖에 장약허 그 얼음장 같은 자가 있는데 어떤 놈이 감히 뛰어들겠느냐? 걱정할 것 없느니라."

오늘 밤의 경비를 책임지고 있는 자는 장약허였다. 그가 번직(番職)을 맡은 날은 저택 내의 무사들이 모두 바짝 긴장하여 감히 게으름을 부리지 못했다.

"어서 오래두."

정난정이 아미를 찌푸리고 짜증을 냈으므로 묘화는 어쩔 수 없었다. 호, 하고 가늘게 한숨을 쉬더니 주춤거리며 다가간다.

"칼은 저리 치워 놓아라. 꿈자리 사납겠다. 그리고 편히 자려면 그 겉옷이라도 벗어야 하지 않겠니? 나는 깔깔한 게 살에 닿으면 잠을 못 자."

재촉하는 그녀 앞에서 묘화가 다시 가늘게 한숨을 쉬고 겉옷을 벗었다.

"옳지, 착하구나. 자, 이제 이리 누우렴."

그 시간에 윤원형은 사랑채에서 한 사람과 마주 앉아 있었다.

일렁거리는 불빛 아래 사내의 그림자가 커다란 곰이 웅크리고 있는 것처럼 벽을 온통 가리고 흔들렸다.

제6장 음모자(陰謀者)

패랭이를 썼고, 거친 옷을 입었는데, 미투리를 매단 큼직한 보따리 한 개를 곁에 두고 있는 것이 길 떠나려는 장사꾼 차림이었다. 그러나 턱 아래 더부룩하게 난 뻣뻣한 수염과 각진 얼굴, 큰 몸집이며 굵은 팔 뚝 등은 예사로운 장사치가 아니라는 것을 짐작할 수 있게 했다.

임꺽정이다.

"오늘 퇴청하시는 길에 봉변을 당했다고 들었소이다. 철없는 유림의 아이들 몇 놈이 대감을 욕했다더군요."

걸걸한 말투가 여전했다. 거리낌없는 태도도 그렇다. 천하의 세도가 윤원형 앞에서 그와 같이 말할 수 있는 자는 아무도 없을 것이다.

"벌써 그 소문이 장안에 쫙 퍼진 모양이로구나?"

"대감에 대한 일이라면 그 즉시 온 세상에 퍼지지요. 나라님의 포고 보다 더 빠르니 그게 다 대감의 위세 때문 아니겠소이까?"

"참 한심한 일이지. 유생이라는 것들이 저자의 무뢰배처럼 나대고 있 으니 말이다. 장차 그것들이 벼슬길에 오르고, 그중에는 당상관이 될 자도 있을지 모르니 어찌 한심한 일이 아니겠느냐?"

"허허, 그런 놈들은 자라기 전에 싹을 잘라버려야지요. 말씀만 하십 시오. 찾아내서 물고를 내주리다."

임꺽정이 거침없으나 윤원형은 그의 말투와 무례함에 대하여 조금도 신경 쓰지 않았다. 두 사람은 마치 죽이 잘 맞는 술친구 같아 보였다.

임꺽정이 흉한 말을 아무렇지도 않게 하는 건 이미 윤원형을 위해 그런 일들을 십여 차례나 처리해 준 이력이 있기 때문이었다.

윤원형은 자기가 꾀하는 일에 방해가 되는 인물들을 제거해야 할 필

요가 있었다. 그러나 다시 을사사화와 같은 옥사를 일으킬 수는 없었
으므로 눈엣가시 같은 자들에게는 자객을 보낼 수밖에 없었는데, 그
일은 전적으로 임꺽정의 소관이었다.

그는 강도를 가장하거나 사고를 꾸며서 윤원형이 청부한 자들을 해
치웠다. 때로는 일가족을 몰살하는 일도 있었으므로 한양성 중이 두
려움에 떨었다.

임꺽정이 토벌되더니 이제는 정체를 알 수 없는 떼강도가 출몰하여
한양을 휘젓고 다닌다는 흉흉한 소문이 돌기도 했다.

신변에 위협을 느끼는 사대부들은 종들을 무장시켜 집을 지키게 하
거나, 많은 돈을 들여 검객들을 호위로 고용하기도 했다.

그렇게라도 해서 자신과 가족의 목숨을 지키고자 했던 것인데 그 대
표적인 인물이 붓골의 이정빈이었다.

잠시 생각하던 윤원형이 고개를 가로저었다.

"어찌 피라미 몇 마리 때문에 그물을 찢을 수 있겠느냐? 네가 해야
할 일은 그런 소소한 게 아니지."

"그렇다면 그만두지요. 그나저나 어쩌시려고 자꾸 차일피일 미루기만
하는 것입니까? 설마 나와의 약조를 잊은 건 아니겠지요?"

책망하듯 똑바로 바라보는 임꺽정의 눈에서 불같은 정광이 쏟아
졌다.

윤원형이 달래듯 말했다.

"모든 건 때가 있느니라. 서두른다고 해서 될 일도 아니고, 그렇게 해
서 일을 만들어낸들 오래 갈 수 없는 게 이치이니라. 순리를 기다리고

제6장 음모자(陰謀者)

따라야 하는 게야."

"제기랄, 바로 지금이 순리인지 뭔지가 우리 편에 있고, 그 '때'라는 놈도 그렇지 않소이까?"

바라보는 눈이 부리부리하다. 횃불을 담아두고 있는 것 같은 그 눈을 마주할 때마다 윤원형은 가슴이 철렁, 내려앉는 기분을 느껴야 했다. 지금도 그래서 언짢아졌지만 내색하지는 않았다.

"기다리고 있을수록 대비께서는 늙고, 임금은 철이 들어갈 테니 그러면 예전처럼 고분고분하지 않을 게 뻔하지 않소? 더 지체했다가 임금에 의해 내침받고 이량 대감의 꼴이 되지나 않을지 그게 염려스러울 뿐이외다."

그 말에 윤원형이 기어이 역정을 냈다.

"어허! 어찌 그런 망발을 한단 말이냐? 너는 네 목숨이 나와 붙어 있다는 걸 모르는 것이냐? 내가 죽으면 너 또한 죽게 될 터. 내가 이량처럼 맥없이 죽기를 바라는 게냐?"

윤원형이 역정을 내는 건 권좌에서 쫓겨나 귀양을 가는 길에 사약을 받고 비참하게 죽은 이량을 잊지 못하기 때문이었다.

그것 또한 자기가 저지른 일이나 마찬가지였으므로 한 가닥 미안함과 함께, 나도 언젠가는 그런 신세가 될지 모른다는 불안한 마음을 늘 가지고 있다.

임꺽정이 얼른 사과했다.

"잘못했소. 내가 원래 말을 가려서 할 줄 모르니 그리 알고 노를 푸시구려. 내 본심은 그게 아니라는 걸 대감께서도 잘 아시지 않소이까?"

이장생전 李長生傳

끄응, 하고 된 숨을 내쉰 윤원형이 언짢은 기색을 감추지 못하고 외면했다.

임꺽정이 벙긋 웃었다.

"오늘 내가 이렇게 대감을 찾아온 건 한 가지 부탁할 일이 있어서요."

"말해 보아라."

"묘화가 며칠 전 장통방에서 뒤를 밟힌 일이 있는데 아직 그자를 처리하지 못한 모양이외다."

"뒤를 밟히다니?"

"평복을 한 포졸이었답니다."

"어허, 하필 포청 사람에게 뒤를 밟혔단 말이냐?"

"며칠이 지나도록 잠잠한 걸로 보아 그자가 포도대장에게 보고하지는 않은 게지요. 하지만 안심할 수 없는 일이니 대감께서 좀 알아봐 주셨으면 하외다."

"내일 남치근을 불러 알아보마."

묘화의 일이라면 윤원형 자신도 불안하지 않을 수 없었다. 포졸이 멋모르고 그녀의 뒤를 캐 올라온다면 죽은 것으로 알려진 임꺽정이 멀쩡하게 살아 있고, 자기와 밀통하고 있는 일이 드러날 수도 있기 때문이다.

한 가지 다행이라면 장통방에서 마주쳤다니 그자가 좌포청 소속일 게 틀림없다는 것이었다. 그러면 포도대장 남치근을 움직여 다시는 그러지 못하도록 압력을 행사할 수 있다.

임꺽정이 봇짐을 들고 일어섰다.

제6장 음모자(陰謀者)

"그럼, 그 일은 대감께서 잘 처리하시리라 믿겠소이다. 어쨌거나 대감과 내가 꿈꾸는 세상이 속히 이루어지기만을 바라오. 내 목숨이 대감에게 붙어 있다는 건 곧 대감의 목숨 또한 내게 붙어 있다는 것이니 그것만 잊지 않으시면 되오이다. 그럼 나는 이만 물러갑니다."

"어디로 가려는 것이냐? 함부로 돌아다녀서 좋을 게 없을 텐데?"

"걱정 마시오. 내 한 몸 처신은 내가 알아서 잘하리다."

찍어 누르듯이 지그시 바라보는 건 '그러니 당신도 당신의 일을 제발 알아서 잘 처리해라.'하는 뜻이다. 그것을 알지 못할 윤원형이 아니었다. 그가 눈살을 찌푸리고 다시 말했다.

"사람의 팔자와 운명이라는 건 알다가도 모를 것이야. 조심해서 나쁠 게 없지."

"며칠 뒤가 스승의 생신이라오. 제자라고는 나 하나를 두었을 뿐인 양반이니 가서 인사를 차려야 도리가 아니겠소?"

"그렇다면 별수 없는 일이지. 그런데 네 스승이 올해 몇이냐?"

"일흔 번째 생일을 맞으시지요."

"허, 오래도 살았구나. 금년 생일이 어쩌면 마지막이 될지도 모르겠다. 그러니 더 가봐야 하겠구나. 조심해서 다녀오기 바란다."

마지막 생일이라는 말이 마음에 걸렸지만, 임꺽정은 개의치 않았다. 일흔 살 된 노인이라면 누구나 그렇게 생각할 것 아닌가.

임꺽정이 사랑채에서 나오자, 다섯 명의 사내이 다가왔다. 하나같이 패랭이를 쓰고 봇짐을 짊어진 장사꾼 차림이었다. 그리고 또 한 사람이 어둠 속에서 느릿느릿 걸어 나왔는데 장약허였다.

"나 없는 동안 뒷일을 부탁한다."

임꺽정의 말에 장약허가 흰 이를 드러내고 소리 없이 웃었다.

"염려 마시오."

"처리해야 할 놈들이 몇 있다."

장약허가 고개를 꾸벅, 했다.

"말씀만 하시오."

"너도 들었겠지? 나리가 오늘 퇴청 길에 봉변을 당하셨다는 것 말이다."

"들었소."

"나리는 거기에 대해서 가타부타 말이 없다만 그런 일은 우리가 알아서 처리해 드려야지."

"잘 알겠소이다. 수일 안에 깨끗이 해결합지요."

"감쪽같아야 한다는 건 더 말하지 않아도 되겠지?"

장약허가 대답 대신 다시 흰 이를 드러내고 히죽 웃었다.

"묘화가 뒤를 밟힌 적이 있다니 너 또한 각별히 주의해라. 엉뚱한 짓을 해서 꼬리를 밟히면 곤란해."

장통방에서 수하들을 죽인 일을 꾸짖는 것이다. 장약허가 그 말에는 대꾸하지 않고 말꼬리를 돌렸다.

"포청의 졸개였던 모양인데, 차라리 쥐도 새도 모르게 죽여 없애는 게 낫지 않겠소?"

"어허!"

임꺽정이 혀를 차고 무섭게 장약허를 바라보았다. 그가 슬그머니 눈길을 피한다.

제6장 음모자(陰謀者)

"포청을 들쑤셔 놓는다면 뒷일을 감당하기가 더 복잡해질 것이다. 조심해서 몸을 사리는 게 네가 해야 할 일이야. 명심해라."

"잘 알겠소이다."

그래도 마음이 놓이지 않는다는 듯 한동안 더 바라본 임꺽정이 "으음." 하는 탄식을 흘리고 돌아섰다.

그가 어둠 속으로 사라져 보이지 않게 되자 장약허가 흰 눈을 번뜩이며 히죽 웃었다.

다음날 아침, 임꺽정은 안개 자욱한 봉은사 경내를 서성이고 있었다.

아직 이른 아침이라 찾아온 신도도 없고, 중들 또한 보이지 않아 텅 빈 것처럼 적막했다.

그가 잠시 서성이는데 다른 세상에서 오는 것처럼 안개를 헤치고 저쪽에서 동자승이 자박자박 다가왔다.

"저리로 가시지요. 큰스님께서 기다리고 계십니다."

앙증맞은 손을 합장하고 꾸벅 고개를 숙이더니 노래하듯 말한다. 임꺽정이 빙긋 웃었다.

"그럼 작은 스님 신세를 지겠네."

볼이 통통한 동자승을 따라 안개 속을 얼마쯤 걸어가자 종각 곁에 서 있는 노승이 보였다. 선종판사(禪宗判事)로서 문정대비와 정난정의 후원을 받아 조선 불교의 중흥을 위해 매진하고 있는 보우(普雨)였다.

임꺽정이 합장하고 공손히 머리 숙여 인사하자 보우가 대뜸 물었다.

"어디에서 왔는고?"

이장생전 李長生傳

“교동에서 오는 길입니다.”

“어디로 가는고?”

“칠장사로 갑니다.”

“허허, 부처님도 인생이 어디에서 오고 어디로 가는 것인지 모르셨는데 너는 온 곳과 가는 곳을 죄다 알고 있으니 그만하면 도가 나보다 높구나.”

더 볼 일 없다는 듯 외면하고 손을 내젓는다. 임꺽정이 눈을 휘둥그레 떴다.

“스님, 설마 이대로 가라고 하시는 건 아니겠지요?”

“네 도가 이미 나를 앞질렀는데 내가 너를 뵈러 가야지 네가 나에게 오는 게 말이 되느냐?”

“저를 놀리시는 거라면 그만두십시오.”

보우가 정색을 했다.

“이곳에는 무엇 하러 왔느냐?”

“지나는 길에 단지 스님을 뵙고 문안을 여쭙기 위해 들렀습니다.”

“내가 아직 죽지 않고 살아 있는 걸 보았으니 이제 마음이 놓이느냐?”

“강녕하셔야지요. 하실 일이 많이 남아 있지 않습니까?”

“너 이게 무엇인지 아느냐?”

보우가 뜬금없이 목어(木魚)를 가리켰다.

“목어 아닙니까?”

“아니다. 이건 나무야. 그렇지 않으냐?”

“그렇습니다. 나무를 깎아 만든 것이니 나무인 게지요.”

149

"이놈! 말을 똑바로 해라. 이것이 나무냐, 목어냐?"

"나무이면서 목어입니다."

임꺽정이 주저 없이 하는 말에 보우가 기가 막힌다는 듯 그를 빤히 바라보더니 혀를 찼다.

"참으로 말을 잘하는 중생이로다. 이놈아, 내 말을 들어보아라."

"말씀하십시오."

"절에는 네 가지 소리 나는 물건이 있으니 운판과 목어와 법고 그리고 범종이니라. 운판은 두드려서 하늘을 나는 짐승들의 극락왕생을 비는 것이고 목어는 물속에 사는 짐승들의 극락왕생을 빌며 쇠북은 땅에 사는 짐승들의 극락왕생을 비니라. 범종은 그 소리로 지옥에 있는 중생들을 제도하지. 너는 그중 무엇이 되고 싶은고?"

"이것도 저것도 다 필요 없고 법고를 두드리는 북채 한 개면 족합니다."

"왜 하필 법고도 아니고 북채가 되고 싶은 게냐? 그것도 달랑 한 개?"

"하늘의 짐승이나 물속의 짐승은 내 알 바 아니고, 지옥에 있는 중생이야 스님 같으신 분이 제도하셔야 할 일이니 역시 저와는 상관이 없습니다. 저는 이 땅 위의 축생 같은 중생들을 제도할 북채가 필요한데 한 개는 칠장사의 스승님이 이미 가지셨으니 나머지 한 개로 족해야지요."

"그 북채 한 개가 땅에 떨어졌으니 너는 외롭게 되었구나. 쯧쯧, 이제는 하나가 남았을 뿐이니 그것을 아무리 휘둘러본들 법고가 제대로 울리겠느냐?"

"예?"

문득 불길한 생각이 들어 빤히 바라보는데 보우가 시치미를 떼고 다

그치듯 말했다.

"네 속을 내가 다 아느니라. 네놈이 무슨 짓을 꾸미고 있는지 다 알아."

"하오면 스님께서 도와주시겠군요?"

"네가 천리를 거스르지 않는다면 나의 도움 따위는 애초에 필요 없는 일이고, 그렇지 않다면 백 명의 보우가 있어서 도와준다고 해도 소용없을 것이다. 하늘의 일을 어찌 중생이 바꾸거나 흔들어놓을 수 있겠느냐?"

"지성이면 감천이라고 하지 않습니까? 저는 다만 있는 힘을 다할 뿐입니다."

"고얀 놈!"

보우가 버럭 소리쳤다.

"네놈이 머리 깎고 내 상좌가 된다면 기꺼이 법을 전해주겠으나 지금처럼 건방진 소리를 지껄이는 한 다시는 보지 않을 테다. 썩 가거라! 찾아올 것도 없다!"

무안해진 임꺽정이 고개 숙이고 말없이 돌아섰다.

안개 속으로 성큼성큼 걸어 들어가는 그의 뒷모습을 보던 보우가 탄식했다.

"불법을 지키는 천왕이 되기에 족한 물건인데 욕심이 지나쳐 나찰귀가 되었으니 애석한 일이다. 스스로 불 속에 발을 들여놓고 숯불을 밟았으면서도 뜨거운 걸 모르니, 쯧쯧…… 살이 타고 뼈가 녹아야 비로소 앗 뜨거워라, 하고 소리칠 미련한 놈이로다."

혀를 차더니 동자승을 향해 근엄하게 말했다.

제6장 음모자(陰謀者)

"너는 절대 저 미련한 중생처럼 되어서는 안 되느니라."
동자승이 무슨 영문인지도 모르고 고개를 끄덕인다.

이장생전 李長生傳

무정한 칼

길을 재촉하면서도 임꺽정은 마음이 편치 못했다. 그냥 지나갈 걸 괜히 봉은사에 들렀다는 후회도 들었다. 그러나 역천의 뜻을 이루기 위해서는 보우 선사의 도움이 반드시 필요했다. 자기와 윤원형만으로는 부족한 것이다.

그는 보우 선사도 자기 뜻에 동의하고 도와줄 것이라고 지금도 믿고 있었다. 선사에게는 이 나라를 불국토로 만들고자 하는 염원이 있을 테니 그렇다.

조선이 건국된 이후 성리학을 신봉하는 사대부들에 의해서 불교가 얼마나 탄압을 받았던가. 각처의 유서 깊은 사찰들이 폐허가 되어갔고, 중들은 천민이나 다름없는 멸시를 받았으며, 수시로 만취한 유생들이 절간에 뛰어들어서는 난동을 부리고 재물을 도둑질해 갔다. 그런 꼴을 당하지만 어디 한 군데 억울함을 호소할 곳도 없었다.

그러던 것이 문정대비가 불심을 크게 일으켜 보우 선사를 통해 다시

이 땅에 불교 중흥의 초석을 다지는 중이었다.

윤원형과 정난정 또한 두 팔을 걷어붙이고 그 일에 앞장서고 있는 터라 조정의 대신이며 사림의 유생들은 불만이 컸으나 어쩌지 못하고 있었다. 그러니 보우 선사의 마음속에 어찌 지금이야말로 불교를 크게 부흥시킬 절호의 기회라는 생각이 없을 것인가.

임꺽정 또한 자비와 평등의 사상을 가지고 있는 불교가 성해야만 자기가 만들려고 하는 세상의 기틀이 확고해질 것이라는 신념을 갖고 있었다. 스승인 병해 대사에게서 가르침을 받은 영향이다.

그리고 보우의 지지를 받는다는 것은 곧 조선에 있는 모든 불자의 지지를 받는다는 것이나 다름없다. 실은 그것이 그가 보우에게 지성을 드리는 가장 큰 이유라고 해도 과언이 아니었다.

불교는 이 땅에 뿌리 내린 지 오래된 종교였다. 몇 개의 왕조를 거치는 동안 지금처럼 탄압받았던 적이 없었지만 그래도 여전히 민간에 널리 퍼져 있었다. 그러므로 불교도들의 마음을 얻는 게 곧 민심을 얻는 것이라고 해도 틀린 말이 아닐 것이다.

그러기 위해서라도 반드시 보우 선사를 설득해야 할 필요가 있었다. 장차의 일을 생각하면 더욱 절실해진다.

그 보우 선사가 좀체 속내를 드러내지 않고 있다는 게 답답하기만 했다. 그러나 안달하지는 않았다. 자칫 잘못했다가는 영영 보우라는 커다란 연이 멀리 날아가 버릴 것이라는 우려에서였다.

임꺽정에게 지금 보우 선사는 연(鳶)이었다. 그것도 세상을 끌고 갈 만큼 커다란 방패연이다. 그 연을 붙잡고 있으려면 그것을 띄우는 바람을 이길 힘이 있어야 하리라.

임꺽정은 자기에게 그런 힘이 있다고 자신했다.

연은 이미 앞에 있고, 중요한 것은 그것과 자기를 이어줄 연줄을 쥐는 것이다. 그리고 그 연줄도 저절로 마련되었다. 세상에서 유일하게 존경하는 스승 병해 대사다.

임꺽정은 이 모든 것이 자기에게 있으니 이는 바로 하늘의 뜻이라고 여겼다. 바람은 벌써 커다란 연을 띄우고도 남을 만큼 거세어졌다. 그러므로 연줄을 묶은 연을 들고 일어서기만 하면 된다는 게 그의 믿음이었다.

지금 그는 자신의 그런 믿음을 실현시켜 줄 스승을 만나기 위해 안성의 칠장사로 향하는 중이었다. 굳이 위험을 무릅쓰고 나선 건 스승이 평소 당신의 명이 칠십 세까지라고 했던 말이 꺼림칙해서이기도 했다. 금년이 칠십 세가 되는 해인지라 그렇다.

***

그 무렵 이장생도 부지런히 칠장사를 향해 걷고 있었다.

금산에서 큰 수확을 보았던 탓에 어깨가 한결 가벼워진 터라 걸음이 경쾌했다.

보름 전 그는 금산에 도착했고, 수소문하여 김갑석이 살았다는 마을을 찾아냈다. 그곳은 천태산과 대둔산으로 이어지는 산골짜기 깊숙이 위치한 궁벽한 산골 마을이었다. 그런 곳에서 한 뙈기의 다락논과 자

155

갈밭을 일구며 살아가는 사람들의 삶이 어떨지는 뻔하다.

김갑석은 그곳에서 태어나 자랐는데, 임꺽정이 한창 기세를 부릴 때에 가짜 노릇으로 유명해진 자였다. 생김새가 워낙 임꺽정을 빼닮아서 누구나 감쪽같이 속았다고 한다.

불과 몇 해 전의 일이니 마을에는 아직도 그의 행적을 아는 사람들이 많을 것이라고 잔뜩 기대했으나 돌아온 건 실망일 뿐이었다. 몇 사람을 붙잡고 물어보았지만 다들 머리를 설레설레 흔들기만 할 뿐 좀체 김갑석에 대해서 입을 열려고 하지 않았던 것이다. 오히려 꼬치꼬치 캐묻고 다니는 외지인을 경계하고, 더러는 증오의 눈총을 쏘아 보내기도 했다.

낙심한 이장생이 마지막이라 여기고 마을 초입의 당산나무 아래에 앉아 쉬고 있는 노인들에게 물었다.

"뭐여, 당신 기찰 나온 포졸이여? 왜 그런 건 캐묻고 댕겨?"

이런저런 잡담 끝에 넌지시 김갑석에 대한 말을 꺼내사 한 노인이 버럭 화부터 냈다. 이장생이 쓴웃음을 지었다.

"가는 길에 마침 이 마을을 지나게 됐기로 한 때 임꺽정 행세로 유명했던 김갑석의 일이 궁금해서 몇 마디 물었을 뿐 다른 뜻은 없소이다."

이장생이 점잖게 사정을 밝혔지만 노인들의 경계심은 풀어지지 않았다.

한 노인이 손사래를 치며 말했다.

"우리는 아무것도 몰러. 그 잡눔이 시방 워디서 뭔 짓을 허고 자빠졌는지 우덜이 알 게 뭐간디? 그눔 살았을 적에는 관아에서 잡도리를 해

쌌는 통에 고초를 겪었는디, 뒈져서는 그눔 애비가 대 나서서 잡도리를 해싸니, 생전에 우덜이 그눔과 뭔 원수진 일이 있었던지 당최 모르것당게?"

"그가 죽었소?"

노인이 무심코 한 말에 이장생이 깜짝 놀랐다. 노인들의 낯빛이 즉시 험악해졌다.

"그만 묻고 어여 가던 길 가! 여즉 여기서 이러고 있는 걸 청년들이 알면 성치 못할 것인게. 누가 뒤통수를 쌔려도 여기서는 언놈이 그렸는지 알 수가 없어."

한 노인이 억지로 이장생을 돌려세우며 얼러댔다.

"정 그 잡놈에 대해서 알고 싶으면 그놈 애비헌티 물어봐."

"그가 어디 있소?"

"쩌그 장신에 있응게 싸게 그리로 가봐."

장신이라면 그리 먼 곳도 아니다. 여전히 경계심을 잔뜩 품고 힐끔거리는 노인들에게 천수를 누리시라는 말로 사례한 이장생이 성큼성큼 걸음을 떼어놓았다.

"생긴 건 기생오라비처럼 생긴 작것이 시방 뭔 일로 김갑석이를 찾는디야?"

"거지반 잊어번질 뻔혔는디 저 작것이 사람 속을 다시 뒤집어놓고 가네 그랴."

"그만들 둬. 다 지 나름대로 볼일이 있는 게 비지 뭐. 그 잡눔을 찾든지 말든지 우덜이 신경 쓸 거 뭐 있것어? 이미 뒈진 눔인걸."

157

뒤통수에 노인들의 투덜거림이 그대로 와 닿지만 이장생은 돌아보지 않았다.

한달음에 대둔산자락 아래의 장신현으로 달려간 이장생은 그곳 사람들에게 물어 어렵지 않게 김갑석의 아비가 산다는 집을 찾을 수 있었다. 그리고 그 집에 이르러서는 깜짝 놀라고 말았다.

찢어지게 가난한 산골 마을에서 살았던 이력이 여전하려니, 하고 짐작했으나 그 집은 대여섯 간의 행랑채마저 갖춘 번듯한 기와집이었던 것이다. 어지간한 지주가 아니면 엄두도 내지 못할 모양새였다.

김갑석은 죽은 게 확실했다.

그의 아비는 만나지 못했으나 잘 안다는 마을 사람들의 말을 종합해 보면 그런 결론을 내릴 수밖에 없었다.

임꺽정이 토포사 남치근에게 잡혀 죽었다는 말이 전해진 후 김갑석도 죽었다고 했다. 그리고 얼마 뒤 궁기 흐르던 그의 식솔들은 부자가 되었는데, 김갑석이 그동안 임꺽정이 행세를 하면서 모아두었던 돈이 넘쳐난다고도 했고, 그가 죽었다는 소식을 가지고 왔던 외지인이 한 보따리의 돈을 풀어놓고 갔다고도 했다.

아무튼 그 이후 김갑석의 아비는 땅이란 땅은 닥치는 대로 사들였다. 자기가 살던 마을의 논밭을 대부분 사들였음은 물론, 인근의 논밭도 나오는 족족 사들였던 것이다.

죽도록 일해도 끼니 걱정을 면치 못하던 무지렁이 소작농이 졸지에 지주가 되었다. 그리고는 한풀이라도 하듯이 제 땅에 붙어 사는 사람들을 달달 볶아대기 시작했다. 악덕 지주도 그런 악덕 지주가 없었다.

이장생전 李長生傳

그게 그의 고향마을 사람들이 치를 떠는 이유였다.

김갑석의 소식이 끊어지고 그의 아비와 가족들은 돈벼락을 맞았다. 이장생은 그 사실에서 수상쩍은 냄새를 맡을 수 있었다.

임꺽정은 죽지 않았다. 남치근이 임꺽정이라고 잡아 죽인 건 바로 김갑석일 것이다, 하는 심증이 굳어졌다.

'그렇다면 임꺽정은 어디엔가 꼭꼭 숨어 있을 것이다.'하는 생각과 함께, '왜 남치근이 그렇게 서둘러 임꺽정의 목을 쳤을까?'하는 의문이 생겼다.

이장생은 그런 확신과 의문을 가지고 돌아섰다.

한양으로 가려면 안성을 지나야 하는데 그곳에 임꺽정이 한때 여러 두령과 함께 출입했던 칠장사라는 절이 있다. 급할 것도 없으니 그 절에 한번 들려볼 작정으로 방향을 잡았다. 어쩌면 그곳에서 임꺽정의 행적에 대한 단서를 찾을 수 있을지도 모른다는 한 가닥 기대를 했던 것이다.

이틀 뒤, 저물녘에 안성 외곽의 허름한 객주가에 든 이장생은 술과 밥을 배불리 먹었다. 쉬지 않고 먼 길을 온 터라 피곤과 식곤증이 밀려들어 객방 하나를 빌려 잠에 빠져있기를 얼마쯤, 바깥이 술렁대는 소리에 어렴풋이 정신이 들었다.

비몽사몽간에 들어보니 방을 두고 주인과 나그네들이 실랑이하는 모양이었다.

일행이 여섯인데 방 하나로 어떻게 잘 수 있겠느냐는 객과, 그럼 없

제7장 무정한 칼

는 방을 어찌 내놓을 것이냐고 뻗대는 주인 사이에 간간이 고성도 오갔다.

그러다가 걸걸한 음성의 사내가 "늦게 온 죄니 어쩌겠느냐. 한데서 밤이슬 맞으며 지새는 것보다야 나을 테니 새우잠이라도 자자."하고 무마하는 소리도 들렸다. 그들이 투덜거리며 옆방에 드는 기척을 듣는 둥 마는 둥 이장생은 돌아누워 다시 잠을 청했다.

얇은 벽 하나를 사이에 두고 밤새 그들의 코 고는 소리가 들렸다.

다음날 새벽.

이장생은 아직 어둠이 남아 있는 무렵에 일찍 그곳을 나섰다. 바라보니 옆방의 툇마루에 여섯 개의 보따리가 쌓여 있었다. 방이 좁아 사람들만 겨우 들어간 게 틀림없다. 코 고는 소리가 밖에까지 새 나오는 것이 아직 깊이 잠들어 있는 모양이었다. 혼자서 방 하나를 독차지하고 활개 치며 잤던 일이 조금은 미안하기도 했다.

소리 없이 그곳을 떠난 이장생은 걸음을 빨리하여 아침 공양이 끝났을 무렵 칠장사의 산문에 들어설 수 있었다.

잠시 경내를 서성이는데 저쪽에서 젊은 중이 다가왔다.

"불공을 드리러 오셨습니까?"

"아니네."

"그럼 절 구경을 하러 오셨군요?"

"그것도 아니네."

젊은 중이 이상하다는 듯 아래위를 훑어보았다.

"갓을 쓰고 도포를 입었으나 유생은 아닌 것 같고, 허리에 환도를 찼

이장생전 李長生傳

으나 검객도 아닌 것처럼 보이니 참 이상한 분이군요."

"내가 유생도 검객도 아니라는 걸 어찌 아는가?"

"유생이라면 이른 아침부터 절에 찾아와 서성일 리가 없고, 검객이라면 치렁거리는 불편한 옷차림을 할 리가 없지 않겠습니까?"

"당신 말도 일리가 있군."

이장생이 빙긋 웃었다. 제법 사근사근한 것이 붙임성이 있어 보이고, 눈치도 그만하면 나무랄 데 없는지라 호감이 생겼다.

두 사람은 말을 나누면서 천천히 걸어 나한전의 흰 돌계단에 나란히 앉았다.

"실은 사람을 좀 찾으려고 한다네."

"스님입니까?"

"누구라도 상관없어. 내게 한 가지 일에 대하여 가르쳐줄 사람이면 되니까."

"그 일이라는 게 무언지 알아야 하지 않겠습니까?"

"한때 이 절에 임꺽정이 출입했다고 들었네만?"

"그렇다고 하더군요. 저는 그때 이곳에 있지 않았던 터라 임 두령을 보지 못한 게 원통하기만 하답니다."

가볍게 코웃음을 친 이장생이 다시 말했다.

"그렇다면 그와 교분을 나누었을 스님이 있을 터. 그에게서 임꺽정의 행적에 대하여 자세히 듣고 싶다네. 소개해 주겠나?"

"임 두령이 죽은 지 몇 해가 지났는데 이제 와서 그의 행적을 알아 무엇 하시렵니까?"

제7장 무정한 칼

"호기심 때문이지. 그가 이 절에서 무엇을 했으며 어떤 말을 했는지 궁금하거든."

그러한 소소한 것들을 모아 조합해 보면 임꺽정의 행동 방식이라든가 생각들을 짐작할 수 있고, 그것을 근거로 해서 그가 무엇을 할지, 숨어 있다면 어떤 곳을 선호할 것인지 추론해 볼 수도 있다.

젊은 중이 고개를 끄덕였다.

"그런 일이라면 병해 대사만 한 스님이 없을 것입니다."

"병해 대사?"

"활불이시지요."

"흥, 세상에 활불 따위가 어디 있담."

비웃는 말에 젊은 중이 깜짝 놀랐다.

"부처님을 믿지 않으십니까?"

이장생이 코웃음을 쳤다.

"나는 유생은 아니지만 어려서부터 유학의 경서를 읽고 공맹의 도를 배우며 자랐어. 부처는 알지 못하고, 알고 싶지도 않네. 그러나 부처가 있고 활불이 진정 있다면 세상에 어째서 악이 공존하는 것인가?"

불쌍한 중생이라는 듯 젊은 중이 나무아미타불을 중얼거렸다.

"부처님은 대자대비하시고 불법은 광대무변하니 장차 윤회의 악업을 벗어 버리고 악연을 끊어……."

이장생이 낯을 찌푸리고 손사래를 쳤다.

"됐네. 어쨌거나 활불이든 뭐든 그런 건 관심 없고, 그가 임꺽정을 잘 안단 말이지?"

이장생전 李長生傳

"알다 뿐이겠습니까? 과거 임 두령에게 글과 무예를 가르친 스승이라니 그보다 더 잘 아는 사람은 또 없을 것입니다."

'스승!'

이장생의 머릿속에 천둥 치는 소리가 울렸다. 병해 대사라는 사람이 임꺽정의 스승이라는 말을 처음 들은 충격이 크다.

"왜 그러십니까?"

젊은 중이 의아하게 바라보았다. 이장생은 심장 뛰는 소리를 감추어야 할 지경이었다. 임꺽정을 있게 한 자가 중이 되어 이곳에 있다니 분노가 치솟았다.

그가 없었더라면 임꺽정도 없었을 것이라는 생각을 떨쳐버릴 수 없다.

"그 병해라는 중이 정말 임꺽정의 스승이란 말이지?"

"그렇습니다. 알 만한 사람들은 이미 다 아는 사실이지요."

네가 모르고 있었다는 게 이상하다는 듯이 빤히 바라본다.

"이것도 인연이라는 것인 모양이군."

중얼거리는 이장생의 어투가 어느덧 스산해졌다.

"그가 어디에 있나?"

"저는 불력이 깊지 못해 시주님의 마음을 열 수 없으나 병해 대사께서는 불력이 수미산처럼 크고 넓으니 단번에 시주님의 마음을 깨뜨려버릴지도 모르지요."

한숨을 쉰 젊은 중이 손을 들어 천왕각 뒤의 산을 가리켰다.

"저 위에 있는 귀거암에 기거하고 계신답니다. 높지 않은 산이니 천천히 걸어도 점심 무렵 전에 올라갈 수 있을 겁니다."

제7장 무정한 칼

"고맙네."

벌떡 일어난 이장생이 옷자락을 펄럭이며 나한전을 돌아 사라지자 어리둥절해서 바라보던 젊은 중이 합장하고 나무아미타불을 중얼거렸다.

이장생은 성큼성큼 산길을 탔다. 임꺽정의 스승 노릇을 했다는 자가 중으로 신분을 감추고 이런 곳에 숨어 살고 있었다는 생각에 더욱 노여워진다.

반쯤 산에 올라갔을 때 머리 위 하얀 바위 위에 꾀죄죄한 몰골의 늙은 중이 앉아 있는 게 보였다. 주름살투성이의 얼굴과 굽은 어깨를 하고 낡은 승복을 입은 꼴은 마치 요괴 하나가 웅크리고 있는 것 같은 기이한 모습이었다.

늙은 중은 옷자락을 헤치며 이를 잡고 있는 중이었다. 얼마나 열심이었던지 누가 다가오는 것도 모르는 것 같았다.

바위 아래에서 이장생이 소리쳤다.

"말 좀 묻겠소."

"응? 뭐라고 했느냐?"

늙은 중이 짓무른 눈을 비비며 내려다보았다.

"귀거암이 저 위에 있소?"

"그건 왜 물어?"

"한 사람을 찾아가는 길이요."

"그게 누군데?"

"병해라는 중이 거기 있다던데 그렇소?"

이장생전 李長生傳

"병해는 왜 찾는고?"

"죽이려고 그러오."

이장생의 거침없는 말에 늙은 중이 히히, 웃더니 자기 옆을 손바닥으로 탁탁, 쳤다.

"이리 올라와 앉아봐라."

"묻는 말에 대답이나 해주시오."

"와서 앉아보라니까. 그러면 가르쳐 주마."

쓴 입맛을 다신 이장생이 두 발에 불끈 힘을 주고 땅을 박찼다. 가볍게 뛰어올라 곁에 앉자 늙은 중의 눈이 휘둥그레졌다.

"너는 날개가 달렸느냐? 어찌 사람의 몸이 그렇게 가벼운고?"

"자, 앉았으니 어서 가르쳐 주기나 하시오."

"조금만 기다려 보거라. 그러면 힘들게 올라갈 필요 없이 병해를 만나게 될 것이니라."

"음, 그가 내려오는 모양이군."

그렇다면 굳이 귀거암까지 올라갈 필요 없다고 생각한 이장생이 우두커니 앉아 허공만 바라보았다.

"에그, 에그, 요놈은 피를 얼마나 빨아 먹었는지 아주 살이 통통하게 쪘구나. 고얀 놈 같으니."

노승이 큼직한 이 한 마리를 찾아내 손톱 사이에 넣고 터뜨렸다. 피가 얼굴까지 튄다.

"히히, 극락왕생하여라."

매우 즐거운 듯했다. 계속 이를 찾아내 터뜨려 죽일 때마다 히죽거리

165

며 극락왕생을 빌어준다. 노승의 그런 추괴한 꼴에 이장생이 눈살을 찌푸렸다.

"듣기로 중은 살생하지 않는다던데 늙은 중 당신은 그렇지 않소그려."

"어리석은 것들이 하는 소리지. 때로는 살보시가 육보시보다 좋으니라."

"살보시?"

"죽여서 일찌감치 해탈하도록 도와주는 것 말이다. 남보다 빨리 극락왕생할 수 있게 해주는 것이니 그 아니 공덕을 베푸는 일이겠느냐? 너 또한 그 살보시를 베풀려고 병해를 찾아왔다니 기특하기 짝이 없구나."

엉뚱한 소리에 이장생이 낯을 찌푸렸다. 이 중이 늙어서 정신이 오락가락하는 모양이구나, 하고 생각하지 않을 수 없다. 그래서 의심도 들었다.

"정말 여기 있으면 그를 만날 수 있는 것이요? 괜히 나를 놀리려고 한 말이었다면 재미없소이다."

눈을 부라리지만 노승은 태연했다.

"귀거암은 저 위에 있거니와 병해는 여기 있으니 수고스럽게 올라갈 필요 없다."

이장생이 깜짝 놀라 일어섰다.

"당신이 병해 대사란 말이요?"

노승이 그를 올려다보며 히히 웃었다.

"네가 찾아올 줄 알고 있었느니라. 아침부터 기다렸는데 이제 왔으니 게으른 놈이로구나."

"알고 있었다고?"

"태어날 때는 몰라도 죽을 때는 알아야 하느니라. 짐승도 저 죽을 때를 아는데 하물며 사람이 모른대서야 어디 될 소리냐?"

"무슨 헛소리요?"

"나는 죽기를 기다렸고, 너는 살보시를 베풀기 위해 땀 뻘뻘 흘리며 찾아왔으니 이보다 더 손발이 척척 맞을 수가 없구나."

이장생은 기가 막혔다. 그가 생각하는 병해 대사는 아직 팔팔한 초로의 인물쯤 되어야 했다. 임꺽정에게 무술을 가르쳤다니 솜씨도 뛰어나야 한다. 그래야 칼을 뽑아 후려칠 투지가 생겨나지 않겠는가.

그러나 눈앞의 늙은 중은 그대로 두어도 얼마 살지 못할 것 같은 상노인에 지나지 않았다. 정신마저 오락가락하는 것 같다.

이런 자를 베어 봐야 무슨 통쾌함이 있을 것인가 하는 생각과, 그래도 임꺽정이를 있게 한 원흉이나 다름 없으니 용서할 수 없다는 생각이 충돌했다.

잠시 무섭게 노승을 노려보던 이장생이 한숨을 쉬고 말했다.

"그만둡시다. 임꺽정이 어디에 있는지나 가르쳐 주시오. 그러면 곱게 물러가리다."

늙은 중, 병해 대사가 이장생을 빤히 보며 히죽히죽 웃었다. 놀리는 것도 같고, 정신이 나가서 그러는 것 같기도 했다.

"내가 그놈이 아닌데 그놈이 어디에 있는지 어찌 알꼬?"

"스승이라니 그가 종종 찾아왔을 것 아니겠소?"

"제 발로 왔다가 제 발로 가는 놈이니 붙잡아둘 수도 없거니와, 어디로 가는지도 알 수 없느니라. 짐승은 오가는 길이 있어 그리로 다니지

제7장 무정한 칼

만 사람이야 어디 그렇더냐? 또, 안다고 해도 가르쳐줄 수 없지.”

“어째서?”

“술래가 어디 숨어 있는지 훤히 안다면 무슨 재미로 술래잡기를 할꼬?”

이장생이 혀를 찼다. 병해 대사를 죽이겠다고 이곳까지 찾아와서 고작 정신이 오락가락하는 노인을 붙잡고 있는 자신이 한심하게 여겨졌다.

병해 대사가 여전히 히죽거리며 물었다.

“그런데 불쌍한 중생아, 네가 나를 죽이려는 이유가 무엇인고?”

“당신이 임꺽정의 스승이라니 그렇소.”

“흘흘, 그것과 네가 무슨 상관이기에?”

“나는 임꺽정은 물론 그를 따르는 자들을 모조리 죽여 버릴 작정이요.”

“그놈에게 지독한 일을 당한 모양이구나?”

“선부의 원수이니 자식 된 도리로 갚지 않을 수 없지.”

그 말에 병해 대사의 얼굴에서 히죽거리던 웃음이 싹 사라졌다.

그가 잔뜩 골이 난 듯이 흘겨보며 날카롭게 소리쳤다.

“이제 보니 너는 불효자였구나! 고얀 놈 같으니!”

“뭐요?”

이장생이 발끈해서 마주 소리치자 다시 실실 웃는 것이 확실히 정신이 온전치 못한 늙은이 같았다.

그가 거칠거칠한 얼굴을 손바닥으로 쓸고 나서 정색했다.

“부모는 자식이 태어날 때를 알지만 자식은 부모가 언제 죽을지 모른다. 그러니 불효 아닌 자식이 있겠느냐? 네 아비가 언제 죽을 것인지 알았더라면 네 힘으로 막을 수 있었겠지?”

이장생전 李長生傳

"그건······."

뜻밖의 말에 깜짝 놀라고 당황한 이장생이 얼굴이 어두워져서 말을 얼버무렸다.

병해 대사의 한마디가 여태까지는 조금도 생각하지 않고 있었던 것을 돌아보게 해주었다. 아무 생각 없이 있다가 바늘에 찔린 것처럼 깜짝 놀라게 된다.

이장생이 고개를 숙이고 침묵했다.

'알았다고 해도 그때의 내 힘으로는 임꺽정을 막을 수 없었을 것이다. 무서워 벌벌 떨기만 했다던 두 형과 다를 게 없었겠지.'

그런 자각과 함께, '그러니 역시 나는 불효자인가? 이제 와서 아버지의 죽음에 대해 따진다고 해서 무엇이 달라지나?'하는 생각이 들었다.

그러다가 다시 '그때는 그때다. 그래서 지금의 내가 있는 것 아니냐.'하는 오기도 불끈 일었다.

이장생의 표정 변화를 지그시 바라보던 병해 대사가 다시 느긋하게 말했다.

"네 아비가 죽을 때 아무것도 하지 못했으면서 이제 와서 나를 죽이고 그놈을 죽인들 무슨 소용이냐? 기껏 네 분풀이야 할 수 있겠지만 그래도 불효자 소리를 면할 수는 없을 게다."

"요설!"

이장생이 버럭 소리쳤다. 그러나 병해 대사는 태연하기만 했다. 정신이 오락가락하던 노인은 간데없고 장중하게 앉아 있는 노승이 있을 뿐이라 이장생은 내심 어리둥절해지기도 했다.

제7장 무정한 칼

“어쨌거나 이렇게 나를 찾아왔으니 네 마음속에도 불심이 깃들어 있다는 것이지. 그걸 보았으니 나는 기분이 매우 좋구나.”

“헛소리. 나는 중들을 경멸하고 부처를 알지 못하는데 무슨 불심이요? 살심이라면 또 모르지.”

“흘흘, 오고 가는 것이 어찌 내 뜻대로 하는 일이랴. 너는 살심을 가지고 내게 왔지만 그게 실은 불심이라는 것을 모르고 있을 뿐이니라.”

이장생은 대꾸하지 않았다. 이 늙은 중과 말이 길어질수록 마음이 편해지지 않았기 때문이다.

“어쨌거나 죽이러 왔다니 죽이고 가거라. 하늘이 그렇게 정해놓은 일이니 따르지 않는다면 화가 될 것이다.”

“당신을 죽이지 않으면 내게 화가 미친다는 말이오?”

“순리를 따르지 않음은 역천이니 어찌 하늘이 용서하겠는고?”

“흥, 그렇다면 나는 싫어도 어쩔 수 없이 당신을 죽여야겠군?”

“그게 네가 해야 할 일이고, 또한 내 운명인 게야.”

탄식하더니 다시 말한다.

“하늘이 너를 보내 죄를 묻는 것이니 나는 해탈하려니와, 꺽정이 그놈은 그러지도 못할 테니 참으로 불쌍하구나.”

“그가 내 손에 죽으리라는 것도 아시오?”

“하늘이 네 손을 빌리는 것이지 어디 네가 자의로 행할 수 있는 일이겠느냐?”

“흥, 어쨌든 내 손에 죽을 운명이라니 그건 듣던 중 반가운 말이구려.”

“자, 네 솜씨를 한번 보여 봐라. 하늘이 택한 자가 정말 너인지 아니

이장생전 李長生傳

면 따로 있는지 알아보자꾸나."

그러나 이장생은 차마 칼자루에 손을 올려놓을 수 없었다.

병해 대사가 키득거렸다.

"자신이 없는 모양이구나? 그렇다면 네가 아닌 게 틀림없으니 그만 내려가 보거라. 나는 그 사람을 더 기다리고 있어야겠다."

이장생이 탄식했다.

"내 한이 아무리 깊다고 해도 어찌 온전치 못한 늙은 중을 죽이겠소?"

역시 그건 할 짓이 못 된다는 생각에 일어서는데 병해 대사가 말했다.

"나를 죽이면 그놈도 죽일 수 있으려니와, 나를 죽이지 못하면 그놈도 죽일 수 없을 것이다. 칼을 지닌 놈이 무정하지 못하다면 어찌 뜻을 이룰 수 있겠느냐? 밭에 나가 쟁기를 잡는 것도 사치스러운 일이지."

"무엇이?"

"내게 보여 보아라. 네 의지가 과연 한을 풀만한 것인지 아닌지를."

순간, 이장생과 병해 사이의 공간이 '번쩍'하고 갈라졌다. 차가운 검광이 벼락처럼 떨어지더니 늙은 중의 주름진 목덜미에서 딱 멈춘다.

병해 대사가 짓무른 눈을 부릅떴다. 그토록 빠른 검을 처음 보거니와, 그 검을 이렇게 갑자기 멈추는 솜씨 또한 처음 보았던 것이다.

"빠르구나. 정말 빨라. 너는 대체 어떻게 한 것이냐?"

"이만하면 그자를 죽이기에 충분하겠지?"

"네 칼솜씨는 그럴지 몰라도 의지는 그렇지 못하니 그것 때문에 죽는 자는 그놈이 아니라 네가 될 것이다."

"이래도 헛소리를 할 수 있겠소?"

제7장 무정한 칼

불끈 오기가 생긴 이장생이 칼에 지그시 힘을 주었다. 피가 흘러나오지만 병해 대사는 조금도 피하려 하지 않았다.

"멀었다. 멀었어. 나는 기다려 주지만 걱정이 그놈은 기다려 주지 않을 테니 잠깐 망설이는 동안 목이 떨어지는 건 역시 너일 것이다."

이장생이 이를 악물었다. 칼을 쥐고 있는 손에 힘이 들어간다.

"그놈은 순리를 버리고 스스로 악귀가 되었으니, 오욕칠정을 가지고 있는 사람으로서는 죽일 수 있는 자가 없을 것이다. 오직 피도 눈물도 없는 짐승만이 그렇게 할 수 있을 터. 너는 일찌감치 칼을 버리고 저자에 나가 장사라도 하는 게 오래 사는 길이겠다."

"이해할 수 없군."

"무엇을 이해할 수 없어?"

"당신은 그의 스승이라면서 어째서 내가 그를 죽이기를 바라는 것처럼 말하시오?"

"필요할 때 보내는 것도 하늘이고 거두어 가는 것도 하늘이지. 때가 되었는데 돌아갈 생각을 하지 않고, 욕심을 부려 천리를 거스르는 짓까지 마다하지 않으니 일찍 죽기를 바라는 게 오히려 그놈을 위해 내가 빌어주어야 할 일이 아니겠느냐?"

"이승에서의 죄업을 조금이라도 덜 지도록 말이요?"

"그렇지. 말귀가 밝은 놈이구나. 그래야 지옥에 떨어지더라도 고통을 조금은 덜 받을 테지."

"흥, 당신 말대로라면 나는 그자를 죽이지 말고 오히려 오래 오래 살도록 해줘야겠군?"

"흘흘, 그거야 네 마음이고 자, 어쩔 것이냐? 나를 죽일 테냐 말 테냐?"

"죽이겠소."

"그럼 어서 보시해라."

병해 대사가 지그시 눈을 감았다. 장중한 것이 좌선에 든 것 같다. 그의 어깨 뒤로 눈부신 후광이 둘린 것 같기도 해서 잠시 망설이던 이장생이 이를 악물었다.

마음을 굳게 하고 선뜻 목을 그어 버린다.

기어이 살보시(殺布施)를 한 것이다.

산에서 내려온 이장생은 화가 난 사람 같았다. 성큼성큼 걸어 경내를 벗어나는데 나한전 계단에 나란히 앉아 이야기했던 젊은 중이 저쪽에서 바라보지만 아는 체도 하지 않았다.

"성불하십시오. 나무아미타불……."

젊은 중이 멀리서 합장하고 소리쳤다.

절을 떠나는 이장생의 마음은 무겁게 가라앉아 있었다. 검법을 수련하고 세상에 나온 후 처음 칼을 휘둘러 기껏 늙은 중의 목숨을 빼앗았다는 사실이 그를 괴롭게 했다.

"이제 나는 정말 야차가 되고 만 것인가?"

힐끔 저 멀리 있는 칠장사의 산문을 돌아보며 중얼거리는 말이 공허했다.

참고 그냥 돌아섰어야 했다는 후회가 들었다. 그러나 병해 대사의 충동은 집요했고, 임꺽정에 대한 살심을 더 불러일으키게 하는 것이었

제7장 무정한 칼

다. 그래서 '이래도 내가 그놈을 죽일 수 없을 것 같아?'하는 오기가 불끈 생겨서 기어이 베어 버리고 말았다.

짐승처럼 무자비한 냉혈한이라야만 임꺽정을 죽일 수 있다고, 그런데 너는 그렇지 못하니 아닌 모양이라고 낙심해서 하던 늙은 중의 말 속에는 정말 누군가 그자를 죽여주기를 바라는 간절함이 있었다.

이장생은 병해 대사가 묘한 말로 비꼬며 충동질했던 것이 나에게서 그런 가능성을 보았기 때문이라고 믿었다. 그렇다면 왜 스스로 죽기를 원했을까? 하는 의문이 남아 괴로웠다. 알 것 같기도 하고 영영 모를 것 같기도 해서 더욱 머릿속이 어지러웠다. 현기증이 난다.

산 아래 마을 끝에 허름한 주막이 하나 있었는데 늦은 오후라 목이 컬컬한 때가 되어서인지 몇몇 농사꾼 사내들이 자리를 잡고 있었다.

이장생은 그 앞을 지나가면서도 자기를 쏘아보는 눈길이 있다는 것을 의식하지 못했다. 병해 대사를 죽인 일이 마음에 후회와 번민으로 남아 심난했던 탓이다.

주막 안에서 임꺽정은 무료함을 애써 달래는 중이었다. 조금 더 기다렸다가 해가 서산마루에 걸릴 무렵 나서서 마을을 지나 칠장사로 갈 작정인 것이다.

사내들은 기우는 해를 아쉬워하며 밭일에 더욱 매달려 있을 것이고, 아낙네들은 저녁 준비를 하러 집에 돌아가 있을 때라 왕래하는 사람이 드물 테니 주목받지 않고 움직일 수 있는 시간이다.

방에 앉아 하품하고 두리번거리던 그의 눈에 갓을 쓰고 환도를 찬

이장생전 李長生傳

한 사람이 도포 자락을 펄럭이며 잰걸음으로 지나가는 게 보였다.

얼핏 본 얼굴이 낯이 익은 것이어서 고개를 길게 빼보았지만 그 사람은 어느새 저만큼 멀어져 뒷모습만 보였다.

누구였더라? 하고 잠시 생각하던 임꺽정이 피식 웃었다.

"그래, 맞아. 그 녀석이었군. 학현 현감 이춘명의 아들이라고 했었지? 이름이 이장생이던가?"

자기를 찾아와 죽이겠노라고 포악을 떨어대던 몇 년 전의 일이 생각났다. 얼굴과 이름을 아직도 기억하는 건 그때 당돌하고 당차던 그의 모습에 호감을 느꼈던 때문이다.

"알 수 없는 일이군. 저놈이 이곳에는 웬일이란 말인가? 설마 아직도 내 뒤를 쫓아다니고 있는 건 아니겠지?"

그가 칠장사 방면에서 오고 있었으니 더럭 그런 의심이 들었다.

"뭘 그렇게 중얼거리시오?"

수하 한 놈이 궁금하다는 얼굴로 물었다. 임꺽정이 손사래를 쳤다.

"아무것도 아니다. 그 방문을 반쯤 닫아둬야겠다."

"덥지 않으시겠소?"

"더운 게 낫지. 밖에서 빤히 들여다보이면 그게 더 곤란해."

"명령대로 합지요."

그놈이 방문을 반쯤 닫고 다시 일행과 실없는 농을 주고받기 시작했다.

드디어 오후의 해가 서산마루에 한층 가까워졌다. 마을의 조용함이 주막에서도 느껴진다. 임꺽정이 그제야 수하들을 채근해 짐을 지고 일어서게 했다.

아직 해가 남았을 때 칠장사 앞에 도착한 그는 산문을 놓아두고 멀찍이 담을 돌아 길도 없는 숲을 가로질렀다. 절 경내를 통과하면 편한 일이지만 혹시라도 자기를 알아보는 중이 있을까 봐 꺼려졌던 것이다.

이내 길을 잡고 잰걸음으로 산을 오르는 데 익숙하기가 소굴로 돌아가는 것 같았다.

까마귀들이 수십 마리나 무리 지어 능선 위를 오르내리며 까옥거리고 있었다. 문득 불길한 예감이 든 임꺽정이 수하들마저 떼놓은 채 더욱 빨리 걸었다. 뛰듯이 산 위로 올라가더니 흰 바위가 보이는 곳에서 "억!"하는 비명을 터뜨리고 우뚝 섰다. 굳어버린 것처럼 꼼짝도 하지 못한다.

헐떡거리며 뒤따라 올라온 수하들이 어리둥절하다가 임꺽정의 시선이 향하는 곳을 보고는 한 소리로 "으악!"하고 비명을 터뜨렸다.

노을빛을 받아 붉게 빛나는 바위에 점점이 피 얼룩이 졌고, 그 아래 한 사람이 쓰러져 있었는데 까마귀들이 벌써 드러난 살을 쪼아대고 있었다. 끔찍하다.

"대사!"

버럭 소리친 임꺽정이 허둥지둥 달려갔다. 까마귀들이 놀라 푸드덕거리며 달아났고, 임꺽정은 참혹하게 변해버린 주검 앞에 무너지듯이 주저앉았다.

"그놈!"

이장생전 李長生傳

다시 허공을 노려보며 부드득 이를 간다.

벌써 몇 번째인지 모른다.

바위 아래 스승의 참혹해진 시신을 매장하고 나서 임꺽정은 산에서 내려갈 생각을 잊은 듯 주저앉아 있기만 했다. 그러다가 불쑥 "그놈!"하고 소리쳤고, 그때마다 이를 갈았다.

이장생이다. 그놈의 짓이 틀림없다. 그때 그 어린놈을 밟아 죽여 버렸어야 했다는 후회가 들어 더욱 분했다. 죽여 후환을 없애야 한다던 박유복이의 말을 듣지 않았던 게 이토록 원통하다.

그러나 세상을 뒤엎어 버릴 것 같던 노여움도 찬 이슬을 맞으며 밤을 새우는 동안 차츰 가라앉았고, 차갑고 싸늘한 침착함이 찾아왔다.

북채 하나가 땅에 떨어졌다던 보우의 말이 떠올랐다. 그는 병해 대사가 죽을 것을 미리 알고 있었던 것인가? 하는 생각과 함께 자신의 명이 칠십 세까지라던 스승의 말이 떠올랐다.

그 예언은 기막히게 맞았다. 그렇다면, "사람으로서는 이 하늘 아래 너를 죽일 자가 없지. 그러니 너는 짐승에게 물려 죽을 것이다. 그게 다 네가 타고난 업보이니 누구를 탓하겠느냐?"라고 했던 말도 맞을까? 하는 엉뚱한 생각이 들어 심난했다.

그 말을 들었을 때 임꺽정은 껄껄 웃었다. "호랑이도 곰도 오히려 내 주먹을 무서워할 텐데 어떤 짐승이 나를 물어 죽일 것이요?" 하며 스승을 놀리지 않았던가.

'그렇다면 그 짐승은 바로 그놈을 두고 했던 말일까?'

자꾸 주막 앞을 지나가던 이장생이 떠올랐다. 처음 보았던 때와는 달

제7장 무정한 칼

리 마르고 단단해 보이던 모습이었다. 무심하고 차가운 기운이 느껴지기도 했다.

그러나 그까짓 놈에게 죽임을 당할 것이라면 여태까지 살아 있지도 못했을 것이라고 생각했다. 이 조선 땅에서 나를 이길 자가 어디 있단 말인가, 하는 자부심도 여전하다.

새벽하늘이 밝아올 무렵 임꺽정은 툴툴 옷을 털고 일어섰다. 어떤 놈이든 어떤 짐승이든 와봐라, 하는 마음이 되어 성큼성큼 산에서 내려간다.

이장생전 李長生傳

제8장

요악(妖惡)한 여인

남자의 힘은 여자에게서 나온다고 해도 과언이 아니다.

현모양처가 그래서 중요하다.

슬기롭게 남자를 내조하고, 용기를 북돋아 주며, 때로는 희생도 마다하지 않는 그런 여자와 함께 사는 남자라면 뜻한 바를 성취하기가 훨씬 쉬울 것이다.

윤원형이 그런 사람들 중의 한 명이었다.

세상은 정난정을 두고 요부라며 온갖 욕을 하고 있지만 윤원형에게는 그녀야말로 자기 힘의 원동력이었다.

유원형이 임금의 외척으로서 조정에 힘을 미치고 있다면, 정난정은 문정대비의 각별한 사랑을 받으며 음지에서 온갖 권력을 행사하고 있었다. 그 힘이 대신들은 물론 사대부가에 두루 미치고 있음을 모르는 사람은 없다. 그리고 그 힘으로 윤원형을 더욱 든든하게 받쳐주고 있다는 것도 누구나 아는 사실이다.

그래서 윤원형에게 앙심을 품은 자들은 제거하기 어려운 그 대신 호시탐탐 정난정의 목숨을 노렸다. 그런 자들 중에 으뜸이 바로 이정빈이라고 해야 할 것이다.

그에게 있어서 윤원형은 부친을 죽인 원수이며, 임금의 총애를 빼앗아 가문을 위태롭게 한 자이기도 했다. 철천지원수라는 말이 적당할 것이다.

비록 선부 이량이 권신으로서 생전에 지금의 윤원형 못지않은 악명을 떨쳤더라도 그때의 부귀영화만큼은 왕이 부럽지 않을 만큼 대단하지 않았던가. 그것을 되찾는 길이 곧 몰락해 가는 가문을 다시 일으키는 것이고, 그러기 위해서는 반드시 윤원형을 제거해야만 한다는 게 이정빈의 믿음이었다.

그건 여차하다가는 자기도 선부처럼 윤원형의 술수에 걸려 죽고 말 것이라는 두려움 때문이기도 했다. 그 전에 제거해야 하는데, 윤원형에게는 접근하기도 어려웠다. 둘러싸고 있는 무사들이 한둘이 아닌 것이다.

하지만 정난정은 그렇지 않았다. 윤원형에 비하자면 허술하기만 한 호위 속에 있었다. 그래서 이정빈은 항상 그녀의 목숨을 노렸는데, 윤원형이 가지고 있는 힘의 절반이 바로 그녀에게 있다는 것을 알기 때문이었다.

게다가 정난정은 가끔 한양을 떠나 명산대찰을 찾아 불공을 드리곤 했으니 기회는 언제든지 있는 셈이다.

윤원형도 그것을 아는지라 정난정이 집을 떠날 때면 늘 장약허로 하

이장생전 李長生傳

여금 그녀를 따르도록 했다. 그러면 철옹성을 두르고 있는 것과 다를 바 없었다. 누구도 그녀에게 접근하지 못했다.

그래도 이정빈이 정난정을 노리는 것은 혹시나, 하는 한 가닥 기대를 버릴 수 없어서였다.

"그래? 칠장사란 말이지?"

"그렇습니다. 조만간 떠날 모양입니다."

"늘 봉은사로 찾아가 보우를 만나더니 웬일로 멀리 떨어진 칠장사란 말이냐?"

"그곳에 병해라고 하는 중이 있는데, 그와도 친분이 각별하다고 합니다. 그러니 이번에는 병해를 찾아가는 것입지요."

"허, 그 요망한 것이 여기저기 꼬리를 흔들고 다니는구나."

낯을 찌푸리고 혀를 차지만 이정빈의 가슴 속에서는 '이번에는 반드시 뜻을 이루겠구나.'하는 흥분이 뛰놀고 있었다.

칠장사는 안성에 있으니 한양과 멀리 떨어진 곳이고, 도중에 인적 드문 길목도 여럿이다. 그러니 이것이야말로 하늘이 준 기회일지도 모른다는 생각에 조급함으로 입이 말랐다.

교동 윤원형의 집을 정탐하고 온 자가 무릎걸음으로 바짝 다가앉으며 더욱 은밀하게 말했다.

"그리고 이번 행차에는 장악허가 동행하지 않는답니다."

"뭐야?"

이정빈의 눈이 휘둥그레졌다. 듣고도 믿을 수 없었다.

"그게 사실이냐? 어째서?"

제8장 요악(妖惡)한 여인

“그것까지야 소인이 알 수 없습지요. 하지만 믿을 만한 자로부터 얻어 낸 그쪽의 사정이니 틀림없을 것입니다요.”

“어허, 이거야 원…….”

이정빈은 머릿속이 혼란해졌다. 이것이 진정 그 요부의 명이 다할 때가 된 징조인지, 아니면 윤원형이 자기를 잡기 위해 파놓은 함정인지 언뜻 판단하기 어려웠다.

“알았다. 나가 봐라.”

수하의 무릎 앞에 묵직한 전낭을 던져 준 이정빈이 눈살을 찌푸리고 깊은 생각에 잠겼다.

그날 밤새도록 그의 방에는 불이 밝혀져 있었다. 그리고 다음날 날이 밝자 홍필두가 은밀히 불려 들어갔다.

그는 궁의 별감 출신으로서 검법이 뛰어나 혼자서 능히 열 명을 상대하는 자였다.

몇 달 전, 한량 노릇을 하던 사대부가의 자식들과 기방에서 다툰 적이 있었는데, 대여섯 놈을 상대하다가 한 놈을 잘못 때려서 그만 즉사시키고 말았다.

더 재수가 없었던 것은, 그렇게 죽은 놈이 바로 형조참의를 지낸 박소암의 삼자라는 것이다.

그 일로 일차 포청에 끌려가 치도곤을 당한 홍필두는 형조의 뇌옥으로 옮겨갔다. 그리고 곧 참수될 형편에 처했는데, 그 소문을 들은 이정빈이 수단껏 손을 썼다.

홍필두 같은 자가 그렇게 죽도록 할 수 없다는 것이었으니 그에게는

이장생전 李長生傳

정말 인재를 아끼는 마음이 있는 것인지도 모른다.

그 덕에 홍필두는 겨우 사형을 면하고 죽지 않을 만큼 곤장을 맞은 후 방면된 일이 있었다.

홍필두는 그 길로 붓골로 찾아가 고개 숙이고 이정빈의 심복 수하가 되었다.

이정빈은 그에게 이번 일을 맡길 작정이었다. 정말 장약허가 없다면 홍필두가 충분히 해내리라고 믿었다.

그래도 한 가닥 의심이 남아 그에게 몇 번을 일러 주었다.

"먼저 세밀하게 정탐을 하고, 만약 장약허가 섞여 있거나, 뒤에라도 합류할 예정이라면 즉시 일을 그만두고 돌아오도록 해라. 괜한 공명심으로 호기를 부려서는 절대로 안 된다."

"명심하겠습니다."

"성공한다면 이곳으로 돌아오지 말고, 그 길로 합천에 내려가 별도의 기별이 있을 때까지 두문불출하고 있어라."

"합천이라시면……."

"거기 나의 외가가 있느니라. 내 말을 전하면 깊이 숨겨 줄 것이다."

"하오면 데려가는 자들은 어찌하오리까?"

"더러 죽는 자가 나올지도 모른다. 그러면 즉시 묻어 버리고, 부상을 입어 운신이 어렵게 된 자는……."

잠시 생각하던 이정빈이 결연하게 말했다.

"네 손으로 베어서 후환이 없게 해라. 뒷일은 내가 다 책임져 줄 테니 염려하지 말고."

제8장 요악(妖惡)한 여인

"명을 받듭니다."

"이와 같은 일은 은밀함과 신속함 못지않게 무정해져야 반드시 성공할 터. 내 말을 잊지 마라."

홍필두가 일어나 나가자 이정빈이 방안을 서성거렸다. 초조하고 불안하기도 하면서 기대감으로 들뜨기도 한 것이다.

만약 홍필두가 정난정의 암살에 성공한다면 사림들이 열렬히 환호할 게 틀림없다.

이정빈은 그들의 지지를 배경으로 해서 조정에 출사하고 가문의 영광을 재현하게 될 것을 기대했다. 아버지 이량의 대를 이어 윤원형의 전횡을 제어할 세력으로 부각되는 것이다. 임금 또한 그것을 마다할 리 없으니 이번 거사야말로 중요한 일이었다.

곽거도를 불러 일을 대충 설명하고 집 안팎의 경계에 더욱 집중할 것을 명하자 그가 씩씩거리며 불만을 터뜨렸다.

"나리. 대체 무슨 생각이신지 모르겠소이다. 그처럼 중요한 일에 홍필두를 보내시다니? 소인은 꾸어온 보릿자루요?"

이정빈이 빙그레 웃었다.

"이번 일은 홍필두만으로 충분할 것이다. 정난정 곁에 장약허가 없다지 않는가."

"응? 그게 정말이요? 허! 아니, 그놈이 어째서?"

장약허가 정난정을 호위하지 않는다는 건 곽거도에게도 의외의 일이었다.

"어떤 놈이 감히 호랑이의 콧수염을 뽑을 것이냐, 하고 방심한 게지."

이정빈은 그렇게 믿었다. 그렇지 않고서야 윤원형이 정난정을 그처럼 허술하게 내보낼 리가 없으니 그렇다.

"아니면 그 백정 놈에게 따로 시킨 일이 있어서이거나."

"따로 시킨 일이라니요? 설마 나리를……."

곽거도가 긴장하여 두리번거렸다.

"그럴 리는 없겠지만 그래도 안심할 수 없어서 너 대신 홍필두를 보내고 너에게는 따로 당부하는 것이다. 그놈이 아무리 야차 같은 놈이라고 해도 네가 단단히 방비하고 있다면 감히 쳐들어올 용기를 내겠느냐?"

곽거도가 비로소 안심했다는 얼굴로 물었다.

"나리, 그럼 윤 대감이 그놈을 남겨둔 건 다른 일이 있어서라는 거지요? 우리에게 해코지를 할 것도 아니라면 그게 뭘까요?"

"지난 며칠 동안 열 명의 유생들이 죽어 나갔다. 너도 알고 있지?"

"그 일로 장안의 소문이 흉흉합디다. 거리에 나돌아 다니는 유생들도 싹 사라졌소."

세검정에서 두 명의 유생이 강도를 만나 죽임을 당했고, 돈의문(敦義門, 서대문) 밖에서 세 명이 죽임을 당했다.

이틀 전 아침나절과 오후의 일이었다.

특히 돈의문 밖에서의 살인은 오가는 사람도 많은 때 대로에서 이루어진, 대담하고 잔인한 범행이었다. 행인들이 비명을 지르며 사방으로 흩어져 달아나느라고 아비규환이 되었다고 한다.

목격자가 사건을 맡은 포교에게 증언한 말로는 한 놈의 짓이었다. 삿

제8장 요악(妖惡)한 여인

갓을 눌러써서 얼굴을 볼 수 없었는데 길가에 앉아 있다가 갑자기 칼을 뽑아 들고 뛰어들더니 잡담을 나누며 지나가던 유생들의 앞을 가로막고는 다짜고짜 베어버렸다고 했다.

어찌나 빠르고 흉맹한 검 격이었던지 "어? 어?" 하는 사이에 세 명 모두 변을 당했고, 흉수는 바람처럼 사라져 버렸다고 한다.

다른 사람도 아니고 유생들을 백주 대로에서 무참히 살해한 일은 그냥 넘어갈 수 없는 중대한 범죄였다. 우포청의 포졸들이 죄다 나서서 눈에 핏발이 서도록 찾아다녔으나 아직 범인의 흔적조차 발견하지 못하고 있었다. 그리고 어제는 자하문(紫霞門) 아래에서 다섯 명의 유생이 떼죽음을 당했다.

각자 환도를 차고 입문하여 동곡(洞谷, 효자동)을 지나던 중에 누군가에게 난자를 당해 참혹한 꼴로 죽었던 것이다. 유생 살인사건에 대한 우포청의 수사에 불만을 갖고 조정에 항의하기 위해 궁궐로 향하는 길이었을 것이다.

검시관의 말에 의하면 한 놈의 짓이라고 했다. 다섯 유생이 미처 검을 뽑아 대항할 새도 없이 순식간에 당해 나뒹굴었다니 귀신같은 솜씨라고 해도 틀린 말이 아닐 것이다. 그 범행은 인적 없는 골목길에서 눈 깜짝할 사이에 일어났던지라 이번에는 목격자도 없었다.

도성 안에서 그처럼 흉악한 짓을 서슴지 않은 걸로 보아 범인은 조정을 우습게 아는 대담무쌍한 자가 틀림없다.

"그와 같이 며칠 사이에 열 명의 유생이 비명횡사했는데, 그 이유를 짐작하겠느냐?"

이장생전 李長生傳

잔뜩 낯을 찌푸리고 이정빈의 말을 듣고 있던 곽거도가 고개를 가로
저었다.

"어떤 놈인지 정말 끔찍하도록 무서운 놈이라는 것밖에는 짐작할 수
있는 게 없소이다."

"잘 생각해 보면 알 것이다. 살해당한 자들에게 공통점이 있거든."

"공통점이라시면……."

"모두 얼마 전 궐문 앞에서 퇴청하는 교동 윤 대감의 가마를 가로막
고 시비를 걸었던 자들이라고 한다."

"아니, 그럼?"

"짐작이 가지? 그런데 우포청에서는 아직도 범인에 대한 단서조차 찾
지 못했다고 하더군. 아마 조만간 미결 사건으로 넘어가고 말 것이다.
한 두어 달쯤 지나면 사람들은 그런 일이 있었다는 것조차 잊어버리게
되겠지."

"으음-"

곽거도가 이를 악물고 길게 신음했다.

이정빈이 그를 지그시 바라보았다.

"세상이 더 어지러워지기 전에 바로잡아야 할 텐데 그러자면 조만간
너의 힘이 반드시 필요하게 될 터이니 항상 준비하고 있어라."

"알겠습니다. 오늘부터는 소인이 직접 나리의 신변 경비에 나서지요."

제8장 요악(妖惡)한 여인

***

과천으로 들어가는 관문인 남태령의 울창한 숲속에 수상한 자들의 기척이 있었다.

"확실히 이 길로 지나간다고 했소?"

"조금만 더 기다려 보자."

"젠장, 벌써 날이 새고 있잖소. 이래서야 다 헛일이야. 그냥 돌아가는 게 낫겠소."

"이놈이? 정 겁이 나면 썩 꺼져 버려라. 다른 놈들까지 맥 빠지게 하지 말고!"

수하에게 눈을 부라리는 사내는 이정빈으로부터 밀명을 받고 무사 중에서 솜씨가 좋은 다섯 명을 뽑아 데리고 나온 홍필두였다.

그는 어제 오후 느지막이 수하들과 먼저 마포나루를 건너와 몸을 숨기고 정난정이 오기를 기다리고 있었다. 잠시 후 그녀가 호위들과 함께 나룻배에서 내리는 것을 유심히 살펴보았는데, 과연 장약허는 없었다. 수상해 보이는 자도 없다.

그걸 눈으로 확인한 홍필두는 쾌재를 부르고 한달음에 남태령으로 달려와 은신하고 있는 중이었다.

도성에서 나와 안성으로 가려면 열에 아홉은 과천을 지나 수원 방향으로 가는데 그러자면 남태령을 넘지 않을 수 없다. 그러니 기다리고 있으면 정난정이 반드시 이리로 올 것이라고 확신했다.

그러나 목을 빼고 기다렸지만 정난정은 오지 않았다. 아마도 봉은사에 들려 하루 묵은 것인지도 모른다. 그러니 밤새 이슬에 젖어가며 기다렸던 수하들이 불평을 터뜨리는 것도 당연했다.

"그냥 마포나루에서 들이쳐 모조리 죽여 버릴 걸 그랬나 보오."

"보는 눈들이 많은 데서 그런 짓을 하면 안 되지."

"어차피 우리 짓이라는 걸 알게 될 텐데 무슨 상관이 있겠소?"

수하의 말에도 일리가 있었다. 아무리 감춘다고 해도 조금 지나면 붓골의 무사들이 한 짓이라는 걸 세상이 모두 알게 될 것이다.

잠시 망설이던 홍필두가 단호하게 말했다.

"그래도 그건 안 돼. 알 때 알게 되더라도 사람들 앞에서 그런 짓을 할 수는 없다. 우리는 무사이지 떼강도가 아니다. 또, 그런 짓을 하면 즉각 포청에서 야단법석을 떨며 수사할 게 뻔하지 않으냐? 그러면 붓골 나리의 처지가 곤란하게 돼."

"감춘다고 해도 결국 드러날 텐데 뭘."

"목격자가 없으면 무마하기 쉽지만, 많은 목격자가 있다면 그렇지 않다. 그 차이는 크고 중요한 거야."

사람들의 이목이 있으니 포도청으로서도 수사에 적극적으로 나서지 않을 수 없을 것이다. 그때는 이정빈의 영향력이 아무리 크다고 해도 타격을 입지 않을 수 없고, 한 번 그렇게 타격을 입으면 다시 회복하기 어렵다.

"제기랄, 오금에 쥐 나겠소. 이럴 게 아니라 내가 내려가서 대체 어찌 된 영문인지 정탐을 하고 오리다."

한 놈이 그렇게 말하고 나섰다. 홍필두는 그것도 괜찮겠다 싶어 굳

제8장 요악(妖惡)한 여인

이 말리지 않았다. 길목을 잘못 잡아서 놓친 것이라면 다시 쫓아가 오산쯤에서 해도 좋고, 그것도 곤란하면 돌아오는 길에 들이쳐도 상관없으니 지금은 만전을 기해야 할 때이지 서두를 때가 아닌 것이다.

숲에서 나가 고갯길 아래로 내려갔던 놈이 조금 있자 헐레벌떡거리며 뛰어 올라왔다.

“옵니다, 와요. 저 아래쪽에서 올라오는 걸 봤소.”

“그러면 그렇지.”

홍필두가 무릎을 치고 다시 수하들을 매복시켰다.

뜨거운 밥 한 그릇을 먹을 만큼 기다렸을까, 과연 아래쪽에서 정난정의 행렬이 올라오는 게 숲 사이로 보이기 시작했다.

가마를 멘 두 명의 가마꾼 외에 세 명의 호위무사가 앞섰고, 가마 곁에는 시비 한 명이 장옷을 뒤집어쓴 채 따르고 있었다.

눈을 가늘게 뜨고 그들을 꼼꼼히 살펴본 홍필두가 회심의 미소를 지었다. 다시 확인해 보아도 장약허는 없었다. 그래서 정난정의 병이 다할 때가 된 모양이라고 확신했다. 그렇지 않고서야 교동을 떠날 때마다 그림자처럼 달고 다니던 장약허를 떼어놓은 채 저렇게 단출한 행차를 할 리가 없지 않은가.

잠시 후 가마가 언덕 위에 나타났다. 그 즉시 홍필두의 수하 다섯 명이 숲에서 뛰어나와 앞을 가로막았다. 정난정을 호위하는 세 명의 무사가 놀라는 기색도 없이 침착하게 삼 면으로 벌려 서서 가마를 지켰다.

“이놈들. 이 가마의 주인이 어떤 분이신줄 알고 감히 노략질을 하려는 것이냐? 썩 꺼지면 목숨은 보존하려니와, 그렇지 않으면 모두 목이

이장생전 李長生傳

떨어질 줄 알거라!"

우두머리로 보이는 자가 제법 근엄하게 꾸짖었다. 시시한 산적 놈들이 귀찮게 구는 모양이라고 생각한 것이리라.

아직 홍필두는 숲속에 숨어서 동정을 엿보기만 했고, 수건으로 얼굴을 가린 다섯 명이 가마로 조금 더 다가갔다.

"흐흥, 그 안에 타고 있는 사람에게 볼 일이 있을 뿐이니 너희들이야말로 기회가 있을 때 내빼는 게 좋을걸? 그렇지 않으면 죄다 죽여서 묻어버릴 테다."

한 명이 기세 좋게 을러댔다.

"뭐라고?"

가마를 지키던 자들이 비로소 심상치 않은 일이라는 것을 눈치채고 동요했다.

"너희들은 누구냐? 누가 시켰기에 감히 이런 짓을 하는 거지?"

"흥, 용기가 있다면 네가 이리 나와서 알아보아라."

영락없이 산적 모양을 한 다섯 명이 빙글빙글 웃으며 점점 가까이 다가왔다.

서로 눈짓을 주고받은 세 명의 무사가 칼을 뽑아 들더니 "이 얏!" 하는 기합성과 함께 일제히 달려들었다.

설마 가마를 버린 채 먼저 쳐 나올 줄 몰랐던지라 주춤하던 다섯 명이 이내 칼을 휘두르며 마주쳐 나갔다.

가마꾼 두 놈은 벌벌 떨기만 할 뿐 어찌할 바를 모르고 발만 구르고 있었다. 신경 쓸 것도 없는 놈들이다. 다만 가마 곁에 장옷을 뒤집어쓰

제8장 요악(妖惡)한 여인

고 태연히 서 있는 시비가 눈에 거슬렸다. 그러나 계집종 혼자서 뭘 어쩌겠는가, 싶은 생각에 다섯 명은 느긋한 마음이 되어 세 명의 무사를 상대하는 데에만 전념했다.

칼빛이 번쩍이고 쨍강거리는 소리가 쉴 새 없어 터져 나오는 중에 살기가 점점 짙어졌다. 갑작스러운 칼부림에 놀란 산새들이 여기저기에서 날아오르고, 숲을 서늘하게 하던 바람도 달아나 버렸다.

"저놈들이 제법이구나."

어슬렁거리며 숲에서 나와 팔짱을 끼고 싸움 구경을 하던 홍필두가 고개를 끄덕였다. 교동 윤 대감 댁의 무사들이 모두 솜씨가 좋다더니 과연 그 말이 사실임을 실감한 것이다.

그들은 이쪽의 다섯 명을 맞아 셋이서 한 몸이 된 듯이 꿋꿋하게 버티고 있었는데, 번갈아 쳐 나오고 돌아가며 서로를 지켜주는 게 이런 상황에 대비해 훈련을 잘 해둔 것 같았다.

'그건 그렇고, 대체 저 계집종의 정체는 뭐지?'하는 생각에 홍필두가 눈살을 찌푸렸다. 가마 곁에 서 있는 시비의 태도가 영 눈에 거슬렸던 것이다. 아무리 담이 큰 계집이라고 해도 그렇지, 이처럼 험악한 칼부림이 눈앞에서 벌어지고 있는데도 놀라기는커녕 닭싸움 구경하듯이 재미있어하는 것 같지 않은가.

"으악!"

기어이 비명이 터져 나왔다. 가마를 호위해 온 세 명의 무사에게서였다. 그중 한 명이 가슴을 깊게 베어 쓰러지고 있었다. 아무래도 셋이서 다섯 명을 상대하기에는 무리였다. 게다가 이쪽이 시시한 산적 놈들이

이장생전 李長生傳

아니라 붓골의 무사 중에서도 제법 솜씨가 있다고 하는 자들이니 칼을 나누는 시간이 길어질수록 불리해질 건 뻔한 일이다.

여태까지 잘 버텼지만 한 명이 쓰러지자, 전세가 급격히 기울었다. 남은 두 명이 이를 악물고 온 힘을 다해 칼을 휘둘러댔다. 좌우로 나뉘어 막고 버티는 솜씨가 역시 감탄할 만하다.

쨍강거리는 소리가 거푸 터져 나오고 기어이 또 한 명이 비명과 함께 쓰러졌다. 그때까지도 가마 곁의 시비는 꼼짝도 하지 않고 있었다. 장옷의 그늘로 얼굴을 덮은 채 불을 켠 듯이 눈만 반짝거리며 싸움을 지켜본다.

홍필두의 가슴이 철렁, 하고 내려앉았다.

'이제 보니 저년은 이쪽의 솜씨를 살펴보고 있던 것이로구나. 지독한 계집이 아닌가.'

함께 온 무사들이 죽어 나가고 있는데도 두려워하기는커녕 눈 하나 깜짝하지 않고 상대의 전력을 탐색하고 있기가 쉬운 일은 아니다.

낮은 신음과 함께 마지막까지 저항하던 자가 반쯤 목이 잘려 쓰러졌다. 그들을 공격한 다섯 명의 무사들은 여전히 건재하니 상황은 이제 끝난 것 같아 보였다.

그들이 살인의 흥분으로 높아진 숨을 씩씩거리며 가마를 향해 다가왔다. 그러자 비로소 가마 곁의 시비가 장옷을 벗어 던지고 앞으로 나섰다.

"어?"

다섯 명이 핏발 선 눈을 휘둥그레 떴다. 장옷을 벗어버리자 드러난 시비의 미모 때문이었다.

눈이 번쩍 뜨일 만큼 요염하고 황홀한 얼굴은 꿈에서나 그리던 그런 것 아닌가.

"허! 이건 기막힌 계집이로구나. 죽이기 아깝다."

"죽이기는. 이런 물건을 죽인다면 천벌을 받지. 품고 사랑해 줘야 하는 거다, 아주 뜨겁게. 흐흐-"

"그렇다면 내가 먼저야."

그들이 각기 음흉한 눈으로 그녀를 핥듯이 바라보았다.

묘화였다.

그녀가 차가운 미소를 지었다. 그게 더욱 사내들의 마음을 뒤흔들어 놓는다.

"병신 같은 것들. 곧 뒈질 텐데 그것도 모르고 제멋대로 지껄이는구나."

말을 하면서 허리춤에서 두 자루의 짧은 칼을 뽑아 드는데, 그 모습 또한 요염한 자태로 보일 뿐이었다.

"자, 이리 와. 어느 놈부터 목을 따줄까. 귀찮게 굴지 말고 줄을 서 있다가 차례로 왔으면 좋겠다."

아무렇지도 않게 하는 흉한 말이지만 나긋나긋하고 졸린 듯도 한 음성에 색기가 줄줄 흐르는 것이어서 세 놈의 귀에는 꾀꼬리가 지저귀는 소리처럼 들렸다.

그 무렵 한 사람이 과천 방면에서 올라와 저만큼 떨어진 곳에 서 있었다. 안성을 떠나 한양으로 향하고 있던 이장생이다.

칼 부딪치는 소리와 비명을 듣고 무슨 일인가 하여 서둘러 올라왔다가 두 자루의 짧은 칼을 든 아가씨가 자객이 분명한 다섯 명의 사내와 마주 서 있는 걸 보고 멈추어 선 것이다.

묘화와 홍필두가 힐끔 그런 이장생을 바라보았으나 크게 신경 쓰지 않았다.

"조심해. 예사 계집이 아니다."

뒤에서 홍필두가 당부했지만 다섯 사내의 귀에는 재촉하는 소리로 들릴 뿐이었다. 어서 눈앞의 이 기막힌 계집을 품고 싶어서 조바심이 났다.

묘화가 생긋 웃으며 한 걸음 앞으로 나섰다. 그녀의 차갑고 매혹적인 미소에 다섯 사내의 얼이 또다시 빠져 달아났다.

묘화는 이미 그들을 어떻게 상대할지 머릿속에 동선(動線)을 그려놓고 있었다. 동료 세 명이 죽어가는 동안 충분히 그들의 솜씨와 검법을 파악해 두었던 것이다.

뱁새눈을 한 자의 솜씨가 가장 좋았고, 빠르고 날카롭기는 수수깡처럼 마른 자의 칼이 제일이었다. 나머지 세 놈은 크게 위협이 되지 않는다. 그렇게 판단한 묘화는 경계해야 할 두 놈을 우선 처리하기로 했다. 빠르면 빠를수록 좋다.

"이얏!"

요염하게 웃으며 다가간 그녀가 바람처럼 달려들었다. 치맛자락이 펄럭인 것 같은 순간 벌써 가장 가까운 곳에 있던 뱁새눈의 목을 치고 한 놈을 건너뛰어 깡마른 자의 가슴을 찔렀다. 목이 베인 자는 자기가 지금 무슨 일을 당한 것인지도 모르고 멍하니 서 있었다.

제8장 요악(妖惡)한 여인

눈부시게 빠르고 신랄한 그녀의 솜씨에 크게 당황한 홍필두가 "조심!"하고 버럭 소리치며 달려왔지만 이미 깡마른 자의 가슴도 단번에 꿰뚫리고 난 뒤였다.

"아!"

묘화의 놀라운 움직임에 이장생이 탄성을 터뜨렸다. 저와 같은 고수는 보기 힘들 터인데, 더욱이 가냘픈 아가씨라니 믿을 수가 없다.

그때 묘화는 비로소 정신을 차리고 고함을 지르며 삼면에서 달려드는 세 놈을 여유 있게 상대하고 있었다. 가장 꺼림칙했던 두 놈을 기습으로 처치하는 데 성공했다는 기쁨이 그녀의 까르르, 하고 웃는 웃음소리에 고스란히 실렸다.

"이것들이 아주 발악을 하네? 어머, 어머. 그러다가 내 귀한 옷이라도 찢어지면 어쩌려고 그러니? 에구머니나, 죽을 뻔했잖아!"

머리카락 몇 올을 자르고 눈앞을 스쳐 지나간 칼에 묘화가 호들갑을 떨었다.

"감히 나를 놀라게 하다니? 너부터 죽여야겠다. 이리 와!"

그녀가 정말 화가 난 듯이 두 자루의 칼을 어지럽게 휘두르며 사내들을 맹렬히 후려치기 시작했다. 넓은 옷소매와 치맛자락이 펄럭이는 중에 눈부신 칼빛이 허공을 조각조각 베어댄다.

묘화의 정교하고 재빠르며 신랄한 쌍칼의 재주 앞에서 세 명의 사내는 쩔쩔매기만 했다. 난도질하려는 듯이 쳐들어오는 그녀의 칼을 막고 피하기에 급급할 뿐 반격의 엄두도 내지 못한다.

홍필두가 눈을 부릅떴다. 휘모리장단에 맞추어 춤을 추듯 하는 묘화

이장생전 李長生傳

의 칼솜씨에 어안이 벙벙했다. 넓은 옷소매와 남색 치맛자락이 허공을 쓸듯이 빙글빙글 돌아가니 눈이 어지러울 지경이다. 도와주고 싶어도 네 명이 한 덩어리로 어울려 어지럽게 칼을 휘두르고 뿌려댔으므로 끼어들 틈도 없을뿐더러, 그럴 정신도 없었다.

두 자루의 짧은 칼은 신명이 돌아 저절로 치고 베며 꺾어지는 것 같기만 했다. 그 속에서 "으악!"하고 비명이 터져 나왔다. 기어이 묘화가 점찍은 자의 어깨를 강하고 깊게 찍어버린 것이다. 잠깐 사이에 다시 신음이 들렸다. 또 하나의 칼로 옆에 있는 놈의 목을 치고 빠져나온 그녀의 움직임은 멈출 줄을 몰랐다. 픽! 하는 둔탁한 소리와 함께 가슴을 걷어차인 놈이 뒤뚱거리며 급하게 물러서다가 그녀가 비수처럼 던져버린 칼을 목에 꽂고 쓰러졌다.

몇 호흡 사이에 세 명을 정신없이 몰아치고 해치워 버리는 묘화의 솜씨는 끔찍함을 넘어서 요악하기 짝이 없는 것이었다.

"별것도 아닌 것들이 사람을 놀라게 해. 홍, 이제 다시는 그러지 못하겠지."

그녀가 눈을 부릅뜬 채 푸들푸들 떨고 있는 놈의 얼굴을 짓밟고 목에 박힌 칼을 뽑아냈다. 뜨거운 피가 왈칵 뿌려져 치맛자락을 적신다.

"에그, 징그러워라."

잔뜩 눈살을 찌푸리고 물러서더니 홍필두에게 돌아서서 요염하게 눈웃음을 쳤다.

"이제 너 혼자 남았네? 외롭겠다."

홍필두는 정신을 차릴 수 없었다. 내가 요괴를 만난 건 아닌가? 하는

제8장 요악(妖惡)한 여인

엉뚱한 의심마저 들 지경이다.

"이리 와. 아프지 않게 해줄게."

묘화가 불쌍하다는 듯, 연민이 가득한 얼굴로 다가왔다.

표정과 감정의 변화가 수시로 바뀌니 그녀가 더욱 무섭고 끔찍하게 여겨지는 것이어서 홍필두는 저도 모르게 주춤거리고 물러섰다. 이런 계집이 있다는 말은 들어본 적이 없었다. 윤원형이 왜 장약허를 보내지 않았던 건지 이제야 이해되지만 그만두기에는 너무 늦었다.

싸움을 지켜보고 있던 이장생의 놀라움도 홍필두 못지않게 컸다. 아가씨의 칼이 저렇게 무섭고 잔인하다는 게 끔찍했으나 그 멋진 솜씨만은 인정해 주지 않을 수 없었다. 곳곳에 이처럼 숨은 고수들이 있으니 자만할 수 없다는 경각심마저 든다.

그가 한편으로 감탄하고 한편으로는 그녀의 악독한 심성에 혀를 내두르면서 지켜보는데 묘화가 힐끔 돌아보더니 손짓했다.

"애, 거기 말뚝처럼 서 있는 너. 너도 이놈들을 도와주러 온 거니? 그렇다면 얼른 이리 와. 귀찮기도 하고 시간도 없으니까 그냥 한꺼번에 같이 하자. 내가 조금 더 힘을 쓰면 두 사내쯤은 동시에 충분히 즐겁게 해줄 수 있어."

이장생이 허리에 차고 있는 환도를 본 모양이다.

묘화가 눈을 가늘게 뜨고 붉은 입술을 살짝 벌려서 방긋 웃었다. 싸우자는 게 아니라 노류장화가 지나가는 남정네를 유혹하는 것 같다. 그러나 이장생은 꿈쩍도 하지 않았다.

"쳇, 싫으면 그만두고."

입을 삐죽거린 묘화가 이번에는 홍필두를 향해 생긋 웃었다.

"그대로 서 있을래? 에휴, 그러면 내가 해줄 수밖에 없겠네. 이리 좀 가까이 와봐. 이왕이면 목도 길게 빼고."

"으음-"

정신을 차린 홍필두가 힐끔 이장생을 바라보았다. 부끄러웠다. 그런 한편 그가 거들어 준다면 일이 좀 더 쉬울 것이라는 생각도 했다. 그러나 처음 보는 자이고, 움직일 기미가 없으니 도와달라고 손을 내밀기도 멋쩍었다. 무엇보다 자존심 상하는 일이 아닌가.

홍필두가 천천히 칼을 뽑아들며 이 요녀에게 더 이상 홀려서는 안 된다고 스스로를 다잡았다. 비로소 눈빛이 매서워진다.

그가 칼을 굳게 움켜쥐고 정면에 고추 세워둔 채 한 발 내딛자 냉엄한 기운이 일었다. 묘화가 어떤 술수를 부려도 똑바로 가르고 쳐들어가 일격에 쪼개고 말 기세다.

"흠, 제법인데?"

묘화가 코를 찡긋거렸다. 여전히 미소를 흘리고 있지만 당혜 신은 발을 조금씩 밀어 옆으로 이동하는 움직임은 여태까지와 달리 신중했다.

홍필두는 사뭇 흔들렸던 마음을 물리치고 빠르게 냉정을 되찾았다. 검법의 수련이 그만큼 깊다는 증거다.

묘화도 상대의 그런 변화를 느낄 수 있었다. 그래서 여태까지와는 다르게 긴장하여 입을 꾹 닫았다.

단물을 가득 담고 부푼 것 같은 붉은 입술과 투명한 볼, 오똑한 콧날과 검고 빛나는 두 눈이 코앞에 있었다. 달콤한 숨결마저 느낄 수 있을

제8장 요악(妖惡)한 여인

만큼 그녀가 가까이 다가와 있는 것이다.

그 자체로서 상대를 위험에 빠뜨리게 하는 마력을 타고난 요물. 그런 그녀 앞에서 감정의 자유로움을 지킬 수 있는 자는 흔치 않으리라. 그러므로 지금 자신을 억누르고 잡념을 물리치며 살기를 불러일으키는 홍필두의 수양은 칭찬을 받을 만했다. 칼을 쥐면 삶과 죽음을 그것 하나에 온통 맡겨 버릴 줄 아는 진정한 무사인 것이다.

묘화의 눈 속에 이글거리는 빛이 점점 짙어졌다. 그녀 또한 먹이를 노리는 맹수가 되어가고 있었던 것이다. 홍필두를 자기 상대가 되기에 부족함이 없는 자라고 인정한 것이기도 하다. 그래서 긴장하고, 그만큼 더 큰 승부욕을 느끼고 있었다. 흥분으로 입술마저 가늘게 떤다.

이장생은 숨마저 멈추고 그들을 지켜보았다. 이와 같은 고수들의 싸움을 볼 수 있는 기회가 어디 흔하던가.

무거운 긴장의 시간이 얼마나 계속되었을까, 온 숲이 무너져 내리는 것 같은 순간에 두 사람의 입에서 동시에 기합성이 터져 나왔다. 그리고 번쩍이는 칼빛이 허공을 갈랐다.

맞닿을 것처럼 좁은 공간으로 낙뢰가 떨어진 것 같았다. 세상이 온통 하얗게 바래버렸다는 착각이 든다.

쨍, 하는 날카로운 쇳소리가 났다. 묘화의 칼이 홍필두의 칼을 쳐낸 것이다. 그리고 휘두르는 또 한 자루의 칼을 홍필두가 몸을 틀며 재빨리 막아냈다.

일합을 나눈 두 사람은 똑같이 상대를 베지 못했다는 걸 분하게 여겼다.

이를 악문 묘화가 표독한 얼굴로 두 자루의 칼을 어지럽게 휘둘러 쳐들어왔고, 물러설 마음을 버린 홍필두 또한 장검을 맹렬하게 뿌려 묘화의 난격(亂擊)을 베고 끊어갔다.

한 덩어리가 된 것처럼 뒤엉킨 그들은 무아지경에 빠져있는 것 같았다. 필생의 적수를 만나 나를 잊고 승패를 잊었으며, 삶과 죽음도 잊은 채 오직 칼의 의지를 따르는 것이다.

그것을 지켜보고 있는 이장생도 마찬가지였다. 자기가 칼을 들고 묘화나 홍필두를 상대하는 것처럼 몰입해 있었다. 곁에 벼락이 떨어져도 모를 지경이다.

"이얏!"

유리잔을 깨뜨린 것 같은 묘화의 기합성이 터져 나온 순간 이장생이 저도 모르게 "억!"하고 놀란 외침을 터뜨렸다. 쨍, 하는 날카로운 소리와 함께 홍필두의 칼이 빛을 잃고 흩어지는 걸 본 것이다. 그리고 묘화가 뿌리는 또 한 자루의 칼이 그의 옆구리를 깊이 베고 지나가는 것도 똑똑히 보았다.

홍필두가 낮은 신음을 흘리며 비틀거렸다. 그 순간 돌아온 묘화의 칼이 나무 등치를 찍는 도끼처럼 그의 목덜미에 콱 박혔다.

모두 죽었다.

아홉 명이나 되는 무사들이 죽어 널브러져 있는 고갯길에 무거운 적막이 깔렸다. 숨죽이고 있던 바람이 슬그머니 지나가자 비릿한 피 냄새가 왈칵 퍼져나간다.

제8장 요악(妖惡)한 여인

묘화의 낯빛은 지나친 흥분과 긴장 그리고 아직 가시지 않은 살기로 인해 창백하게 굳어 있었다. 웃음이 사라진 얼굴이 귀신의 그것과 같이 끔찍했다.

천천히 칼을 거둔 그녀가 길게 숨을 내쉬더니 이장생을 바라보았다. 아직 경계심을 풀지 않고 있다.

'지독한 계집이로군.'

묘화의 솜씨와 악독한 심성을 똑똑히 보고 느낀 이장생은 그녀와 한번 겨루어보고 싶다는 충동을 참기 힘들었다.

"으음."하고 깊은 신음을 흘린 그가 천천히 걸어 다가갔다. 묘화가 차갑게 가라앉은 눈을 번쩍이며 바라본다.

이장생이 점점 다가올수록 그녀의 눈빛이 더욱 반짝였다. 살기 위에 또 다른 느낌이 실려 있었는데, 호기심이기도 하고 관심이기도 한 그런 것이었다.

태연히 앞을 지나가는 이장생에게 그녀가 불쑥 말을 던졌다.

"너는 누구지?"

"이장생."

"이장생?"

고개를 갸웃거리더니 붉은 입술 사이로 흰 이를 드러내며 싸늘하게 웃는다.

"본 이상 살아서는 못 가."

그러나 이장생은 듣지 못한 것처럼 무심하게 지나갈 뿐이었다. 묘화가 입을 씰룩였다.

"흥, 죽이지 못할 줄 알고?"

눈빛이 다시 매서워지더니 번쩍하고 칼 빛을 쏘아댔다. 마치 손에 쥐고 있던 비수를 던진 것처럼 갑작스럽고 맹렬한 일격이었다. 그대로 이장생의 등이 길게 쪼개질 것만 같다.

그 순간 한 줄기 또 다른 빛이 불쑥 뻗어 나와 그것을 받았다.

창, 하는 쇳소리가 울리고 묘화가 잔뜩 낯을 찌푸린 채 물러섰다.

돌아보지도 않고 뽑아 후려친 이장생의 칼이 그녀의 칼을 보기 좋게 쳐냈던 것이다. 그 힘이 고스란히 전해져왔는데, 손아귀가 찢어질 듯 아팠다.

묘화는 깜짝 놀랐다. 대체 그가 언제 칼을 뽑아 후려친 것인지 보지 못했고, 어떻게 돌아보지도 않고 그처럼 정확하게 자기의 칼을 쳐낸 것인지도 알 수 없었다.

윙윙 울고 있는 칼을 보고 이장생을 바라보는데 그가 아무 말도 없이 무심하게 성큼성큼 멀어져갔다.

"저, 저것이?"

묘화가 모욕을 당한 것처럼 부르르 떨었다. 표독스럽게 이장생의 등을 노려보지만 다시 달려들 생각은 하지 않았다. 한 번 칼을 부딪쳐본 것만으로 그가 어떤 자인지 느낀 것이다.

이장생이 저만큼 멀어진 뒤에야 한숨을 쉰 묘화가 중얼거렸다.

"흥, 이제 생각났어. 네가 바로 장안의 골칫덩이라는 그 이장생이었군? 제법 잘생겼는데?"

말해놓고 자신도 어이가 없는지 피식 웃었.

제8장 요악(妖惡)한 여인

"등 뒤에도 눈이 달린 놈이었구나. 그거 재미있겠는걸?"

입을 삐죽거리며 이제는 숲에 가려져 보이지 않는 이장생이 저 아래 멈추어 있기라도 한 것처럼 흘겨본다.

"돌아가자. 오늘은 일진이 흉하니 더 가고 싶은 마음이 없구나."

그때까지도 죽은 듯이 아무 소리도 없이 가마 안에서 꼼짝하지 않고 있던 정난정이 한숨과 함께 그렇게 말했다.

묘화가 화들짝 놀라 가마 곁으로 돌아갔다.

이장생전 李長生傳

나는 내 길을 간다

이장생은 마음이 편치 않았다.

스스로 야수가 되겠노라고 몇 번씩이나 다짐했지만 역시 칠장사에서 병해를 죽인 건 아무런 의미도 없는, 그저 살인에 지나지 않았다는 생각을 떨쳐버릴 수 없었다.

남태령을 내려온 이장생이 마포나루로 곧장 가지 않고 한강을 내려다보며 멀리 돌아 잠실로 향하는 건 어떤 의미가 있어서가 아니었다. 그저 발길 내키는 대로 아무 뜻도 없이 걸을 뿐이었는데, 운명이 그를 인도하는 것이라고 해도 좋을 것이다.

이장생은 자기의 발이 저만큼 보이는 봉은사의 산문을 향해 다가가고 있다는 것도 알지 못했다. 역시 죄책감 때문일 테지만 운명이 그를 이끈 것이라면 또 다른 뜻이 있는 것인지도 모를 일이다.

눈앞에 우뚝 선 사찰의 산문을 비로소 본 것처럼 이장생이 깜짝 놀라 걸음을 멈추었다.

그것이 갑자기 자기 앞에 쿵, 하고 떨어진 것 같아 어리둥절해진다.

그러다가 피식 웃는 건 자기를 이리로 이끈 어떤 질긴 끈을 느낀 것도 같아서였다. 그게 무엇인지 알지 못하고, 알고 싶은 마음도 없었는데, 그건 그의 마음이 허무함에 사로잡혀 있기 때문이었다.

병해 대사가 죽이겠다는 자기를 앞에 두고 태연히 하던 말이 자꾸 귓속에 파고들었다.

  – 어쨌거나 이렇게 나를 찾아왔으니 네 마음속에도 불심이 깃
    들어 있다는 것이지. 그걸 보았으니 나는 기분이 매우 좋구나.

그때는 늙은 중의 헛소리라고만 생각했다. 그래서 부처를 모르는데 무슨 불심이냐고 꾸짖자 허허, 웃으며 또 말하지 않았던가.

  – 오고 가는 것이 어찌 내 뜻대로 하는 일이랴. 너는 살심을 가
    지고 내게 왔지만 그게 실은 불심이라는 걸 모르고 있을 뿐이
    니라.

그리고는 칼 아래 목을 늘이고 죽기를 청했다.

그때의 일을 생각하자 이장생은 다시 후회와 함께 허망하다는 생각이 들어 마음이 공허해졌다. 불교와는 거리가 멀고, 중들을 무위도식하는 자들이라고 경멸했던 터였으나 그것마저 지금은 허무하게 느껴지기만 했다.

이장생전 李長生傳

‘정말 내 마음에도 불심이 깃들어 있었단 말인가?’

마음이 비어갈수록 병해 대사가 죽기 전에 했던 말이 자꾸 떠올라 머릿속을 어지럽혔다. 잊어버리려고 해도 저절로 떠오른다.

‘흥, 웃기는 소리지.’

애써 비웃지만 소용없었다. 그가 죽기 전에 했던 말들이 악착같이 살아나 데굴거리며 굴러다니고 있다. 깔깔 웃는 것처럼 점점 빨라진다.

이장생은 애써 다른 생각을 하려고 했다. 그가 왜 스스로 죽기를 원했던지, 왜 그렇게 할 수밖에 없도록 강요했던 것인지를 자꾸 생각하고, 그 의문에 정신을 집중하기 위해 애썼다.

칼은 생명을 빼앗는 물건이다. 그것을 활검이니 뭐니 하는 말로 치장하고, 거룩한 신물이기라도 한 것처럼 떠받드는 자들도 있으나 이장생은 그런 자들과 그런 생각들을 비웃었다.

죽이지 않을 것이면 무엇 때문에 칼을 지니며, 힘들어 검법을 익힐 것인가. 나를 지키기 위한 것이라고 해도 적을 죽여야 나를 지킬 수 있다. 그러므로 칼의 본질은 죽이기 위한 물건일 뿐이다. 그 칼을 뽑았다. 그리고 병해를 죽였다. 그렇게 하기 위해 씩씩거리며 찾아갔으니 당연한 일 아닌가. 후회가 남아서는 안 된다.

그런 생각으로 자기 자신을 위로해 보지만, ‘하늘이 너를 보내 죄를 묻는 것’이라던 병해의 말이 떠오르면 다시 허망해지고 말았다. 영 개운치가 않다. 볼일을 보고 밑을 제대로 닦지 않은 채 돌아다니는 것처럼 기분이 찜찜하고 불쾌하기만 했다.

‘내가 약해졌나?’

제9장 나는 내 길을 간다

그런 생각도 들었다. 언제 이처럼 한 가지 일을 두고 갈등을 거듭하거나 죄책감을 느꼈던 적이 있었던가.

그런 마음에 위로받고 싶다는 본능이 이장생을 어느덧 봉은사의 산문 안으로 들어서게 했다. 좌우에 버티고 서 있는 사천왕상의 부릅뜬 눈이 무섭게 여겨져 등골이 오싹해진다.

늦은 오후의 그 시간에 보우는 선방에서 좌선에 들어 있었다. 지그시 눈을 감은 채 정념의 껍질을 벗어놓고 선정(禪定)의 바다 위를 유유히 떠돌고 있었다. 그러던 중 가장 편안하고 적막한 그 시간의 틈을 젖히고 슬그머니 파고드는 환상 하나를 보았다.

그것은 검은 짐승이었다. 눈을 번쩍이며 날카로운 이빨과 발톱을 드러내고 웅크려 으르렁거린다.

이게 무슨 일인가 싶어서 어리둥절하여 바라보는데 또 한 마리의 검은 짐승이 슬그머니 시간의 장막을 들추고 들어왔다.

앞서 들어왔던 짐승이 크게 성을 내며 뒤에 들어온 짐승에게 달려들었고, 이내 두 검은 짐승이 요란하게 으르렁거리며 싸우기 시작했다.

두 짐승의 몸부림에 검은 하늘이 쪼개지고 별들이 우박처럼 쏟아졌다. 땅마저 물 위에 뜬 바가지처럼 출렁거린다. 깜짝 놀란 보우가 목청껏 소리쳤다.

"이놈들! 무슨 짓이냐? 그만두지 못해!"

그의 호통이 번개가 되고 뇌성이 되어 검은 하늘에서 곧장 떨어졌다.

커다란 나무가 벼락을 맞아 활활 불타고, 하늘과 땅의 진동이 더욱

이장생전 李長生傳

심해지는데도 두 짐승은 서로 물어뜯기를 멈추지 않았다. 붉은 피가 콸콸 흐른다.

보우는 두려웠다. 다시 소리쳐 말리려고 하지만 그 두려움이 목을 막아버렸다. 숨을 쉴 수 없을 만큼 답답하다.

그때 기어이 상대를 물어 죽인 놈이 붉은 입을 쩍 벌리고 포효하며 달려들었다. 솟아난 이빨의 날카로움과 핏발 선 눈의 번쩍임이 혼백을 짓누른다. 저것이 먼저 온 짐승인지 나중에 온 짐승인지 알아볼 수도 없었다.

"갈!"

보우가 온몸을 터뜨려 버리듯이 소리치며 법장을 번쩍 들어 올렸다. 그것으로 흉악한 검은 짐승의 머리통을 내려치는 순간 그놈이 물방울처럼 퍽, 하고 꺼졌고, 환상도 갑자기 사라져 버렸다.

"으헛!"

크게 놀라 소리를 지르며 눈을 뜬 보우의 온몸이 식은땀으로 젖어 있었다.

비로소 자기가 본 것이 환상이자 악몽이었다는 걸 깨닫고 길게 한숨을 쉰다.

"이게 대체 무슨 일인고? 어허, 어째서 이런 일을 당한단 말이냐?"

보우 선사는 탄식하다가 입을 다물고 눈을 부릅떴다. 종각 곁을 서성이는 흰옷의 낯선 선비를 본 것이다. 그가 천천히 돌아보았는데 고뇌가 가득한 얼굴이었다. 무엇인가 말할 듯이 망설이고 주저하며 한발 다가선다.

제9장 나는 내 길을 간다

이번에는 눈을 뜨고 보는 환상이었다.

거듭하여 환상을 보는 이와 같은 일은 처음인지라 보우는 어리둥절한 중에 섬뜩한 느낌이 가슴에 가득 와닿아서 심장이 벌렁거렸다.

잠시 숨을 골라 마음을 진정시킨 보우가 벌떡 일어나 선방을 나갔다. 그리고 그를 보았다. 종각 곁을 서성이고 있는 흰옷의 이장생을 본 것이다.

보우는 깜짝 놀랐다. 이것도 환상이 아닌가 싶어서 눈을 비비지만 종각 곁의 사내는 환상 속의 인물이 아니었다.

"너는 누구냐?"

보우가 잔뜩 화가 난 사람처럼 크게 소리쳐 물었다.

마음속에 풀 수 없는 갈등을 품고 하릴없이 종각 곁을 맴돌던 이장생이 돌아보았다. 한 그루 커다란 향나무 아래 가사를 입고 법장을 쥔 큰 체구의 노승이 서서 노려보고 있었다.

그가 쿵쿵거리고 다가왔다. 법장을 들어 정수리를 후려치기라도 할 듯한 기세였다.

"무엇 하는 중생인고?"

무섭게 눈을 부릅뜨고 다시 묻는다. 이장생이 눈살을 찌푸렸다.

"부처가 정말 있는지 없는지 궁금해서 와본 중생이올시다."

"뭐라고?"

당돌한 대꾸에 보우가 어이없다는 듯 눈을 끔벅거렸다.

"있다면 어쩔 셈이고, 없다면 또 어쩔 셈이냐?"

"있다면 한 가지를 물어볼 것이고, 없다면 이 절을 무너뜨려 버리겠소."

이장생전 李長生傳

보우가 비로소 안색을 풀고 피식 웃었다.

"무얼 물어보려는고?"

"당신이 부처요?"

"내 눈에는 네가 부처로 보이느니라."

이장생이 낯을 찌푸렸다. 보우의 엉뚱한 말에 네 안에도 불심이 깃들어 있노라 던 병해 대사의 말이 겹쳐서 떠오른 것이다. 애써 참고 있던 화가 다시 일어서려고 한다. 그때 보우가 불쑥 말했다.

"만나보겠느냐?"

"있소?"

"볼 수 있으면 있고, 볼 수 없으면 없는 것인데, 그건 너 하기에 달렸지."

법장으로 발 아래 금 하나를 깊게 긋더니 느긋한 얼굴이 된다.

"자, 이 금을 넘어오면 부처를 만날 것이고, 그렇지 않으면 만나지 못할 것이다. 와보려느냐?"

너에게 그런 용기가 있느냐는 듯 빤히 바라본다.

놀림을 당하는 것 같아 화가 난 이장생이 퉁명스럽게 말했다.

"내가 이 금을 넘어가면 당신의 목을 쳐버릴지도 모르오. 그래도 좋소?"

말투가 영 불경스럽지만 보우는 개의치 않았다. 이장생의 가슴속에 가득한 살심과 그만큼의 무게를 가지고 있는 번민을 읽고 그를 연민하는 마음이 든 탓이기도 했다.

보우가 껄껄 웃었다.

"조사를 만나면 조사를 베고, 부처를 만나면 부처를 베어야 한다더니 너를 두고 한 말인 게로구나. 오냐, 좋다. 네 마음대로 해보아라."

211

그러나 이장생은 그 금을 넘어가지 못했다. 한 발만 내디디면 될 텐데, 그 한 발이 발등에 수미산을 올려놓은 것처럼 무거웠다.

금 너머에서 바라보고 있는 보우의 얼굴을 마주 볼 수도 없었다. 이글거리는 눈을 대하자 갑자기 두려움이 밀려들어 머리카락이 곤두서는 느낌을 받았는데, 사천왕상 아래를 지나며 느꼈던 꺼림칙한 두려움과 같았다.

"잘 생각해 보고 마음을 정하여라."

보우가 돌아섰다. 구름을 딛고 가듯 허청허청 멀어진다. 그러나 이장생은 꼼짝도 하지 못했다. 마치 그 한 가닥 금이 올무가 되어 발목을, 온몸을 붙들고 꽁꽁 묶어놓은 것 같았다.

이장생은 고개를 숙인 채 깊게 파인 한 줄의 금을 노려보기만 했다.

시간이 가는 것도 잊었다.

"이게 누구야? 어디로 갔나 했더니 고작 여기서 놀고 있었구나? 그래, 혼자 노는 재미가 좋으니?"

까르르 웃는 높은 웃음소리에 깜짝 놀란 이장생이 고개를 들었다. 보우가 사라졌던 곳으로 한 사람이 춤을 추듯 간들거리며 다가오고 있었다.

남태령에서 보았던 끔찍한 아가씨였다.

이장생은 보우가 갑자기 그녀로 변신하여 나타났다는 엉뚱한 생각을 했다.

"인연이네, 인연이야. 그렇지 않아?"

이장생전 李長生傳

보우가 그려놓고 간 금 앞에서 묘화가 붉은 입술을 나풀거리며 파랗고 노란 새가 재재거리듯이 말했다.

"마님께서 굳이 봉은사에 들러 불공을 드리고 가자시더니 그게 다 부처님이 시켜서 그러셨던 모양이네. 그런데 너는 여기에 왜 와 있는 거냐? 너도 불공을 드리러 온 거야?"

고개를 갸웃거리며 이장생을 핥 듯이 뜯어본다.

"별일이네. 그동안 여러 차례 마님을 모시고 이곳에 왔었는데 어째서 한 번도 보지 못했을까?"

흉한 일을 겪은 정난정이 불공을 드려 액땜하고 가기 위해 봉은사로 왔던 것이다.

이장생은 아무 말도 하지 않았다.

서로 숨결을 느낄 수 있을 만큼 가까이에 마주 서서 그녀의 얼굴을 처음 본다.

눈앞에서 방글방글 웃고 있는 이 아가씨가 남태령의 으슥한 숲에서 요괴처럼 칼을 휘두르고, 아무런 거리낌 없이 여섯 명이나 되는 자들의 목숨을 빼앗은 그 아가씨라는 것을 믿을 수 없었다. 대체 저 얼굴 어느 구석에 그처럼 요악한 심성이 숨어 있었던 것인지…….

"이장생이라고 했지? 명월향에서 산다는 그 이장생이란 말이지?"

"어떻게 아는 거냐?"

그녀가 대뜸 자신의 처지를 말하는 게 의외였다. 묘화가 입을 가리고 눈웃음쳤다.

"왜 몰라? 저 앞 잠실나루 건너 건천동에 살 때는 장안의 이름난 한량이었다면서? 그리고 지금은 명월항에 붙어살면서 임가선이라는 기생의 기둥서방 노릇을 한다지? 네가 그렇게 유명한 사람인 줄 몰랐다. 나는 묘화라고 해. 알고 있겠지만 정경부인 마님을 모시고 있다."

이장생의 얼굴에 불쾌하다는 기색이 떠올랐지만 묘화는 아랑곳하지 않고 여전히 재잘거렸다. 그녀는 조금이라도 침묵이 찾아오는 게 싫은 모양이었다. 어떻게 해서든 이 매력적인 남자에게 말을 시켜보려는 것 같기도 하다.

"네가 교동 마님 댁의 얼간이들 다섯을 거기서 때려잡았잖아. 설마 그새 잊은 건 아니겠지?"

"그놈들을 아느냐?"

"왜 모르겠어? 그래도 한때 한솥밥을 먹었던 놈들인데."

"한 때라고?"

"모두 뒈졌거든. 내가 그 멍청한 놈들과 함께 저승 밥 먹을 일 있어? 그러니 지금은 상관없다는 거지."

묘화가 곱게 눈을 흘겼다. 교태가 철철 넘쳐나는 것이어서 이장생은 얼른 눈길을 돌리고 말았다.

"모두 죽었다니? 나는 그들을 죽이지 않았다."

"알아. 장 대형이 그렇게 했지."

"장 대형이라고?"

"너도 들어봤을 텐데?"

"장약허 말이냐?"

"역시 알고 있었구나."

이장생은 그녀가 대체 무슨 말을 하고 있는 것인지 종잡을 수 없었다.

"그자가 왜 수하들을 죽였단 말이냐? 그러고도 무사할 수 있는 거냐?"

"쓸모없게 된 자들이거든."

그게 다 네 탓이라는 듯 다시 흘겨보는데 여전히 교태가 뚝뚝 떨어졌다.

'이건 정말 조심해야 할 요녀로구나.'

이장생은 애써 두근거리는 가슴을 억눌러야 했다. 그녀에게 홀렸다가는 언제 칼에 맞는지도 모르고 죽을 것이라는 경각심을 불러일으킨다.

묘화가 고개를 갸웃거리며 발 아래를 의아하게 바라보더니 불쑥 물었다.

"그런데 너는 여기서 뭘 하고 있는 거니?"

"이 금을 넘을 수가 없구나."

"뭐라고?"

눈을 동그랗게 떴던 그녀가 까르르, 웃었다.

"미친 거냐? 미친 척하는 거야? 아니구나. 나를 놀리는 거지? 그렇지?"

'엉큼한 사내 같으니.' 하고 나무라듯이 눈을 흘긴다.

이장생은 심각했다.

"이 금을 넘어가면 부처를 만날 수 있단다."

"그래?"

묘화가 자기 발을 내려다보았다. 그리고 다시 까르르, 웃는다.

"그럼 내가 부처네? 에그, 그건 싫다. 보살이라고 해. 자, 이리 넘어와 봐. 그러면 이 보살님이 안아줄게."

제9장 나는 내 길을 간다

정말 그러려는 듯이 두 팔을 활짝 벌린다.

이장생은 그녀를 보지 않았다. 그녀의 웃는 얼굴 너머 노을빛에 물들어가는 하늘로 멍한 시선을 던지고 있다.

"쳇, 바보로구나."

토라져서 눈을 흘긴 묘화가 다시 말했다.

"그럼 내가 이 금을 넘어가면 무얼 만나게 되는 거니?"

"사납고 무정한 짐승이겠지."

묘화가 다시 까르르, 웃었다. 높고 낭랑한 웃음소리가 허공에 은은히 남아 떠도는 향냄새를 밀어내며 종각 위로 날아오른다.

"맞아, 너도 사내니까. 어디, 그럼 어떤 짐승이 있는지 한번 볼까?"

냉큼 금을 넘어오더니 가슴을 맞댈 듯이 바짝 다가섰다. 빤히 바라보는 검고 큰 눈동자가 막 물에서 건져낸 검은 돌처럼 반짝거리고 있었다.

"네가 마음에 들어."

아무 거리낌 없이 불쑥 던지는 당돌한 말에 이장생이 흠칫 놀랐다.

"품어보았으면 좋겠어. 지금 당장."

눈빛이 흔들리고 입술이 촉촉이 젖어온다.

'독!'

그녀의 도발적인 모습 앞에서 이장생은 불쑥 그 생각을 했다.

치명적인 독(毒)이고 화려한 독버섯이다. 그래서 뿌리칠 수 없는 유혹이기도 하다.

이장생이 고개를 흔들며 뒤로 물러섰다. 잔뜩 경계하면서, 또 억지로 참으면서 그녀를 바라본다.

"흥, 바보, 멍청이."

자존심이 상해서일 것이다. 입술을 깨물며 매섭게 노려본 묘화가 심통 난 아이처럼 금을 발로 싹싹 문질러 지워버리고 찬바람이 일도록 돌아섰다.

그녀가 향나무를 돌아가 보이지 않게 되자 가슴 가득 허전함이 밀려들었다. 텅 빈 공간이 우주처럼 막막하고 적막하게만 느껴진다. 그래서 이장생은 한없이 작아지고 초라해지는 자기 자신을 보았다. 그건 모래성이 무너지듯이 주저앉고 있는 한 사내의 모습이었다.

그가 손을 뻗었다. 거기 묘화가 서 있기라도 한 것처럼. 아니면 아직도 은은히 남아 있는 그녀의 숨결을 움켜쥐려는 것처럼.

***

"아, 아……."

달뜬 숨결이 억눌린 신음에 섞여 안개처럼 몽롱하게 퍼져나갔다. 뜨거운 안개다. 구름 같은 머리카락이 넓게 퍼져 출렁거린다.

향기가 땀 냄새와 섞여 비릿해지는 방안. 하얗게 반짝이는 요 위에서 임가선의 나신이 붉게 물들어갔다. 솜털들이 올올이 곤두서고, 참을 수 없는 간지러움과 뜨거움은 고통이 되었다가 열락이 되고 꿈이 되었다.

사랑하는 사람이 베풀어주고 있는 마법이다.

섬세하게 생긴 이장생의 손이 그녀의 옆구리를 지나 천천히 배를 스

제9장 나는 내 길을 간다

치며 올라갔다. 뜨거운 바람을 잔뜩 불어넣은 것 같은 젖가슴을 감싸 쥐는 동시에 허벅지를 쓸고 올라온 그의 혀는 더 깊고 어두운 곳을 향해 나아가고 있었다.

부드럽다가 어느 순간 아프게 찔러대는 그것의 마술 앞에서 임가선은 참을 수 없는 열락의 고통으로 바들바들 떨었다.

젖먹이의 옹알이 같던 신음이 흐느낌이 되어갈 때 드디어 사랑하는 사람이, 그의 모든 것이 몸속으로 들어왔다.

그녀가 입을 딱 벌리고 토막토막 끊어지는 뜨거운 숨을 토해냈다. 그러다가 두 손을 뻗어 정인의 목을 있는 힘껏 끌어안았다. 다시는, 그 무엇으로도 풀 수 없을 것 같은 손이었다.

그 팔의 옥죄임 속에 갇혀서 이장생은 불쑥 묘화라고 자기 이름을 가르쳐 주었던 그녀의 요염한 얼굴을 떠올렸다. 깜짝 놀라 당황한다.

화가 난 사람처럼 힘껏 임가선의 몸속으로 파고드는 건 그녀에 대한 죄책감과 욕망 그리고 그런 자신에 대한 미움 때문이었다.

그가 묘화의 요염한 얼굴을 떨쳐버리기 위해 더욱 거칠게 움직였으므로 임가선의 신음이 다급해지고 높아졌다.

두 사람은 알몸으로 뒤엉켜 싸우는 것 같았다. 그리고 그런 싸움에서 승자는 언제나 여자이기 마련이다.

"무슨 일이 있었지요? 그렇지요?"

마주 보고 누워 볼을 쓰다듬으며 빤히 바라보는 눈길에 걱정과 의심이 깃들어 있었다. 이장생은 그녀의 눈을 바라볼 수 없었다. 비겁해진다.

"아무 일 없어."

돌아오는 길에 칠장사에 들려서 무기력한 늙은 중을 베어 버렸다는 걸 어찌 말할 수 있을 것인가. 남태령에서의 일도 그렇고, 봉은사에서 묘화를 만난 일은 더욱 말할 수 없다. 그래서 이장생은 그녀 앞에서 죄인이 되어 가슴을 졸일 수밖에 없었다.

"어제도 붓골 이 정랑 댁에서 사람이 다녀갔어요."

"그가 왜 나를 그렇게 찾는 거지?"

"제가 어찌 알겠어요?"

뾰로통하다. 책망하는 것 같다. 사랑하는 사람에 대한 여자의 느낌이라는 게 이처럼 무서운 것일까? 하는 생각이 들어 이장생은 더 움츠러들지 않을 수 없었다.

그 시간, 다른 곳에서도 열락과 고통의 문을 열고 있는 손이 있었다.

"아, 아……."

괴로움을 참는 것 같기도 하고 칭얼거리는 것 같기도 한 신음이 낮게 흘렀다. 일렁이는 촛불이 흰 벽에 어둠을 밀어붙이다가 깜짝 놀라 멈칫거린다.

"어쩜 이렇게 피부가 곱단 말이냐? 부럽구나."

나에게도 너만 한 나이 때가 있었고, 그 시절이 그리워 못 견디겠기에 그래서 네가 더 밉다는 듯이 손끝이 딱딱해졌다.

"아!"

묘화가 다시 놀란 소리를 터뜨렸다. 눈살을 찌푸린 채 달뜬 신음을

제9장 나는 내 길을 간다

와르르 쏟아내며 도리질 칠 때마다 검은 머리카락이 파도가 되어 출렁거렸다.

"이 가슴 좀 봐. 어쩜 이렇게 곱고 탱글탱글할 수 있을까. 막 낳은 달걀을 손에 쥐어본 적 있니? 따뜻하고 말랑거려서 쥐고 있기가 두려울 지경이지. 터져버릴 것 같아서 말이야. 네 가슴이 꼭 그래."

뽀도독 소리가 나도록 가슴을 움켜쥐는 손 위에 제 손을 덮으면서 묘화가 몸을 비틀었다. 달아나려는 것도 같고, 더 가까이 끌어들이려는 것도 같았다.

"마님, 제발……."

배를 쓰다듬던 정난정의 다른 손이 더 아래로 쑥 미끄러졌으므로 묘화가 깜짝 놀라 다리를 꼬고 가쁜 숨을 몰아쉬었다.

비단 이불이 크게 출렁거렸다. 놀란 촛불이 벽에 더 큰 어둠을 밀어붙인다.

너무 부러워서 밉고, 너무 사랑스러워서 더 밉다는 듯이 정난정이 손목을 쥐는 묘화의 손을 뿌리치면서 귓불에 뜨거운 숨을 불어댔다.

"애, 너 그놈을 좋아하지? 그렇지? 그래서 질투가 나는구나."

묘화의 눈이 커졌다.

"이장생이라는 놈 말이다. 잘생긴 녀석이더구나. 무뚝뚝하고."

"마님, 그건……."

"변명할 것 없어. 봉은사에서 네가 그 녀석에게 꼬리치는 걸 다 봤단다. 참 무심한 놈이더구나. 너의 유혹을 뿌리치다니…… 세상에 그럴 수 있는 사내는 없을 거야. 야속하지 않더냐?"

묘화가 "악!"하고 짧은 비명을 터뜨렸다. 정난정의 손이 더 이상 깊을 수 없는 곳으로 쑥, 밀고 들어왔던 것이다. 온몸에 간지러움이 퍼지고 짜릿한 느낌이 아프도록 가슴을 찔러댔다. 숨이 탁탁 막힌다.

어느 순간 그녀는 기어이 꽈리를 터뜨리듯 참고 참았던 숨을 터뜨렸다.

'나쁜 놈⋯⋯.'

울음처럼, 흐느낌처럼 폭발해 버리는 열락의 끝에서 이장생의 무심하던 얼굴이 머릿속 가득 떠오르더니 수많은 별이 되어 와르르 쏟아져 내렸다.

묘화는 젖먹이가 된 것처럼 정난정의 품에 안겨 있었다. 그녀의 젖은 머리카락을 쓸어주는 난정의 손이 부드러웠다. 묘화가 여전히 붉어져 있는 얼굴을 그녀의 목에 묻었다.

"내가 다리를 놓아줄까?"

묘화는 대답하지 않았다. 대답할 수가 없다.

"그 녀석이 그림을 잘 그린다더구나. 서법에도 밝다지?"

"⋯⋯."

"언제 집으로 한번 불러보마. 대감께서도 마다하지 않으실 게야."

정난정의 눈이 꿈꾸는 것처럼 몽롱해졌다.

＊＊＊

"죽이길 원하시오?"

221

제9장 나는 내 길을 간다

기꺼이 그렇게 하겠다는 의지가 전해져 온다. 그러나 임꺽정은 선뜻 대답할 수가 없었다. 무엇이 더 큰 일인지, 무엇을 참고 무엇을 참지 말아야 하는 것인지 가려내는 일은 언제나 힘들기만 하다.

장약허의 번쩍이는 눈길이 재촉하고 있었다.

"스승을 죽인 놈이지 않소? 당연히 복수해야지."

"자신 있느냐?"

"나도 들었소. 매우 빠른 놈이라는 걸."

묘화가 하루 늦게 돌아온 임꺽정에게 남태령에서의 일을 보고할 때 장약허는 문밖을 서성이고 있었는데, 흘러나온 말을 들었던 모양이다.

묘화의 칼을 돌아보지도 않고 받아냈다니 대단한 놈일 게 틀림없다. 그래서 더 죽이고 싶다는 듯이 장약허가 물기 번들거리는 눈을 하고 임꺽정을 빤히 바라보았다.

임꺽정이 이를 악물었다. 뜨거운 숨을 내뿜는 건 이장생을 자기 손으로 죽일 수 없는 게 분해서였다. 아직 세상에 자신을 드러낼 때가 아니지 않은가.

"죽여라."

토하듯 억눌린 한마디를 던지자, 장약허가 그럴 줄 알았다는 듯 씩, 웃었다.

***

그놈이 돌아왔다.

이장생전 李長生傳

그 사실에 포교 최달평은 모처럼 기쁜 마음이 되어 벙긋벙긋 웃었다. 이장생이 없던 동안 하는 일 없이 밥이나 축내고 있는 것 같아 영 마음이 편치 않았었다. 웬일로 포도대장 남치근이 거기에 대해서 아무 말도 하지 않았으므로 더 불안하기도 했다. 수하들을 종처럼 닦달해대는 양반 아니던가. 그런 그가 이장생이 어디론가 떠났다는 보고를 받고서는 야단을 치기는커녕 격려해 주었다.

"그놈이 돌아올 때까지 명월향이나 잘 감시해. 어떤 놈들이 들락거리는지 눈 크게 뜨고 지켜봐라. 수상쩍은 일이다 싶으면 즉각 보고하고. 그만 가 봐."

손사래를 친 걸로 그만이었다. 여전히 그 일 외에는 아무것도 시키지 않았으므로 최달평에게는 지난 열흘간이 휴가나 마찬가지였다. 조회에 참석하지 않아도 되었기 때문에 실컷 늦잠을 자고 빈둥거리다가 어두워질 무렵에야 어슬렁거리며 명월향으로 가보면 되었다.

그동안 붓골 이 정랑 댁 사람이 몇 차례나 명월향에 찾아왔었고, 그때마다 즉각 보고를 올렸다. 남치근이 그 일에 매우 큰 흥미를 갖는 것 같았으므로 최달평으로서도 다행이었다.

그밖에는 하는 일 없이 명월향이 잘 보이는 골목의 찻집에 죽치고 앉아서 드나드는 사람들을 살펴보는 게 다였다. 심심하기 짝이 없는 일이라 지쳐가기 시작했는데 이장생이 돌아왔으니 기쁘지 않을 수 없다.

그리고 아직 오전인데 붓골 이 정랑 댁의 심부름꾼이 또 찾아왔다. 대체 무엇 때문에 이 정랑이 저렇게 뻔질나게 명월향으로 심부름꾼을 보내고 있는 것인지 모르나, 어지간히 안달이 난 일이 있는 모양이라고

제9장 나는 내 길을 간다

짐작했다.

최달평은 당장 명월향 안으로 뛰어 들어가 사정을 알아보고 싶어 조바심이 났다. 그러나 잠복하는 포교가 그럴 수는 없지 않은가. 궁금증만 커져서 목을 빼고 기웃거리는데 이장생이 붓골의 심부름꾼과 함께 나오는 게 보였다.

'어라?'

최달평이 눈을 비볐다. 다시 봐도 이장생이다.

'저놈이 왜?'

왜 붓골의 심부름꾼을 따라가는 것인지 이해할 수 없었다.

어렴풋이 짐작하고 있었지만, 이 정랑이 저놈을 데려가려고 하루가 멀다고 심부름꾼을 보냈던 것이 사실이라면 그것도 수상쩍다.

최달평은 서둘러 찻집을 나와 그들의 뒤를 밟기 시작했다.

명월향에서 붓골 이 정랑의 집까지는 일경(一更, 2시간)두 채 걸리지 않는 거리다. 전옥소를 지나 남산을 오른쪽에 두고 오 리쯤 더 걸으면 된다.

붓골은 한성부(漢城府) 소속 오부(五部) 중의 하나인 남부 훈도방(薰陶坊)지역으로써 부 사무소가 있었다. 그래서 조선 초부터 부동(部洞)으로 부르던 것이 와전되어 '붓골'로 바뀌었고, 이 붓골을 한자로 표기해서 필동(筆洞)이 되었다.

그곳에 있는 이 정랑의 집은 높은 담 너머로 기와지붕들이 잇닿아 있는 대 저택이었다.

이장생전 李長生傳

이량이 당대의 세도가였음에도 불구하고 북촌에 거주하지 않고 여기 살았던 건 세간의 눈을 의식해서였다. 지금 윤원형이 교동에 저택을 두고 있는 것도 같은 이유다.

대문을 열고 들어가자 넓은 마당에 가득 서 있던 무사들이 일제히 돌아보았다. 족히 서른 명은 되어 보이는데 하나같이 칼을 찼고, 눈매가 매서웠다. 올 것을 알고 기다리는 중인 것 같았다. 태연히 걸어 들어오는 이장생을 바라보는 눈길들이 곱지 않았다.

대청 위에 두 사람이 나란히 서서 무사들 사이를 걸어오는 이장생을 내려다보고 있었다. 이 집의 주인인 이정빈과 무사들의 우두머리인 곽거도였다.

"하하, 어서 오게. 오래 기다린 보람이 있는 날이니 기쁘기 한량없네."

이정빈이 두 팔을 활짝 벌리고 과장되게 웃어 보였다. 이장생은 그를 향해 고개를 까닥해 보였을 뿐 말하지 않았다.

"자, 자, 이리로 들게."

이정빈이 장생을 안듯이 하여 방으로 들였다. 지극한 환대가 아닐 수 없지만 이장생은 여전히 묵묵부답이었다. 경계하는 것도 아니고 감격하는 것도 아닌 애매모호한 태도다.

좌정하여 마주 앉자 이정빈이 이장생의 면면을 탐색하듯 살펴보더니 빙그레 웃었다.

"듣기는 오래 전부터 들어왔네만 이렇게 직접 보니 소문보다 훨씬 낫군. 기품이 있고 잘 생겼네 그려."

"무엇을 어찌 들으셨소?"

제9장 나는 내 길을 간다

"장안의 이름난 한량에다가 싸움꾼이라는 말을 들었네."

"지금도 그렇소이다."

"틀렸어. 그런 자들 중에 자네처럼 그림을 잘 그리고 서법에 밝은 자는 없지. 그러니 자네는 한량 노릇을 하고 있을망정 한량이 아닐세."

"그럼 무엇으로 보시오?"

"선비이지."

"선비?"

이장생의 입꼬리가 비틀렸다. 비웃는 것이다.

이정빈이 그런 이장생의 얼굴 변화를 유심히 살펴보며 천천히 말했다.

"낙심한 선비인 게지. 그래서 자신을 자학하고 있었던 거야."

"틀렸소. 나는 서출에 지나지 않는데 재주가 아무리 많은들 어찌 선비가 될 수 있겠소? 그러니 나리의 말은 나를 비웃는 것이나 다름없소."

"내 진심을 몰라주다니 서운하네그려."

"진심이 어디에 있소? 그것을 내게 보여준다면 믿으리다."

"자네에게 보여주는 것은 작은 진심일 뿐, 나에게는 더 큰 진심도 있네. 그것도 보겠는가?"

이정빈의 눈에 열기가 이글거렸다. 그러나 이장생은 가타부타 대답하지 않았다.

"주상을 보위하여 조정을 안정시키고, 백성들을 안돈하려는 내 마음이 큰 진심일세. 자네는 이미 그것을 보고 있어."

이장생의 표정에 냉소가 감돌았다. 그럴수록 이정빈의 언변은 더욱 열기를 띠어갔다.

"주상을 능멸하고 자신의 배를 채우기에 혈안이 되어 있는 간신배와 모리배들을 쓸어버릴 작정일세. 그런 자들이야말로 나라를 훔쳐 제 뱃속을 채우려는 자들이지. 아무리 먹어도 배가 고파 허덕이는 아귀 같은 자들이 민초들의 고혈을 쥐어짜고 주상의 위엄을 짓밟고 있네. 신하 된 자로서 아니, 이 조정의 백성 된 자로서 어찌 그런 불의와 불충을 보고만 있을 것인가? 조그만 재주라도 있는 자들은 모두 힘을 모아 불의, 불충한 자들을 타도하기 위해 나서야 할 때일세. 내가 그 앞에 서서 선봉이 되려 하니 그것이 바로 나의 큰 진심이네."

열변을 토한 이정빈이 멍하니 한동안 허공을 바라보더니 뜨거운 한숨을 쉬고 다시 말했다.

"그러면 이제 작은 진심을 보여줌세. 자네는 재주가 비범한 사람이고 또한 나와도 인척 관계에 있으니 자네 역시 왕가의 피를 물려받은 종친이라고 할 수 있을 터. 뿌리가 벌레들에게 파 먹히고 쥐새끼들이 그것을 갉아대 병들게 하고 있는 이 현실에 어찌 분한 마음을 갖지 않을 수 있겠는가? 자네가 나를 도와 그와 같은 자들을 도말하여 왕통을 바로 세우는 데 앞장서 준다면 나 또한 자네를 위해 할 수 있는 모든 일을 해주겠네. 이것이 나의 작은 진심일세."

내내 싸늘한 얼굴로 듣고 있던 이장생이 비웃음을 흘렸다.

"나리의 큰 진심이야 내 알 바 아니오. 조정이 어찌 되든 관심도 없소. 언제 나와 상관있는 조정이었소?"

"응?"

제9장 나는 내 길을 간다

의외의 말에 이정빈이 믿을 수 없다는 얼굴을 했다.

"선부가 이 씨였으니 나도 그 성을 물려받았을 뿐, 한 번도 나리와 종친이라고 생각해 본 적 없으니 그것도 쓸데없는 말이요."

그 말에 이정빈이 정색을 하고 나무라듯 바라보았다.

"어허, 어찌 자신의 뿌리를 부정할 수 있는가?"

이정빈의 부친인 이량은 태종의 차남인 효령대군의 5대손이고 전성군에 추봉된 이대(李對)의 아들이었다. 외조카가 현 임금(명종)의 비(妃, 인순왕후, 심의겸의 누이) 심 씨였으며, 부계로는 임금의 12촌 형이다. 그러한 배경을 등에 업고 세도가가 되어 온갖 악행을 자행하다 지탄받고 내쫓겨 죽었으니 동정의 여지가 없는 인물이기도 하다.

이장생은 그런 이량의 아들이 나서서 아비의 권세를 되찾겠다고 설쳐대는 게 가소로울 뿐이었다. 궁지에 몰린 쥐가 발악을 하는 것 이상으로 보이지 않았다. 그가 아무리 달콤한 말을 하고, 아무리 충의를 운운한다고 해도 자기 목숨을 보존하기 위해 안달하는 가여운 귀공자 이상도 이하도 아닌 것이다.

이장생의 침묵을 지켜보면서 이정빈은 그가 자신의 경솔함을 반성이라도 하고 있는 것으로 안 모양이었다. 그랬기에 달래듯이 부드럽게 말하는 것이리라.

"자네의 선부 이춘명이 우리 가문의 먼 인척이라는 걸 부정할 수는 없을 걸세. 족보가 그렇게 기록하고 있는 사실 아니던가?"

"그렇소이다. 그러나 관계를 밝히고 촌수를 따지려면 그 족보를 한참 더듬어야 할 테니 귀찮지 않겠소? 왕래도 없고, 생전 얼굴 볼 일도 없는 먼 인척이 남과 다를 게 무어란 말이요? 차라리 수시로 내 집 울타리를 들락거리며 먹을 걸 훔쳐 가는 주인 없는 개가 더 가깝지.”

“뭐라고? 근본도 없는 놈이 주제를 모르고 함부로 말하는구나!”

곽거도가 버럭 화를 내고 일어섰다. 칼자루를 움켜쥔 채 노여움으로 턱을 부르르 떤다.

이정빈의 얼굴도 딱딱하게 굳었다. 가진 호의를 다 보였건만 개와 비교당하는 지독한 모욕으로 돌아오니 젊은 혈기가 들끓어 올라 참기 힘들었다.

이장생은 여전히 무심하기만 했다.

“언제 이량 대감이나 나리가 내 선부나 나를 종친으로 인정해 준 적이 있소? 오히려 서출인 내가 나대는 것이 꼴사나웠겠지. 종실의 위엄에 먹칠을 하는 자라고 눈살을 찌푸렸을 것이요. 그래서 일부러 피하고 상대도 하지 않았다가 이제야 종친 운운하니 역겹소. 나는 나리와 한 번도 종친이라고 생각한 적이 없으니 나리도 그리 생각하시오.”

“나리, 더 이상 말로 타일러서 들을 놈이 아니요! 저 오만방자함은 매로 다스려야 할 것이오!”

곽거도가 흥분하여 소리치지만 이정빈은 반응하지 않고 허리를 꼿꼿하게 펴고 앉아서 이글거리는 눈으로 이장생을 노려보기만 했다. 그의 말투가 귀에 거슬렸으나 그 말이 또한 사실이었던지라 낯이 뜨거워지기도 했던 것이다.

이장생이 천천히 곽거도를 돌아보았다. 노여움으로 일그러진 그의 얼굴을 차갑게 바라보았는데 입가에 옅은 비웃음이 떠올라 있었다.

제9장 나는 내 길을 간다

"주인과 이야기하는데 감히 종이 겁 없이 끼어드는구나. 네 무례함은 주인에게 물어야 마땅하겠지."

"뭐, 뭐라고?"

자기를 종 취급하는 말에 곽거도의 얼굴이 숯불처럼 붉어졌다. 이정빈의 앞만 아니었다면 당장 칼을 뽑아 후려치거나 발길질이라도 날렸을 것이다. 그가 "어헝!"하고 분한 외침을 터뜨리며 가슴을 쾅쾅 두드려댔다.

누가 보든 이장생의 무례함이 지나쳤으나 이정빈은 커다란 인내심을 발휘하여 모욕을 참고 있었다.

흉중에 야망을 품고 있는 자는 쉽게 노여워할 수 없고, 노여움을 겉으로 드러내서도 안 된다. 지금 나를 노엽게 하는 자가 언제 요긴하게 쓰일지 알 수 없기 때문이다. 언제나 한 가닥 가능성은 열어두고 있어야 하지 않던가.

참을 수 없을 만큼 화가 나도 가슴속 깊이 감추어 두었다가, 정 그것을 터뜨릴 수밖에 없으면 열 배 백 배로 증폭시켜 터뜨려 버려야 한다. 내 노여움으로 세상을 쓸어버리는 것이다.

제10장

이장생의 칼

끙, 하고 된 숨을 내쉰 이정빈이 철없는 아이를 타이르듯이 말했다.

"그렇다면 명월향에서 교동 윤 대감 댁의 무사들을 개 패듯이 때려 내쫓은 까닭이 무엇인가? 나는 자네의 가슴속에도 그에 대한 미움이 있기에 그랬다고 보았네. 그래서 종친의 인연에 호소하여 나를 도와달라고 했던 것이지. 적의 적은 동지라고 하니 자네가 기꺼이 내 정성을 받아들이리라 믿었던 것이야. 그런데 이제는 자네의 정체를 알 수 없게 되었군."

이장생이 태연히 말을 받았다.

"나리도 알다시피 나는 명월향에 빌붙어 사는 기둥서방이요. 그곳에서 난동을 부리는 놈이라면 그게 누구든 손을 봐줘야 하지 않겠소?"

이번에는 이정빈이 비웃음을 던졌다.

"자네는 검술을 익혔다던데 고작 기생집의 행패꾼들이나 혼내주려고 힘들게 수련한 건 아니겠지?"

"선비가 먹을 갈 때는 글을 쓰기 위해서이고, 무사가 검술을 익힐 때는 누군가를 더 잘 베기 위해서이지요."

"기생집의 행패꾼들을 벤단 말이지?"

같은 말로 비웃는다. 이장생이 히죽 웃었다.

"내가 칼을 뽑았으면 당연히 그놈들을 모두 베었겠지요. 칼이란 그러라고 있는 물건이지 않소?"

"그렇다면 왜 칼을 뽑지 않았는가?"

"죽이고 싶은 마음이 없었으니까."

"그렇다면 죽이고 싶은 마음이 생기면 어찌 되는가?"

"죽이지요."

단호하다.

이정빈이 빙긋 웃었다.

"나를 위해 그 칼을 뽑아주기 바라네. 재물을 원한다면 평생 호의호식하고도 남을 만큼 줄 수 있네. 출사하기를 원하는가? 그렇다면 더욱 나를 위해 그 칼을 뽑아야 할 걸세. 윤 대감을 제거해서 선부의 억울함을 풀고 복권의 대업을 이룬다면 내가 직접 주상께 아뢰어 자네를 면천시켜 줄 뿐 아니라 등용하여 중히 쓰시도록 하겠네."

이장생의 비웃음이 더욱 싸늘해졌다.

"나리께서 임금도 아닌데 어찌 면천을 시켜줄 수 있고, 어찌 나를 관직에 올려줄 수 있단 말이요?"

"주상에게 청한다고 하지 않았는가."

"하오면, 주상이 반드시 나리의 청을 들어준다는 보장이 있소?"

이정빈의 얼굴에 미소가 떠올랐다. 이장생의 관심사가 역시 면천과 관직에 있다고 짐작한 것이다. 상대가 원하는 걸 알았으니 설득하기가 쉬우리라는 생각에 느긋해졌다.

"그때가 되면 간적 윤원형을 제거하여 왕실을 높인 공이 있으니 주상께서는 내 청을 거절하지 못하실 것이네."

이장생이 하하, 하고 크게 웃었다.

"나리의 말이 심히 불경하구려. 입으로는 주상을 위해 거사를 도모한다면서 실은 주상의 뜻마저 내 마음대로 할 수 있게 되기를 원하지 않소?"

"어허, 자네는 내 뜻을 곡해하고 있구먼."

"천만에. 나는 제삼자로서 사심 없이 바라보니 내가 보는 것이 정확할 것이외다. 나리는 아버지의 한을 풀겠다지만 실은 그것도 이량 대감이 누렸던 권세를 대신 누리고자 하는 욕망일 뿐 아니겠소? 나리의 말이 그것을 드러냈으니 결국 나리도 교동 윤 대감과 같은 부류일 뿐이요."

윤원형을 들먹이는 말에 이정빈의 안색이 싸늘해지고 표정이 딱딱하게 굳어갔다. 곽거도 또한 이를 악문 채 주먹 쥔 손을 부르르 떨고 있었다. 그러나 이장생은 짐짓 못 본 척하고 할 말을 다 했다.

"윤 대감이 서얼허통법을 밀어붙이면서 서자들도 재주가 있다면 발탁해 등용하는 것이 조선의 장래를 위해 반드시 필요한 일이라고 주장하오. 들었을 때는 그럴듯하지만 그게 실은 사대부들의 근간을 흔들어 자신의 입지를 더욱 공고히 하고, 자기 자식들의 앞길을 열어주기 위한

제10장 이장생의 칼

것이니 결국 제 욕심을 채우되 보기 좋은 모양을 갖추어서 욕 대신 칭찬을 들어가며 그렇게 하려는 것 아니겠소? 나리의 거사라는 것과 그것이 다른 점이 무엇이오?"

"무엇이? 나를 어찌 윤원형과 같이 취급한단 말이냐!"

이정빈이 기어이 분통을 터뜨렸다. 윤원형이라는 이름만 들어도 이가 갈리는 터인데 자기를 그와 동류라고 하니 참을 수 없었던 것이다.

이장생이 다시 말했다.

"재물을 주겠다고 했소? 그 재물이라는 게 과거 이량 대감이 관직을 팔아 긁어들인 것이겠지. 그때 이 집 앞이 바리바리 재물을 싸 들고 온 자들로 넘쳐나서 시장 같았다는 걸 모르는 사람이 없소. 지금 윤 대감 댁이 그 꼴이지만 이량 대감의 전례가 있으니 어쩌겠소? 그러니 다른 사람도 아니고 나리가 나선다면 윤 대감의 밥그릇을 빼앗겠다는 것으로밖에는 보이지 않을 것이오."

네가 윤원형을 미워하고 비난하는 것 자체가 누워서 침 뱉는 꼴밖에 되지 않는다는 듯이 바라본다.

이정빈이 죽을힘을 다해 노여움을 억누르며 다시 물었다.

"생각이 그러한데 굳이 내 집에 찾아온 까닭이 무엇인가?"

"수차례 사람을 보내 청했다니 그 정성을 보아 응한 것이고, 다시는 나를 찾지 말라는 말을 하기 위해서였소."

매정하게 말하더니 고개를 갸웃거린다.

"그런데 굳이 그런 정성을 들이면서까지 나를 찾고 또 필요로 하니 대체 나의 무엇을 보고 그러는 거요?"

"자네의 솜씨가 붓을 던져 그것이 땅에 닿기 전에 여덟 토막을 낸다니 한 사람의 무사가 아쉬운 이때에 내가 어찌 탐내지 않을 수 있겠는가?"

이장생이 낯을 찌푸렸다.

"그 말은 누구에게서 들으셨소?"

"정유길 대감이시네. 그분이 몸소 나를 찾아와 자네를 천거하시더군. 그러니 그분의 낯을 보아서라도 내 제안을 받아들이는 게 어떠한가?"

"내가 목숨을 걸고 그와 같은 검술을 연마한 건 한 가지 뜻을 이루기 위해서이지 칼 솜씨를 누구에게 팔고자 함이 아니요. 그러니 더 말하지 마시오."

"한 가지 뜻이라니? 그게 뭔가?"

"임꺽정을 죽여 선부의 한을 풀려는 것이외다."

그 말에 이정빈이 크게 웃었다.

"세상 사람들이 다 아는 일인데 자네만 그가 이미 죽었다는 걸 모르고 있었단 말인가? 남치근 대감에게 잡혀 죽은 지가 이 년 전이니 지금쯤은 백골이 되었을 것이네."

어이없다는 듯이, 불쌍하다는 듯이 바라본다.

이장생은 무덤덤했다. 군이 그 일에 대하여 말할 필요를 느끼지 못하는 것이다.

"그가 죽었든 말든 상관없이 나는 내가 옳다고 여기는 일을 할 뿐이니 나리가 판단할 것 없소. 그럼 이만 물러가오."

일어나 읍하자 그때까지도 무섭게 노려보고 있던 곽거도가 따라 일어나며 버럭 소리쳤다.

제10장 이장생의 칼

"이곳이 네 마음대로 들어오고 나갈 수 있는 곳인 줄 아느냐?"

"내 발로 왔으니 내 발로 가겠다는데 누가 막는단 말인가?"

성큼성큼 걸어 곽거도를 스쳐 지나가면서도 아무런 거리낌이 없었다.

대청에 서자 넓은 마당 가득 들어서 있던 무사들이 일제히 그를 바라보았다. 뒤따라 나온 곽거도가 음침하게 말했다.

"이곳이 호랑이 굴이라는 걸 이제 알았겠지? 어디, 갈 수 있으면 가보아라."

그의 말을 무시하고 코웃음을 친 이장생이 댓돌을 밟자 무사들 중 몇 명이 앞으로 나와 마당으로 내려오기를 기다렸다.

이장생은 그들을 보지 못한 것처럼 태연히 다가갔다.

곽거도의 눈짓을 받은 두 명이 좌우에서 동시에 손을 내밀어 그를 붙잡으려고 했다. 그 즉시 이장생이 몸을 낮추었다. 한 명의 손목을 오히려 낚아채며 재빨리 돌아가자 다른 한 명의 움켜쥐는 손이 허공을 휘젓고 지나갔다.

뿌드득, 하는 소리와 함께 팔이 뒤로 꺾인 놈이 비명을 터뜨렸다. 어깨뼈가 간단히 탈골되어 버린 것이다.

가까이 있던 세 명이 노성을 터뜨리며 일제히 달려들었다. 이장생은 조금도 동요하지 않았다. 몇 번 손바닥과 주먹을 뻗어 밀어내고 후려치며 발을 슬쩍 들어 무릎을 찍고 걷어차는데 그림을 보듯 깨끗하고 재빠른 솜씨였다.

사나운 곰처럼 달려들었던 세 명이 비명을 지르며 맥없이 고꾸라져 뻗어버리거나 땅바닥에 뒹굴며 고통스러워했다.

“허!”

대청 위에 이정빈과 나란히 서서 그것을 지켜보던 곽거도가 탄성을 터뜨렸다. 이장생이 검법뿐 아니라 수벽치기의 솜씨 또한 경지에 올라 있는 자라는 걸 알 수 있었던 것이다.

네 명의 수하가 한 순간에 나뒹굴었다. 이정빈은 물론 곽거도 역시 이제는 멈출 수 없게 되었다. 체면이 걸린 문제가 된 것이다. 소문이라도 새 나간다면 망신이 아니겠는가.

어떻게 하겠느냐는 눈길로 이정빈이 곽거도를 돌아보았다. 곽거도의 안색이 무거워졌다.

“죽여야 합니다.”

이렇게 된 이상 어쩔 수 없다는 걸 이정빈도 잘 알았다. 그러나 여전히 망설이는 건 저와 같이 놀라운 솜씨를 보여주는 이장생에 대한 욕심이 남아 있기 때문이었다.

이정빈이 선뜻 결단을 내리지 못하자 곽거도가 대신했다.

“잡아라! 죽여도 좋다!”

그 말에 주춤거리며 물러섰던 자들이 흉흉하게 이장생을 노려보았다. 여기저기에서 칼 뽑는 소리가 스산하게 들리고 이내 번쩍이는 칼빛이 마당에 가득 찼다. 살기가 충만해진다.

모두 스물여섯 명의 무사들이 남아 있었다. 넓은 마당에 가득하다. 그들이 칼을 쥐고 다가오지만 이장생은 여전히 아무런 동요도 보이지 않았다. 죽고 사는 것에 대해서 남의 일처럼 무심한 자 같았다.

그가 대청 위의 이정빈과 곽거도를 돌아보았다.

제10장 이장생의 칼

"내가 칼을 뽑으면 죽음이 있을 뿐 사는 길은 없소. 그래도 좋소?"

"훙, 여전히 큰소리만 치는 놈이구나."

곽거도가 비웃었다.

"저들 중 몇 명의 목숨은 빼앗을 수 있을지도 모르지. 하지만 그 뒤에는 너 또한 살 수 없다는 걸 잘 알 텐데? 지금이 마지막 기회다. 무릎을 꿇고 나리께 충성을 맹세한다면 목숨을 부지할 수 있을 것이다."

빙긋 웃는 걸로 대답을 대신한 이장생이 다가오는 자들을 바라보며 천천히 칼을 뽑기 시작했다. 그리고 그것이 완전히 뽑혔을 때 이장생이 허깨비처럼 앞으로 쓰러지는 것 같았다.

"저놈!"

곽거도가 비명 같은 소리를 지르며 눈을 부릅떴다. 이정빈은 놀라서 입을 딱 벌릴 뿐 말도 하지 못했다.

번쩍, 하는 검광과 함께 연못에 뛰어들 듯이 이장생이 무리들 속으로 뛰어드는 걸 보고 무모하다고 생각했는데, 그 생각이 끝나기도 전에 칼 부딪치는 소리도 없이, 비명소리도 없이 세 명이 좌우로 쓰러져 천천히 넘어가고 있었던 것이다.

눈을 부릅뜨고 있었지만 이정빈은 그가 어떻게 움직였고, 어떻게 칼을 뿌려 무사들을 베었는지 보지 못했다.

그건 이장생을 에워싸고 있는 자들도 마찬가지였다. 어떻게 된 영문인지 몰라 눈을 휘둥그레 뜨고 이장생과 그의 주위에 쓰러져 있는 자들을 바라볼 뿐이다.

이장생은 칼을 내려뜨린 채 고요히 서 있었다. 왼발을 반보쯤 앞으로 내밀었고, 뒤꿈치를 땅에 닿을 듯 말 듯 살짝 든 채 우두커니 서서 허공을 바라보고 있었다. 다음 움직임을 생각하는 것 같았다. 상대가 처들어오기를 기다리는 것 같기도 하다.

담장 위에서 두 명의 궁수가 몸을 일으켰다. 그리고 그 순간을 기다렸다는 듯이 이장생이 무섭게 처들어갔다. "이얏!"하고 날카로운 기합성까지 터뜨리며 맹렬하게 달려드는 것이 조금 전의 조용하던 움직임과는 사뭇 다른 기세였다.

"헛!"

잔뜩 경계하고 있던 자들이 놀라서 물러서거나 어지럽게 칼을 휘둘러댔다. 그러나 파고드는 이장생의 움직임을 잡을 수 있는 자가 없었고, 번쩍이며 떨어지고 휩쓸어가는 칼을 막거나 피할 수 있는 자가 없었다.

아우성과 비명이 갑자기 들끓었다. 그 아비규환 속에서 다시 세 명이 가슴과 어깨, 옆구리가 쩍 벌어져 쓰러졌다. 한 놈의 무릎을 밟아 부순 이장생이 훌쩍 뛰어올랐다. 그 즉시 두 명의 궁수가 살을 날렸다. 그가 무리들 속에 파묻혀 있을 때는 활을 쏠 수 없었지만 지금이야 말로 절호의 기회였던 것이다.

이장생이 날듯이 허공을 가로질러가며 칼을 휘둘렀다. 쨍강거리는 요란한 소리와 함께 각기 다른 방향에서 날아든 두 대의 화살이 반으로 잘려 엉뚱한 곳으로 날아갔다. 그리고 이장생은 남쪽 담장 위에서 다시 한 대의 화살을 시위에 걸고 있는 자의 면전에 가볍게 내려섰다.

번쩍, 하는 칼 빛과 함께 그놈은 목이 쩍 벌어져 굴러 떨어졌고, 서

제10장 이장생의 칼

쪽 담장 위의 궁수가 재빨리 두 번째 화살을 쏘았으나 이장생은 이미 훌쩍 담 아래로 뛰어내리고 있었다.

눈 깜짝할 사이에 벌어진 그 기막힌 일에 마당 안의 무사들은 물론 곽거도와 이정빈은 얼이 빠진 사람들처럼 멍하니 서 있기만 했다.

이정빈이 눈을 비볐다. 내가 지금 꿈을 꾸고 있는 건 아닌가? 하는 생각이 들었던 것이다.

아차, 하는 사이에 미처 손써볼 새도 없이 일곱 명의 수하가 죽고 다섯 명이 크게 다치는 결과를 본 곽거도 또한 기가 막혔다. 서른 명이나 되는 자들이 대기하고 있었으면서도 이장생을 잡기는커녕 눈 깜짝할 사이에 반 수 가까이 피해를 입었으니, '대체 무슨 이런 일이 다 있나?' 하고 눈만 끔뻑거렸다.

한참이 지난 뒤에야 이정빈이 길게 탄식했다.

"정말 야수 같은 놈이로구나. 쓸모없는 자들 백 명보다 저놈 하나가 더 가치 있겠어."

이장생만 수하로 거둘 수 있다면 장약허를 두려워할 필요가 없으리라는 생각에 더욱 안타까워졌다.

***

"무엇이? 붓골 이 정랑의 집이 쑥대밭이 되었다고?"

남치근이 깜짝 놀라 의자에서 벌떡 일어섰다. 보고하고 있는 포교 최달평의 얼굴이 아직도 상기되어 있었다.

이장생전 李長生傳

"그렇습니다. 이제 어떻게 할까요?"

남치근의 안색이 붉으락푸르락해졌다. 서탁 앞을 서성이며 무언가 생각하느라고 최 포교의 말을 듣지 못한 것 같았다. 그래서 그가 "어떻게 할까요?"하고 다시 묻자 그제야 "어?"하고 돌아보더니 귀찮다는 듯이 손을 밖으로 내둘렀다.

"뭘 어떻게 하느냐? 그냥 지금 하던 대로 해. 가봐라."

"예?"

최달평으로서는 이해할 수 없는 일이었다. 이정빈의 집에서 살인을 자행한 자가 있다는 보고를 했는데도 아무런 조치를 취하지 않으니 그렇다. 그것도 한두 명이 아니라 대량살상이지 않은가. 다른 때 같았으면 길길이 날뛰며 범인을 잡아들이라고 불호령을 했을 양반이 거기에 대해서 일언반구도 없으니 기가 막히기도 했다.

대체 뭐가 어떻게 돌아가는 건지 얼떨떨해진 최달평은 맥없이 남치근의 앞을 물러나 올 수밖에 없었다.

"뭐야, 이장생 그놈을 무서워하기라도 하시는 건가? 밤중에 그놈이 몰래 들어와서 목을 따가기라도 할까봐?"

툴툴거린 그가 포청 앞에 우뚝 서서 하늘을 바라보았다.

"어, 우라지게 푸른 하늘이구나. 좋네."

빙긋 웃는 건 기세등등하던 붓골의 무사들을 아귀처럼 베어 넘기던 이장생의 모습이 떠올라서였다. 얼마나 눈꼴 신 놈들이던가.

"윤 대감 댁 하늘도 이와 같으려나?"

문득 이번에는 그놈이 교동 윤원형 대감의 집을 들이쳐서 또 한 번

제10장 이장생의 칼

통쾌한 칼부림을 해주었으면 좋겠다고 생각한다.

그때 이장생은 정유길을 만나고 있었다. 불쑥 찾아온 그가 태연히 말했다.

"남치근 대감을 한 번 더 만나게 해 주십시오."

정유길이 고개를 설레설레 흔들었다.

"너에 대한 감정이 좋지 않은 터라 다시 만나려 하지 않을 게다. 그런데 무엇 때문에 그러느냐?"

"그에게 확인해볼 게 있어서 그럽니다."

정유길이 한숨을 쉬었다.

"또 임꺽정에 대해서냐?"

"그렇습니다."

"그자는 죽었다. 세상 사람 모두가 아는 일이다. 너는 어째서 바보 같은 집착을 버리지 못하느냐?"

"소생은 남 대감이 임꺽정을 놓아주었다고 믿고 있습니다."

"뭐라고? 어허, 그런 큰일 날 소리를 하다니……."

정유길이 혀를 찼지만 이장생은 고집을 꺾지 않았다.

"그자를 비호하는 세력이 있다는 얘기겠지요. 있다면 누구인지, 무엇 때문에 그러는 것인지 밝혀내야 하지 않겠습니까?"

"그런 말이 남치근의 귀에 들어가기라도 하는 날에는 네 신상이 괴로워질 것이다. 그가 무슨 꼬투리를 잡아서라도 너를 가만 두지 않을 것이야."

“남 대감이 결백하고 소생이 오해한 것이라면 고초를 겪어도 할 말이 없지요. 하지만 그렇지 않은 것이라면 남 대감은 소생의 칼을 피해 숨어 다녀야 할 것입니다. 어쨌거나 그를 만날 수 있게 해 주십시오. 다음 일은 제가 알아서 하겠습니다.”

“불가한 일이다. 그의 고집을 꺾을 수가 없어.”

나까지도 미움을 받을지 모른다는 걱정 때문인지 정유길의 안색이 좋지 않았다. 묵묵히 바라보던 이장생이 벌떡 일어섰다.

“정 그러시다면 그것도 제가 알아서 할 수밖에 없군요.”

인사하고 나가던 그가 멈추어 서더니 돌아보았다.

“그리고 이정빈 같은 자에게 저에 대한 말을 흘리지 말아 주셨으면 좋겠습니다.”

“응? 그를 만나 보았느냐?”

정유길이 의아하여 물었다.

“다시는 소생을 찾지 못할 것입니다. 소생 또한 그렇게 되기를 바랍니다. 다시 보게 되면 그를 베어버릴지도 모르니까요. 그럼 물러갑니다. 부디 안녕하소서.”

정유길이 잔뜩 낯을 찌푸렸다. 이장생에게서 이전에는 느끼지 못했던 살기가 느껴지는 것이어서 불안하기도 했다.

이장생은 이제 다시는 정유길을 만나지 않겠다고 결심했다. 이정빈과 원한을 맺었으니 화가 그에게까지 미칠지 모르기 때문이다. 유일하게 믿고 존경하는 사람이 자기 때문에 화를 당하게 할 수는 없었다.

제10장 이장생의 칼

남치근은 최 포교의 보고를 받고 심난해졌던 터라 즉시 퇴청하여 집으로 돌아와 있었다.

"내가 굳이 귀띔해 주지 않더라도 그 양반 역시 잘 알고 있겠지."

보고받은 일을 윤원형에게 전해주어야 할지 말아야 할지 고민했지만 그만두기로 한 건 괜히 구설수에 오르기 싫어서였다. 가뜩이나 좌포청의 포도대장 머리 위에 윤 대감이 있다는 말이 떠돌고 있지 않은가. 언제나 세간의 입방아를 조심해야 한다.

그나저나 이장생 그놈을 어떻게 처리해야 좋을지 그것도 남치근의 걱정거리가 되었다. 살인죄를 물어 잡아들이면 간단한 일이나 그렇게 되면 이정빈만 좋은 일을 시키는 게 되지 않을까, 하는 생각에 망설이지 않을 수 없었던 것이다.

남치근과 이정빈은 감정이 좋지 않았으나 서로를 어쩔 수 없기에 소 닭 보듯이 하는 사이가 되어 있는 터였다.

이정빈에게 남치근이 그렇듯이 남치근에게도 이정빈은 이럴 수도 없고 저럴 수도 없는 꺼림칙한 인물이었다. 아직 조정은 물론 지방의 고관들 중에 죽은 이량을 지지하는 대신들이 적지 않게 남아 있으니 그렇다. 정유길 대감이 그 중 한 사람이라 더 꺼림칙했다.

또한 그가 아비로부터 물려받은 세력과 재물이 여전히 막중할 뿐 아니라, 이정빈이라는 인물 자체가 함부로 대하기에 어려운 면이 많았다. 무엇보다 그는 왕실의 인척이라는 배경을 가지고 있지 않은가.

그가 복권하기 위해 애를 쓰고, 윤원형으로부터 자기를 지킨다는 명목 하에 사병들을 거느리고 위세를 떠는 게 영 꼴 보기 싫었으나 되도

이장생전 李長生傳

록 충돌하지 않으려고 하는 건 그런 이유에서였다.

남치근은 그가 아비 이량을 대신하여 조정의 대신이 되는 것도 바라지 않았다. 자기에게 하나도 이로울 게 없으니 그렇다.

고민 끝에 그는 이장생과 이정빈이 서로 죽고 죽이는 게 제일 좋은 일이라는 결론을 내렸다. 이정빈이 꼴 보기 싫은 이장생을 죽여주면 속 시원하고, 반대로 이장생이 이정빈의 수하 놈들을 모조리 죽여준다면 그것도 속 시원한 일이 될 것이니 그렇다. 무엇보다 윤 대감이 좋아할 것 아닌가. 그로서는 손대지 않고 심복지환 하나를 떼어버릴 수 있으니 말이다. 그러니 지금으로서는 이장생이 하는 짓을 모르는 척 눈 감아주는 게 윤원형을 도와주는 것이고, 그에게 잘 보이는 일이라고 판단하자 속이 편해졌다.

밤늦도록 끙끙대다가 그렇게 결론을 내리고 비로소 자리에 누워 잠이 들락 말락 할 때였다. 무언가 서늘한 기운이 이마에 느껴지는 것이어서 남치근은 낯을 찌푸렸다. 내가 악몽이라도 꾸려는 모양이라고 생각하는데 귓속에 속삭이는 소리가 들려왔다.

"일어나시오."

남치근은 아무래도 자기가 정말 악몽을 꾸려는 모양이라고 다시 생각했다. 잠결에 이런 환청을 들으니 그렇다. 그래서 여전히 비몽사몽간을 헤매고 있는데 이번에는 뺨에 차가운 물건이 닿았다. 갑자기 머릿속이 서늘해진다.

남치근이 억지로 눈을 떴다. 그리고 "억!" 하는 비명을 터뜨렸다.

검은 옷을 입고 검은 수건으로 얼굴을 가린 괴한이 시퍼런 칼을 뽑

제10장 이장생의 칼

아 뺨에 문지르고 있는 것 아닌가.

눈을 멀뚱거리며 그를 보던 남치근은 이게 꿈이 아니라는 걸 알고 더욱 놀랐다. 세상에, 포도대장의 집에 드는 강도가 있다니, 하는 생각이 들어 헛웃음도 나왔다.

"웬 놈이냐?"

침착하게 묻자 괴한이 칼을 거두고 물러섰다. 남치근이 그 즉시 튕겨지듯 일어나 머리맡에 걸려 있는 칼을 잡았다. 창, 하고 그것이 뽑혀지며 서늘한 빛을 뿌렸다.

그는 임금의 총애를 받는 무신이다. 전술 전략에 밝을 뿐만 아니라 칼을 쥐면 전장에서 일당백의 용맹을 발휘하는 무장이기도 했다.

"이놈, 네가 집을 잘못 골랐다."

이까짓 강도 놈쯤이야 단칼에 처치해버릴 수 있다고 자신한 그가 호기롭게 외치며 성큼 다가들어 칼을 뿌리는데 그 위용이 과연 태산을 누를 듯했다.

괴한이 가볍게 움직여 위잉, 하고 무거운 바람소리를 내며 떨어지는 장군도를 수월하게 피했다. 성큼 물러서는 몸놀림이 미끄러지는 것 같다. 그것을 본 남치근은 상대가 예사 강도가 아니라는 걸 알았다.

"너는 누구냐?"

버럭 외치며 다시 칼을 휘둘러 더욱 용맹하게 쳐들어갔다. 첫 번째와는 비교할 수 없이 삼엄한 칼 빛이 방안을 가득 메웠다. 바람을 끊는 소리가 호각을 부는 것처럼 귀를 찌른다.

그러나 괴한은 조금도 당황하지 않았다. 요리조리 가볍게 몸을 비틀고 방위를 바꾸어 몇 차례의 검격을 피하더니 "흥!"하고 코웃음을 쳤다.

"남치근의 검법이 조선 제일이라더니 과장이었군."

비웃으며 칼을 뻗어내는데 교묘하게 상대의 칼이 만들어낸 그물 사이로 찔러 넣는 것이었다. 남치근이 깜짝 놀라 물러서며 구명호신(求命護身)의 비술을 펼쳤다. 비로소 쨍! 하고 칼과 칼이 부딪치는 날카로운 소리가 났다.

간신히 막아냈다고 여긴 순간 남치근은 목덜미에 서늘한 기운을 느끼고 그대로 굳어버렸다. 언제 꺼냈던 것인지 폭이 좁고 짧은 비수 한 자루가 목에 찰싹 달라붙어 있었던 것이다. 괴한이 크게 움직여 칼을 찔러 넣은 게 속임수였다는 것을 깨달았지만 상황은 이제 돌이킬 수 없는 것이 되었다.

이와 같이 교묘하고 영악한 솜씨는 처음 보는 것이라 남치근이 의혹 가득한 눈으로 괴한을 물끄러미 바라보았다. 그리고 조금씩 놀라더니 이내 얼굴이 온통 일그러졌다.

"네놈이 누구인지 알겠다."

괴한의 눈매를 기억해 낸 것이다. 이장생이 틀림없다.

"그렇다면 말하기가 쉽겠구려."

괴한이 여전히 목덜미에 비수를 붙인 채 싸늘하게 말했다.

"한 가지만 대답해 주면 곱게 돌아가겠소."

"이 발칙한 놈. 감히 이런 짓을 하고도 무사할 수 있을 줄 아느냐?"

"흥, 내가 화를 당하기 전에 대감의 목이 먼저 시원해질 거요. 시험해 보시겠소?"

제10장 이장생의 칼

남치근은 아무 말도 할 수 없었다. 목을 지그시 눌러오는 비수에 온 신경을 집중한다.

"서림이라는 자를 알겠지요? 대감의 향도가 되어서 임꺽정의 토벌에 동참했다니 모른다고 할 수 없을 것이요."

"안다."

"그자를 어디에 숨겨 놓았는지 그것만 말해주면 되오."

조정에서는 한때 서림의 처리를 두고 갑론을박한 적이 있었다. 임꺽정의 무리 중에서도 높은 자였으니 마땅히 참수해야 한다는 쪽과, 그렇게 하면 장차 누가 무리를 배신하여 조정에 투항하겠느냐고 반대하는 쪽이 팽팽히 맞섰던 것이다.

결국 서림은 임꺽정 토벌에 협력한 공을 인정받아 사면되었고, 신분을 감춘 채 숨어버렸다. 그러나 조정에서는 여전히 그를 위험한 자로 여겼으므로 남치근으로 하여금 감시하도록 했다. 좌포청의 관할에 둔 것이다. 그러니 세상 사람은 몰라도 남치근은 서림이 있는 곳을 잘 알 것이 아니겠는가. 그자는 좌포청의 관내 어디엔가 숨어 살고 있을 게 틀림없다.

"그를 찾아서 어쩔 작정이냐?"

"궁금한 것을 물어보려고 하오. 그것뿐이요."

"뭘?"

"임꺽정이 어디에 숨어 있는지 말이외다."

"그자가 내 손에 죽었다고 벌써 말해 주었다. 세상이 다 아는 일이다."

"흥."

남치근의 말에 이장생이 코웃음을 쳤다. 목에 달라붙어 있는 비수에 힘을 가한다. 그것이 살 속으로 파고들어가 피가 배어나오기 시작했다.

"세상은 속였어도 나를 속일 수는 없을 것이요. 나는 대감이 그자를 살려주지 않았나 의심하고 있다오."

"감히 그런 망발을 하다니, 네가 정녕 죽고 싶은 모양이구나."

남치근이 이를 갈지만 이장생은 개의치 않았다.

"정 말하지 않는다면 이대로 죽이고 가면 그만이요. 누구도 내가 한 짓이라는 걸 알지 못할 테니 대감만 억울하지 않겠소?"

잠시 눈을 뒤룩거리던 남치근이 누그러진 음성으로 말했다.

"정말 그것만 말해 주면 되는 것이냐?"

"그렇소."

남치근은 잠시 생각했다. 말해주고 나서 이놈이 떠난 즉시 포졸들을 죄다 불러들여 뒤쫓도록 하는 게 상책이다. 쥐 잡듯이 성안 구석구석을 뒤져서 기필코 잡아들일 것이고, 그런 다음에는 볼 것 없이 직접 목을 쳐 버릴 작정을 했다.

"그는 장통방에서 포목점을 운영하고 있다. 이필교라고 이름을 바꾸었지."

"실례했소이다."

남치근의 말이 끝나기 무섭게 이장생이 비수를 돌려 자루 끝으로 관자놀이를 가볍게 쳤다. 남치근이 끙, 하는 신음을 흘리며 의식을 잃고 모로 쓰러졌다. 이장생이 그림자처럼 방을 빠져나간 직후 왁자지껄 하고 종들이 달려오는 소리가 났다.

제10장 이장생의 칼

다음날 아침 일찍부터 남치근은 포졸들을 닦달하여 이장생을 잡아들이도록 했다. 지난밤에 그놈에게 당한 일을 생각하면 이가 갈렸다. 당장 잡아들여서 능지처참을 해버려야 속이 풀릴 것이다.

포졸들 한 떼가 포교 김월산을 따라 명월향으로 달려가는 걸 보면서 최달평은 영 불만스럽기만 했다.

그 무렵 명월향에서는 임가선이 한 사람을 상대하고 있었다. 장약허다.

아직 열리지도 않은 문을 박차고 뛰어 들어온 장약허가 졸린 눈을 비비며 나온 기생어멈 명월이를 노려보고 섰을 때 그녀는 사신(死神)이 찾아왔다는 것을 직감했다. 그가 자신을 장약허라고 밝혔을 때는 놀라 가슴이 멈출 지경이 되었다. 그는 대뜸 임가선을 찾았고, 명월은 두말 할 수가 없었다.

임가선은 마치 호랑이 앞에 끌려나온 새끼 사슴 같았다. 장약허의 이글거리는 눈길 앞에서 숨조차 제대로 쉴 수 없었다.

"며칠 째 안 들어왔단 말이지?"

"그렇습니다."

"믿어주지."

"그런데 왜 그분을 찾으시는 건지……."

죽을 용기를 내어 조심스럽게 물어보자 장약허가 코웃음을 쳤다.

"죽이려는 거지."

"아!"

장약허가 얇은 입가에 그보다 더 얇은 웃음을 띠었다. 눈앞에서 바

이장생전 李長生傳

들바들 떨고 있는 여인을 바라보는 눈길이 음침하게 가라앉는다.

"과연 소문대로 절색이로구나."

임가선이 흠칫 몸을 떨었다. 온몸에 징그러운 벌레가 달라붙은 것처럼 소름이 돋았던 것이다.

그때 포도부장 김월산이 이끄는 한 떼의 포졸들이 들이닥쳤다.

"샅샅이 뒤져라!"

그의 한 마디에 명월향은 쑥대밭이 되기 시작했다. 명월이 어쩔 줄 몰라 발을 동동 구르고, 선잠에서 깨어났다가 들이닥친 포졸에게 놀란 기생들이 비명을 질러댔다. 여기저기에서 집기 부서지고 깨지는 소리가 천둥치듯 한다.

그 소리가 모두 들리련만 내실 안에서 임가선을 붙잡고 앉아 있는 장약허는 꿈쩍도 하지 않았다. 포교 김월산이 두 명의 포졸과 함께 내실의 문을 박차고 뛰어들어오더니 대뜸 소리쳤다.

"이놈, 네가 바로 이장생이로구나!"

아직 이른 아침인데 무사 한 놈이 임가선과 마주앉아 있으니 그렇게 여긴 것이다.

그는 아직 이장생이 어떤 자인지, 어떤 짓을 했는지 알지 못하고 있었다. 비단 그뿐만이 아니라 얼떨결에 불호령을 받고 쏟아져 나온 포졸들도 모두 그랬다.

김월산이 포교라는 자기 위세를 믿고 눈을 부라리지만 장약허는 쳐다보지도 않았다. 임가선의 얼굴을 뚫어지게 바라보기만 한다. 화가 난 김월산이 두 포졸에게 소리쳤다.

제10장 이장생의 칼

“저놈을 묶어라! 포청으로 끌고 간다!”

“예!”하고 씩씩하게 복명한 두 포졸이 포승줄과 육모 방망이를 쥐고 달려든 순간 장약허가 벌떡 뛰어 일어나면서 그대로 칼을 뽑아 휘둘렀다. 싸늘한 검광이 번쩍 했고, “으악!” 하는 비명이 뒤따랐다.

기세등등하던 두 포졸이 동시에 목과 가슴을 깊이 베이고 쓰러져 붉은 피를 콸콸 쏟아냈다. 몇 차례 몸을 떨더니 잠잠해진다.

“이, 이놈!”

김월산은 기가 막혔다. 눈앞에서 벌어진 일을 믿을 수 없었다.

“네가 간덩이가 부었구나! 감히 포졸을 베다니!”

아직도 상황 판단이 덜된 그가 칼을 잡으며 호통치는데 장약허가 성큼 다가섰다.

“시끄러운 놈이구나.”

음침한 소리와 함께 다시 칼을 휘둘러 힘껏 그었다. 번갯불이 번쩍이는 것 같았다.

미처 방비할 새도 없이 칼을 맞은 김월산이 “으악!” 하는 비명과 함께 풀썩, 고꾸라졌다. 목이 반쯤 잘려 어깨에 겨우 붙어 있었다.

방안에 금방 붉은 피가 홍건해졌다.

임가선은 눈앞에서 벌어진 끔찍한 일에 기절할 만큼 놀랐다. 그런 그녀의 어깨를 장약허가 거칠게 잡아 일으켰다.

“너는 나와 함께 가야겠다.”

그가 칼을 뽑아든 채 방문을 걷어차고 밖으로 나가자 뜰에 가득 서 있던 포졸들이 고함을 질러댔다.

이장생전 李長生傳

“저놈이 김 포교를 죽였다!”

“잡아라!”

“포청으로 끌고 갈 것도 없어! 여기서 죽여 버리자!”

다들 악에 받쳐 아우성을 치지만 선뜻 앞으로 나서는 자가 없었다. 장약허가 칼을 쥔 채 임가선을 끌고 한 걸음 나서면 한 걸음 물러서서 되도 않는 악을 써댈 뿐이다.

그러나 아무리 오합지졸이라고 해도 십여 명의 무리가 있으면 그중 무모한 자들 한 둘이 있기 마련이다. 그런 자들 두 명이 육모 방망이를 쥐고 나서더니 눈을 부라리며 제법 호통을 쳤다.

“이놈! 순순히 포박을 받아라! 그렇지 않으면 당장 때려 죽여서 개 끌듯이 끌고 가겠다!”

“흥!”

코웃음 친 장약허가 칼을 털었을 때였다.

“무슨 짓들이냐? 그만두지 못해!”

한 사람이 소리치며 뛰어들었다. 느릿느릿 뒤따라와 밖에서 투덜거리고 있던 최달평이었다.

담 아래를 어슬렁거리다가 비명소리를 듣고 일이 터진 걸 안 그는 급한 마음에 앞뒤 가리지 않고 뛰어든 터였다. 그 또한 이장생이 명월향에 있다고 믿고 있었다. 그놈이 기어이 돌이킬 수 없는 일을 저지른 모양이라는 생각으로 무작정 달려들었는데, 눈앞에 칼을 쥐고 서 있는 자를 보고는 온몸이 얼어붙어 버렸다.

‘장약허!’

좌포청에 속해 있는 자로서 흔히 포교라고 불리는 포도부장이 네 명인데 그중에서도 최달평의 솜씨가 가장 뛰어났고 눈치 빠르며 성품이 원만했다. 그래서 포졸들은 모두 그를 따랐다. 이제 그가 나섰으니 상황이 곧 끝나리라 믿고 안심했던 터라 머뭇거리는 최달평의 행동을 보고는 모두 아연실색할 수밖에 없었다.

최달평은 눈앞이 깜깜해졌다. 대체 이장생은 어디 가고 저 흉악한 살신이 이곳에 있는 것인지, 왜 임가선을 붙들고 있는 것인지 얼른 판단이 서지 않았다.

'일이 커졌다!'

문짝이 떨어져 나간 방 안을 힐끔 바라본 최달평의 안색이 더욱 창백해졌다. 두 명의 포졸과 김 포교가 주검이 되어 널브러져 있지 않은가.

'저 멍청한 김 포교가 뭣도 모르고 벌집을 쑤셔 놓았구나. 이를 어쩐다?'

김 포교의 죽음이 안타깝지만 원망스런 생각이 드는 걸 어쩔 수 없었다. 어떻게 이 일을 수습해야 할지 머리가 지끈지끈 아파 온다.

시간이 없었다. 장약허가 살심을 터뜨리기 전에 어떻게든 무마해야 하는 것이다.

최달평은 진땀이 배어나고 심장이 벌렁거렸지만 애써 태연을 가장하고 장약허의 앞을 막아섰다. 번들거리는 그의 눈을 마주하자 오금이 저릿저릿해졌다.

"커험!"

크게 헛기침을 해서 마음을 달랜 최달평이 손을 품 안에 찔러 넣어

이장생전 李長生傳

옷자락 속에 감추고 있는 두 자루의 단봉을 힘껏 움켜쥔 채 점잖게 말했다.

"당신은 교동 대감 댁의 사람이 아니요? 이른 아침부터 기방 출입이라니? 오해받기 딱 좋겠소그려. 게다가 다른 사람도 아니고 포졸에다가 포교까지 죽였으니…… 커험!"

말끝을 흐리며 다시 헛기침을 하는 건 제발 정신 좀 차리고 네 꼴을 돌아보라는 암시였다.

장약허가 히죽 웃었다.

"네가 나를 어찌 아느냐?"

"꼴이 이래도 명색이 좌포청의 포도부장이요. 한양 성중의 온갖 정보를 손에 쥐고 있지. 묘화는 잘 있소?"

넌지시 묘화의 안부를 물어보는 것도 자기가 교동 윤 대감 댁의 일을 잘 알고 있다는 걸 내비치기 위해서였다. 그러면 저놈도 조심하지 않을까, 하는 그의 짐작대로 과연 장약허의 번들거리는 눈에 망설임이 떠올랐다.

제11장

최달평(崔達平)의 계교

최달평은 속으로 쾌재를 불렀다. 잘하면 여기서 일을 끝낼 수 있을 것이라는 희망이 생긴 것이다. 더 난동을 부려 봐야 교동 대감에게 누가 될 뿐이라는 걸 생각하지 못할 자가 아니지 않은가. 이제 떡밥 한 개를 넌지시 던져 주어야 할 차례다.

"서로 오해가 있었던 모양인데, 어쨌거나 살인을 했으니 무사할 수는 없을 거요. 하지만 교동 대감의 위세가 있으니 일이 더 커지기 전에 대감께서 손을 쓰신다면 적당한 선에서 무마할 수 있을 듯도 하오. 정 뭣하면 내가 직접 대감께 아뢰어 보리다."

장약허가 피식 웃었다. 눈길을 다른 곳으로 돌린다. 하지만 경험 많은 최 달평은 그것이 위험 신호라는 걸 즉각 감지했다. 그가 재빨리 품속에서 두 자루의 단봉을 꺼내 드는 것과 함께 과연 장약허가 몸을 틀며 무섭게 칼을 뿌려 후려쳐왔다.

"헛!"

그의 재빠르고 맹렬한 검격에 깜짝 놀란 최달평이 헛숨을 들이키며 콩 튀듯이 몸을 움직였다. 단숨에 세 번이나 위치를 바꾸고 두 자루의 단봉을 풍차처럼 휘둘러 검은 몽둥이의 그림자로 허공을 뒤덮는다.

따당! 하는 격한 소리가 거푸 터져 나왔다. 번쩍이던 칼 빛이 씻은 듯 자취를 감추었고, 놀란 최달평의 거칠어진 숨소리가 더욱 크게 들렸다.

장약허는 어느새 칼을 칼집에 꽂은 채 한 걸음 물러서 있었다. 빙글빙글 웃으며 바라본다.

“제법이구나. 포도청에도 너와 같은 자가 있다니 뜻밖이야. 묘화가 깜짝 놀랐을 만해.”

묘화와 얽혔던 일을 이미 다 안다는 걸 은근히 내비쳤다.

최달평은 자기가 어떻게 장약허의 칼을 받아냈는지 하나도 생각이 나지 않았다. 놀란 가슴이 널뛰듯 하는 중에 그저 아직 목이 붙어 있다는 걸 천지신명께 감사할 뿐이다.

후, 하고 길게 숨을 내쉰 그가 쉰 음성으로 말했다.

“교동으로 돌아가시오. 뒤쫓지 않으리다.”

“그래야겠군.”

다행히 장약허는 말귀를 알아들었다.

임가선을 데리고 떠나려 하는 그에게 최달평이 다시 말했다.

“그녀를 놔주시오. 설마 아침부터 기생을 끌고 교동 대감 댁 문지방을 넘어서려는 건 아니겠지요?”

“흠.”

제11장 최달평(崔達平)의 계교

그 말에 고개를 갸웃거린 장약허가 새파랗게 질려 떨고 있는 임가선을 보고 최달평을 보더니 쩝, 하고 입맛을 다셨다.

"네 말을 듣지."

어쩔 수 없다는 듯 임가선을 놓아주고 성큼성큼 포졸들 사이를 걸어 떠나간다.

최달평이 후, 하고 안도의 한숨을 쉬었다. 억지로 버티고 있던 두 다리가 후들거려 더 이상 서 있기가 힘들었다. 그건 임가선도 마찬가지였다. 그녀가 비틀거리더니 기어이 풀썩 주저앉아 버렸다. 이때라는 듯 최달평도 그녀 곁에 주저앉았다.

아무렇지도 않은 듯이 애써 표정을 덤덤하게 하며 묻는다.

"대체 어찌된 일이냐? 왜 저 살신이 아침부터 여기 있었던 거지?"

임가선이 도리질을 했다. 말할 기력도 없는 것 같았다.

잠시 생각하던 최달평의 입가에 보일 듯 말 듯 미소가 떠올랐다.

'잘된 일이구나. 화가 지나갔으니 복이 온 거야.'

그는 이참에 임가선을 손에 넣을 생각을 했다. 그녀를 탐내서가 아니다. 그녀를 붙잡고 있으면 발정난 수캐처럼 천지사방을 싸돌아다니고 있는 이장생을 힘겹게 뒤쫓아 다닐 필요가 없지 않은가, 하는 생각이 든 것이다. 그가 제 발로 찾아오게 만드는 것이야말로 교묘한 수단이 아닐 수 없다.

'어쩌면 장약허가 이 아가씨를 끌고 가려던 것도 그런 이유에서였을지도 모르지.'

그렇게 생각하자 마음이 급해졌다.

우선 임가선에게 잔뜩 겁을 줄 필요가 있다.

"하필 그 악랄한 살인귀에게 찍혔으니 네 처지도 참 불쌍하구나. 오늘 밤에라도 그놈이 또 찾아와 난동을 부릴지 모르는 일이야. 그때는 죄다 죽어 나자빠지고 말 걸? 나도 겁이 나서 죽겠구나. 그런 일이 생겨도 이제 다시는 달려오지 않을 테다."

"아!"

그 말에 과연 임가선이 사색이 되어서 비명을 터뜨렸다. 간절하게 바라본다.

"방법이 하나 있기는 하다. 내 말을 따를 테냐?"

대답을 기다릴 새도 없이 빠르게 뒷말을 하는 건 그녀에게 생각할 여유를 주지 않기 위해서였다.

"나를 따라가자. 아무도 알지 못할 곳에 감쪽같이 숨겨 주마. 그놈이 여기에 찾아오는 건 오직 너 때문이니 너만 사라지면 모두 무사하게 될 거다. 명월이며 다른 사람들이 그놈 칼에 맞아 죽는 걸 바라지는 않겠지?"

그 말에 임가선은 함께 생활하고 있는 사람들의 안위를 걱정하지 않을 수 없었다. 자기 때문에 괜한 불똥이 명월향에 떨어지는 것을 원치 않는다.

이곳을 떠나 숨어야 한다니, 그것도 생전 본 적도 없는 포교를 따라가야 한다니 영 불안하기만 했다.

"어디로 간단 말인가요?"

"어허, 그걸 이 많은 사람들 앞에서 떠들어대면 그게 어찌 숨는 것이

제11장 최달평(崔達平)의 계교

겠느냐? 잠시 이웃집에 마실가는 거지. 그저 말없이 나만 따라오면 된
다. 지금 당장 가자."

"하지만……."

임가선이 머뭇거렸다. 이장생 때문이다. 그에게 자기 처지를 귀띔이
라도 해주어야 하지 않겠는가, 하는 생각이 들었던 것이다. 그걸 눈치
채지 못할 리 없지만 최달평은 짐짓 모르는 척했다.

"방 안에 꿀단지라도 감추어 놓았느냐? 아니면 서방이라도 숨겨두고
있는 거냐? 그래도 상관없다. 지금 이것저것 따질 새가 없어. 할 일이
있어도 우선 몸을 숨기고 그다음에 차근차근 처리해 가는 게 상책이
다. 어서 가자."

재촉해 그녀를 일으키고는 뭐라고 더 말할 틈도 주지 않고 재빨리 밖
으로 끌고 간다.

***

"김월산이 그놈이 대체 제정신인 놈이냐?"

남치근이 불같이 화를 내더니 서탁 위의 벼루를 집어던졌다. 움찔,
놀랐던 최달평이 낯을 찌푸렸다. 미련하긴 했지만 명을 받고 임무를 수
행하다 죽은 자에게 화를 내니 그렇다.

심사가 뒤틀린 그가 남치근을 똑바로 바라보았다.

"지금 하신 말씀의 뜻이 무엇입니까?"

"뭐라고?"

남치근이 눈살을 찌푸렸다. 감히 자기에게 대들듯이 말하는 언행에 다시 화가 치솟아서 무섭게 노려보지만 최달평은 다른 때와 달리 그의 눈길을 피하려 하지 않았다.

한동안 두 사람 사이에 씨근거리는 숨소리만 들렸다.

"네가 지금 대드는 것이냐?"

남치근이 목소리를 깔았다. 흉포한 성정을 드러내기 직전의 말투다. 그러나 최달평은 여전히 고개를 숙이지 않았다.

"임무를 수행하다 억울하게 죽은 사람들입니다. 대감께서 그들을 욕하면 장차 누가 목숨을 걸고 대감의 명을 따르겠습니까?"

그 말에 남치근이 "끄응."하고 앓는 소리를 냈다. 최달평이 작심한 듯이 말을 계속했다.

"당연히 장약허 그 후레자식에게 화를 내고 그놈을 잡아들여야 할 것입니다. 포졸들만으로 안 된다면 형조의 힘을 빌려 나졸들을 동원하고, 그래도 안 되면 금부의 병사들을 풀어서라도 반드시 잡아 포청 마당에 꿇리고, 준엄하게 죄를 물어 죽을 때까지 매질을 해야 할 것 아닙니까? 그래도 비명횡사한 김 포교와 두 포졸의 한이 풀릴까 말까 할 텐데 욕이라니요?"

"너 말 잘하는구나."

남치근이 가까스로 화를 눌러 참으며 노려보는데 당장이라도 일어나 걷어차 버릴 기세였다. 하지만 이번만큼은 조금도 물러서지 않겠다는 듯 최달평이 주먹까지 움켜쥔 채 다시 말했다.

"대감께서 우리를 이렇게 대우하시는데 제가 무슨 미련이 있다고 계

제11장 최달평(崔達平)의 계교

속 머물러 있겠습니까?"

품을 더듬어 패찰을 꺼내더니 발아래 내동댕이친다.

"포교고 지랄이고 다 그만 두렵니다. 제가 잘못한 게 있으면 이 자리에서 주리를 트시고, 아니라면 이대로 가게 해 주십시오."

"네가 지금 나를 협박하는 것이냐?"

남치근이 버럭 소리쳤으나 최달평은 꿋꿋했다.

"그럼 물러갑니다."

굽실 하직 인사를 한다.

남치근이 상채를 앞으로 내밀고 은근한 음성으로 물었다.

"그래, 어디로 가려고? 가서 무얼 하려고?"

"고향으로 내려가야지요. 국으로 눌러앉아 농사나 지으렵니다."

"치워라, 이놈아!"

남치근이 다시 버럭 소리쳤다.

"흥, 고향에 내려가 농사나 지어? 개가 웃을 소리다. 포교 짓을 그만두면 네놈은 건달이 되어서 저자를 소란스럽게 할 놈이야! 성안에 골칫거리가 또 한 놈 생기게 놔둘 수야 없지. 그러니 포교 짓이나 계속해! 그것보다 네놈에게 더 잘 어울리는 건 없어!"

화가 나서 고래고래 소리쳐 대지만 조금 전과는 다른 화였다. 최달평이 빙긋 웃었다.

"그럼 제 청을 들어 주시렵니까?"

"이놈이 이제 보니 간이 배 밖으로 튀어나온 놈이로구나. 허, 참……"

눈을 부릅뜨고 기가 막혀 하던 남치근이 다시 말했다.

이장생전 李長生傳

“그래, 뭐냐?”

“김월산이와 두 포졸을 잘 장사지내 주고 그 가족들에게 위로금을 듬뿍 내려 주시기 바랍니다. 그러면 저 패찰을 다시 집어넣지요.”

“그것뿐이냐?”

“더 말씀드릴까요?”

한동안 노려보던 남치근이 껄껄 웃었다.

“고얀 놈. 언젠가는 네놈의 볼기가 터지도록 곤장을 치고 말 테다. 알았으니 그만 가 봐. 이장생 그놈이나 어서 잡아들여라.”

최달평이 히죽 웃었다. 느물거리며 말한다.

“조만간 그 녀석은 제 발로 저를 찾아올 것입니다. 이 손바닥 위에 있는 거나 마찬가지이니 염려 붙들어 매십시오.”

“응? 어떻게?”

“비밀입니다.”

“나에게도 말 못한단 말이냐? 나를 믿지 못하는 것이냐?”

“한 마디라도 말이 새나가면 훼방꾼이 끼어들 터. 그러면 모든 게 도로아미타불이 될 것입니다. 대감께서는 그저 저에게 맡겨두고 느긋하게 기다리시면 됩니다.”

가슴을 탕탕 두드린다. 남치근이 눈을 부라렸다.

“고얀 놈 같으니. 꼴도 보기 싫다. 어서 꺼져버려!”

패찰을 다시 주워든 최달평이 히죽거리며 돌아섰다. 호랑이보다 무섭다는 포도대장의 집무청을 당당하게 걸어 나간다.

“그놈 참. 허허허-”

제11장 최달평(崔達平)의 계교

어이없게 바라보던 남치근이 실소를 흘렸다.

***

"아니, 저것이 어떻게?"

최달평이 눈을 부릅떴다.

아직 아침 해가 남아 있을 무렵이었다.

남치근 앞을 물러나온 그는 곧장 장통방으로 왔다. 남치근이, 이장생 그놈이 반드시 이필교라는 장사치를 찾아 나타날 테니 단단히 지키라고 명령했기 때문이다.

간밤에 이장생이 남치근의 침소를 방문했고, 누구도 믿지 못할 일이 벌어졌다는 걸 알 수 없는 최달평으로서는 남치근이 왜 그런 명을 내린 것인지 아무리 생각해 봐도 이해할 수 없었다.

어쨌든 명령은 명령이다. 그래서 가게가 잘 보이는 골목 안에 숨어 이장생이 나타나기를 기다리고 있는데 한 여자가 아무것도 모르는 듯 태연하게 다가오는 것 아닌가.

묘화였다.

멀리서도 최달평은 그녀의 모습을 잘 알아볼 수 있었다. 달포 전 한밤중에 그녀와 조우한 뒤로 그 요염한 얼굴을 한시도 잊어본 적이 없다.

무섭고 꺼려지는 아가씨였다. 독을 품은 버섯이고, 가시 돋친 꽃이라고 생각한다. 그래서 더 갖고 싶은 게 사람의 묘한 심리이기도 하다.

'묘화?'

동시에 맞은편 집의 지붕 위 골마루에 납작 엎드려 동정을 엿보고 있던 이장생도 깜짝 놀랐다.

그 또한 오늘 아침 명월향에서 벌어진 일을 알고 있었다. 임가선이 걱정되었지만 그가 최 포교라는 자와 함께 갔다니 무사할 것이라고 믿었다. 포도청 어딘가에 구금되어 있더라도 그것이 그녀가 명월향에 남아 있는 것보다는 잘된 일이라고 생각한 것이다.

그렇다면 그녀의 일은 뒤로 미루고 이필교로 가장한 서림이라는 자를 찾아보는 게 급선무인데, 포졸들이 저렇게 가게를 에워싸고 있으니 섣불리 접근할 수 없었다. 그래서 기회를 엿보는 중에 묘화를 발견한 것이다.

그녀는 수수한 치마저고리 차림이었다. 장옷을 쓰는 대신 머리를 수건으로 동인 것이 어느 집 여종이 저자로 심부름을 나온 것 같았다. 고개를 약간 숙이고 종종걸음 치는 모양도 영락없다.

겉으로는 태연했으나 묘화도 수상쩍은 기색을 느끼고 있었다. 이필교의 가게가 저만큼 보일 때부터였다. 그녀는 평상복을 입고 주변을 어슬렁거리는 두어 사내가 포졸이라는 것을 직감했다. 그렇다면 골목 여기저기에도 몸을 숨기고 있는 자들이 있을 것이다.

'빌어먹을. 잘못하다가는 꼬투리를 잡히게 생겼구나. 쳇, 이게 다 장대형 때문이야. 도대체 그놈의 성질머리는 어쩔 수가 없어. 죽기나 해야 고쳐질까?'

속으로 욕을 하면서 바짝 긴장했지만 이럴 때일수록 태연한 척 해야 한다는 걸 묘화는 잘 알고 있었다.

265

그녀가 이처럼 위험을 무릅쓰고 아침 일찍 찾아온 건 임꺽정의 급한 명을 받았기 때문이었다. 오늘 아침에 장약허가 명월향에서 난동을 부려 포졸을 죽였다는 말을 임꺽정도 들었던 것이다.

포졸들이 그를 잡으려고 눈에 불을 켤 텐데, 그 와중에 자칫 그와 이필교가 관련이 있는 사이라는 걸 알아낼 수도 있다. 임꺽정은 만에 하나라도 절대 그런 일이 생기지 않기를 바라고 있었다. 그래서 윤 대감을 내세워서 장약허 사건을 무마시킬 며칠 동안 이필교를 피신시킬 것을 묘화에게 지시했던 것이다.

명을 받은 그녀는 장약허를 욕하며 급히 왔는데 벌써 포졸들이 쫙 깔려 있으니 바짝 긴장이 되었다. 그것이 이장생을 잡기 위한 남치근의 포석이라는 걸 알 리 없는 묘화로서는 곤혹스럽기만 한 일이었다.

가게의 문은 굳게 닫혀 있었다. 몇 번 그것을 두드려본 그녀가 최대한 태연함을 가장하고 돌아섰다. 중촌 구석에 있는 그의 집으로 가볼까? 하고 잠깐 생각했지만 포기했다. 자칫하다가는 포졸들만 끌어들이는 꼴이 될 것 같았던 것이다.

느릿느릿 거리를 걷던 그녀가 골목 안으로 쑥 들어갔다. 은밀히 뒤를 밟던 최달평이 골목에 뛰어들었을 때 묘화는 벌써 어디론가 감쪽같이 사라진 뒤였다.

아쉽다는 얼굴로 입맛을 다신 최달평이 머리를 갸웃거렸다. 어째서 이장생이 오지 않고 묘화가 나타난 것인지 영 의심스러웠다.

날랜 고양이처럼 한껏 몸을 낮추고 지붕에서 지붕으로 타넘으며 뒤

이장생전 李長生傳

쫓는 이장생이 있다는 건 묘화도 최달평도 알지 못했다.

꺾어진 골목으로 뛰어든 묘화가 벽에 찰싹 달라붙었다. 최달평이 여전히 뒤를 쫓고 있는지 아닌지 알아볼 심산인데 휙, 하는 바람소리가 머리 위에서 들리더니 이장생이 하늘에서 뚝, 떨어져 내렸다. 두 사람이 겨우 지나갈 만한 좁은 골목을 가로막고 서서 바라본다.

"너?"

묘화가 깜짝 놀라 눈을 휘둥그레 떴다. 이장생이 탐색하듯 의심스런 눈길로 그녀를 훑어보았다.

"이곳에 네가 웬일이지? 어째서 이필교라는 자의 가게를 찾은 것이냐? 또 지금 어디로 가고 있는 거지?"

숨 돌릴 새도 없이 급하게 묻는 말을 멍하니 듣고 있던 묘화가 배시시 웃었다.

"널 만나려고 왔지. 여기 오면 꼭 너를 만날 수 있을 것 같더라. 긴가민가했는데 이렇게 되고 보니 정말 어쩔 수 없는 운명인 모양이네. 너와 나는 어느 날엔가 만나 맺어지도록 벌써부터 하늘이 정해 놓고 있었던 사이인 게 틀림없어. 안 그러니?"

"헛소리 하지 말고 똑바로 말해라."

"나 너한테 시집이나 가 볼까 해. 운명이니까 더 그래야겠지? 그래서 옷감 좀 구경하러 왔다. 됐니?"

"혼이 나고서야 제대로 말할 모양이구나."

"흥, 마음대로 해. 저 밖에 포졸들이 득시글거리고 있는 거 알지? 나한테 손만 대 봐. 사람 살리라고 소리쳐 댈 테다. 그러면 포졸들이 사방에서 그물처럼 덮쳐올걸?"

무슨 일인지 모르나 그가 이렇게 은밀히 다니는 걸로 보아 포졸들이 밀려드는 걸 좋아할 리 없을 것이라는 그녀의 짐작은 맞았다. 이장생이 당장 눈살을 찌푸렸던 것이다.

"그러지 말고 이렇게 만났으니 우리 다정하게 팔짱이라도 끼고 걷자, 응? 보기 좋을 거야. 그렇지 않니?"

자신감이 생긴 묘화가 오히려 나긋나긋하게 엉덩이를 흔들며 다가왔다. 이장생이 주춤 물러선다.

그는 묘화를 죽이고 싶은 마음이 없었다. 소리지르게 하고 싶지도 않았다. 그러니 혹을 떼려다 오히려 붙인 꼴이 되었다.

'제기랄, 너무 서둘렀다.'

그냥 말없이 뒤만 밟는 게 나을 뻔했다는 후회가 들지만 늦었다.

다가온 묘화가 가슴을 맞댈 듯이 붙어 서서 빤히 바라보았다. 그녀의 달뜬 숨소리가 코끝을 간질이는 것이어서 기분이 묘해진다.

"왜 내 뒤를 밟은 거야? 설마 내가 보고 싶어서? 그렇다고 말해줘. 제발."

"쓸데없는 소리."

"핏, 그러면 왜 여기에 있는 건데? 말 안 해? 소리지른다?"

정말 그러려는 듯 입술을 오물거리자 이장생이 재빨리 그녀의 입을 막았다. 묘화가 눈을 동그랗게 뜨고 바라본다.

손바닥 가득 따뜻한 그녀의 체온이 전해져왔다. 이장생은 불에 데기라도 한 것처럼 깜짝 놀라 얼른 손을 떼고 물러섰다.

"제기랄."

쓰게 내뱉고 재빨리 달린 그가 눈 깜짝할 사이에 골목 더 깊이 사라져 버렸다. 그것을 바라보던 묘화가 배시시 웃더니 이내 차갑기 짝이 없는 얼굴이 되었다.

"저 사내가 왜 이필교의 가게를 감시하고 있었던 거지? 대체 그와 무슨 상관이 있기에?"

머리가 지끈거렸다. 왜 일이 갑자기 복잡하게 얽혀 돌아가는 건지 모르겠다는 푸념이 절로 나온다.

그날 밤. 최달평은 한산해진 장통방을 느긋한 얼굴로 콧노래를 흥얼거리며 지나고 있었다. 잠시 후 그곳을 벗어나 중촌에 접어들더니 좁은 골목을 이리저리 돌아 안쪽 깊숙이 자리하고 있는 한 저택 앞에 멈추었다. 어둠 속 여기저기에서 번쩍이는 눈들이 지켜보는 게 느껴졌다. 잠복하고 있는 포졸들이다.

최달평은 장통방의 가게를 감시하는 것과는 별도로 믿을 만한 수하들 스무 명을 이 저택 주위 곳곳에 뿌려놓았었다. 나는 새라고 해도 얼씬거리지 못할 것이다.

"안에 있느냐?"

소리치자 기다렸다는 듯이 계집종이 나왔다.

"왜 이제 오십니까? 주인 나리께서 안절부절못하고 계십니다."

흘겨본 계집종이 소맷자락을 끌어당겼다.

"이것아, 넘어지겠다. 천천히 가자."

최달평이 한껏 거드름을 떨며 내당에 들자 한 사람이 벌떡 일어나 반 갑게 맞이했다. 장통방에서 가게를 운영하고 있는 이필교다. 그가 볼을 부풀리고 대뜸 따지듯 말했다.

"포교 나리, 도대체 나리와 내가 언제부터 안면 트고 지냈소?"

"며칠 되었잖아."

"그렇지요. 내가 명나라에서 돌아온 직후였으니까."

이필교는 짐을 채 풀지도 않고 명월향으로 달려갔었는데, 그곳을 감시하고 있던 최달평의 눈에 띄지 않을 리가 없었다.

그를 수상쩍게 여긴 최달평이 한참 뒤 임가선의 배웅을 받으며 나온 이필교를 뒤따르다가 냉큼 어깨를 잡아 세우고 이것저것 꼬치꼬치 캐물은 적이 있었다. 하지만 그와 이장생 사이에서 어떤 연관성도 찾지 못했다. 이필교는 그저 임가선에게 홀딱 반해서 생업도 나 몰라라 하고 뻔질나게 기방 출입을 하고 있는 얼빠진 사내 이상도 이하도 아니었던 것이다. 그래서 맥이 빠져 혀를 차고 놓아준 뒤로 몇 차례 더 만났다.

그대로 포기하기에는 자신의 느낌에 남아 있는 어떤 꺼림칙함을 떨쳐버릴 수 없어서였다.

이필교는 처음 보는 자였다. 그러나 최달평의 뇌리 속에는 어디에서인가 보았는데, 하는 의문이 여전히 똬리를 틀고 있었다. 아무 것도 뚜렷하지 않지만 기억 속에 흔적으로 남아 있는 그자가 나쁜 놈이었다는 것 하나는 확실하다고 믿는다.

이장생전 李長生傳

그래서 이런저런 핑계를 대고 몇 차례 더 만나 넌지시 떠보기도 하고 을러보기도 했으나 건진 건 없었다.

최달평이 실눈을 뜨고 바라보았다.

"그래서 뭐?"

"남녀 간이야 하룻밤에도 만리장성을 쌓는다지만 포교 나리와 내가 어디 그런 사이요?"

"뭐야, 무슨 말을 하고 싶어서 비비꼬아 대는 거야?"

"통성명한지 며칠이나 됐다고 나에게 이런 몹쓸 짓을 하느냐, 이 말이외다."

"몹쓸 짓?"

"그렇지 않소? 밖에 포졸들을 저렇게 깔아둔 건 뭐요? 내가 대역무도한 죄라도 지었소? 아니면 그럴 자라고 여기는 거요?"

"그런 건 아니지."

"그럼 어쩌자고 내게 이런 짓을 하는 거요? 가게도 열지 못하게 하는 건 둘째 치고, 밖에 나가지도 못하게 붙들어 놓았으니, 나와 무슨 원수 진 일이라도 있소?"

최달평이 히죽 웃더니 그의 항의는 싹 무시하고 엉뚱한 소리를 했다.

"잘 모시고 있겠지? 만약 그새를 못 참고 허튼 수작이라도 부렸다면 목을 비틀어주고 말겠어."

"빌어먹을. 그냥 지금 여기서 비틀어 주시오. 그게 속 편하겠소."

"정 소원이라면 그렇게 해 주지. 그 전에 볼일 먼저 보고."

제11장 최달평(崔達平)의 계교

“또 무슨 볼일이 있소?”

“돈 좀 주게.”

최달평이 불쑥 손을 내밀었다.

“돈?”

활짝 편 손을 바라본 이필교의 눈이 휘둥그레졌다. 그러더니 버럭 역정을 냈다.

“아니, 보자보자 하니까 이 양반이 정말?”

눈을 부라리고 아래위로 훑어보지만 최달평은 꿈쩍도 하지 않았다. 여전히 손을 내민 채 다른 손으로는 콧구멍을 후비며 느긋하게 곁눈질하는 것이 빚쟁이를 찾아온 고리대금업자 같다.

이필교가 한숨을 쉬었다.

“포청의 포도부장 나리께서 지금 죄 없는 사람을 협박하여 금품을 갈취하겠다는 것이요? 어허, 이런 일이 있나……”

“왜? 포청에 고변이라도 할 텐가? 포도부장 최달평이 날강도 짓을 했다고?”

태도가 돌변하여 갑자기 매섭게 노려보는 눈길 앞에서 이필교가 우물쭈물했다.

“아니, 뭐 꼭 그러겠다는 건 아니고…… 그래 얼마나 필요하시오?”

“오백 냥.”

“뭐요?”

이필교가 펄쩍 뛰었다.

“이 양반이 정말 칼만 안 들었지 강도짓을 하는 것과 다름없네그려.

아니, 오백 냥이 뉘 집 개 이름도 아닌데 어찌 그렇게 쉽게 말하시오?"

"내가 당신에게 해준 일이 적지 않은데 그 정도 요구도 못할까?"

"대체 뭘 해줬다고 그러시오?"

"당신이 그토록 사모해 마지않는 여인을 데려다 줬잖아. 게다가 행여 강도라도 들까봐 밖에 무려 열 명이나 되는 포졸들을 잠복시켜 두었다. 그 덕에 당신은 단꿈을 꾸면서 두 발 쭉 뻗고 잘 수 있게 되었지. 지금 당장 그녀를 내 집으로 데리고 갈 수도 있어. 포졸들도 모두 돌려보내고 말이야. 그렇게 할까?"

청산유수로 쏟아내는 말을 홀린 듯이 듣고 있던 이필교가 한숨을 푹, 내쉬었다.

"어디에 쓰려고 그 많은 돈을 필요로 하는 건지 물어도 되겠소?"

"오늘 아침에 명월향에서 포교 한 명과 포졸 두 명이 장약허의 칼에 맞아 죽었다."

"아니, 뭐요?"

이필교의 안색이 싹 변했다.

그는 최달평이 아침 일찍 임가선을 데리고 와서 잠시 숨겨 주라고 했을 때 명월향에 무언가 심상치 않은 일이 벌어졌다는 것을 눈치챘다. 그래서 그가 떠난 후 임가선에게 물어보았으나 그녀는 벌벌 떨며 도리질만 할 뿐 한 마디도 말하려 하지 않았다.

당장 달려가 알아보려고 대문을 나서는데 포졸들이 우글거리는 것 아닌가. 올 때는 분명 최 포교 혼자였는데 언제 저렇게 많은 포졸들을 불러 모았는지 알 수 없었다. 미리 연락을 해놓고 그들이 도착하기 전

제11장 최달평(崔達平)의 계교

에 임가선을 데리고 한 발 앞서 왔던 것이라고 밖에는 생각할 수 없다.

최달평이 그들에게 무언가 지시하는 모습을 보고 이필교는 기가 막혔다. 이게 대체 무슨 일인가, 싶기만 했다.

밖에 나가고 싶은 마음이 싹 사라진 그는 대문을 굳게 닫아걸고 들어앉았다. 그래서 종일 가게도 열지 못하고 전전긍긍하던 중인데 그런 일이 있었다니 가슴이 철렁 했다.

최달평이 의심하는 눈길을 던졌다.

"왜 그래? 왜 그렇게 놀라는 거지? 죽은 자들 중에 아는 자라도 있나?"

"아니, 아니올시다. 단골로 드나들던 명월향에서 그런 일이 벌어졌다니 놀랐던 거요."

이필교가 손마저 내두르며 변명을 늘어놓았다. 최달평은 그게 더 수상쩍었다. 왜 남치근이 장통방의 그 많은 상인들 중에서 하필 이필교를 꼭 집어 준 것인지도 생각해 보면 의아하다. 어째서, 무슨 근거로 이 장생이 이필교에게 찾아오리라고 확신한단 말인가. 어째서 남치근 같은 대감나리가 장통방의 장사치를 알고 있단 말인가.

그 모든 게 의문이지만 지금은 그걸 꼬치꼬치 캐묻고 있을 때가 아니었다.

최달평은 이필교가 서림이라는 사실을 까맣게 모르고 있었다. 그건 그의 신상을 책임지고 있는 남치근과 그를 살려서 숨겨주기로 결정한 몇몇 대신들만 아는 비밀인 것이다.

"돈을 주겠어, 말겠어?"

"무슨 용도로 쓰시려오?"

"죽은 자들의 처자식이 불쌍하잖아. 두 포졸의 집에 일백 냥씩 그리고 김 포교의 집에 이백 냥을 나누어줄 생각이다."

"그러시군요. 그런데 일백 냥이 남지 않소?"

"그건 밖에서 고생하는 포졸들에게 고루 나누어줄 걸세. 그들이 수고하는데 보아하니 당신의 주머니에서는 구린 동전 한 푼도 나오지 않을 것 같거든."

"알겠소. 그런 용도라면 기꺼이 드리지요. 그런데 포청에서는 위로금도 안 나오는 거요?"

"흥, 나라 돈이 어디 죽은 자에게 후하던가? 기껏 몇 십 냥씩 던져주고 한껏 생색이나 낼 테지."

"알았소, 알았어."

이필교가 손사래를 쳤다. 오백 냥이면 결코 적은 돈이 아니지만 이 귀찮은 포교를 쫓아낼 수 있다면 많은 돈도 아니라고 여기는 눈치였다.

돈을 받은 최달평은 이필교를 앞세워 임가선이 숨어 있는 뒤채의 골방으로 향했다. 잔뜩 몸을 웅크린 채 여전히 두려움에 떨고 있는 그녀를 보니 애처롭기 짝이 없어서 한숨이 나왔다. 혀를 찬 그가 최대한 부드럽게 말했다.

"한나절 지내보니 어떻더냐? 불편하지는 않았지?"

은근한 말에 임가선이 불안한 얼굴로 도리질을 했다.

"당분간은 이곳에 은신하고 있어라. 이 집 주인이 너에게 지극한 마음을 갖고 있지 않더냐? 알아서 잘 대접해 줄 거야. 내가 단단히 일러

제11장 최달평(崔達平)의 계교

두었으니 절대로 허튼 짓을 하지 않을 것이다. 그저 바깥의 일이 정리될 때까지만 네 집처럼 여기고 조용히 있으면 돼. 알았지?”

임가선이 고개를 끄덕이며 힐끔 문 밖에 서 있는 이필교를 바라보았다. 그가 기쁜 것도 같고 화가 난 것도 같은 얼굴로 물끄러미 쳐다보고 있었다.

“대체 그놈은 제가 무슨 짓을 한 건지 알고나 있는 걸까?”

최달평이 돌아간 뒤 이필교는 답답증이 치솟아 미칠 것 같았다.

“그놈을 내쳐야 한다고 몇 번이나 말했건만 내 말을 듣지 않더니 기어이 이런 일이 벌어지고 말았구나.”

장약허의 무분별한 짓에 넌더리가 나는 한편, 그놈을 여전히 부리고 있는 임꺽정에게 화가 나기도 했다.

한번 수하로 삼으면 끝까지 그를 믿어주는 게 임꺽정이었다. 두령으로서 바람직한 성격이나 때로는 그게 화를 불러들일 수도 있다. 이필교는 지금이 바로 그때라고 생각했다.

제 집에 들어와 있는 임가선을 생각하면 더욱 장약허가 미워졌다. 만약 그녀가 그 흉악한 놈의 손에 들어갔으면 어찌되었을 것인가. 생각만 해도 소름이 돋았다. 그럴수록 그녀에 대한 연민이 생겨 가슴이 아려왔다.

늦은 나이에 찾아온 사랑의 감정은 철없던 젊은 날의 그것과는 또 달랐다. 더욱 간절하고 더욱 애틋하다. 이것이 내 삶의 마지막 사랑이 될 것이라는 생각에 조바심을 내게 된다. 삶이 뿌리째 뒤흔들려 버려도 상관없다는 열정으로 뜨거워져 가기만 하는 것이다.

때로는 그런 자신을 돌아보고 내가 미친 게 아닌가? 하는 후회를 하기도 했지만 그것보다는 임가선에 대한 간절함이 언제나 더 크고 깊었다.

"안 되겠다. 무언가 대책을 세우지 않았다가는 모든 게 엉망이 되고 말 것이다."

이필교는 지금이야말로 위험을 무릅쓰고서라도 자기가 나서야 할 때라고 생각했다. 임꺽정을 위해서, 그와 함께 이루어가기로 한 꿈을 위해서 그리고 무엇보다 사랑하는 사람을 위해서 장약허 그놈을 어떻게든 처리해야 한다고 결심한다.

삼경 무렵, 남치근은 다시 이장생과 대면하고 있었다.

그는 전날 밤과 달리 종들을 모두 물러가게 하고 대문마저 활짝 열어둔 채 옷을 단정하게 입고 침소에 홀로 앉아 기다리고 있었다. 그리고 밤이 깊어지자 예상대로 이장생이 찾아온 것이다. 제 집에 들어오듯이 아무 거리낌 없이 저벅저벅 걸어 들어왔다.

이장생은 의아했다. 대체 남치근이 무슨 배짱으로, 무슨 생각으로 이처럼 무모한 용기를 낸 것인지 알 수 없었다.

그가 태연히 마주앉자 남치근이 피식 웃었다.

"기다리고 있었느니라."

"그렇다면 내가 왜 왔는지도 훤히 아시겠군요?"

"물론이지. 네 뜻대로 서림을 손에 넣을 수 없게 되었으니 화가 나서

제11장 최달평(崔達平)의 계교

찾아온 것 아니냐?"

"그렇소. 당장 그자의 가게를 지키고 있는 포졸들을 물리치시오."

이장생은 남치근으로부터 서림이 이필교로 행세하며 장통방에 가게를 내고 있다는 걸 들었을 뿐 그의 사저에 대해서는 듣지 못했다. 그래서 그가 장통방의 가게에서 살림도 함께 하고 있는 것이라고 믿었다.

남치근이 태연히 말했다.

"그렇게 하지 못하겠다면?"

"결과가 어찌될 것인지 대감께서 잘 아시지 않소?"

"홍, 네가 아무리 협박을 해도 두렵지 않다. 나에게는 이미 너를 내쫓을 방안이 서 있느니라."

"그게 무언지 모르지만 대감께서 아무리 애를 써도 소용없소. 두 발 쭉 뻗고 편히 자려면 두 가지 방법밖에는 없소이다."

"그게 무엇이냐?"

"내가 원하는 것을 주거나, 아니면 나를 죽이는 것이요."

"흠, 두 가지 모두 어려운 일이로구나."

남치근은 이제 이장생이 마음만 먹는다면 언제든 자기를 죽일 수 있는 자라는 걸 인정할 수밖에 없었다. 이렇게 침소에 숨어들지 않더라도 포청에 나갈 때나, 퇴청하여 돌아오는 길에 그렇게 할 수 있을 것이다. 누가 이놈을 막을 수 있단 말인가.

죽지 않으려면 늘 많은 호위들에게 둘러싸여 있어야 할 것이다. 외출조차 마음 편하게 할 수 없을 테니 대체 무슨 재미로 세상을 살아갈 것인가 하고 생각하자 끔찍해졌다. 눈앞의 이장생이 저승사자보다 더 지독한 놈이라고 생각하지 않을 수 없다.

"그래, 무얼 원하는 것이냐?"

"끌고 간 가선이를 내놓으시오."

또 임꺽정이에 대한 생떼를 쓰려는 것이려니 하고 짐작했는데 엉뚱한 말을 하는지라 어리둥절해진다.

"무슨 뚱딴지같은 소리냐?"

"명월향에 대한 일만으로도 나는 지금 대감을 죽이고 싶은 마음을 억누르기 힘들구려."

"그 짓을 벌인 자가 누구인지는 너도 잘 알 텐데?"

"포졸들이 죽거나 말거나 나는 신경 쓰지 않소. 다만 엉뚱하게도 포교 한 놈이 가선이를 어디론가 끌고 갔다니 그게 분할 뿐이외다."

그게 다 네가 시킨 일이 아니냐는 투다.

생각지도 못했던 말에 머릿속이 혼란해진 남치근이 이것저것 떠올리고 꿰어 맞추며 정황을 정리해 보려고 애쓰는데 그를 바라보는 이장생의 눈길이 스산해졌다.

"가선이를 어디로 빼돌렸소? 만약 그녀의 털 끝 하나라도 건드렸다면 대감은 물론이려니와 대감의 식솔들 모두 무사하지 못할 것이요."

"어허-"

이장생의 끔찍한 말에 남치근은 등골이 오싹해졌다. 이놈이라면 정말 그렇게 하고 말 놈이 아닌가.

그런 생각이 드는 한편, 비로소 최 포교 그놈이 임가선을 어디론가 데려갔구나, 하는 걸 짐작할 수 있었다. 그래서 오늘 아침에 그놈이 그

279

렇게 큰소리를 쳤던 것이라고 생각하자 그 영악함에 피식거리는 웃음이 나왔다.

이장생이 못을 박듯이 말했다.

"당장 장통방에 얼쩡거리고 있는 포졸들을 불러들이고 가선이를 돌려보내시오. 그것만이 대감이 무사할 수 있는 길이요."

남치근이 허리를 꼿꼿이 폈다.

"기생 계집 한 명이야 네가 원하면 즉시 내줄 수 있지. 그러나 서림이만은 그렇게 할 수 없다. 정 고집을 부리겠거든 차라리 나를 죽여라. 그게 너도 나도 속 편한 일이겠다."

"내 요구가 그렇게 어려운 일이요? 어째서 서림이라는 자를 그렇게 감싸주는 건지 모르겠구려."

"조정의 명이다. 그러니 또한 주상의 명이 아니겠느냐? 서림은 본래 임꺽정의 무리였으나 개과천선하여 그를 잡는 데 큰 공을 세운 자다. 조정에서는 그를 사면하고 새로운 신분을 주어 보복을 당하지 않도록 지켜주기로 했지. 그렇게 하지 않으면 장차 임꺽정 같은 무리가 또 생겼을 때 누가 배신하고 조정을 도와 공을 세우려고 하겠느냐? 나는 조정의 대신이면서 포도대장이라는 막중한 자리에 있는 자인데 내가 어찌 주상의 명을 따르지 않을 수 있겠느냐? 그러니 너는 차라리 이 자리에서 나를 죽이는 게 나을 것이다."

"죽은 임꺽정이는 가짜였지 않소? 서림이라는 놈과 짜고 일을 벌인 것이 분명하니 다 소용없소."

너도 이미 알고 있지 않느냐는 의심의 눈으로 바라본다. 남치근이 정색을 했다.

"네가 믿지 않으면 할 수 없는 일이지만 나는 주상의 명을 거역할 수 없다."

남치근의 의연한 태도와 말에 이장생은 어려움을 느꼈다. 목숨으로 위협해도 소용없으니 방법이 없다.

"좋소. 장통방에 있는 포졸들이 애꿎게 죽어나가도 할 수 없으니 나를 탓하지 마시오."

"정말 그럴 작정이냐? 그렇다면 나는 더 많은 포졸들을 보내야겠구나."

"그래도 나를 막을 수는 없을 것이요."

"허허, 그렇다면 주상께 간해야지. 그러면 즉시 의금부에서 나설 터. 금부의 별장과 병사들이 너를 사냥감을 몰듯이 몰아서 죽이고 말 것이다."

비아냥거리듯 하는 말에 이장생이 매섭게 노려보았다.

"대감은 내 칼이 두렵지 않으시오?"

"병사가 전장에 나가서 적의 칼을 두려워하면 어찌 싸우겠느냐? 마음대로 해라. 날이 밝으면 나는 조정에 들어가 주상께 간하고 서림을 감쪽같이 빼돌려 다른 곳에 감추어 두어야겠다."

제11장 최달평(崔達平)의 계교

제12장

내 마음속의 금(線)

남치근이 강경하게 나오는 터라 이장생은 내심 당황하지 않을 수 없었다.

그를 죽여서 얻을 건 아무 것도 없지 않은가. 오히려 그때부터는 조정의 대신을 척살한 자객이 되어 형조는 물론 의금부의 추격을 받게 될 것이다. 그러면 무사할 수가 없다.

남치근은 이제 칼자루를 자기가 쥐었다는 듯이 느긋해졌다.

"내가 죽고 임 가 계집이 풀려난다고 해도 너에게 이로울 건 하나도 없을 것이다. 네가 한 짓을 세상이 모두 알게 될 테니 너뿐 아니라 그녀의 인생 또한 앞으로 순탄치 않을 것이다. 그게 안타깝구나."

옳은 말이다. 그래서 이장생은 마음이 더욱 흔들렸다. 자기가 남치근을 죽인 죄로 쫓기는 동안 그녀는 무사할 수 있을 것인가. 명월향의 식솔들 모두가 의금부로 끌려가 모진 고초를 겪을 게 불을 보듯 뻔하다.

이장생은 갈등하지 않을 수 없었다. 여기서 한 발만 더 나가면 그때는 남치근과 자기와의 일만으로 끝나지 않을 것이니 그렇다. 그렇다고 주저앉아 버릴 수도 없다.

모질었던 그의 마음이 사뭇 흔들리고 있다는 것을 확신한 남치근이 좋은 말로 회유하기 시작했다.

"네가 믿든 그렇지 않든 임꺽정은 죽었다. 그러니 그리 알고 다 잊어버리면 모든 게 해결될 것이다. 너는 임가선과 혼인하여 아들딸 낳고 평온하게 살 수 있다. 너의 면천을 위해 내가 힘을 써 주겠다고 약속하마. 또한 내가 보증하여 천거한다면 너는 주상을 호위하는 내금위의 무사 직을 받을 수도 있을 것이다. 그렇게만 된다면 앞길이 훤히 뚫릴 테니 그 아니 좋겠느냐?"

그보다 달콤한 말은 또 없을 것이다. 이장생의 마음이 흔들리기 시작했다. 그러나 불쑥 고개를 쳐든 한 가지 생각과 믿음을 떨쳐버릴 수는 없었다.

'임꺽정은 죽지 않았다. 그러므로 내 한도 풀리지 않았다.'

그가 차가운 눈으로 남치근을 바라보았다.

"임꺽정은 죽지 않았소. 나는 그걸 확신하오. 그렇다면 그 비밀에 대 감께서도 깊이 관여되어 있을 터. 만약 그게 사실로 드러난다면 대감은 반드시 내 칼에 죽고 말 것이요. 그때까지 몸조심 하시오."

벌떡 일어난 이장생이 바람처럼 사라지고 나자 남치근이 긴 한숨을 쉬었다.

"저놈이 끝까지 고집을 버리지 않으니 제거하는 것만이 화근을 없애는 일이겠구나."

마음속에 결심을 세우고 날이 어서 밝기만 기다린다.

다음날 오후 무렵, 포청 밖으로는 좀체 나돌아 다니지 않던 남치근이 어쩐 일로 조정에 나타났다. 조회도 벌써 끝났고, 각자의 공무를 보다가 점심 식사를 마친 후라 나른해질 때쯤 어슬렁거리며 나타난 것이다.

낯익은 대신이며 대소 관료들과 대충 인사를 나눈 그는 곧장 삼정승의 집무처로 찾아갔다. 거기 영의정에 올라 있는 윤원형이 있기 때문이다.

남치근이 찾아온 걸 본 윤원형이 재빨리 그를 이끌고 밖으로 나갔다. 그들은 한담을 나누는 것처럼 어깨를 나란히 한 채 명정당의 뜰을 거닐었다.

"대감, 이장생을 이대로 둘 수 없게 되었습니다."

"그놈이 왜?"

"그놈이 제 분수도 모르고 새끼 잃어버린 누렁이처럼 그자를 찾아 천지사방을 헤집고 다닌다는 말을 아직 듣지 못하셨습니까?"

"어허, 이사람."

'그자'란 임꺽정을 말하는 것임을 모를 윤원형이 아니다. 그가 재빨리 주위를 살폈다.

"드디어 저의 침소에 침입해서 목숨을 위협하는 지경에까지 이르렀습니다. 그놈이 무언가 낌새를 챈 것 같더군요. 목에 시퍼런 칼을 들이대고 서림이 있는 곳을 대라기에 할 수 없이 가르쳐 주었습니다."

그 말에 윤원형이 깜짝 놀라 멈추어 섰다. 얼굴색마저 변한다.

“아니, 이사람! 큰일 날 짓을 했군 그래.”

“별 일은 없을 것입니다. 포졸들을 풀어 철통같이 지키게 했으니까요.”

“이 일이 나는 물론 자네의 목숨과도 깊이 관련되어 있다는 걸 잊은 건 아니겠지?”

“그러기에 이렇게 대감께 말씀을 드리는 것 아닙니까? 일이 더 커지기 전에 수습하시도록 말입니다.”

“자네의 손으로는 할 수 없단 말인가?”

“그놈의 재주가 워낙 뛰어난 터라 나는 물론 포청의 힘으로도 어쩔 수가 없습니다.”

“그런 걸 내가 무슨 수로 해결할 수 있겠는가?”

남치근이 정색을 했다.

“왜 이러십니까. 대감에게는 나는 새도 떨어뜨릴 만한 세도가 있으시고, 귀신도 쫓아낼 무사들이 있지 않으십니까? 정 뭣하면 그자에게 명하여서 손수 처리하게 하는 방법도 있겠지요.”

넌지시 남치근의 속을 떠보았던 윤원형은 일이 더 커지기 전에 그렇게 할 수밖에 없다고 생각했다. 퇴청하여 집으로 돌아가는 대로 은밀히 임꺽정이를 불러 상의해 보아야겠다고 작정한다.

“알았네. 내가 어찌 되든 손을 써보지. 자네는 몸조심하고 입 조심하게.”

“여부가 있겠습니까.”

그날 밤. 안개 속에서 이장생은 다시 보우가 그려놓았던 금 앞에 서

제12장 내 마음속의 금(線)

있었다.

이 금을 넘어서면 부처를 볼 수 있다던 보우 선사의 말에서 벗어날 수가 없었던 것이다. 묘화가 발로 싹싹 문질러서 희미해진 금을 바라보는 얼굴에 번뇌가 가득했다.

어제 밤에 남치근을 만나고 온 일이며, 서림을 잡으러 갔다가 헛걸음만 했던 일은 물론, 지금 어디에서 고초를 겪고 있을지도 모르는 임가선에 대한 안타까움과, 늙은 중 병해를 죽인 일, 임꺽정에 대한 것과, 장약허에 대한 노여움까지 수레바퀴 돌듯이 반복되어 일어나 그를 괴롭히고 있었다.

그리고 또 한 사람, 묘화의 얼굴이 어른거렸다. 고작 세 번 본 것에 지나지 않았지만 볼 때마다 그녀의 모습이 점점 뚜렷하게 떠오르는 것이어서 당황스러웠다. 발칵 화를 내며 발로 싹싹 문질러 금을 지우던 그녀의 모습이 선했다. 눈앞에 있는 것 같다.

"내가 이 무슨 미친 생각이냐?"

이장생이 버럭 소리치고 발을 굴렀다. 자책감에 화가 난다. 고작 이런 인간 밖에 되지 않는단 말인가? 하는 뉘우침 때문에 더욱 그랬다.

자기 생각에 빠져 씩씩거리는데 자박거리는 발소리가 그를 현실로 돌아오게 했다. 두 볼이 잘 익은 복숭아 같은 동자승이었다.

"스님께서 모셔 오라십니다."

얌전하게 합장하고 고개를 숙이는 모습이 깨물어주고 싶도록 귀여운 것이어서 비로소 이장생의 얼굴이 퍼졌다.

보우 선사는 선방에 앉아 지그시 눈을 감고 있었다. 차의 향기를 음미하는 것도 같고 조는 것도 같다.

성큼 들어선 이장생이 가타부타 말없이, 인사도 생략한 채 털썩 마주하고 앉자 비로소 눈을 뜨고 물끄러미 바라보았다.

“그래, 아직도 금을 넘어오지 못했다고?”

“그렇습니다.”

“그게 그렇게 어려운 일이더냐?”

“정말 그걸 넘어가면 부처를 볼 수는 있는 겁니까?”

당최 믿지 못하겠다는 듯 퉁명스럽게 말하자 보우가 말없이 차를 따라주었다.

“마셔라.”

예법이고 뭐고 가릴 것 없이 찬 물 마시듯 단번에 벌컥 들이켜 버리는 이장생을 바라보던 보우가 흘흘, 웃었다. 잔뜩 심통이 난 아이를 보는 것 같았던 것이다. 말투에서도 처음 만났을 때의 뻣뻣함이 훨씬 누그러져 있으니 대견하기도 하다.

“그놈 참, 잘도 마시는구나. 한 잔 더 주랴?”

“됐으니 무엇 때문에 나를 괴롭게 하는 건지 그거나 말해 주십시오.”

“내가 언제 너를 괴롭게 했는고?”

“아, 그 금이니 부처니 뭐니 하는 말로 내 정신을 어지럽게 하고 있지 않습니까?”

“내가 언제?”

“어허.”

딱 잡아떼는 보우에게 기가 막힌 듯이 이장생이 한숨을 쉬었다.

제12장 내 마음속의 금(線)

보우가 빙그레 웃었다.

"금은 그저 금인 게야. 땅에 그려놓은 것이 얼마나 가겠느냐? 바람이 불어 먼지만 날려도 사라져버리고 말지. 그런 금에 그토록 집착하는 네가 불쌍한 중생이다."

"이제 와서 아니라고 잡아떼니 소생을 놀리는 겁니까?"

"내가 볼 때 너는 금을 반쯤 넘어섰느니라. 조금만 더 분발하면 될 텐데 그거야말로 쉽고도 어려운 일이지. 남은 반은 내 의지로 되는 게 아니라 부처님의 가피를 입어야 하는 일이거든."

당최 모를 소리다. 그래서 이장생은 여전히 보우가 자기를 놀린다고 생각했다. 얼굴 가득 불만이 더해진다.

"네가 금 앞에서 그토록 망설이는 건 그 금이 두려워서가 아니야. 네 마음속에 그려놓은 금이 두려워서인 게다. 모르겠느냐?"

'내 마음속의 금!'

이장생이 화들짝 놀라 눈을 더욱 크게 떴다. 보우의 음성이 아득히 먼 곳에서 들려오는 것 같았다.

"세상 모든 게 다 그와 같으니라. 제 마음에 금을 그어놓고 그걸 넘지 못해 고통스러워하는 게 중생인 게야. 하지만 내가 볼 때 너는 머지않아 금을 넘을 수 있을 것 같으니 다행이다."

"그럼 부처를 보게 될 거란 말입니까?"

"그렇지. 부처님이 그렇게 해주겠노라고 내게 말씀하셨느니라."

"흠."

믿을 수도 없고 믿지 않을 수도 없다.

이장생전 李長生傳

“어떻게 하면 내가 그 금을 넘을 수 있겠습니까?”

불쑥 묻자 보우가 한심하다는 듯 혀를 찼다.

“이놈아, 그걸 왜 나한테 묻누? 네가 그토록 믿는 그 칼에게 물어보아야지.”

“예?”

“너는 나보다, 부처님보다 네가 차고 있는 그 칼을 더 믿지 않느냐? 그러니 물어볼 게 있으면 그것에게 물어보고, 하소연할 게 있으면 그것에게 하소연하렴. 내가 줄 수 있는 건 이것뿐이니라.”

다시 한 잔의 차를 쪼르륵, 소리가 나도록 따른다.

***

“그가 어디 있는지 아신다고요?”

묘화가 눈을 동그랗게 떴다. 정난정이 입을 가리고 눈웃음친다.

“왜? 그 녀석의 말만 들어도 가슴이 뛰느냐?”

“그게 아니라……”

이장생이 불쑥불쑥 성중에 출몰했지만 정작 그가 어디에 머물고 있는지 아는 사람이 없었다. 그런데 정난정이 안다고 나섰으니 묘화로서는 의아할 수밖에 없다.

정난정이 가볍게 탄식했다.

“생각해 보면 참 딱한 녀석이지 뭐니. 이제는 명월향에 갈 수도 없고, 건천동의 옛 집으로는 원래 가지 않았던 놈이며, 붓골 이 정랑에게도

289

신세를 질 수 없는 처지가 되었으니 안 그러냐? 게다가 포청에서는 무슨 일인지 눈에 불을 켜고 그 녀석을 찾고 있더구나. 그러니 여각은커녕 객주가에서도 마음 놓고 머물 수가 없을 테지."

"……."

"이 넓은 천지에 오갈 데 없는 불쌍한 놈이 되었어. 아무리 재주가 뛰어나면 뭐하겠니? 오라는 데 없고 따뜻이 맞아줄 사람 하나 없는 딱한 녀석인걸."

묘화의 얼굴이 어두워졌다. 정난정의 말이 하나도 틀리지 않았던 것이다. 이장생의 처지에 대해서 생각하면 딱하고 가엽기만 해서 마음이 아팠다. 이럴 때 나라도 위로가 되어 주었으면, 하고 엉뚱한 생각을 하지만 그럴 수 없기에 더 안타까워진다.

그런 묘화의 마음을 아는지 모르는지 정난정이 귀가 번쩍 뜨이는 말을 했다.

"조만간 그 녀석을 불러오마. 너는 예쁘게 단장하고 기다리고 있으면 돼."

깜짝 놀랐던 묘화가 얼굴을 붉히고 기어들어가는 음성으로 물었다.

"그런데 부른다고 그가 올까요?"

"네가 그리워하더라고 말하면 호랑이 굴속이라도 마다하지 않고 뛰어들걸?"

"마님도 참……."

어쩔 줄 모르는 그녀를 보며 정난정이 깔깔 웃었다.

여장부도 그처럼 거세고 표독스런 여장부가 없는데, 이렇게 부끄러워

이장생전 李長生傳

할 때는 소녀 같기만 하니 더욱 그녀가 귀엽고 사랑스러워지는 모양이었다.

윤원형의 얼굴빛이 좋지 않았다. 그건 임꺽정도 마찬가지여서 오랜만에 마주한 두 사람 사이에 어색한 침묵이 흘렀다.

"자네."

"대감."

얼마나 시간이 지났을까, 두 사람이 동시에 입을 뗐다가 서로 멋쩍어서 다시 침묵을 지켰다.

"먼저 말해라."

"대감이 먼저 말하시오."

"그자를 어찌할 작정이냐? 그대로 두었다가는 조만간 큰 탈이 나고 말 게야."

장약허를 말하는 것이다. 임꺽정이 "음."하고 신음했다.

"그놈의 성정이 흉악하고 제멋대로인 것은 나도 잘 아오."

"그러면서 어찌 감싸고만 도는 것이냐?"

"묘화만으로는 부족하지 않소이까?"

임꺽정이 뜬금없이 하는 말이 무슨 뜻인지 윤원형은 알아들을 수 있었다.

그는 자기를 대신해서 일을 처리해줄 사람이 필요한 처지였다. 그래서 묘화와 장약허에게 의지하는 바가 컸다. 그러나 묘화는 아무리 솜씨가 좋고 눈치 빨라도 여자라는 것 때문에 활동에 제약을 받았다.

제12장 내 마음속의 금(線)

그래서 임꺽정은 장약허에게 기대를 가졌고, 윤원형 또한 그랬는데 요즘의 그자는 도를 넘어서고 있었다. 명월향에서 포교와 포졸들을 죽인 건 절대로 묵과할 수 없는 일이다.

필요한 자이면서 커다란 화근이 될 자이기도 하니 언제든 내치기는 해야 할 것이다. 다만 언제 그렇게 할 것이냐가 문제였다.

사람을 쓸 때를 아는 것도 중요하지만 버릴 때를 아는 게 더 중요하다. 버릴 시기를 놓치면 화근이 되고, 시기를 잘 잡으면 신통한 용병술이 되는 것 아니던가.

임꺽정이 망설이는 걸 지켜보던 윤원형이 불쑥 엉뚱한 말을 했다.

"곽거도라는 자를 알지?"

"알지요."

임꺽정은 윤원형이 왜 뜬금없이 그자의 이름을 거론하는 것인지 의아했다.

"그자와 장약허가 겨룬다면 누가 이길 것 같으냐?"

"그자의 검술 솜씨도 대단하다고 들었소. 그러니 둘 중 누가 이기고 질지 짐작하기 어렵소이다."

"그렇다면 그놈을 쳐라. 이 기회에 이정빈 그 철부지의 기를 꺾어둘 필요가 있어."

"남태령의 일 때문이요?"

"감히 정경부인의 암살을 기도했으니 본때를 보여 줘야지."

임꺽정은 윤원형이 그 일을 그대로 넘어갈 리가 없다고 생각했다. 여태까지 거론하지 않았으므로 웬일인가 했었는데 역시 적당한 때를 기다리고 있었던 모양이다.

싸움이 벌어지면 장약허나 곽거도 둘 중 한 명은 반드시 죽게 될 텐데 윤원형으로서는 누가 죽든 손해 볼 것이 없었다.

임꺽정이 히죽 웃었지만 윤원형은 웃지 않았다.

"이장생이라는 녀석도 아느냐?"

다시 불쑥 엉뚱한 말을 한다. 임꺽정이 의아한 얼굴로 빤히 바라보았다. 그가 뜬금없이 이장생이라는 이름을 거론한 의도를 알 수 없었던 것이다.

"그 녀석이 너를 찾아다닌다고 하더구나."

그 말을 하는 윤원형의 눈길에 의심이 어렸다. 혹시 어디에서인가 단서를 흘리지는 않았느냐고 묻는 것이다.

임꺽정은 이장생이 자기를 찾아다니고 있다는 사실을 이미 알고 있었다. 그대로 둘 수 없는 일이다. 스승인 병해 대사를 살해한 죄도 물어야 한다. 그래서 며칠 전 장약허에게 그를 죽이라고 명했지만 윤원형에게는 굳이 말하지 않고 있었다. 이장생과 자기 사이의 개인적인 일로 돌리고 싶었던 것이다.

"그놈이 무슨 생각으로 그러는지 모르나 단지 짐작일 뿐 확증을 잡지는 못했을 것이요."

"그러나 귀찮도록 들쑤시고 다닌다면 그것 자체로도 문제가 될 수 있지."

"누구를 귀찮게 한단 말이요?"

"남치근."

제12장 내 마음속의 금(線)

"그놈이 포도대장을 귀찮게 한단 말이요? 허!"

믿을 수 없는 말인지라 임꺽정이 눈을 부릅떴다.

"무슨 냄새를 맡았던지 남치근의 침소에 침입해 칼을 들이대고 서림이를 어디에 숨겨두었는지 대라고 했다는구나. 그 일로 남치근이 전전긍긍하고 있는 모양이다."

"이런, 이런!"

임꺽정이 방바닥을 쳤다. 벌써 거기까지 접근해 왔다는 걸 까맣게 모르고 있었다는 게 한스러웠다.

"그래서 포졸들이 장통방에 쫙 깔렸던 게로군요."

임꺽정은 남치근이 이필교의 가게 주변을 철통같이 감시하고 있다는 것도 알고 있었다. 갑자기 왜 그럴까? 하고 궁금했던 의문이 풀렸다.

"내가 처리하리다."

"그놈이 어디에 숨어 있는지 아느냐?"

"그건……."

이 며칠 이장생은 통 보이지 않았다. 도성 안에 포졸들이 눈에 불을 켜고 있으니 깊이 숨었을 것이라고 생각했다. 장약허가 명월향에 찾아가 난동을 부려 처지를 곤란하게 만든 것도 그놈 때문이라는 걸 알기에 심하게 꾸짖지 못했다.

"찾아보리다."

"반드시 그렇게 해야 한다. 절대로 실수나 실패가 있어서는 안 돼."

윤원형은 다른 무엇보다 이장생을 처리하는 게 중요하다는 생각을 하고 있었다.

이장생전 李長生傳

임꺽정은 이미 죽어 없어진 존재라야 한다. 모두 그렇게 알고 있어야 하는 것이다. 그런데 그놈이 들쑤시고 다니면 사람들이 궁금증을 갖게 되지 않겠는가. 그건 위험한 일이다.

사랑채를 나온 임꺽정은 곧장 무사들이 머무는 숙소인 뒤채의 무방(武房)으로 향했다. 윤원형의 집에는 오십여 명의 무사들이 상주하고 있었으나 임꺽정을 알아보는 자는 극히 드물었다. 심복 몇 명을 빼고는 대부분 그가 윤원형의 바깥심부름을 맡아 하는 자로 알고 있는 것이다.

수하 중 한 명이 다가오는 임꺽정에게 굽실 인사를 하더니 재빨리 무방 안으로 달려들어 갔다. 십여 명의 무사들이 모여서 잡담을 하거나 노름을 하며 소일하고 있다가 일제히 일어났다. 그 중 우두머리 격인 자가 눈짓을 하자 다들 밖으로 몰려 나간다.

그제야 구석에 비스듬히 누워있던 장약허가 일어나 앉아 눈으로 인사하고 히죽 웃었다.

임꺽정이 앉지도 않고 방문 앞에 버티고 선 채 지그시 노려보지만 장약허는 꿈쩍도 하지 않았다. 눈을 멀뚱거리며 마주본다.

임꺽정이 다짜고짜 말했다.

"몇 가지 처리해야 할 일이 있다. 우선 붓골 이 정랑에게 본때를 보여주자."

숨어있는 이장생을 찾으려면 시간이 걸릴지도 모르니 우선 그 일부터 처리하겠다고 마음먹은 것이다.

"언제쯤 그 말을 꺼내나 했소이다."

제12장 내 마음속의 금(線)

장약허가 다시 히죽 웃었다.

"이 정랑을 직접 칠 수는 없으니 곽거도라는 놈을 쳐라. 할 수 있겠지?"

"내가 못미더운 거요?"

"듣기로 그자의 솜씨가 예사롭지 않다니 그렇다."

"그래서 언제든 한번 겨루어보려고 벼르고 있던 참이었소. 잘됐지 뭐요."

장약허는 누가 검술이 뛰어나더라는 소리를 들으면 반드시 찾아가 칼을 맞대 봐야 직성이 풀리는 자였다. 그리고 예외 없이 죽였다.

그건 그의 지독한 흉심이면서 과한 승부욕이기도 했다. 검술이 높다는 자들과 겨루어서 죽이는 게 그가 느끼는 유일한 통쾌함이었던 것이다. 자제할 수가 없다.

그 통쾌함을 맛보기 위해서는 내가 죽어도 상관없다고 생각하는 자. 그게 장약허였다.

이제는 조선 팔도에서 누구도 그와 검술을 겨루려는 자가 없었다. 그래서 온몸이 근질거려 쓸데없는 데 칼질을 하고 다니는 것인지도 모른다. 그러던 차에 곽거도를 죽여도 좋다는 허락이 떨어졌으니 벌써부터 피가 끓어올랐다.

"명월향에서의 일을 그놈의 목으로 보상해 드리리다."

벌떡 일어난 장약허가 허리띠를 꽉 조이고 나서 벽에 기대 세워놓았던 칼을 들었다. 아무 말도 없이 임꺽정을 스쳐 밖으로 나간다.

그의 등이 보이지 않게 될 때까지 무섭게 쏘아보던 임꺽정이 중얼거렸다.

"곽거도가 죽든 저놈이 죽든 결판이 나겠지."

곽거도가 죽는다면 이정빈은 잔뜩 겁을 먹고 움츠러들 게 틀림없고 생각했다. 더 이상 무모한 짓을 하지 못할 테니 윤원형에게는 앓던 이가 빠진 격이 될 것이다.

만약 장약허가 죽는다면 아쉽기는 하겠으나 미운 털 하나 뽑아버린 셈 치면 그만이다.

'하늘의 뜻은 나에게 있다.'

임꺽정은 그렇게 믿었다. 최 포교라는 자가 아직 이필교의 정체를 알지 못하고 있으며, 묘화에게 시켰던 일인데 그가 미리 이필교를 빼돌렸다는 보고를 받았으니 그렇다. 누가 했든 결과적으로는 이장생보다 앞서 손을 쓴 셈이 되었으니 운이 자기에게 있다고 믿을 만했다.

짧은 시간 동안 이런저런 생각들이 머릿속에서 와글거려 멍하니 서 있던 임꺽정이 입맛을 다시고 성큼 밖으로 나가 어둠속으로 사라졌다.

***

지난 이틀 동안 아무 일도 없었다. 그래서 포졸들도 투덜대기 시작했다. 처음의 생생했던 긴장감이 많이 사라져서 이제는 잠복을 하나마나한 지경이었다. 그래서 최달평은 무언가 다른 조치가 필요한 것 아닌가, 하는 생각을 하지 않을 수 없었다.

"제기랄, 혹 하나만 더 붙인 꼴이로구나."

임가선의 일을 생각하자 그런 볼멘소리가 터져 나왔다.

297

제12장 내 마음속의 금(線)

"죽든지 말든지 상관하지 말고 다시 명월향에 데려다 줄까?"

그럴 수 없다는 걸 잘 알면서도 그런 말이 튀어나온 것은 역시 불만 때문이었다. 자기의 계교가 먹혀들어 가고 있는 것 같지 않아서 실망도 하게 된다.

"이장생 그놈이 그저 가선이의 몸뚱이만 탐했던 것인지도 모르지. 틀림없어. 사랑? 흥, 사랑은 개뿔. 사랑했다면 물불 가리지 않고 달려들어서 구해가야 할 것 아니겠어? 그런 놈을 그래도 기둥서방이라고 믿고 있는 가선이만 불쌍하지 뭐야. 남자는 그저 다 도둑놈이라니까."

중얼거리다가 허공에 주먹질을 해대기도 하면서 이필교의 집이 있는 골목을 빠져나온 그가 깜짝 놀라 멈추었다. 한 여인이 길 저쪽 담 모퉁이에 기대 서 있었던 것이다. 이쪽을 보더니 방긋 웃는다. 묘화였다.

몸을 감추고 있는 포졸들 중 아무도 그녀를 제지하지 않은 건 여자이기 때문이리라.

"빌어먹을 놈들. 저승사자가 뒤통수를 노리고 있다는 것도 모르고 태평세월이구나."

그들의 무신경함을 욕해주면서 재빨리 주위를 둘러본 최달평이 길을 건너 태연히 다가갔다.

"기다리고 있었답니다, 나리."

곱게 흘겨보는 묘화의 눈짓에 최달평의 가슴이 쿵쾅거리고 뛰기 시작했다. 그것을 감추려고 짐짓 눈을 부라린다.

"겁도 없구나. 누가 보면 어쩌려고?"

"보는 것들이라고는 죄다 네 수하 포졸들일 텐데 무슨 걱정이야?"

교태를 부리는가 싶더니 본색으로 돌아가 쌀쌀맞게 대하는 그녀의 태도에 최달평의 가슴이 더욱 방망이질 쳐댔다.

이것이 요물은 요물이라는 생각으로 눈알을 굴려대는데 묘화가 턱을 들이밀었다. 도발적이다.

"너를 만나보고 싶어 하는 사람이 있어. 볼 테냐?"

"그게 누군데?"

"장약허."

"뭐라고? 장약허?"

최달평이 깜짝 놀라 물러섰다. 묘화를 대하던 두근거림이 싹 물러가고 긴장으로 어깨를 낮춘다.

'이년은 교동 윤 대감의 사람이 틀림없다. 그렇다면 이필교와는 대체 무슨 관계지?'

불쑥 그런 의문이 들어 머리가 아파졌다.

그녀가 이필교의 가게에서 나오는 것을 보고 미행하다가 들켜서 충돌했던 게 첫 만남이지 않았던가. 그때의 일을 어제 일처럼 생생히 기억하고 있었다. 목숨을 위태롭게 하던 묘화의 칼솜씨가 인상적이었기 때문이다.

"이필교와는 어떤 관계냐?"

그때의 일을 떠올리고 묻자 묘화가 코를 찡긋거렸다.

"평소 안면이 있던 사이일 뿐이니 괜한 상상하지 마. 나 그런 여자 아니거든?"

엉뚱한 곳으로 말을 돌리는 솜씨가 보통이 아니다. 그래서 더 수상쩍게 바라보는데 그녀가 다시 간지러운 교태를 부리며 방긋 웃었다.

"질투하는 거야?"

"어허, 쓸데없는 소리."

더 무슨 말이 나올지 몰라 입이라도 틀어막을 기세로 노려보지만 묘화는 아랑곳없이 아양을 떨었다. 누가 본다면 다정한 연인이 골목에 서서 남들의 눈을 피해 사랑을 속삭이고 있는 줄 알 것이다.

"그건 그렇고, 장약허가 왜 나를 보자고 하는 거냐?"

"가보면 알겠지. 그런데 만나 볼 배짱이나 있나 몰라?"

눈을 흘기며 새침하게 하는 말에 최달평은 긴장의 끈을 단단히 조였다. 그러면서도 은근히 호기가 치솟는 건 역시 미인 앞에 선 사내이기 때문일 것이다.

"어디에 있는데?"

"모전교 사거리 찻집."

장통방 위쪽, 각종 청과물 가게가 밀집해 있는 곳이다. 형조 뒤편, 무교동으로 이어지는 길과 만나는 사거리인데, 그 모퉁이에 오래된 찻집 하나가 있었다. 다모의 차 끓여내는 솜씨가 좋아 최달평도 종종 들리곤 하던 다점(茶店)이다.

"가자."

무슨 일인지 모르나 죽이려는 건 아닐 것이라고 믿었다. 백주 대로에서, 곳곳에 포졸들이 깔려 있다는 걸 잘 아는 자가 그런 흉악한 짓을 벌일 리 없지 않은가. 그래서 호기롭게 나서자 묘화가 기다렸다는 듯이 팔짱을 착 꼈다.

“응?”

흠칫하고 몸을 굳힌 최달평이 ‘이것이 왜 이래?’하는 생각에 바라보자 묘화가 배시시 웃었다. 두 볼에 보조개가 살짝 파이는 것이 가히 뇌쇄적이다.

“뭘 그렇게 놀라? 다정해 보이는 게 싫어?”

곱게 눈을 흘기며 콧소리를 내는데 심장이 녹아내릴 지경이었다.

‘아서라 이 불쌍한 홀아비야. 아무리 여자가 궁하기로서니 이것에게 홀렸다가는 네 명대로 살기가 힘들어질 것이니라.’

번쩍 정신을 차린 최달평이 얼른 주변을 두리번거렸다. 누가 볼까봐 두려운 것이다. 그러나 팔짱을 끼고 매달리듯이 붙어 선 묘화를 차마 떼어내지는 못했다.

어느 여인이 대로에서 이처럼 남정네의 팔짱을 끼고 걸을 수 있을 것인가. 기생이라고 해도 그렇게는 하지 않았으므로 최달평의 볼이 숯불처럼 붉어졌다.

지나가는 사람들이 힐끔거리고 손가락질하며 수군대는 소리가 귀에 들려오는 것이어서 더욱 안절부절못하지만 묘화는 태연했다. 봉긋 솟은 가슴을 팔뚝에 지그시 눌러오기까지 하니 숨이 막혀 죽을 지경이었다.

“이러지 마라. 제발 좀 떨어져서 갈 수 없니?”

얼굴이 시뻘개져서 더운 숨을 푹푹 내뿜던 최달평이 사정했다. 그러면서도 여전히 그녀를 떼어내지는 못하고 있었다.

묘화가 눈을 흘기며 입을 삐죽거렸다.

제12장 내 마음속의 금(線)

"왜? 내가 그렇게 싫은 거야? 죽이려고 했던 여자라서? 아니면 못생겨서? 정말 그래?"

"아니, 아니, 그런 게 아니고…… 저것 봐라. 사람들이 죄다 쳐다보면서 흉보잖아. 저런, 인상을 쓰는 놈도 있구나. 저놈을 그냥 콱!"

"오라, 포교 나리의 체면을 구기기 싫다 이거구나. 흥, 싫으면 그만 두라지 뭐."

코웃음을 친 그녀가 쌀쌀맞게 팔짱을 풀고 두어 걸음 앞서 걸어갔다. 그러자 이번에는 꼬리치듯이 살랑살랑 흔들리는 두 쪽 엉덩이의 곡선이 최달평의 눈을 빼앗고 말았다.

얼이 빠진 채 그것만 보고 뒤따라가는 모습이 구미호에게 홀린 멍청한 나무꾼의 꼴과 다름없다.

'제기랄, 한양성 중에 소문이란 소문은 죄다 나게 생겼군. 포졸 놈들도 모두 보았을 테니 좀 놀려댈까? 이거 정말 꼴이 말이 아니게 되었잖아?'

그런 생각을 하다가도 묘화의 살랑거리는 엉덩이를 보면 이왕 이렇게 된 거 그냥 팔짱을 낀 채 당당하게 걸어갈 걸 그랬나보다, 하는 후회도 들었다.

힐끔거리고 두리번거리면서 최달평은 부지런히 묘화의 뒤를 따라 장통방을 벗어났다.

***

"할 말이 뭐요?"

괜히 주눅이 든다. 번들거리는 장약허의 눈을 마주볼 수가 없다.

지금쯤이면 장사치들은 물론 점잖은 선비들까지 차를 마시기 위해 모여들어 시끌벅적해 있어야 할 터인데 찻집 안은 을씨년스럽도록 텅 비어 있었다. 문 밖에 버티고 서서 지나가는 사람들에게 눈을 부라리고 있는 몇 놈의 무사들 때문이다.

묘화는 어디로 가고 장약허와 둘이서만 마주앉아 있으니 당최 차가 목으로 넘어가지 않았다. 긴장으로 입안이 자꾸 말라가는 것이어서 최달평은 마른 침만 삼켜댔다.

침묵이 생사람을 잡을 수도 있겠구나, 하는 생각이 절로 드는데 장약허가 히죽 웃고 입을 열었다.

"부탁 좀 하자."

그가 말을 던졌다는 게 그토록 반가울 수 없어서 최달평이 몸마저 기울이며 얼른 받았다.

"뭔지 말해 보시오. 여기서 칼을 물고 엎어지라는 것만 아니라면 다 들어드리리다."

그저 한시라도 빨리 이 가시방석 같은 자리에서 일어나 나가고 싶기만 하다.

피식 웃은 장약허가 느긋하게 차를 한 모금 마시고 나서 다시 말했다.

"붓골 이 정랑의 집에 좀 다녀와 줘야겠다."

"아니, 내가 왜?"

"어려운 일도 아니다. 가서 말만 전해주면 돼."

"이 정랑에게 말이요?"

303

제12장 내 마음속의 금(線)

"그것 말고, 곽거도라는 자를 알지? 그자에게 전해라. 내가 오늘밤 삼경삼점에 저 다리 앞에서 만나보기를 원한다더라고."

턱짓으로 차마의 통행이 분주한 모전교(毛廛橋)를 가리킨다.

"곽거도!"

최 포교의 머리가 빠르게 돌아가기 시작했다.

삼경삼점(三更三點)이란 자정이다. 통행금지인 인정(人定)을 알리는 종이 울리고서도 한참 지난 뒤이니 통행하는 자가 있을 리 없다.

순라꾼들의 눈을 피하는 게 문제일 뿐, 음침한 짓을 하기에 딱 좋은 시간인 것이다.

'그래서 나를 불렀군.'

최달평은 그가 자기를 부리려는 이유를 알 것 같았다. 말을 전하는 것도 전하는 것이지만 그 이면에는 순라꾼들을 막아달라는 뜻이 들어 있는 것 아니겠는가.

장약허를 바라보았다. 느물느물 웃고 있는 번들거리는 눈에 숨겨져 있는 살기를 본다.

"오늘 밤이란 말이요?"

"그래. 달이 가장 밝을 무렵 아니냐? 보름달 아래에서 피 흘리며 죽는 게 얼마나 운치 있겠어? 그러니 그때 보자고 전해."

'재미있는 구경거리가 생기겠구나.'하는 호기심과 함께 포교라는 자신의 신분을 생각하고 '내가 이런 심부름을 해줘도 괜찮은 건가?'하는 망설임도 들었다.

"왜 하필 나요?"

확인하려는 듯 묻자 장약허가 딴청을 부렸다.

"내가 갈 수야 없지 않으냐? 수하들을 보내는 것도 그렇고."

이 정랑의 무사들이 그런 전갈을 가지고 온 장약허의 수하를 그대로 놔둘 리가 없다. 포청의 포교를 심부름꾼으로 내세우면 위세를 과시하는 효과도 있을 것이다.

"가려고 나서는 놈이 없는 게지."

아쉬운 놈은 저이지 내가 아니라는 생각에 슬쩍 빈정거려 보았지만 장약허는 반응하지 않았다. 무심한 얼굴로 차를 마신다.

잠시 그의 눈치를 본 최달평이 결연하게 말했다.

"참관인은 내가 하겠소."

"허락하지."

"좋소. 그럼 말을 전해 주리다."

벌떡 일어난 그가 달아나듯이 나가자 장약허가 찻잔을 내려놓고 의미심장한 미소를 지었다. 그에게는 최달평이 짐작하지 못한 또 다른 속셈이 있었던 것이다.

최달평이 부지런히 붓골 이정빈의 집을 향해 가고 있을 때 묘화는 콧노래를 흥얼거리며 다시 중촌의 주택가 뒤편 골목으로 들어서고 있었다. 저만큼 앞에 이필교의 집이 보였다. 골목 안 여기저기에서 기웃거리는 포졸들의 시선이 따갑게 느껴진다.

묘화는 태연했다. 믿는 구석이 있었던 것이다.

최 포교와 다정하게 팔짱을 끼고 걸었던 걸 그들도 보았을 것 아닌

제12장 내 마음속의 금(線)

가. 포도부장 최 아무개가 엉큼한 나리였다고 저희들끼리 낄낄댔을 것이다. 그리고 잠시 후에 이렇게 홀로 다시 찾아왔으니 그가 심부름이라도 보낸 모양이라고 여기리라.

그런 묘화의 생각은 한 치의 어긋남도 없이 들어맞았다. 굳이 나서서 검색하려는 자가 없었던 것이다.

문을 두드리자 고개를 내민 계집종이 알아보고 깜짝 놀란다. 묘화가 얼른 그녀를 밀치고 대문 안으로 쑥 들어갔다.

"아니, 네가 어떻게?"

방 안으로 불쑥 들어선 사람을 본 이필교가 기겁을 했다.

"밖에 눈들이 한두 개가 아닌데 이렇게 보란 듯이 찾아오면 어쩐단 말이냐? 최 포교가 아는 날에는 뒷감당을 어떻게 하려고 그래? 산통을 깨뜨릴 작정이냐?"

호들갑을 떠는 그에게 묘화가 눈을 흘겼다.

"그는 엉뚱한 곳으로 가고 있는 중일 테니 걱정 마. 살려주려고 찾아온 사람에게 고맙다는 말은 하지 못할망정 타박이라니? 그냥 갈까 보다."

주위를 둘러본 이필교가 한껏 목소리를 낮추었다.

"임 두령의 지시냐?"

"데려오라고 했어."

"밖의 포졸들이 즉시 가로막을 텐데?"

"누가 지금 간대? 요긴한 것만 챙겨가지고 자정 무렵에 나와."

"포졸들이 밤에 잠도 자지 않고 교대하가면서 지키고 있는데 무슨 재주로?"

웬일인지 이필교가 자꾸 망설이는 것 같다는 느낌을 받은 묘화가 실눈을 뜨고 노려보았다.

"왜 그래? 좋아할 줄 알았더니 아니네? 설마 여기 계속 눌러앉아 있겠다는 건 아니겠지?"

"그건 아니고……."

이필교가 무언가 핑계거리를 생각하는데 방문 밖에서 그를 부르는 여인의 음성이 들렸다.

"잠시 할 말이 있는데 볼 수 있을까요?"

"응?"

묘화가 이필교를 보고 방문을 보았다.

"너? 이제 보니 엉큼하기 짝이 없는 사내였네? 그새 어떤 년을 숨겨두고 있었어?"

"아니, 그게 아니고 실은 말이지……."

당황한 이필교가 손을 내젓는데 묘화가 왈칵 방문을 열더니 깜짝 놀라 눈을 동그랗게 뜨고 입을 딱 벌렸다. 두 손을 얌전히 모으고 문 앞에 서 있던 임가선도 놀라기는 마찬가지였다.

"누구지?"

묘화가 이필교를 돌아보고 힐난하듯 물었다. 이필교가 한숨을 쉬었다.

"명월향의 임가선이다. 최 포교가 이리 데려다 놓고 갔어."

"임가선이라고?"

더욱 놀란 묘화가 한동안 무안할 만큼 빤히 그녀를 바라보더니 까르르 웃었다.

"미인이네. 소문대로야. 정말 예뻐. 이장생이 반할 만해."

그 말에 임가선이 의아한 얼굴을 했다.

"그분을 아시나요?"

"왜 몰라? 지금 저 밖에서 너를 애타게 찾아다니고 있지. 여기 있는 걸 알면 눈을 까뒤집고 달려올 거야."

"아!"

임가선이 깜짝 놀라더니 이필교를 바라보았다. 원망하는 눈길에 그가 쩔쩔맸다.

"내 탓이 아니라니까? 당최 밖에 나갈 수가 없잖아. 최 포교가 여간 깐깐하게 굴어야 말이지. 그리고 그에게 알려 봐야 소용없어. 그는 결코 너를 데려갈 수 없을걸?"

"그게 무슨 말이지요?"

"최 포교가 왜 너를 여기에 데려다 놓은 건지 알아? 흥, 그자가 잔꾀를 부리지만 나를 속일 수는 없지. 그는 너를 미끼로 이장생을 끌어들여 잡으려는 거야. 그러니 모르고 있는 게 오히려 다행인 거지."

"그분이 무슨 잘못이라도 했나요? 왜 최 포교가……."

임가선의 얼굴이 어두워졌다.

이필교는 자기가 최 포교의 속을 안다는 걸 우쭐댔지만 남치근이 이장생을 잡으려고 혈안이 되어 있는 속셈은 짐작조차 하지 못하고 있었다. 그건 임가선이나 묘화도 마찬가지이고, 자기도 모르게 이 소동의 중심에 서게 되었다고 할 수 있는 최달평 또한 그랬다. 그들은 이장생

이 노리고 있는 게 이필교라는 것만 알뿐, 남치근이 한사코 그것을 막
으려 하는 이유에 대해서는 까맣게 모르고 있었던 것이다.

제12장 내 마음속의 금(線)

제13장

호굴(虎窟)

그 무렵 이장생은 봉은사에 있었다.

어제 늦도록 기회를 엿보며 장통방을 기웃거렸지만 틈을 찾지 못하고 돌아와 늦잠을 자고 일어난 터였다.

눈을 비비고 있는데 자박거리는 발소리가 나더니 승방 앞에서 동자승이 "시주님, 시주님."하고 불렀다.

"노스님께서 기다리고 계십니다."

쯧, 하고 혀를 찬 이장생이 마른 얼굴을 손바닥으로 몇 차례 문지르고 나서 느릿느릿 옷을 찾아 입기 시작했다.

방안을 기웃거리는 동자승의 모습이 너무 귀여운 터라 노 선사가 아침부터 귀찮게 한다는 투덜거림이 나오려다가 쑥 들어갔다.

"사람이 다녀갔다."

마주앉자 차를 마시던 보우가 다짜고짜 말했다.

이장생전 李長生傳

“누구 말입니까?”

“정경부인께서 심부름꾼을 보냈지 뭐냐.”

정경부인이라는 말에 이장생의 입꼬리에 비웃음이 걸렸다.

“소생과 상관있는 일입니까?”

귀찮다는 뜻을 내비치자 보우가 빙그레 웃었다.

“너를 초대하시더구나. 오늘 밤에 교동으로 오라신다.”

“초대?”

뜻밖의 말에 이장생이 막 입술에 대었던 찻잔을 멈추었다.

“나는 누구에게도 말하지 않았는데 정경부인이 내가 이곳에 있다는 걸 어찌 알았을까요?”

“인연인 게지.”

무덤덤하게 말하고 흘흘, 웃는 보우의 얼굴 가득 재미있어 하는 기색이 떠오른지라 이장생이 미운 눈길을 던졌다.

“대사께서 귀띔해 주셨군요? 왜 그러셨습니까? 소생이 이곳에 신세지고 있는 꼴이 못마땅했던 것입니까?”

이장생이 다그쳤지만 보우는 거기에 대해서 말하지 않았다.

“인연이 있는 거라니까 그러는구나.”

“스님이 한사코 인연을 말하시니 그건 그렇다고 치지요. 그런데 소생과는 아무 상관도 없는 정경부인이 갑자기 나를 찾는다니, 대체 무슨 일이랍니까?”

“네 그림을 몇 점 얻고 싶어 하시는 모양이다.”

“그림? 허, 고작 그 일이란 말이지요?”

어리둥절했던 이장생이 눈을 반짝였다.

남치근이 윤원형과 교류하는 그의 당여(黨與)라고들 말하지 않던가. 남치근이 수상쩍으니 윤원형에게서도 어떤 기미를 찾을 수 있을지 모른다는 생각이 들었던 것이다.

게다가 그 수하에 장약허라는 자가 있다.

그가 명월향에 찾아와 임가선을 붙잡고 행패를 부렸던 일을 생각하면 증오가 일었다. 그자의 얼굴을 한번 보아두는 것도 나쁠 것 없다. 또 이 기회에 윤원형으로부터 다시는 교동의 무사들과 장약허가 명월향에서 말썽을 부리지 못하도록 단속하겠다는 다짐을 받아놓을 필요도 있다.

그렇게 생각하자 이번에는 묘화의 얼굴이 불쑥 떠오르는 것이어서 당황했다.

그녀가 교동 사람이고, 정난정의 곁에 그림자처럼 붙어 있으니 그곳에 가면 그녀를 다시 볼 수 있지 않겠는가, 하는 생각이 얼른 들었던 것이다. 묘한 기분과 함께 임가선에 대한 죄책감마저 생겨나 마음이 편치 않았다.

'내 마음속의 금……'

이장생은 보우가 해주었던 말을 떠올렸다. 무엇이 내가 넘기를 두려워하는 금인지 알 수가 없어서 답답해진다.

＊＊＊

"무엇이? 이장생이라고 하셨소?"

깜짝 놀라 허리를 펴는 윤원형을 마주보며 정난정이 배시시 웃었다.

"그렇습니다. 오늘 그 녀석을 불렀지요. 저녁 무렵에 찾아올 것입니다. 그런데 왜 그렇게 놀라시나요?"

"아니, 그 녀석이 있는 곳을 어찌 알고?"

"제가 어디에 숨든 부처님 손바닥 안이지요."

태연히 하는 말에 윤원형은 기가 막혔다. 지금도 임꺽정의 심복들은 그놈을 찾느라고 운종가며 장통방은 물론 멀리 홍인문 밖 건천동에 이르기까지 골목마다 뒤지고 다닐 것이다. 그런데 정난정은 그가 있는 곳을 손쉽게 알아낸 것 같지 않은가.

"허, 부인은 진정 신통력을 가진 보살인가 보오."

"무얼, 그런 것 가지고……."

곱게 눈을 흘긴 정난정이 의혹의 눈길을 던졌다.

"그런데 대감께서도 그를 찾고 계셨던가요?"

"아니, 그런 건 아니지. 내가 그 녀석을 찾을 이유가 있소?"

"그래요?"

고개를 갸웃거린 정난정이 여전히 의심스럽다는 얼굴로 바라보았다.

"그런데 포청의 남 대감은 무엇 때문에 그를 그처럼 찾는 것인지 모르겠습니다. 눈치를 보아하니 그자도 그런 것 같지 않습니까? 대감도 영문을 모르는 일이시라면 이상하군요."

313

'그자'란 임꺽정을 말하는 것이다. 윤원형은 정난정이 눈치 빠른 데에 놀라고 긴장했다. 한두 번 겪어보는 일이 아니지만 매번 놀라게 된다.

"그들에게 어떤 사정이 있는 모양이지."

짐짓 나와는 상관없다는 듯 말한다.

정난정이 가볍게 한숨을 쉬었다.

"대감이 그렇다면 그런 것이지요. 어쨌거나 오늘은 소첩의 손님으로 오는 것이니 대감께서는 상관하지 않으셨으면 합니다."

"부인께서 그렇게 말한다면 따를 수밖에. 염려 마시오."

당연하다는 듯 맞장구 친 윤원형이 넌지시 자기도 그자리에 있고 싶다는 의향을 내비쳤다.

"그 녀석이 그림을 잘 그린다는 말을 들었는데 과연 어느 정도이기에 그처럼 소문이 난 건지 궁금하구려."

정난정이 입을 가리고 눈웃음쳤다.

"좋을 대로 하세요. 그를 보고 나서 마음에 드신다면 거두어 한 팔을 삼으셔도 좋고요. 밖에 있는 불한당 같은 자들보다야 여러모로 나을 것입니다."

장약허를 염두에 두고 하는 말이다. 그녀 또한 그의 흉포함을 꺼림칙하게 여기고 있었던 것이다.

"두고 봅시다."

너털웃음으로 얼버무린 윤원형이 자리에서 일어났다.

내실을 나오던 그는 마루에서 묘화와 마주치고 또 한 번 깜짝 놀랐다. 선 머슴애 같던 모습은 어디 가고 규방의 아가씨 같은 처자가 다소 곳이 서서 인사를 했기 때문이다.

바지 대신 비단 치마저고리를 입었다. 땋아 늘인 머리를 감친 후 분홍 댕기로 묶고, 이마 위에 꽃문양이 화사한 족두리를 얹은 모습은 조신하고 아름답기 짝이 없었다.

허리춤에는 칼 대신 달랑거리는 홍옥의 노리개를 달았으며, 옅은 화장마저 한 얼굴이 전혀 다른 사람만 같아서 넋을 잃고 바라보던 윤원형이 탄식했다.

"네가 정녕 묘화란 말이냐? 허!"

수줍은 듯 웃음 띤 얼굴을 푹 숙인 묘화가 살랑거리는 향기를 남기고 스쳐 지나갔다. 목덜미까지 부끄러움으로 붉게 물들어 있는 걸 본 윤원형이 고개를 갸웃거렸다.

"이게 대체 무슨 일이람?"

자기 집임에도 불구하고 묘화와 마주친 후에는 모든 게 낯설게만 보였다. 멀쩡한 낮에 여우에게 홀린 것도 같아서 머릿속이 다 어지럽다.

정난정이 왜 자신과 한 마디 상의도 없이 불쑥 늦은 저녁에 서화회(書畵會)를 열겠다고 이장생을 불러들인 것인지, 묘화가 왜 저런 차림을 하고 있는 것인지 통 알 수 없어서 더욱 그랬다.

그리고 얼마간 시간이 흘러 드디어 초저녁 무렵이 되었다.

***

붓골 이 정랑의 집에 장약허의 말을 전하고 돌아온 최달평은 여전히 장통방을 감시하고 있었다. 그러다가 저물어갈 무렵 훈련원 쪽에서 급히 달려온 포졸로부터 이장생이 나타났다는 보고를 받고 정신이 번쩍 들었다. 그가 장통방으로 향하고 있다는 말이 의외였던 것이다.

최달평은 드디어 그놈이 참지 못하고 나온 모양이라고 생각했다. 그렇다면 잡은 거나 마찬가지다.

포졸들을 요소요소에 숨겨둔 그가 잔뜩 긴장해서 기다렸다. 그리고 얼마 뒤 이장생이 태연히 나타났다.

최달평이 골목 모퉁이에 팔짱을 끼고 서서 어떻게 하면 저놈을 안전하게 잡을 수 있을까 하고 궁리하는데 이장생은 아무 것도 모르는 사람처럼 성큼성큼 걸어오기만 했다. 곁눈질 한 번 하지 않고 앞을 스쳐 지나간다.

'저놈이 대체 정신이 있는 건가, 없는 건가?'

최달평이 씩씩거리며 그를 바라보았다. 마치, 나 여기 있으니 마음대로 해 봐라. 하고 시위라도 하는 것처럼 보였던 것이다. 자기는 물론, 며칠 전부터 장통방 일대에 나와 있는 포청의 포졸들을 죄다 무시하는 오만방자한 짓이 아닐 수 없다.

당장 신호를 내리고 싶었다. 그러면 사방에서 포졸들이 일시에 들이닥칠 것이다. 제 아무리 날고뛰는 놈이라고 할지라도 수십 명의 포졸이 그물처럼 덮쳐누르는 데에는 어쩔 수 없지 않겠는가, 하는 생각이 들어

이장생전 李長生傳

좀이 쑤셨다.

그렇게 할까? 하는 충동이 일었지만 가까스로 참은 건 호기심 때문이었다. 보아하니 이필교의 가게로 가는 것 같지도 않으니 더 궁금했던 것이다.

최달평은 이장생이 어디로 저렇게 바삐 가는 것인지 따라가 보기로 했다.

미행하는 자답지 않게 보란 듯이 십여 걸음 사이를 두고 헛기침까지 해가며 뒤를 따르는 건 그 또한 이장생에게 자기를 과시해 보이기 위한 것이었다. 네가 나를 무시하니 나도 너를 그렇게 해 주마 하는 오기이면서, 임가선을 데리고 있는 이상 언제라도 너를 잡을 수 있다는 느긋함이기도 했다.

최달평이 뒤따른다는 것을 알고도 남았으련만 이장생은 모르는 척 상관하지 않았다. 앞만 바라보고 잰걸음으로 성큼성큼 걸을 뿐이다.

'어라?'

최달평이 고개를 갸웃거렸다.

이장생이 북쪽으로 방향을 잡고 장통방을 벗어났기 때문이다. 대체 어디로 가는 것인지 궁금증이 더욱 일었다.

그는 어느덧 원각사(圓覺寺) 터를 지나고 있었다.

저물어갈 무렵이다.

오래된 절터에는 을씨년스런 적막이 감돌았다.

원각사는 세조대왕 10년(1464년)에 절을 중건하면서 붙여진 이름이었다.

원래 흥복사(興福寺)라는 이름으로 고려시대부터 내려온 고찰(古刹)이었는데, 태조 때 조계종(曹溪宗)의 본사가 되었을 만큼 번창하다가 연산군 10년(1504년)에 폐사되어 장락원(掌樂院) 또는 연방원(聯芳院)이라는 기생방(妓生房)이 되었던 아픈 역사가 있다.

그 후 중종 9년(1514년)에 아예 허물고 쓸 만한 재목을 모두 가져가 공용건물을 보수하는데 사용했다. 그 후 사찰 건물은 자취를 감추고 을씨년스런 빈 터만 남게 되었다.

이장생은 보라는 듯이 그 앞을 태연히 걸어 북악산을 바라보고 나아가고 있는 중이었다.

고개를 갸웃거리며 얼마쯤 뒤를 따랐을까, 그가 교동으로 이어지는 인적 뜸한 왼쪽 길로 꺾어지는 걸 본 최달평의 안색이 싹 변했다.

'설마 저놈이 윤 대감 댁에?'

다급한 마음에 바짝 뒤따라 붙기라도 할 듯이 쫓는데, 적막한 교동 골목을 저벅저벅 걷던 이장생이 정말 윤원형의 저택 앞에서 멈추어서는 것 아닌가.

어둑어둑하지만 아직 한 낮의 자취가 남아 있는 시간이다. 그런데도 교동 윤원형의 저택 대문 앞에는 벌써 횃불이 활활 타올랐고, 그곳을 지나는 길에는 사람들의 발길이 뚝 끊어져 적막하기만 했다.

윤원형의 집은 겉으로 보기에는 규모가 그리 커 보이지 않았다. 나란히 있는 네 채의 저택들 중 하나로 보일 뿐이다. 그러나 그가 좌우에 잇닿아 있는 집들을 사들여 담을 허물었으므로 그 네 채의 저택은 서로 통해 있었다. 한 채나 같은 것이다.

네 개의 대문을 가지고 있는 일백서른다섯 칸이나 되는 대규모 저택이다.

민간의 집은 아흔아홉 칸을 넘길 수 없었다. 그러니 윤원형은 스스로를 왕처럼 높이고 싶었던 것인지도 모른다.

흰 도포를 입고 갓을 쓴 이장생이 다가오자 대문을 지키고 있던 두 명의 무사가 눈을 부라렸다.

"누군데 이 시간에 얼쩡거리시오?"

위세를 떨지만 그래도 반 공대를 하는 건 이장생의 풍채와 차림 때문이었다. 허리에 환도를 차고 있기는 하나 의젓하고 당당한 기품이 양반가의 버젓한 선비 같지 않은가.

이장생이 그들의 의심하는 눈길을 무시하고 태연하게 말했다.

"정경부인이 청해서 온 사람이다. 부인께 이장생이 왔다고 전해라."

대뜸 종이라도 부리듯 하는 말에 인상을 쓰던 놈들이 이장생이라는 이름을 듣고는 허둥댔다.

"기다리시오."

한 놈이 재빨리 안으로 달려 들어가더니 잠시 후 곱상하게 생긴 시비와 함께 돌아왔다.

"마님께서 기다리고 계십니다. 저를 따라오시지요."

시비가 굽실, 허리를 굽히고 물러서서 길을 열었다.

종종걸음 치는 시비의 뒤를 느긋하게 따르면서 이장생은 저택 구석구석을 세심하게 살펴보았다.

그늘진 곳마다 무사들이 숨어 있다는 것을 알 수 있었다. 가끔 마주

제13장 호굴(虎窟)

치는 자들이 힐끔거리며 지나갔는데 하나 같이 녹록치 않아 보였다.

정난정은 저택 깊숙한 곳의 정자에 자리를 베풀어놓고 있었다. 수국이 만발해 있는 작은 연못과 소나무 몇 그루 사이에 고즈넉이 자리하고 있어서 풍광이 깊은 숲속처럼 그윽한 곳이다.

작은 문 앞에서 호위 무사에게 환도를 풀어주고 시비를 따라 들어서자 정자 주위를 지키고 있던 십여 명의 무사들이 일제히 바라보았다.

'저놈이군.'

이장생은 한 눈에 장약허를 알아보았다.

정자 아래의 소나무 곁에 홀로 서 있는 꺼칠한 신색의 사내를 본 것이다. 멀리서도 느껴지는 기세가 차갑고 칙칙한 자였다. 어둡고 음침한 골짜기에 이끼를 잔뜩 두르고 우뚝 솟아 있는 바위 같다.

자신을 쏘아보는 얼음조각 같이 번들거리는 눈빛에서 이장생은 더욱 그가 장약허일 것이라고 확신했다.

'바로 저놈이군.'

이장생을 바라보는 장약허도 비슷한 느낌을 받고 있었다. 알 수 없는 긴장과 쾌감으로 머리털이 쭈뼛거리고 서는 이런 느낌은 참으로 오랜만에 맛보는 것이었다.

임꺽정과 처음 만났을 때, 그의 이글거리는 숯불 같은 눈길 앞에 마주섰을 때의 바로 그 느낌이다.

이장생은 담담한 얼굴로 태연히 시비를 따라 걸어오고 있었다. 단지 그것뿐이련만 장약허는 그가 칼을 쥐고 자기에게 달려들고 있는 것 같은 착각을 느꼈다.

이장생전 李長生傳

‘단단한 놈이다. 쉽지 않겠는걸?’

그런 생각이 왈칵 밀려들어 가슴이 더욱 뛰었다.

희게 빛나는 커다란 바위 하나를 앞에 대하고 노려볼 때의 기분이 이럴까 싶을 만큼 막막해진다. 그래서 장약허는 더욱 긴장하고, 그것을 내색하지 않기 위해서 움직이지 않았다. 숨마저 멈춘 채 노려본다.

이장생과 장약허 사이에 눈에 보이지 않는 치열한 기세가 비수처럼 오갔지만 아무도 그것을 눈치챈 사람은 없었다.

정자 안에서는 정난정과 윤원형 그리고 묘화가 기다리고 있었다.

조촐한 술상이 차려져 있고, 그윽한 향기가 감돌았다.

정자 위로 성큼 올라선 이장생이 윤원형과 정난정에게 가볍게 허리를 숙여 인사했을 뿐 한마디 말도 하지 않았다. 윤원형이 눈살을 찌푸렸다. 도도하고 오만방자한 놈이라고 생각했으리라.

정난정은 그게 오히려 편하다는 듯 미소 지었다.

“자, 이리 앉게나. 이게 얼마 만에 보는 얼굴인가? 그동안 자네 생각을 많이 했는데 좀체 볼 기회가 닿지 않았다네. 그래, 잘 지냈는가?”

오래 전부터 친밀하게 알고 있었던 것처럼 천연덕스럽게 건네는 인사말에 그 누구보다 윤원형이 크게 놀라 정난정을 보고 이장생을 보았다.

이장생이 가볍게 고개를 숙여 응답을 대신했다. 한쪽에 앉아 언제쯤 나를 보아줄까 하고 새침을 떼고 있는 묘화에게는 눈길 한 번 주지 않는다.

“그때, 남태령에서는 고맙다는 인사도 미처 못 했지 뭔가. 자네가 도와주었기에 큰 화를 면할 수 있었어. 늦었지만 이제라도 인사를 차리

제13장 호굴(虎窟)

겠네."

엉뚱한 말을 하는지라 이장생이 눈살을 찌푸렸고, 윤원형은 다시 깜짝 놀라 그를 바라보았다. 남태령에서 이장생이 도와주었다는 말은 금시초문인 것이다.

이장생이 비로소 입을 떼었다.

"소생은 그때 아무 상관도 하지 않았소이다. 부인의 인사를 받을 까닭이 없지요."

무뚝뚝하고 차갑다. 정난정이 깔깔 웃었다.

"그게 도와준 거야. 만약 자네가 자객의 편에 서서 칼을 뽑았더라면 어쩔 뻔했는가? 생각만 해도 끔찍해."

잔뜩 낯을 찌푸리고 있던 윤원형이 볼멘소리를 했다.

"그자리에 네가 있었단 말이지?"

이장생에게 묻는 말이기도 하면서, 어째서 그런 말을 진작 하지 않았느냐고 정난정을 책망하는 것이기도 하다.

"뭐하고 있니? 손님으로 오신 분인데 술이라도 한 잔 따라드려야 하지 않겠니?"

정난정이 짐짓 화제를 바꾸었다. 윤원형의 불만을 무시하는 것이다.

이장생의 눈치를 보아하니 목석같기만 할 뿐 묘화에게 관심이 없는 것 같아서 답답해진 탓이기도 했다. 이왕 다리를 놓아주기로 했으니 매파 노릇을 확실히 하려는 것인지도 모른다.

묘화가 조심스럽게 다가와 술병을 들었다. 달콤하고 은은한 향기가 왈칵 끼쳐오는 것이어서 이장생은 정신을 바짝 차렸다. 정자 아래에서

이장생전 李長生傳

장약허를 보았을 때보다 더 긴장한다.

비로소 술을 따르는 묘화를 힐끔거렸는데, 전혀 다른 사람 같아서 속으로 깜짝 놀랐다. 어디에도 앙칼지고 쌀쌀맞던 모습이 없었던 것이다. 표독스런 암고양이는 어디로 가고 우아하고 조신한 규중의 처자가 앉아서 부끄러워하고 있으니 이게 묘화인지, 통통 튀던 그녀가 묘화인지 사뭇 헷갈린다.

맑은 호박빛 술을 벽옥 잔에 따르는 희고 고운 손을 보면서 이장생은 참으로 알 수 없는 아가씨라는 생각에 어리둥절해졌다. 저 모습 어디에 그토록 지독하고 잔인하던 아가씨가 있단 말인가. 요염하게 눈 흘기며 유혹하고, 입술 삐죽이며 빈정거리던 아가씨가 있단 말인가.

도발적이고 도전적이기만 하던 거친 바람이 꽃향기 싣고 살랑거리는 훈풍이 되었다는 게 믿어지지 않았다.

몇 잔이나 술을 마셨는지 모른다. 묘화의 손만 보았고, 그녀의 향기만 마셨을 뿐이다. 잔을 세는 걸 잊을 지경이었으니 눈앞에 있는 정난정과 윤원형이 보였을 리 없다. 그 사이에도 정난정이 몇 마디 말을 더 했으나 하나도 귀에 들어오지 않았다.

잔이 빌 때마다 술을 따라주던 묘화가 물러나 앉자 이장생이 긴 숨을 내쉬었다. 허전함이 저녁 바람처럼 갑자기 가슴속으로 파고들었던 것이다. 그녀가 술을 따르는 내내 자기를 한 번도 똑바로 바라보지 않았다는 걸 비로소 생각해 내고 더욱 허전해졌다.

최달평은 이장생이 마중 나온 시비를 따라 안으로 쑥 들어가 버리는 것까지 보고 돌아섰다.

무언지 알 수 없지만 그가 시비의 안내까지 받으며 윤 대감 댁에 거침없이 들어가는 게 영 수상쩍기만 했다. 그래서 남치근에게 즉각 보고해야 한다는 생각으로 정신없이 내달렸다.

포청에 도착했을 때 남치근은 막 퇴청하여 집으로 돌아가려는 중이었다. 대기하고 있던 가마에 올라타려다가 대감을 부르며 헐레벌떡 달려오는 최달평을 보고 낯을 찌푸렸다.

"아직 도깨비가 날뛸 시간도 아닌데 채신머리없이 웬 호들갑이냐?"

"대감, 이장생 그놈이 윤 대감 댁으로 들어갔습니다."

숨을 헐떡이며 하는 말을 들은 남치근이 버럭 화를 냈다.

"뭐라고? 그놈이 교동에 갔어?"

가마를 걷어차며 소리쳤는데 보고하던 최달평이 깜짝 놀라 물러섰을 정도였다.

남치근이 제일 먼저 한 생각은 '자객'이라는 것이었다. 이장생이 자기 침소에 칼을 들고 숨어 들어왔던 일을 떠올린 것이다. 그가 갑자기 교동 윤 대감 댁으로 들어갔다니 윤원형을 해코지하기 위해서일 것이라고 멋대로 짐작해버린 건 그런 이유에서였다. 그래서 마음이 불같이 급해졌다.

"왜 덮치지 않았어?"

"그게 저기…… 그자가 어디로 가는 건지, 뭘 하려는 건지 좀 더 살펴보려고……."

"이런 병신 같은 놈!"

이장생전 李長生傳

거칠게 쏟아져 나오는 욕에 최달평이 얼굴을 붉혔다. 아무리 생각해 봐도 이렇게 욕을 먹을 이유가 없었으므로 더욱 분했다. 그래서 숨을 씩씩거리는데 남치근이 다시 가마를 걷어차고 소리쳤다.

"모두 나를 따라와!"

그러더니 뒤도 돌아보지 않고 뛰듯이 걸어간다.

여전히 분한 마음에 씩씩대면서도 최달평은 그런 남치근의 뒤를 따르지 않을 수 없었다.

'대체 윤 대감 댁에서 무슨 일이 벌어지고 있는 거지?'

남치근이 교동으로 향하고 있다는 걸 알고 더욱 의문이 생겼다.

'설마 직접 그놈을 잡으려고?'

그런 생각이 드는 건 퇴청을 배웅하기 위해 나와 있던 십여 명이나 되는 포졸들을 모두 이끌고 급히 가고 있으니 그렇다.

＊＊＊

달리는 붓 끝에 힘과 의지가 넘쳐났다.

스스로 살아서 꿈틀거리며 즐거워하고, 화내고, 눈물 흘리다가 신명이 나 춤추는 것처럼 쳐나간다.

한 폭의 난이 화선지 속으로 옮겨오는 데 잠깐의 시간이면 족했다. 시퍼렇게 일어서 있는 그것의 날카로움이 칼끝 같다.

기운생동(氣運生動)과 골법용필(骨法用筆), 수류부채(隨類賦彩)의 화법에 능한 걸 한눈에 알아볼 수 있는 붓놀림이었다.

제13장 호굴(虎窟)

“허, 장하구나, 장해.”

넋을 잃고 바라보던 윤원형이 감탄을 연발했고, 정난정과 묘화의 반짝이는 눈은 이장생의 손을 떠나지 못했다. 그림을 그리고 있는 사람도, 그것을 바라보는 사람도 모두 또 다른 화선지 속의 세계에 취해 현실을 잊었다.

바위틈에 뿌리박고 도도한 자태로 오만하게 고개 쳐들고 있는 한 폭의 난 그림이 완성되었다.

이장생의 신통한 붓놀림에 취하여 넋을 잃고 바라보던 윤원형이 미간을 조금씩 좁히더니 기어이 낯을 찡그렸다.

“재주가 신통하다마는 지금 같아서는 죽었다 깨어나도 화선의 경지에 들 수는 없겠구나.”

지독한 비평이다.

붓을 내려놓은 이장생이 고요한 얼굴로 그를 바라보았다. 묘화는 고개를 갸웃거리며 여전히 그림 속에 빠져 있고, 정난정이 홀린 듯이 이장생을 바라보는데 윤원형의 얼굴에는 아쉬움과 불만이 더해갔다.

“대감께서는 소생의 그림에서 무엇을 보셨소이까?”

이장생이 물었다.

윤원형의 이글거리는 눈은 그를 보지 않았다. 한 폭의 그림 속에 푹 빠져 있다. 그러면서 중얼거렸다.

“의지가 과하여 집념이 되더니 그것마저 넘어설 지경이다. 네 붓 끝에 담겨 있는 그 지독한 집착이 오히려 그림을 망쳐놓고 있어.”

정유길은 그림에서 살기를 읽었을 뿐인데 윤원형은 그것을 넘어 의

이장생전 李長生傳

지를 보고 있었다. 그리고 그것이 지독한 집념이고 집착으로 커져 가고 있다는 걸 알아챘다.

이장생은 스스로 한 잔의 술을 따라 마실 뿐 아무 말도 하지 않았다.

화선이 될 수 없으리라는 윤원형의 말이 가슴속에 뿌리를 내리더니 빠르게 자라 무성한 줄기와 가지를 뻗어가고 있었다. 기어이 가슴을 온통 덮어버리는 음침한 그늘이 된다.

그것을 묵묵히 바라보는 동안 노여움이 고개를 들었다. 그래서 이장생은 고통이고 슬픔이면서 증오이기도 한 그것이 괴물로 변하여 자기 가슴속을 온통 헤집으며 꿈틀거리고 있는 걸 느껴야만 했다. 지독한 아픔이고 미움이기도 한 그것은 자기 자신에 대한 것이기도 했다.

"여기서 살지 않겠니?"

그때까지도 홀린 듯이 이장생만 바라보고 있던 정난정이 불쑥 말했다.

"아!"

그 말에 이장생이 비로소 현실로 돌아왔다. 낯선 곳에 앉아 있는 자신이 이상하다는 듯 두리번거린다.

"뭐라고 하셨습니까?"

"이곳에서 사는 게 어떻겠느냐고 했느니라."

"말도 안 되는 소리!"

윤원형도 정신을 차리고 버럭 소리쳤다. 터무니없이 커다란 호통이었던지라 묘화가 꿈에서 갑자기 깨어난 듯 화들짝 놀라 어깨를 떨었고, 정자 아래 저만큼 떨어져 있던 장약허도 후딱 돌아보았다.

327

실수를 깨달은 윤원형이 멋쩍은 얼굴로 거푸 헛기침을 했다. 정난정이 그를 쏘아보았다.

"왜 그렇게 역정을 내십니까? 그가 이곳에 머물면서 묘화를 배필로 맞아 가정을 꾸린다면 우리 모두에게 좋은 일 아니겠습니까?"

"부인, 그건, 그건……."

윤원형이 난감하여 우물쭈물할 때 이장생은 낯을 잔뜩 찌푸렸고, 묘화의 얼굴은 봉선화 꽃물을 들인 것처럼 붉어졌다. 고개를 푹 숙인 채 치맛자락을 꽉 움켜쥐고 어쩔 줄을 모른다.

"그의 재주가 이처럼 신통하고 검술 또한 그러하니 그가 대감 곁에 있으면서 도와준다면 천군만마를 얻은 것과 진배없을 것입니다. 그렇지 않습니까?"

그 말에 저쪽에서 바라보고 있던 장약허의 얼굴에 노여움이 떠올랐다. 일그러진다. 그러나 정자 위에 있는 사람들은 아무도 그에게 신경을 쓰지 않았다.

"부인."

이번에는 이장생이 정색을 하고 그녀의 말을 끊었다.

"소생이 이곳에서 산다는 건 있을 수 없는 일이요. 더구나 묘화를 배필로 맞으라니? 소생에게는 이미 마음을 준 사람이 있는 터. 그건 더더욱 안 될 일이외다."

"정혼이라도 했는가?"

"……."

"그 아이가 기생이라지? 그렇다면 첩으로 들이면 되겠네. 그게 더 자

연스러워."

정난정은 뜻을 굽히려 하지 않았다. 이장생과 윤원형의 안색이 심상치 않지만 개의치 않는다.

"묘화는 내 딸 같은 아이일세. 겉으로는 거칠고 우악스러워 보이지만 그 속은 비단결보다 곱고 부드럽지. 순종의 미덕을 잘 알고 있는 아이라 누구보다 자네를 알차게 보필할 걸세. 나와 대감은 자네를 양자처럼 여길 테야."

정난정은 이미 그렇게 하기로 결정되었다는 듯 말하고 있었다.

그녀의 대가 세고 고집이 남다르다는 걸 알고 있었지만 이장생으로서는 어이없다 못해 난감하기 짝이 없는 일이었다. 왜 갑자기 이런 말을 꺼내 모두를 곤란하게 하는 것인지 의아하기도 하다.

윤원형 또한 당혹스럽고 의아하기는 마찬가지였다. 이장생이 임꺽정을 쫓고, 자신과 임꺽정이 한 줄로 묶여 있는 처지라는 걸 누구보다 잘 알고 있는 그녀가 이렇게 막무가내로 고집을 부리는 이유를 알 수 없어서 답답했다.

정난정이 다시 말했다.

"이 땅에 뛰어난 재주를 가진 서얼과 천비들이 얼마나 많겠는가? 그들이 양반들의 위세에 눌려 숨도 쉬지 못하고 사는 게 안타깝기 짝이 없네."

너도 그와 같은 처지가 아니냐는 듯이 그윽하게 바라본다.

"대감께서 그와 같은 부당한 일을 바로잡기 위해 홀로 애쓰고 계시다는 걸 자네도 잘 알겠지?"

제13장 호굴(虎窟)

이장생은 대답하지 않았다. 더욱 굳어진 얼굴로 허공을 바라보고 있을 뿐이다.

"그런 대감을 도와드리는 것이야말로 자네의 한을 푸는 일이고, 묘화와 임가선 같은 사람들의 한을 풀어주는 일이 되지 않겠는가?"

이장생이 비로소 눈길을 돌려 그녀를 똑바로 바라보았다.

"부인께서는 소생이 원하는 게 무엇인지 아시요?"

"들었네. 임꺽정이를 찾아다닌다지? 젊음과 재주를 헛되이 쓰고 있는 것 같아 마음이 아프다네."

말을 마치고 딱하다는 듯이 혀를 차는 그녀에게 이장생이 결연하게 말했다.

"내게는 그것만이 한을 푸는 유일한 길이올시다."

"듣자하니 선부가 살아 있을 때에도 자네는 제대로 자식 대접을 받지 못했다던데? 형제들도 모두 자네를 서출이라고 멸시하기만 했을 테지?"

이장생은 정난정이 대체 어디까지 알고 있는 것인지 궁금해졌다.

그녀가 자기를 괜히 초대했을 리가 없다는 건 짐작하고 있었다. 그러나 서화회를 핑계 삼아 이 모임을 주선한 목적이 자기를 설득해 끌어들이려는 것이라면 우스운 일이다.

이장생의 눈치를 살피던 정난정이 다시 말했다.

"그 한이 뿌리 깊을 터. 자네는 이 땅의 많은 서출과 천출들이 재주에 따라 공평하게 대접받는 날이 오게 하고 싶지 않은가?"

"그런 날이 도래한다면 바람직한 일이지요."

"그렇지? 자네가 힘이 되어 준다면 그런 세상을 더 빨리 오게 할 수 있을 걸세."

"그것이 하늘의 뜻이라면 언젠가 그 일을 이루기에 합당한 인물도 내려주지 않겠소이까?"

정난정이 눈살을 찌푸렸다.

"자네의 그 말은 대감은 적임자가 아니라는 것인가?"

"대의와 공평함을 이루겠다는 뜻을 가졌다면 그것으로 일을 이루어 나아가야 할 것 아니겠소?"

"그런데?"

"그러나 대감은 편협한 생각으로 그렇게 하고 있으니 그것이야말로 대감의 고집이고 집착에 다름 아닐 것이오."

"무엇이?"

정난정의 눈매가 날카로워졌고, 가만히 그들의 말을 듣고 있던 윤원형의 얼굴 또한 보기 흉하게 일그러졌다. 이장생을 노려보는 눈이 노여움으로 이글거린다.

정난정이 모두를 개의치 않고 자기가 할 말을 했듯이 이제는 이장생이 그렇게 했다.

"뜻을 거스르는 자는 자객을 보내 죽이고, 임금을 핍박하여 대신들을 억누르며, 권세로 백성의 입을 막고 있으니 대의와 공평이 아닌 것만은 확실하지요."

"네 이놈!"

기어이 윤원형이 노성을 터뜨렸다. 치솟는 화를 참지 못해 수염이 곤두서고 눈에 핏발이 가득해졌지만 이장생은 꿈쩍도 하지 않았다.

제13장 호굴(虎窟)

"대감이 그렇게 했다는 걸 자네가 어찌 안단 말인가? 그게 터무니없는 중상모략일지도 모른다는 건 생각해 보지 않았는가?"

정난정도 정색을 하고 따졌다. 불쾌함과 노여움을 감추지 않는다.

이장생이 모두가 들으라는 듯이 목청을 카랑카랑하게 높여 말했다.

"세간에서 모두 알고 있는 일이외다. 대감과 부인께서 서얼허통법을 주장하는 것도 실은 사대부를 억눌러 자신들의 권력을 더욱 다지기 위함이고, 죽고 난 후 외면 받게 될 자식들을 위해서라는 말도 있소이다. 그렇다면 대의라기보다 지극히 개인적인 욕심으로 나라를 어지럽게 하는 일밖에 더 되겠소이까?"

노려보는 윤원형의 눈이 이글거리고, 호의를 보이던 정난정의 낯빛도 싸늘하게 가라앉았다. 한쪽에 다소곳이 앉아 있는 묘화가 입술을 악물고 치맛자락을 움켜쥐었다.

그러나 이장생은 마치 이 말을 해주기 위해서 찾아온 사람인 양 주저하지 않았다.

"하고자 하는 일이야 옳은 것이고, 말도 그러하지만 그것을 떠받치고 있는 본래의 뜻이 옳지 않으니 기름 위에 뜬 물처럼 아무 쓸모도 없을 뿐이요."

말을 하는 동안 정신이 더욱 맑아지고 호연지기가 치솟은 듯 번쩍이는 눈길로 모두를 쓸어보았다.

무거운 침묵이 정자를 짓눌렀다. 땅속으로 꺼져버릴 것 같다.

잠시 사이를 두었다가 다시 말하는 이장생의 입가에 싸늘한 비웃음이 감돌았다.

이장생전 李長生傳

"선을 가장한 악의로 세상을 더욱 어지럽게 할 뿐이니 모두의 비난을 면치 못할 것이외다."

정난정이 관기 출신으로서 첩으로 들어왔다가 정부인 김 씨를 내쫓고 안방마님이 되었다는 것을 모르는 사람이 없었다. 그러니 그녀와의 사이에 둔 자식들도 모두 서출이라는 조롱을 받을 수밖에 없다. 윤원형이 그녀를 지극히 사랑하기에 그랬다지만 그 이유만으로 덮어버릴 수 없는 일인 것이다.

왕조가 바뀐다면 또 모르겠으나, 지금으로서는 누구도 조선의 사회적 기틀인 신분제를 하루아침에 바꿀 수 없다.

윤원형은 이장생이 겁도 없이 아픈 곳을 찔러대니 참을 수 없었다. 얼굴을 온통 일그러뜨린 채 무섭게 노려보던 그가 버럭 소리쳤다.

"내 앞에서 감히 그런 악의적인 말을 떠들어대다니? 네가 정녕 죽는 게 두렵지 않단 말이냐!"

그의 호통에 정자 주위에 흩어져 있던 무사들이 적의를 품고 모여들기 시작했다.

정난정이 지독한 인내로 노여움을 참고 달래듯 말했다.

"묘화의 가슴속에 자네가 깊이 박혀 있더군. 자네도 그렇지? 서로 사모하는 사람들은 눈빛만 보아도 알 수 있어. 자네가 나리와 나를 화나게 하면 묘화의 마음이 아프지 않겠는가?"

그 말에 묘화가 파리해진 얼굴을 들어 이장생을 바라보았다. 두 눈 가득 원망의 기색이 어려 있다.

이장생에게 생각할 기회를 주려는 듯 잠시 사이를 두었던 정난정이

333

다시 말했다.

"아녀자의 가슴을 아프게 하는 건 사내대장부가 할 짓이 아니지. 자네가 대감에게 인생을 맡긴다면 대감께서는 끝까지 자네와 묘화를 보살펴 주실 것이네. 저 아이와 가정을 이루고 출사하여 공명을 높인다면 그보다 나은 삶이 또 있겠는가? 스스로 한 가문을 일으켜 세우는 일이 될 테니 후세 사람들은 자자손손 자네를 칭송할 것이야."

구구절절이 진심이 느껴지는 간절한 말이었다. 그만하면 돌멩이라도 감격하여 엎드릴 것 같다.

묵묵히 듣고 있던 이장생이 코웃음을 쳤다.

"이제 보니 이 자리는 내 그림을 얻기 위한 자리가 아니라 미인계를 펼치는 자리였소이다그려."

"세상을 바꾸는 일에 공을 세울 기회를 주는 자리라고 해야겠지. 남녀 간의 일에 있어서는 묘화와 자네 두 사람 모두 숙맥 같으니 내가 매파를 자청하고 나선 것에 불과해. 그러나 지금은 잠시 미루어 두고 그것보다 대의를 더 논해보는 게 옳지 않겠는가?"

"대의라고 하시나 소생의 눈에는 악으로 악을 덮어버리는 것으로 보일 뿐이요. 큰 악이 작은 악을 누르고 나면 더 커질 테니 세상에는 그게 오히려 독이 되겠지요."

윤원형의 집에 와서 그를 악이라고 서슴없이 말하는 데에는 정난정도 기가 막혔다. 이장생이 철이 없는 것인지, 무모한 것인지 당최 헷갈린다.

묘화가 질린 얼굴로 원망하는 눈총을 주지만 이장생의 낯빛은 조금도 변하지 않았다. 기어이 그녀의 크고 검은 두 눈에 눈물이 글썽거렸다.

이장생이 벌떡 일어섰다.

"나는 본래 이 나라와 조정에 대하여 어떤 기대도 하지 않고 있었소이다. 누가 무엇을 하던 그것이 조정의 일이라면 어차피 백성들에게 조금의 도움도 되지 않을 터. 왕과 대신이라는 자들은 그저 백성의 노고에 더부살이를 하는 형편에 지나지 않으면서도 마치 자기들이 주인인 것처럼 행세하며 백성을 종 부리듯 하오. 그들의 그런 생각이 바뀌지 않는 이상 서얼허통법이 아니라 그보다 더한 것을 추진한다 한들 뭐가 달라지겠소?"

이장생의 말은 불경하고 불량하기 짝이 없었다. 단지 세상에 불만을 가진 자의 삐딱한 시선이라고 하기에는 도가 지나쳤던 것이다.

그래서 그를 노려보는 윤원형의 마음속에 살기가 가득해졌고, 정난정의 눈길도 이제는 싸늘하기만 했다. 그러나 이장생은 이왕 말을 꺼내놓은 이상 할 말은 다 하겠다는 듯 거침이 없었다.

"소생은 대감이 무슨 짓을 하던 상관하지 않겠소. 그러니 대감께서도 소생의 일에 상관하지 않았으면 좋겠소. 과거의 일은 묻어두겠으나 이후로 대감의 수하들이 다시 명월향에 와서 소란을 부린다면 그때는 가리지 않고 모두 베어버리고 말테요. 열 명이든 백 명이든 상관없소. 수하들을 아낀다면 그들에게 단단히 주의를 주시기 바라오."

윤원형이 노성을 터뜨리는 대신 입을 꽉 다물었다. 거침없이 말하는 이장생에 대한 노여움과 살심으로 말문이 막혀버린 것이다.

여태까지 수많은 유생들로부터 모진 말을 듣고 모욕을 당했으며, 비방과 욕을 먹었지만 지금처럼 지독했던 적은 없었다.

이장생이 옷매무새를 바로 하고 인사하는데 후원으로 한 사람이 성난 말처럼 뛰어들었다. 남치근이다. 그 뒤를 최달평이 허둥지둥 따르고 있었다.

이장생전 李長生傳

제14장

위기를 맞다

앞뒤 가릴 새 없이 뛰어든 남치근이 정자에 서 있는 이장생을 보고 버럭 고함쳤다.

"네 이놈, 간도 크구나! 감히 이곳에 나타날 생각을 했더란 말이냐?"

윤원형과 정난정이 있다는 것도 잊은 듯이 소리치고 달려온다.

'저 사람이 하필 이런 때에…….'

윤원형이 낯을 찌푸렸고, 남치근의 출현에 어리둥절했던 이장생도 미간을 모았다. 남치근이 윤원형의 당여라는 사실은 진작 알고 있었으나 이렇게 제 집처럼 뛰어들 만큼 격의 없는 사이일 줄은 몰랐던 것이다.

의혹의 눈으로 윤원형을 보는데 정자로 뛰어 올라온 남치근이 걷어차기라도 할 기세로 "어서 꿇지 못하겠느냐!"하고 다시 소리쳤다. 그러더니 정자 아래에 서서 어쩔 줄 모르고 있는 최달평에게 소리쳤다.

"무엇하고 있느냐? 어서 이놈을 묶어라! 포청으로 끌고 가야겠다!"

"예, 예……."

대답은 하지만 최달평은 사뭇 머릿속이 복잡해 미칠 지경이었다. 고개를 푹 숙인 채 조신하게 앉아 있는 묘화의 모습에 어리둥절해지고, 이장생이 윤원형 앞에 꼿꼿이 서 있는 게 의아하기만 했던 것이다.

'대체 무슨 일이 어떻게 돌아가고 있는 거야? 묘화는 저게 무슨 꼴이고, 저놈은 또 왜 저러고 있는 거지?'

머리가 어지러워졌다.

이장생은 남치근이 이렇게 설쳐대는 게 윤원형을 믿기 때문이라는 것을 알았다. 그건 곧 정자 아래 모여 서 있는 무사들을 믿는 것이기도 하다.

이장생이 입가에 싸늘한 비웃음을 매달고 남치근을 바라보았다.

"포도대장 나리. 그것보다 먼저 저 자를 잡아 묶어야 하는 것 아니요?"

장약허를 가리킨다.

그가 인상을 썼고, 남치근은 그제야 실수를 깨달은 듯 안색이 변했다.

"저 자가 명월향에서 포졸 둘과 포교 한 사람을 죽였다고 들었소. 포도대장께서 몸소 납시었으니 당연히 붙잡아 국법대로 처리하시겠지. 그렇지 않소?"

나는 새도 떨어뜨릴 만한 권세와 권력을 쥐고 있는 두 사람이 한 자리에 있건만 오히려 이장생이 당당했다. 남치근을 똑바로 바라보며 수하를 꾸짖듯 한다.

"저 자를 잡아 끌고 간다면 나 또한 두 말 없이 포승을 받겠거니와, 그렇게 하지 않는다면 대감에게 공평무사함이 없다는 것이니 나 역시 따르지 않겠소."

‘급한 성격 때문에 또 일을 저지르고 말았구나.’

남치근은 앞뒤 가릴 것 없이 우선 뛰어들고 본 자신의 성급함을 비로소 후회했다. 그러나 사태는 이미 돌이킬 수 없게 되어 있었다.

“이게 무슨 무례한 짓이란 말이요? 기별도 없이 이렇게 찾아오다니. 당신답지 않은 경솔함이 아니겠소?”

윤원형이 짐짓 정색을 하고 꾸짖었지만 그것 또한 턱없는 뒷북에 지나지 않았다.

잠깐 동안 무거운 침묵이 흘렀다.

윤원형이 힐끔 정난정을 바라보았다. ‘저놈을 지금 죽여야겠지?’ 하고 묻는 것이다. 그 의중을 읽은 정난정이 보일 듯 말 듯 고개를 가로저었다. ‘지금은 때가 아닙니다. 다른 눈이 있지 않습니까?’하는 그녀의 마음속 말을 윤원형도 즉각 알아들었다. 쓴 입맛을 다시며 정자 아래 우두커니 서서 눈을 뒤룩거리고 있는 최달평을 보고 한숨을 쉰다.

‘성질을 부릴 줄만 알았지 앞뒤 가릴 줄 모르는 자가 일을 복잡하게 만들고 말았구나.’

남치근을 바라보는 눈길이 곱지 않았다.

정난정 또한 그에게 눈을 흘겨주고 나서 이장생에게 다시 말했는데, 언제 노여워했었냐는 듯이 어투가 처음의 그것처럼 부드러워졌다. 사태가 뜻밖의 방향으로 흘러갔으니 어떻게 해서든 이 철없는 젊은 놈을 회유하는 것만이 난감한 국면을 수습할 수 있는 유일한 길이라고 판단한 것인지도 모른다.

“이제 이곳을 나가면 자네는 방패막이가 하나도 없는 혈혈단신이나

제14장 위기를 맞다

마찬가지 신세가 되네. 그래서는 이 험난한 세상을 살아가기가 쉽지 않겠지. 자, 어쩌려는가?"

잠시 이장생의 대답을 기다리던 그녀가 다시 타일렀다.

"내 제안은 여전히 유효하다네. 자네가 고개만 끄덕이면 그 즉시 안락하고 복된 삶이 자네 앞에 펼쳐지는 거야. 무엇이 현명한 판단이고 처신인지 충분히 알리라고 믿네."

한 가닥 기대의 끈을 놓지 않고 있는 정난정을 똑바로 바라보며 이장생이 무뚝뚝하게 대답했다.

"부인의 말씀은 고맙소이다. 그러나 나는 역시 내 길을 가야지요."

고개를 돌려 남치근을 노려보듯이 바라보며 다시 말한다.

"임꺽정이를 비호하는 자가 있다면 그게 누구든 반드시 죽여 죄 값을 치르게 할 작정이요. 내 원수와 마찬가지이기도 하려니와, 국법을 어기고 임금을 속인 죄가 있으니 죽어도 할 말이 없겠지."

그 말에 남치근과 윤원형은 물론 정난정마저 안색이 하얗게 질렸다. 매섭게 이장생을 노려볼 뿐 아무 말도 하지 못한다.

이장생이 남치근 앞을 태연히 지나 정자를 내려갔다. 최달평이 움찔 놀라 비켜섰고, 대신 무사들이 몰려들어 가로막았다.

장약허가 거만한 걸음걸이로 천천히 다가와 마주 섰다. 노려보는 눈에 끔찍한 살기가 이글거리지만 그를 마주 보는 이장생의 눈길은 무심하기만 했다. 빛을 빨아들이는 깊은 우물 같다.

"보내주어라."

윤원형이 마지못한 듯 하는 말에 장약허가 옆으로 한 걸음 비켜서며

이장생전 李長生傳

이 시리게 말했다.

"다음에 만났을 때도 오늘처럼 운이 좋으리라고 기대하지 마라."

피식 웃는 걸로 대답을 대신한 이장생이 의도적으로 어깨를 부딪치고 스쳐 지나갔다. 장약허의 얼굴이 보기에 끔찍할 정도로 일그러졌다.

멀어지는 그의 등을 바라보며 원망과 원독이 이글거리는 눈길을 쏘아 보내는 사람이 있었다. 묘화였다.

그녀는 모욕감에 바들바들 몸을 떨고 있었다. 은근한 기대를 가지고 가슴 두근거리며 바라보았던 사람이 끝내 자기를 한 번도 돌아보지 않았기 때문이다.

정경부인이 혼인 이야기를 꺼냈을 때는 가슴이 터질 것처럼 긴장하지 않았던가. 이장생이 당장 그러겠다고 말해주기를 간절히 바랐다. 그러나 그는 눈길 한 번 주지 않았고, 저렇게 떠나가면서도 역시 그렇다.

이보다 더 지독하게 무시를 당할 수는 없을 것이다. 그래서 묘화는 눈물이 쏟아지려고 했다. 자기 꼴이 수치스럽게 여겨져 고개를 푹 숙고 입술을 아프도록 깨물었다.

작은 문을 지키고 있는 자에게서 맡겨두었던 환도를 받아든 이장생이 태연히 사라지자 깜짝 놀란 듯이 최달평이 뒤쫓아 달려갔다.

대문 밖에서 기다리고 있다가 이장생이 나오는 걸 본 십여 명의 포졸들이 우르르 몰려들었다. 이장생이 눈살을 찌푸리는데 최달평이 헐레벌떡 달려나오며 마구 손사래를 쳤다.

"놔 둬. 가게 둬라. 막지 마."

"통쾌했다."

제14장 위기를 맞다

“뭐가?”

“두 대감 앞에서 그렇게 거만을 떨 수 있는 자는 또 없을걸? 전후 사정이 어찌된 건지 알지는 못하지만 말이다.”

이장생은 최달평이 뒤따라오고 있었으므로 귀찮았지만 ‘네 마음대로 해봐라’하는 배짱으로 상관하지 않고 걸었다. 그런데 그가 곁에 바짝 따라붙으며 말을 건네는 것 아닌가. ‘대체 무슨 속셈이지?’하는 생각에 의아해지는데 최달평이 더욱 너스레를 떨었다.

“남 대감의 뭣 씹은 것처럼 일그러진 그 얼굴을 다른 놈들도 봤어야 하는데 말이야, 하하하―”

말끝에 박장대소한다.

그때까지 상관하지 않고 성큼성큼 걷던 이장생이 의아해서 돌아보았다.

“당신은 좌포청의 포교가 아닌가?”

“왜? 포교면 뭐가 어때서? 내가 나라의 녹을 먹지 남 대감의 녹을 먹느냐?”

이장생이 빙긋 웃었다. 최달평의 말이 마음에 들었던 것이다. 그에 대하여 가지고 있었던 경계심이 반 넘게 사라져 버렸다.

“당신은 상관을 존경하지 않는 나쁜 부하로군.”

“존경하지. 그것뿐인 줄 아느냐? 무서워하기도 한다. 아주 끔찍할 만큼. 그래도 통쾌한 건 통쾌한 거야. 하하하―”

다시 박장대소하는 그에게 더 호감을 느낀 이장생이 불쑥 물었다.

“가선이를 왜 데려갔지?”

"응? 내가 그랬다는 걸 어찌 알았느냐?"

"명월향에서 들었지. 수소문해보니 당신이 그녀를 데리고 장통방으로 가는 것을 보았다는 사람들이 꽤 되더군. 그래서 지난 며칠 동안 당신 주위를 맴돌며 기회를 엿보고 있었다."

"그런데 왜 아무도 너를 발견하지 못했을까?"

최달평이 고개를 갸웃거렸다. 조금도 그런 기미를 알아채지 못했던 것이다.

"제기랄, 매미 잡는 버마제비를 참새가 노리고 그 참새를 다시 매가 노리고 있는 꼴이었구나."

이장생이 오히려 자기를 감시하고 있었다는 데에 어이가 없다.

"자, 말해 봐. 왜 가선이를 데려갔는지."

"너를 잡으려고 그랬다. 그녀를 붙잡고 있으면 반드시 네가 찾아오리라고 믿었거든."

이장생이 눈살을 찌푸렸다.

"비겁한 짓이군."

"그녀에게 조금의 피해도 없으니 꼭 그런 건 아니지. 장약허로부터 보호해 준 셈이니 오히려 고맙다고 해야 하지 않겠느냐?"

"좋아, 그 문제는 따지지 않기로 하자. 그런데 왜 나를 잡으려는 거냐?"

"포도대장의 명령이니까."

"그럼 지금 잡지 않고 왜 따라오는 건가?"

"나 혼자서는 너를 당할 자신이 없거든."

시원시원한 대답에 이장생이 피식 웃었다.

제14장 위기를 맞다

"그녀를 어디에 숨겨 두었지?"

"네가 왜 이필교의 가게를 기웃거리는 것인지 말해 주면 나도 가르쳐 주겠다."

의뭉을 떠는 최달평을 향해 빙긋 웃어준 이장생이 시원시원하게 털어놓았다.

"남 대감이 그러더군. 내가 찾는 자가 거기 숨어 있다고 말이야."

"응? 남 대감이? 아니 왜?"

최달평이 눈을 휘둥그레 떴다. 남치근이 자기에게는 이장생을 잡으라고 했지 않은가. 그런데 그 전에 이장생과 만났고, 이필교의 가게를 가르쳐 주었다는 게 이해되지 않았던 것이다. 이필교가 왜 이 일에 엮이게 된 것인지도 여전히 알 수 없다.

"정말 이해할 수 없구나. 대감이 왜 너에게 이필교가 있는 곳을 가르쳐 주고, 또 포졸들을 풀어 그곳을 지키고 있다가 너를 잡게 했을까? 무슨 변덕이 그렇게 죽 끓듯 한담?"

"당신은 그자가 누구인지 정말 모르고 있는 모양이군."

이장생의 말에 최달평이 눈을 반짝였다.

"이필교 말이냐? 장통방에서 제일 큰 포목점을 가지고 있는 장사꾼이지. 명나라를 제집처럼 드나들며 무역도 하고 있는 부자야. 얼마나 많은 재물을 쌓아두고 있는지 아무도 모를걸?"

이만하면 됐지 더 뭘 알아야겠느냐는 얼굴로 빤히 바라본다.

이장생이 코웃음을 쳤다.

"그자가 이필교가 아니라면?"

이장생전 李長生傳

"아니라고? 그럼 누구란 말이냐?"

"서림."

"서림?"

이장생이 던지듯 내뱉은 말에 고개를 갸웃거렸던 최달평이 "억!"하고 놀란 소리를 냈다.

"지금 서림이라고 했느냐? 그가 그 서림이라고?"

"맞아. 그 서림이지. 남 대감이 자기 입으로 그렇게 말했다."

"허!"

최달평이 잔뜩 인상을 쓰고 발을 굴렀다.

"제기랄, 어쩐지 어디선가 본 듯한 얼굴이더라니. 감쪽같이 변장을 하고 살았구나!"

몇 년 전, 서림이 붙잡혀 형조의 취조를 받을 때 최달평은 먼발치에서나마 그를 본 적이 있었다. 그 후 그자가 개과천선하여 토포사로 부임해 온 남치근을 도와 임꺽정 토벌에 나서 큰 공을 세웠고, 그 일로 죄를 사면 받아 방면된 후 어디론가 사라졌다고 알고 있었다. 그런데 수염을 깎고 머리 모양을 바꾼 채 코앞에서 여전히 살고 있었다니 기가 막혔다.

"하긴, 조정에서 사면해 주고 신분을 숨겨 주었으니 누가 알 수 있겠어?"

그렇게 중얼거리지만 최달평은 속으로 자기에게까지 감쪽같이 숨겨 온 남치근을 야속하게 여기지 않을 수 없었다. 이장생의 속셈을 이해할 수도 있게 된다.

"그래서 네가 그를 노리는 거였구나?"

"그자는 임꺽정이 정말 죽었는지, 아직 살아서 어디엔가 숨어 있는지 알고 있을 테니까."

"그런데 정말 임꺽정이 살아 있다고 믿는 것이냐? 왜?"

"자, 이제 가선이를 어디에 숨겨 놓았는지 말해 봐."

묻는 말에 엉뚱하게 되묻는 이장생을 못마땅하게 보던 최달평이 불쑥 말했다.

"이필교의 집."

이장생이 흡족한 미소를 지었다.

"당신은 믿을 수 있겠군."

"거래에는 신용이 제일 중요한 거니까."

***

"이제 더 이상 망설일 이유가 없소."

임꺽정의 얼굴이 무섭게 굳어 있었다. 윤원형이 "으음-"하고 신음했다.

"여태까지 대감의 뜻에 따르며 은일자중해 왔소이다만 결과는 실망스러울 뿐이요."

이장생이 다녀갔고, 그가 했던 말들을 모두 알고 있는 것이다. 그래서 화가 났다.

임꺽정은 솟구치는 노여움을 참느라고 무진 애를 쓰고 있는 중이었다.

346

이장생전 李長生傳

"대감은 순리대로 일을 이루어 나가고자 하나 그렇게 해서는 점점 더 복잡해지고 어려워질 뿐이라는 게 드러나지 않았소이까?"

이장생의 등장은 계획에 없던 일이었다. 순조롭게 되어갈 일이 그놈 때문에 엉망진창으로 꼬일 기미가 보인다는 데에 윤원형도 단단히 화가 나 있었다.

"그래서 어떻게 하겠다는 것이냐?"

"반대하는 자들을 모조리 죽인 다음에 대궐로 난입하여 상감이라는 자를 인질로 잡기라도 해야지요."

"그게 말이 되는 소리냐!"

윤원형이 버럭 소리쳤다.

"대궐이 여느 집 같은 줄 아느냐? 궐문을 지키는 병사들은 물론 주상을 호위하는 금위영의 병사들이 상주하는 곳이다. 대전과 태자전의 별감들은 또 어떻고? 그들 모두가 뛰어난 검객 아닌 자가 없다. 어중이 떠중이들 수백 명을 데리고 뛰어들어 봐야 몰살을 당하고 말 뿐이야."

"죽을 때 죽더라도 그렇게 한바탕 뒤집어놓고 나면 조정의 대신이며 양반이라는 것들의 생각이 바뀔지도 모르지 않소?"

윤원형의 안색이 싸늘해졌다. 정말 그랬다가는 누구보다 먼저 자기가 무사하지 못할 것 아닌가.

"큰일 날 소리. 잠꼬대라도 다시는 그런 소리 하지 마라."

엄한 얼굴로 꾸짖지만 임꺽정은 조금도 물러서려고 하지 않았다.

"내가 대감을 돕기로 한 건 단지 목숨을 부지하려는 것만이 아니었소. 대감과 손을 잡으면 이 빌어먹을 양반 사회를 뒤엎어 버리고, 천출

제14장 위기를 맞다

이든 서출이든 상관없이 억울한 일을 당하지 않으며 살 수 있는 새로운 나라를 만들 수 있겠다고 생각했기 때문이외다."

"내 뜻이 바로 그와 같다."

"그런데 대감은 기껏 케케묵은 서얼허통법에만 매달리고 있으니 답답하구려."

"우선 대문을 열어젖히는 게 중요하지 않겠느냐? 그래야 마당에 들어갈 수 있고 안방도 차지할 수 있게 되는 것이다. 주상을 설득해 서얼허통법을 정착시키는 일이 바로 그 대문을 여는 일인 게야."

"빌어먹을. 어느 세월에 그 많은 유생들을 무마하고 조정의 대신들 입을 막을 수 있단 말이요? 왕을 바꿔버리면 간단한 일일 텐데 어째서 그 일에는 그토록 소심하신 것인지 모르겠소이다."

"어허, 큰일 날 소리. 다 때가 있는 거라고 누누이 말했지 않느냐? 용상의 주인이 바뀐다고 해서 유생들의 의식도 바뀔 거라고 생각해서는 안 돼."

"왕을 손에 넣은 다음에 왕명을 내리게 해서 반대하는 유생 놈들을 모조리 붙잡아다 주리를 틀어버리면 되지 않겠소? 그렇게 하면 누가 나서겠소이까?"

"네 생각이 너무 단순하구나."

윤원형이 한숨을 쉬었다. 일을 추진할 때는 곧 이루어질 것으로 기대했으나 시간이 갈수록 벽이 높고 단단하다는 걸 절감하지 않을 수 없는 그였다.

왕 하나를 바꾼다고 해서 될 일이었다면 벌써 그렇게 했을 것이다.

이장생전 李長生傳

역성혁명을 일으켜 새로운 윤 씨 왕조를 세우고 자기가 왕이 된다고
해도 뿌리 깊은 사회 제도를 한순간에 바꿀 수는 없지 않겠는가.

윤원형은 그것을 한탄하는데 임꺽정은 서두르기만 했다.

당장이라도 실행하기를 바라는 건 그만큼 초조해 하고 있다는 반증
이다. 그리고 초조해하는 건 일이 잘 풀리지 않고 있다는 걸 의식하기
때문이다. 그러니 제 힘의 많은 부분을 임꺽정에게 의지하고 있는 윤원
형도 덩달아 불안해지지 않을 수 없었다.

***

"묘화가 다녀갔다고?"

이필교의 저택을 감시하고 있던 포졸의 말에 최달평은 물론 이장생
도 깜짝 놀랐다.

최달평은 자기가 장약허의 부탁을 받고 붓골 이정빈의 집으로 가고
있을 때 묘화가 이곳에 왔었다는 게 수상쩍기만 했다.

묘화와 이필교가 왕래하는 사이라는 건 벌써부터 알고 있었지만 어
떤 관계인지는 알지 못했는데, 자기의 이목을 따돌리고 은밀히 다녀갔
으니 부쩍 의심이 생긴다.

"대체 뭐가 어떻게 돌아가는 거람?"

남치근이 이필교를 감싸고 있는데 이필교의 본색은 임꺽정의 심복인
서림이라는 자다. 그를 알고 있는 묘화는 윤원형을 섬기는 무사이면서
측근이기도 하다. 남치근 또한 윤원형과 가깝게 지내는 사이다. 그렇다

349

제14장 위기를 맞다

면 윤 대감도 서림의 존재를 알고 있지 않았을까? 하는 생각에 사뭇 혼란스럽기만 했다.

최달평이 잔뜩 이맛살을 찌푸린 채 이장생을 힐끔거렸다.

'만약 이 녀석의 믿음처럼 임꺽정이 정말 살아 있는 거라면?'

그렇게 생각하자 끔찍해졌다. 세상이 놀라 뒤집어질 일이 아닌가. 주상을 속이고 조정의 이목을 가린 자들을 색출해 내기 시작하면 한두 명이 아닐 것이다. 그 속에는 정승 판서도 끼어 있을 테니 보통 문제가 아니다.

세상이 발칵 뒤집어지는 건 물론, 을사년의 옥사와는 비교도 되지 않을 혈풍이 한바탕 불어 닥칠 지도 모르는 일인 것이다.

그 생각에 진저리를 친 최달평이 이를 악물고 발을 굴렀다.

세상이 어떻게 되는지는 뒤의 일이고, 지금 당장은 무엇이 진실인지 가려내지 않고서는 견딜 수 없을 만큼 호기심이 커졌던 것이다.

"제기랄, 일단 부딪쳐 봐야지. 그래야 개인지, 개 가죽을 쓴 양인지 알 것 아니겠어? 가자고."

포졸들에게 골목을 지키게 한 그가 씩씩거리며 앞서 대문을 향해 성큼성큼 걸어갔다.

문을 박차고 뛰어든 최달평과 이장생은 다시 한 번 깜짝 놀라지 않을 수 없었다.

이필교가 떠날 채비를 한 채 마당에 내려와 있었기 때문이다. 임가선이 시비와 함께 그 뒤에 서 있다가 이장생을 보고 놀라 소리쳤다.

"나리, 무사하셨군요!"

무너질 듯이 달려와 와락 품속으로 뛰어든다.

이장생은 우선 그녀의 얼굴부터 살펴보았다. 지난 며칠간 마음고생이 심했던지 핼쑥해져 있었으나 건강해 보여 마음이 놓였다.

최달평이 인상을 쓰며 이필교에게 다가갔다.

“이 나리. 곧 인정을 알리는 종이 울릴 텐데 어디로 가시려나?”

인정(人定)의 종이 울리고 나면 도성 안은 통행금지가 된다. 어기는 자는 모두 경수소(警守所)에 끌려가 구금되었다가 다음날 곤장을 맞고 방면되었으므로 스물여덟 번의 종이 울리고 나면 한양 성중은 텅 빈 것처럼 인적이 끊어지기 마련이었다.

이필교의 낯이 어두워졌다.

커다란 등짐을 지고 있던 두 명의 하인이 눈치를 보더니 냅다 그것을 벗어 던지고 달아났다. 최달평은 그들을 상관하지 않았고 이필교 또한 아무 말도 하지 않았다.

“너도 나가라.”

바들바들 떨고 있는 어린 시비마저 내보낸 최달평이 대문을 닫아걸었다.

이제는 아무도 들어오고 나갈 수 없게 되었다. 이필교의 얼굴에 두려움이 떠올랐다. 부지런히 눈을 굴리지만 여기서 빠져나갈 길이 보이지 않았던 것이다.

그는 자정 무렵에 묘화가 데리러 오겠다고 했으므로 그녀를 기다리고 있던 중이었다. 그런데 그녀보다 앞서 최달평이 이장생과 함께 찾아온지라 더욱 당황하고 있었다.

임가선을 달래준 이장생이 그녀를 떼어놓고 천천히 이필교에게 다가 갔다. 그가 한 걸음 다가올 때마다 한 걸음 뒷걸음질 치던 이필교가 기 어이 마루에 걸려 털썩 엉덩방아를 찧고 주저앉았다.

매섭게 쏘아보던 이장생이 거두절미하고 던지듯 한 마디를 물었다.

"임꺽정이 어디에 있지?"

"아니, 그건…… 어찌 나에게 그것을 물으시오? 그는 몇 해 전에 죽지 않았소? 세상이 다 아는 일이요."

버텨본다.

최달평이 달려들더니 와락 멱살을 틀어쥐고 인상을 썼다.

"네가 서림이라면서?"

"아니, 아니, 그건…… 사람을 잘못 본 것 아니오?"

"흥, 개소리. 네 빤질빤질한 상판이 어쩐지 낯익다 했지. 대체 무슨 꿍꿍이 속이냐? 묘화와는 어떤 사이지? 그 계집애가 다녀갔다던데 무 슨 흉계를 꾸민 것이냐? 남 대감이 왜 너를 그토록 지켜주려고 했던 거 지?"

사뭇 다그치는 말에 이필교의 안색이 점점 파랗게 질려갔다.

이장생이 다시 말했다.

"너에게 무슨 생각이 있고, 어떤 사정이 있는지 묻지 않겠다. 임꺽정 이 있는 곳만 토설해라. 그러면 목숨을 부지하고 여전히 이필교로 행 세하며 살 수 있을 것이다. 그러나 거짓말을 한다면 우선 너부터 요절 을 내버리고 말 테다."

이필교는 자기에게 주어진 시간이 많지 않다는 걸 알았다. 이장생이

이장생전 李長生傳

오래 기다려줄 것 같지 않으니 그렇다. 최대의 위기를 맞았다는 걸 인정할 수밖에 없으니 가슴이 사뭇 떨렸다. 빠져나갈 길이 어디에도 없다는 게 더 큰 절망이어서 손마저 와들와들 떨렸다.

죽을지언정 입을 꾹 다물고 있을 것인가, 아는 걸 속 시원히 털어놓고 목숨을 부지할 것인가 하는 문제를 결정해야 한다. 그건 오래 생각하고 또 생각해도 쉽지 않은 일인데 그럴 시간조차 없다.

그의 갈등을 읽은 이장생이 재촉했다.

"네가 말하지 않아도 결국 알게 될 것이다. 묘화를 다그쳐도 될 테니까 말이야. 시간이 조금 더 필요할 뿐이지."

'그 여우같은 년이 결국 산통을 깨고 말았구나.'

이필교는 속으로 그녀를 욕하지 않을 수 없었다. 묘화가 뻔질나게 나다닐 때부터 불안하더니 결국 꼬리를 밟히고 말았다는 생각이 든 것이다.

"내가 알아맞혀 볼까?"

최달평이 불쑥 나섰다.

용의자를 문초하는 일에는 그가 이장생보다 몇 수 위다. 주저하는 자의 입을 열게 할 여러 가지 수단을 알고 있는데, 가장 민감한 부분을 넘겨짚어 보고 상대의 반응을 관찰하는 게 그 중 하나였다.

"윤 대감이 숨겨주고 있지? 너도 지금 그리로 달아나려던 참이었고."

대뜸 던진 말에 이필교가 당황하는 기색을 여실히 드러냈다.

이장생도 "음-"하고 신음했다. 그의 마음에도 어느덧 '그럴지 모른다.'하는 의혹이 자리 잡고 있었던 것이다. 그것을 최 포교가 서슴없이 말해 버

제14장 위기를 맞다

리니 충격을 받지 않을 수 없었다.

이필교의 반응에 득의양양해야 할 최달평의 안색이 어두워졌다.

'사실인 모양이군. 그렇다면 이건 벌집을 쑤시는 것보다 더한 짓이 될 것이다. 내가 감당할 수 있는 일이 아니야.'

다른 사람도 아닌 윤원형이 연루된 일이라면 누구도 감당할 수 없을 것이다. 게다가 남치근이 한 통속이지 않은가. 그 사실을 고변한다고 해도 윤원형이 잡아떼면 그만이다. 그것을 뒤집을 사람이 없다.

문정대비가 살아 있는 한 그는 기껏 삭탈관직을 당할 뿐 목숨을 부지할 게 틀림없다. 그리고 몇 년이 지나면 복권되어 다시 권세를 잡을 텐데, 그러면 무슨 수를 쓰든지 반드시 앙갚음을 할 것 아닌가.

최달평은 두려움을 느끼지 않을 수 없었다. 괜히 끼어들었다는 후회가 막심했다. 지금이라도 발을 빼고 모르는 척하는 게 상책이 아닐까, 하고 갈등하는데 밖에서 갑자기 비명소리가 들려왔다.

"죽여라!" 하는 고함소리와 아우성이 뒤섞였고, 칼과 칼이 부딪치는 날카로운 소리가 어지럽게 터져 나오는 것이 밖에 있던 포졸들이 당하고 있는 모양이었다.

갑작스런 일이라 모두 어리둥절해 있는데 날듯이 담을 뛰어넘어 들어오는 자들이 있었다. 하나 같이 검은 옷을 입었고 칼을 든 괴한들이었다.

"염병, 이젠 늦고 말았구나. 이래서 재수 없는 놈은 뒤로 자빠져도 코가 깨진다고 하는 거지."

발을 뺄 수도 없게 되었다는 걸 안 최달평이 즉각 두 자루의 단봉을 꺼내들고 이필교의 앞을 막아섰다.

이장생 또한 선뜻 칼을 뽑아 들고 앞으로 나섰다.

펄럭이는 옷자락 소리와 함께 다시 몇 놈이 담을 뛰어넘어 들어왔다. 쥐고 있는 칼 몸을 타고 피가 뚝뚝 떨어지고 있었다.

임가선이 놀란 비명을 지르며 어쩔 줄 몰라 했다. 이장생이 그녀를 등 뒤에 둔 채 괴한들을 바라보며 침착하게 말했다.

"놀랄 것 없어. 내가 죽지 않으면 너도 죽지 않는다. 다만 흉한 꼴을 보일 수밖에 없으니 그게 미안하구나."

다독이는 그의 말에 안도하면서도 임가선은 여전히 두려움으로 바들바들 떨었다. 이제는 이장생의 안위 때문이었다.

어느덧 마당에는 십여 명의 괴한들이 들어서 있었다. 번쩍이는 칼 빛이 눈을 찌른다.

"저놈들!"

최달평이 이를 부드득 갈았다. 담 위에 세 명의 궁수가 올라서서 활시위를 당기고 있었던 것이다.

"제기랄, 꼼짝없이 독안에 든 쥐 신세가 되고 말았구나."

분한 숨을 씩씩거리지만 마음속은 암담하기만 했다.

물어보지 않아도 이놈들이 어떤 놈들인지 알 수 있었다. 윤원형이 이장생을 죽이라고 보냈을 것이다. 임꺽정이 그랬을 수도 있다. 그런데 자기가 함께 있으니 역시 무사하지 못하리라는 생각에 최달평은 정신이 아뜩해지기만 했다.

놀라고 당황하기는 이필교도 마찬가지였다. 자정에 데리러 오겠다던 묘화 대신 이장생과 최 포교가 들이닥치더니, 이번에는 낯익은 놈들이 대문 밖의 포졸들마저 해친 채 살기등등해서 뛰어든 터라 그렇다.

"흉악한 놈들. 감히 국법을 수행하는 포졸들을 해치다니. 네놈들을 모조리 잡아 포청으로 끌고 가서 죽을 때까지 문초하고 말 테다."

최달평이 이를 갈지만 공허한 엄포에 지나지 않다는 걸 누구보다 그 자신이 잘 알았다. 포청에서 지원해 줄 포졸들이 올 리 없고, 구원을 요청할 수도 없는 처지인 것이다.

'꼼짝없이 죽게 생겼구나. 빌어먹을.'

무엇보다 담장 위의 궁수들이 두려웠다. 수시로 화살이 날아든다면 누가 무사할 수 있을 것인가. 이장생의 검술이 아무리 고명하다고 해도 표적이 되는 신세를 면할 수 없을 것이다.

대문이 활짝 열리고 두 사람이 느긋하게 걸어 들어왔다.

장약허와 묘화였다.

그들을 본 최달평은 더욱 절망적인 심정이 될 수밖에 없었다. 장약허가 이렇게 드러내고 패악을 떠는 건 이곳에 있는 자들을 모두 죽이기로 작정한 게 틀림없기 때문이다.

그의 낯이 차마 보아줄 수 없을 만큼 흉하게 일그러졌다.

그건 이필교도 다르지 않았다.

'저놈이 설마?'

자기를 죽이기 위해서 들이닥친 게 아닌가 하는 의심을 떨쳐버릴 수 없었다. 자정에 오기로 했던 묘화까지 함께 왔으니 더욱 수상쩍다. 그렇다면 죽여서 입을 막기 위함일 것이라는 생각이 들었다.

이장생전 李長生傳

'내가 내 무덤을 팠구나.'

이필교에게도 뒤늦게 그런 후회가 밀려들었다. 임꺽정이 심복 수하들이었던 박유복과 곽오주, 오가 등의 죽음마저 외면하고 잠적했던 일을 떠올리지 않을 수 없었던 것이다.

그게 모두 자기가 내놓았던 계략 아니던가. 큰일을 도모하려면 무정해지지 않을 수 없다고 부추겼었다. 망설이는 임꺽정에게 신하는 왕을 배신할 수 없어도 왕은 신하를 배신할 수 있노라고 속삭이기도 했다. 구구한 역사적 사실들마저 예로 들어가며 그를 설득했던 것이다.

그런데 이제는 그가 자기마저 희생제물로 삼으려 한다고 생각하자 아찔해졌다.

"저를 상관하지 마세요."

임가선이 이장생의 귓전에 대고 속삭이듯 말했다.

"제발 저를 상관하지 마세요."

가슴속 깊이 파고드는 그 말 때문에 이장생의 얼굴도 일그러졌다.

그녀의 마음을 잘 알 수 있었다. 바늘로 찌르는 것처럼 아프도록 온 마음으로 느낀다.

나를 신경 쓰느라고 당신이 마음껏 싸우지 못할까봐 걱정이에요.

나 때문에 당신이 해를 입어서는 안 돼요. 그러니 나에게 신경 쓰지 말고 당신의 목숨을 귀하게 여기세요. 죽으면 안 돼요. 다쳐서도 안 돼요. 성한 몸으로 나를 찾아왔듯이 성한 몸으로 이곳을 떠나세요. 당신의 뜻을 이루세요. 나는 어찌 되어도 좋아요. 상관하지 마세요.

그 말이, 그 뜻이 폭포수처럼 쏟아져 내려 가슴을 가득 채웠다. 터져

제14장 위기를 맞다

버릴 것 같다. 지독한 고통에 다름 아니다. 그래서 이장생이 이를 악물고 신음을 흘렀다. 가슴이 뜨겁게 달아올랐다. 그건 걷잡을 수 없는 투지가 되고 힘이 되었다.

"와라!"

그가 천둥치듯 소리쳤다. 칼을 쥔 손에 불끈 힘줄이 솟고, 적들을 노려보는 두 눈에 핏발이 어렸다. 악문 이 사이로 차갑고 거친 숨이 천천히 새나왔다. 짐승의 으르렁거림 같다.

"죽여!"

묘화의 앙칼진 소리가 쇠를 긁어대는 것처럼 갑자기 터져 나왔다. 그리고 담장 위에 자리 잡고 있던 궁수 세 명이 일제히 활시위를 놓았다. 화살이 어두운 허공을 가르고 흘렀다. 유성처럼 빠르게, 창처럼 곧장 찔러 들어온다.

이장생의 칼이 번쩍, 하는 빛을 뿜어냈다. 허공을 할퀴듯이 쓸자 땡강거리는 몇 번의 소리가 터져 나왔다.

석 대의 화살이 동강나며 튕겨져 나갈 때 이장생이 그것들을 대신하듯이 앞으로 쳐나갔다. 전광석화라는 말이 무색할 만큼 신속한 운신이었다. 발끝에 힘을 모아 땅을 걷어차고 내던져진 것처럼 달려나갔던 것이다.

두 놈이 재빨리 좌우로 갈라지며 검을 휘둘러 후려치고 베었다. 그림자를 끊을 것 같은 맹렬한 검격이었다.

쩽, 하는 날카로운 쇳소리가 나고 "음." 하는 억눌린 신음성도 흘렀다. 그리고 이장생은 다시 제자리로 돌아와 있었다. 그가 대체 어떻게

이장생전 李長生傳

움직이고 물러선 것인지 제대로 보지 못해 어리둥절해진 자들이 동요
했다.

이장생의 검격을 처음으로 받았던 두 명 중 한 명이 웅웅거리고 우
는 칼을 쥔 채 물러섰고, 다른 한 명은 쩍 벌어진 옆구리를 누르며 서
서히 주저앉고 있었다. 콸콸 흘러내리는 피가 벌써 발밑을 홍건하게 적
시고 있다.

눈부시다고 해야 할 첫 번째 충돌에 다들 눈을 부릅뜨고 놀랐지만
이장생의 놀람도 그에 못지않았다.

칼을 마주쳐 본 그는 오늘 일이 쉽지 않으리라는 걸 직감했다. 단칼
에 해치울 작정으로 두 놈을 노리고 쳐나갔으나 한 명만 베고 돌아설
수밖에 없었던 것이다. 괴한들의 솜씨가 만만치 않은데다가 궁수들까
지 호시탐탐 노리고 있으니 난감해진다.

“죽여! 모두 죽여 버려!”

묘화가 다시 악을 썼다. 낯빛마저 새파랗게 변했고, 표독하게 치뜬
두 눈에서는 원독과 살기가 불길이 되어 확확 뿜어지고 있었다.

장약허는 여전히 버티고 선 채 이글거리는 눈으로 지켜보고 있기만
했다.

그는 이장생이 어떻게 칼을 쓰고 어떻게 운신하는지 똑똑히 보고 느
끼려는 게 틀림없었다. 그러므로 당장 달려들지는 않을 것이니 다행이
라면 다행일 것이다.

묘화를 똑바로 바라볼 수 없다. 그래서 이장생은 애써 그녀의 눈길
을 외면한 채 괴한들만 쏘아보고 있었다. 그런 그의 태도가 그녀의 가

슴에 원망과 증오의 불길을 더 일으켰다.

바들바들 떨고 있는 임가선을 노려보는 묘화의 눈길에 질투가 이글거렸다. 이성을 잃게 만들고, 악마의 심성을 갖도록 강요하는 감정이 바로 질투 아니던가. 그래서 눈이 멀고 마음이 얼음장 같아진다.

'저년 때문이야. 진작 죽여 버렸어야 하는 건데 그랬어.'

임가선은 그런 살기를 내쏘는 묘화의 눈길이 두렵고 의아한 한편, 여자의 직감으로 그 증오 속에 감추어져 있는 것의 정체를 알아챘다. 그래서 이장생의 단단한 등을 바라보는 마음이 아프고, 자기를 노려보는 그녀의 지독한 증오를 연민하게 된다.

기회를 노리던 자들이 짧고 격한 기합성을 터뜨리며 일제히 달려들었다. 정면과 좌우의 좁은 공간을 난도질하며 강하고 격렬하게 부딪쳐오자 허공에 윙윙거리는 바람소리가 가득해졌고, 번쩍이는 검광이 아프도록 눈을 찔렀다.

이제는 최달평도 그들의 표적이었다. 그래서 그는 이를 악물고 모든 재주를 다 드러낼 수밖에 없었다. 쇠처럼 단단한 두 자루의 단봉을 어지럽게 휘두르고 후려치며 팔의 길이에 단봉의 길이를 더한 만큼의 공간을 지배했다. 그것에 부딪친 칼들이 요란한 소리를 내며 튕겨지고 허공을 맴돌다가 다시 떨어지기를 거듭한다.

최달평은 어금니를 악물고 눈을 찢어지도록 부릅떴다. 내가 지배하는 공간을 빼앗기면 곧 죽게 된다는 것을 알기에 그것을 지키기 위해서 필사적이 된다.

사람은 상관하지 않았다. 수시로 찌르고 베어오는 칼도 상관하지 않

이장생전 李長生傳

았다. 오직 내 팔이 미치는 공간에 신경을 쓸 뿐이다. 그 안에는 자신의 단봉만 있어야 한다. 그것의 칙칙한 빛으로 채워야 하는 것이다. 다른 건 조금도 용납할 수 없다. 그래서 결코 양보하지 않는다.

따다당! 하는 쇳소리가 다시 어지럽게 터져 나왔다. 그 소리에 돌아본 장약허가 "흠!"하고 감탄성을 흘렸다. 두 개의 바람개비를 손에 쥐고 있는 것처럼 사납고 정교하게 단봉을 휘둘러 몰아치는 최달평의 솜씨에 놀란 것이다. 솜씨 좋기로 소문난 수하들 셋이 밀리고 있지 않은가.

그들 또한 지지 않기 위해서 온 힘을 다해 칼을 휘두르고 있었으나 최달평의 단봉이 지배하는 공간을 한 치도 빼앗지 못하고 있었다.

장약허는 긴박한 상황과 상관없이 호기심을 느꼈다. 오직 자기가 지배하는 공간에 집중하는 저와 같은 수법을 처음 보았던 것이다. 공격은 삼 할이 채 되지 않았고, 칠 할이 넘는 부분을 수비에 할애하고 있었는데, 최달평이 의도적으로 그렇게 하는 게 아니라 그의 단봉 수법 자체가 원래 그런 것임을 알아채고 놀랐다.

"중들의 무예가 비범한 데가 있다던데 과연 그런 모양이군."

장약허가 고개를 끄덕였다. 최달평의 낯선 저 솜씨는 비전으로 전승될 뿐 속세에 전해지지 않는다는 중들의 호법 무예가 틀림없다고 짐작한 것이다. 여타의 검법과 달리 자기 주위의 일정한 공간을 봉쇄하고 지키는 데에 비결을 둔 무예이니 그렇다. 최달평이 그것을 어떻게 배웠는지는 중요하지 않았다. 그의 솜씨가 저토록 놀랍다는 게 중요할 뿐이다.

그가 명월향에서 자기 칼을 거뜬히 받아냈던 일을 떠올린 장약허가 고개를 끄덕였다.

361

"그때 저놈은 그저 잔재주를 조금 맛보였을 뿐이었어."

그가 자신의 칼 앞에서 겁에 질린 것처럼 허둥댔지만 엄살이었다는 걸 비로소 깨닫고 씁쓸해지기도 했다.

"으악!" 하는 비명이 다시 터져 나왔다. 장약허가 후딱 눈길을 돌렸다. 또 한 명이 이장생의 칼에 어깨를 깊이 찍혀 주저앉고 있는 게 보였다. 다른 한 명의 상태도 위태위태하다.

이쯤에서 나서볼까? 하는 생각에 어깨를 움찔거렸던 장약허가 다시 힘을 풀었다. 조금 더 지켜보는 것도 나쁘지 않다고 고쳐 생각한 것이다.

이장생전 李長生傳

제15장

모전교(毛廛橋)의 두 사람

이장생은 최달평과 달리 최대한 움직임을 절제하고 있었다.

슬쩍 슬쩍 몸을 기울이고 조금씩 움직여 상대의 공격을 피하는 데 집중할 뿐 좀체 칼을 부딪치지 않고 있었던 것이다.

힘을 아끼고 칼날을 아끼는 그와 같은 움직임은 이 싸움이 오래 가리라고 판단한 자의 영악한 대응이 아닐 수 없다.

'놀랍도록 눈이 빠르고 정확한 놈이다.'

장약허는 이장생의 움직임에서 제일 먼저 그와 같은 사실을 파악하고 놀랐다.

그에게는 마치 시간을 늘리는 재주라도 있는 것 같았다. 그렇기에 힘을 다해 내리치는 칼의 움직임을 토막토막 끊어서 보듯이 보고 적절한 때에 살짝 비켜서지 않겠는가.

그 간단한 움직임이 얼마나 재빠른지 이장생은 휘파람소리를 내며 떨어지는 칼을 매번 아슬아슬한 차이를 두고 피하고 있었다. 그래서 장약허는 그의 담력이 지나칠 만큼 크다는 것도 알았다.

무모하다고 해야 할 정도로 과감한 행동을 하는 건 그만큼 자신감에 차 있기 때문일 것이다. 그리고 한 번의 실수도 하지 않을 만큼 능숙하다.

장약허는 혀를 내두르지 않을 수 없었다. 얼마나 많은 수련을 해야 저렇게 될 수 있을까? 하고 생각하자 이장생이 달리 보이는 걸 넘어서 두렵게 여겨지기도 했다.

그러나 그건 그에게 있어서 더 큰 투지와 살기를 불러내는 유혹에 다름 아니었다. 참기 힘들다.

이장생은 기회가 오면 한 번씩 칼을 뿌리거나 내리쳤는데, 지극히 빠르고 위험하기 짝이 없는 일격이었다. 그때마다 그를 들이쳤던 자들이 깜짝 놀라 물러섰다.

이장생은 매번 좋은 기회를 놓치고 있었다. 그대로 쫓아 들어가며 통쾌한 일격을 먹인다면 누구도 그의 칼 앞에서 무사할 수 없을 텐데 그렇게 하지 않으니 그렇다. 그건 임가선을 지키기 위해서임이 분명했다. 그녀에게서 떨어지지 않으려는 것이다.

"어리석은 놈."

장약허는 그런 이장생을 비웃었다. 한낱 여자 때문에 위험을 무릅쓰고 있는 그의 행동이 한심하게만 여겨졌던 것이다.

이장생의 그런 망설임을 임가선도 느끼고 있었다.

비록 검술이 어떤 것인지, 검객들의 대결이 어때야 하는지 모르지만 이장생이 실력을 마음껏 발휘하지 못한다는 것은 잘 알 수 있었다. 그

이장생전 李長生傳

의 망설임이 자기 때문이라는 것도 그렇다.

"저를 상관하지 마세요."

그래서 그의 귓전에 속삭이듯 하는 말이 떨려 나왔다. 저의 목숨을 잃게 될까봐 두려워서가 아니라 이장생이 다치게 될까봐 커진 두려움이다.

"제가 어떻게 되든 상관 말고 이랑이 하고 싶은 대로 하세요."

진심이다.

이장생이 이렇게 제약을 받아서는 그도 위험하고 그것이 결국 모두를 위험에 빠뜨리게 되지 않겠는가.

이장생이 입술을 질끈 깨물었다.

임가선에게 그런 걱정을 하도록 해야 하는 자기 자신에 대한 노여움이 불쑥 고개를 든 것이다.

그가 "에잇!"하고 앞으로 튀어나갔다.

칼빛이 눈부시게 번쩍이고, "으악!" 하는 비명과 함께 선연한 피보라가 허공에 걸렸다.

노여움을 실어 벼락치듯 내리친 칼에 어깨를 깊이 찍힌 자가 무너지고 있었다. 미처 피하지 못한 것이다. 아니, 두 눈을 크게 뜨고 있으면서도 막거나 피할 수 없을 만큼 빠르고 강력한 검격이었다고 해야 하리라.

이장생은 '봐라, 내가 독하게 마음먹으면 너희들이 아무리 많다고 해도 상관없다.'하는 호통을 한 번의 칼질로 소리쳐 말한 것이다.

칼이 터뜨린 그 고함소리를 알아들은 듯 사납게 달려들던 놈들이 주

제15장 모전교(毛廛橋)의 두 사람

춤거렸다.

이장생의 움직임과 검격을 똑똑히 본 장약허는 그의 칼이 자기의 수법과 같은 성질의 것임을 확실히 알았다. 그래서 '저놈도 추풍검법을 수련했나?' 하고 생각했으나 한 가지 의문이 들어 고개를 갸웃거렸다. 그가 쾌속무비하고 정교하며, 과감한 중에 신랄한 검격을 보여주었지만 추풍검법 본연의 그것과는 무언가 미묘한 차이가 있었던 것이다.

그것은 호흡과 검세(劍勢)의 차이이고, 응용에 의한 변화의 차이였다.

장약허는 이장생이 손목의 힘을 극대화했고, 그 움직임에 많이 의지하고 있다는 걸 알아챘다. 칼끝의 예리하게 꺾이는 각도에서 여실히 드러났던 것이다.

그런 검법은 빠르고 격한 변화를 보일 수 있으나, 움직임의 범위가 좁아지고 지속할 수 있는 시간이 짧아진다. 칼의 무게를 지탱하는 손목의 피로가 팔꿈치와 어깨의 피로보다 훨씬 빨리 오기 때문이다. 그러면 칼의 움직임이 둔해질 수밖에 없는데, 그건 추풍검법의 비결에서 벗어난 것이었다.

"다른 것인가?"

또 한 놈의 칼을 밀어내고 위협적으로 꺾어 치는 이장생의 칼을 보면서 장약허가 그렇게 중얼거렸다. 쾌속하고 정교하며 과감한 것이 추풍검법의 비결 그대로였다. 그러나 운용법이 역시 다른지라 의아해진다.

그것과 상관없이 어쨌든 강하다. 저런 놈을 조선 팔도에서는 또 찾아볼 수 없으리라는 생각에 손이 근질거렸다.

"병신들!"

곁에서 지켜보던 묘화가 뽀드득, 이를 갈더니 바락 외치고 놀란 새처럼 갑자기 뛰어나갔다. 쏜살같이 마당을 가로질러 그대로 이장생에게 부딪쳐 가는데, 장약허가 미처 말리지도 못했을 만큼 갑작스럽고 신속한 행동이었다.

두 자루의 짧은 칼을 쓰는 그녀의 솜씨는 임꺽정도 인정하는 바였다. 그러나 이장생의 상대가 될 수 없다는 걸 장약허는 충분히 짐작할 수 있었다.

그녀는 임꺽정이 아끼는 수하이고, 윤원형과 정난정의 총애를 받고 있는 아가씨 아닌가. 죽도록 놔둘 수 없다. 그래서 장약허는 여차하면 뛰어나가 도와줄 작정을 하고 그들의 싸움을 뚫어지게 바라보았다.

묘화의 칼이 흰 빛을 뿌리며 사납게 허공을 자르고 베어댔다. 센 바람을 맞아 요사하게 너울대는 서낭당의 붉고 푸른 천 조각들 같다. 그것이 오직 죽이고 말겠다는 지독한 일념으로 이장생을 몰아치고 있었다. 자기가 그의 칼에 죽을 수도 있다는 건 조금도 생각하지 않는 게 틀림없다.

"저런 멍청한 계집애 같으니!"

장약허가 화가 나서 소리쳤으나 묘화는 듣지 못한 것 같았다. 이를 악물고, 분한 숨을 쌔근거리며 오직 매섭고 앙칼지게 좌우의 공간을 베고 끊어갈 뿐이다.

이장생에게는 더 물러설 곳이 없었다. 그가 빠르게 칼을 꺾었다. 손목의 탄력을 한껏 칼끝에 실어 어지럽게 휘두르는데, 그것이 그와 묘화 사이의 공간을 온통 흰 칼빛으로 채웠다. 한 겹 칼빛의 장막을 친

제15장 모전교(毛廛橋)의 두 사람

것 같은 광경이었다.

그 속에서 따다당! 하고 요란한 소리가 귀 따갑게 터져 나왔다. 새파란 불똥이 어지럽게 피어올라 검은 하늘을 밝히고 사라진다.

매번 가로막혔지만 묘화는 칼춤을 멈추지 않았다. 발작을 하는 것처럼 정신없이 좌우의 칼을 휘둘러댈 뿐이다. 그 난잡하고 무섭도록 재빠른 솜씨에 위험을 느낀 다른 자들이 멀찌감치 물러섰다. 그래서 묘화는 혼자서 이장생과 싸우게 되었다. 있는 힘껏 솜씨를 발휘하는데, 그것에 증오와 미움과 질투를 남김없이 더했으니 어떤 자의 칼보다 무섭고 끔찍한 것이 되었다.

이장생의 얼굴에 당황한 기색이 떠올랐다. 다시 요란한 쇳소리가 연거푸 터져 나왔다. 이렇게 막기만 하다가는 한이 없을 것 같았다. 어느 순간 그녀의 칼에 맞을지 알 수 없다. 최선은 힘껏 뿌리치고 베어버리는 것이다. 하지만 이장생은 차마 그렇게 할 수 없었다.

뻗어나가려던 칼이 멈칫거리고 멈추기를 여러 차례. 그것을 보던 장약허가 다시 차가운 비웃음을 흘렸다.

자기였다면 서슴없이 베어 버렸을 것이라고 생각한다. 목숨을 위협하는 자에게 무슨 연민이 필요하고 동정이 필요하단 말인가. 사납게 부딪쳐오는 자에게는 그보다 열 배는 더 사납게 받아치는 것만이 최선이다. 이쪽의 칼이 훨씬 무자비하고 강하다는 걸 보여준다면 상대는 겁을 먹기 마련이다. 다시는 함부로 달려들지 못하게 된다.

그러나 이장생은 묘화에 대한 연민의 마음 때문에 그런 사나운 칼을 포기하고 있었다. 그래서 점점 위험해졌다.

이장생전 李長生傳

묘화와 이장생을 두고 공간이 생기자 기회만 엿보고 있던 담장 위의 궁수들이 일제히 활시위를 당겼다.

따다당! 하고 다시 한 차례 칼과 칼이 부딪치는 날카로운 소리와 불똥이 터져 나왔다.

"물러서지 않으면 베겠다!"

이장생이 낮고 힘차게 외치며 달라붙은 칼을 밀어냈다. 힘에 밀린 묘화가 주춤 물러섰고, 담 위의 궁수들에게 절호의 기회가 찾아왔다.

팅! 하는 시위소리가 허공에 울렸다.

'아차!'

묘화와의 싸움에 정신이 팔려 궁수의 존재를 깜빡 잊고 있었던 이장생이 "비켜!"하고 외쳤다. 두 대의 화살이 빛살처럼 자기와 임가선을 노리고 쏟아져오는 걸 똑똑히 본 것이다. 나머지 한 대는 놀랍게도 이필교의 가슴을 향하고 있었다.

이장생이 벼락처럼 움직였다. 자기에게 꽂혀드는 화살을 낚아채는 것과 동시에 칼을 휘둘러 임가선을 향하는 화살의 꼬리를 후려쳤다. 아찔한 순간에 화살이 방향을 잃고 숫구쳐 서까래에 텅, 하고 박혀 부르르 떨었다.

그러나 한 대는 그대로 지나가 넋을 잃고 앉아 있는 이필교의 가슴에 사정없이 박혔다. 그가 "으앗!"하는 비명을 지르며 뒤로 벌렁 나자빠졌다. 그대로 숨이 끊어졌는지 꼼짝하지 않는다.

이장생의 얼굴에 다급해 하는 기색이 완연해졌다. 이필교를 구하지 못했으니 그의 입을 열게 할 수 없는 건 둘째 치고, 임가선을 보호할

제15장 모전교(毛塵橋)의 두 사람

일이 걱정되었던 것이다. 이렇게 틈을 노리고 불쑥불쑥 활을 쏘아댄다면 속수무책으로 당할 수밖에 없다.

제일 먼저 저 궁수들을 처치해야 하는데 임가선을 홀로 둔 채 마당을 메우고 있는 놈들을 뚫고 나갈 수 없으니 불가능한 일이었다.

담장 위의 궁수들이 다시 시위를 당기고 있었다. 활이 뿌드득거리며 만월처럼 굽는다.

이장생은 최달평이 충분히 자기 한 몸을 지킬 수 있을 것이라고 믿었다. 이필교는 죽었으니 문제는 임가선이었다. 그녀를 보호하면서 싸워야 하니 움직임의 많은 부분을 포기할 수밖에 없다는 생각에 마음이 어두워졌다.

이런 상황에서는 자기에게 아무리 하늘을 뚫고 땅을 가르는 재주가 있다고 해도 다 소용이 없다는 걸 깨달았다.

이장생이 다시 한 차례 위험을 무릅쓸 각오를 하고 칼을 고쳐 쥐는데 갑자기 "으악!"하는 비명소리가 엉뚱한 곳에서 터져 나왔다.

막 활을 쏘려던 세 명의 궁수가 활시위를 놓치고 담에서 굴러 떨어지고 있었다. 덧없이 허공을 난 화살이 푸르릉, 하는 비명소리를 끌고 어둠 속으로 사라진다.

"엇?"

의외의 사태에 모두 깜짝 놀랐다. 땅에 떨어진 세 궁수들의 등에 하나 같이 화살이 깊이 박혀 있었던 것이다.

쾅! 하는 요란한 소리와 함께 빗장이 부러지면서 대문이 활짝 열리고, 한 떼의 무사들이 우르르 쏟아져 들어왔다.

이장생이 눈살을 찌푸렸다. 이정빈의 집에서 마주쳤던 자들이 섞여 있었던 것이다. 붓골의 무사들이 틀림없다. 교동의 무사들은 물론 장 약허도 당황하는 기색이 역력했다.

그때 한 사람이 느긋한 모습으로 걸어 들어왔다. 곽거도였다.

"이게 무슨 일인가 했더니 장 형이 저지른 일이었군."

장약허를 보고 비웃은 그가 비로소 이장생과 임가선, 최 포교를 발견하고 하하, 웃었다.

"이런 데에서 밤놀이를 즐기고 있었다니? 너는 보기보다 운치가 있는 사람이었구나."

이장생은 아무 말도 하지 않았다. 붓골의 무사들과는 이미 원한을 맺은 바가 있지 않던가. 그러니 그들의 돌연한 등장이 득이 될지, 화를 더해주는 일이 될지 판단할 수 없었다.

임가선에게 눈웃음으로 인사를 대신한 곽거도가 다시 장약허와 묘화를 돌아보았다.

"장 형, 우리가 만나기로 약속한 시간은 아직 일경이나 남았는데 벌써 이렇게 와있었구려? 부지런한 사람은 역시 달라. 가만, 그런데 약속 장소가 여기가 아니지 않소?"

고개마저 갸웃거리며 능청을 떠는 것이 완연한 비웃음이다.

장약허의 얼굴이 일그러졌다. 결정적일 때에 나타나 훼방을 놓는 자가 곽거도라는 게 못마땅하기만 한 것이다.

"곧 끝난다. 저놈을 처리한 다음에 우리 약속을 실행해도 늦지 않아."

"그럼 그렇게 합시다. 늦게 온 탓에 앞서의 재미난 구경을 하지 못한

제15장 모전교(毛氈橋)의 두 사람

게 억울하지만 어쩌겠어? 남은 구경이라도 해야지."

곽거도가 시원스럽게 대답하고 다시 하하, 웃었다. 물러날 것처럼 말하지만 여전히 그 자리에 있었고, 붓골의 무사들도 그렇다.

"어서 하시오."

망설이는 장약허에게 재촉까지 하는 여유를 부린다.

장약허가 음침한 웃음을 흘렸다.

"흐흐, 이래서 재미가 있다니까."

그는 언제 무슨 일이 생겨 상황이 돌변할지 알 수 없으므로 세상 일이 재미있는 것이라고 생각했다. 모든 게 마음먹은 대로 이루어진다면 무슨 재미로 살 것인가. 의외성이 함정처럼 도처에 도사리고 있기 때문에 늘 긴장하게 되고, 그것이 살아가는 재미를 더해주는 일이라고 여긴다.

교동의 무사들은 완연히 투지를 잃고 있었다. 붓골 무사들의 갑작스런 등장에 사기가 뚝, 떨어져버린 것이다. 게다가 담 위에는 곽거도가 데리고 온 세 명의 궁수가 조금 전까지 그곳에 있었던 자들을 대신하여 올라서 있지 않은가. 그들의 화살이 언제 누구에게 향할지 알 수 없어 불안해졌다.

곽거도가 다시 빈정거렸다.

"왜? 이제 흥이 깨졌소? 그렇다면 서운한데?"

무섭게 노려보는 장약허를 마주하고 히죽거리는 것이 재미는 정작 그가 보고 있는 것 같았다.

"저기 있는 최 포교로부터 전갈을 받기로는 장 형과 나 두 사람만의 만남이라고 했는데 이렇게 많은 조력자들을 데리고 왔군. 역시 내가 무서워서 겁이 났던 거요?”

동요하고 있는 자들을 가리키며 하는 말에 장약허가 코웃음을 쳤다.

“너야말로 붓골의 떨거지들을 죄다 끌고 왔구나. 내가 그렇게 무섭더냐?”

“하하, 그럴 리가 있소? 철저한 대비라는 것이지. 유비무환이라는 말도 있지 않소? 장 형을 믿을 수 없으니 나 또한 미리 준비해 둘 필요를 느낄 수밖에. 그런데 이렇게 와서 보니 과연 잘했다는 생각이 드는구려.”

장약허가 쓴 입맛을 다셨다. 여기서 물러서지 않으면 추해질 뿐이라고 생각한 그가 이장생에 대한 미련을 깨끗이 버렸다.

“좋다. 일경 뒤 모전교에서 다시 만나자. 몇 놈을 데리고 오든 상관없지만 모전교 위에는 너와 나 둘만 있게 될 것이다.”

“좋소. 장 형이 시원시원하게 말하니 따르지 않을 수 없지. 그럼 잠시 후에 봅시다.”

장약허가 수하들을 이끌고 썰물이 빠지듯 사라졌다. 묘화가 표독스런 얼굴로 몇 번이나 이장생을 돌아보았지만 아무 말도 하지는 않았다.

그들이 모두 떠나고 나자 곽거도가 다가왔다.

“나는 네가 그 난리를 치고 붓골을 떠났기에 교동에 붙을 줄 알았다. 그런데 이제 보니 그것도 아니었군?”

“말하지 않았어? 나는 내가 하고자 하는 걸 할 뿐이라고.”

“여전히 임꺽정이 살아 있다고 믿는단 말이지?”

제15장 모전교(毛廛橋)의 두 사람

"이제는 더욱 확신한다."

"그래?"

고개를 갸웃거리며 탐색하듯 바라보던 곽거도가 그의 어깨를 치고 껄껄 웃었다.

"꿈을 꾸는 것도 네 자유지. 그러나 닭이 울면 깨어나게 될 터. 지금 꾸고 있는 꿈이 악몽이기를 바라야 할 것이다. 그래야 깨고 나면 서운해 하는 대신 안심할 수 있게 될 테니까."

지그시 바라보며 한 마디를 덧붙인다.

"어쨌든 잊지 마라. 너는 방금 나에게 신세를 졌다."

"인정하지."

"좋아. 그걸로 족하지, 아녀자들처럼 무슨 말을 더 재잘거리랴."

미련 없이 돌아선 그가 "가자!" 하는 말 한마디로 수하들을 이끌고 바람처럼 사라져 버렸다.

이장생은 한바탕 지독한 악몽을 꾼 것 같았다.

안도의 한숨을 쉬는 데 다가온 최달평이 쓴 입맛을 다셨다.

"그놈, 나한테는 인사도 하지 않고 가버리는군."

곽거도에 대한 서운함으로 허공을 향해 눈을 흘기더니 혀를 찼다.

"쯧쯧, 그나저나 이 음흉한 자가 기어이 뒈졌으니 죄다 헛일이 되고 말았네 그려."

이필교의 죽음이 애석하기만 한 건 증언해 줄 확실한 증인이 사라졌기 때문이다. 이장생의 얼굴도 어두워졌다. 손에 잡힐 듯했던 새가 눈앞에서 날아간 것 같은 기분이 들지 않을 수 없다.

이장생전 李長生傳

"이제 알겠어."

최달평이 불쑥 말했다.

"그놈들이 찾아왔던 건 바로 이필교를 죽이기 위한 거였어."

"우리가 아니고?"

이장생이 의아해서 묻자 최달평이 고개를 끄덕였다.

"물론 우리도 포함해서이지. 하지만 우선순위라는 게 있지 않아? 이필교를 죽이고 그 다음에 우리 차례인데, 오늘 안 되면 내일이나 모레나 또 다른 날이라도 상관없었던 거야. 틀림없어."

그렇다면 서림의 역할이 그만큼 중요했다는 증거가 아닐 수 없다.

그의 제거를 임꺽정이 직접 지시했을 것이다. 윤원형의 명령이었다고 해도 상관없다. 그리고 어떤 쪽이든 남치근도 가세했음이 분명했다. 그렇지 않고서야 이처럼 난동을 부리는데 포청의 포졸 하나 달려와 보지 않을 리가 없지 않은가.

장약허가 순순히 물러간 것도 이해가 되었다. 목표했던 서림을 죽였기 때문이다. 그렇지 않았다면 그는 곽거도와 그의 부하들이 있건 말건 여기서 끝장을 보려고 했을 것이다.

이장생이 그런 생각을 할 때 최달평도 같은 생각을 하고 있었던 듯 얼굴이 어두워져서 한숨을 쉬었다.

"결국 우리 모두 죽게 되겠지. 하루나 이틀 정도의 차이야 아무 상관도 없어. 그렇지 않나?"

말을 하더니 땅에 침을 뱉으며 발을 굴렀다.

"빌어먹을. 재수 없는 놈은 뒤로 자빠져도 코 깨진다더니 내가 꼭 그 꼴이 되고 말았군. 하필 이런 일에 얽힐 게 뭐냔 말이다. 제기랄.”

남치근이 자기에게 이번 일을 맡기지만 않았더라도 무사했을 것이다. 아니, 저놈이 설치고 다니지만 않았어도 아무 일 없었을 것 아닌가, 하는 생각에 원망하듯이 이장생을 노려보았다. 그러더니 다시 한숨을 쉬고 투덜거렸다.

“할 수 없지 뭐. 까짓 죽으면 죽고 살면 사는 거지 별거 있어? 이왕 이렇게 된 거 갈 데까지 가보는 거야. 안 그러냐?”

이장생은 아무 말도 하지 않았다. 드디어 길의 끝이 보이는 곳까지 왔다는 사실을 실감하고 흥분과 긴장 속에서 자신을 돌아보았다.

‘죽거나 죽일 것이다. 그 외에 다른 선택의 길은 이제 없다.’

그런 결심에 두려움은 없었다. 다만…….

임가선의 일이 걱정이 되어 그녀를 바라보는데 엉뚱한 곳에서 엉뚱한 소리가 들려왔다.

“다들 내가 죽기를 바라지만…… 나는 안 죽어. 분해서 못 죽어.”

“응?”

최달평과 이장생이 깜짝 놀라 돌아보았다.

화살에 맞아 쓰러져 있던 이필교가 꿈틀거리고 있지 않은가.

“나리!”

여전히 이장생의 등 뒤에 서서 떨고 있던 임가선이 놀라 소리치며 달려갔다.

“아직 안 죽었구나!”

최달평이 반갑게 외치며 그를 안았다.

이필교는 살아 있었다. 죽은 척하고 꼼짝하지 않았기에 다들 그렇게 믿었던 것이다. 이장생이 얼른 최달평과 함께 그를 부축해 앉혔다. 그는 금방이라도 숨이 끊어질 것처럼 불안하게 호흡하고 있었다. 위태로워 보이지만 그러나 여전히 목숨은 붙어 있다.

"그가, 그가……."

바튼 기침을 하며 헐떡이던 이필교가 꺼져가는 음성으로 겨우 말을 이었다.

"나를 죽이려고 하다니…… 저를 위해 내가…… 그토록 애썼건만……."

"어떻게 된 일인지 말해 봐."

최달평이 어깨를 흔들었다. 이필교의 얼굴이 점점 더 창백해져 갔다. 죽음의 문턱을 향해 다가가고 있는 것이다. 그러나 두 눈만은 노여움으로 시퍼렇게 살아 있었다. 분하고 억울하다는 심정을 활활 뿜어낸다.

"다 털어놓으면 나를 살려줄 테요?"

그 말에 최달평이 얼른 이장생의 눈치를 보았다. 심각해져서 고민하던 그가 고개를 끄덕였다.

"하는 말에 거짓이 조금도 없다면 나는 더 이상 당신을 상관하지 않겠어."

이장생으로부터 살려주겠다는 약속을 받아낸 이필교는 배신당한 노여움으로 몸을 떨며 그동안의 일들을 주저리주저리 털어놓았다.

궁지에 몰린 임꺽정이 가짜를 내세우고 숨은 게 사실이었다. 남치근이 토포사로 나선 것도 음모에 의한 눈속임이었고, 자기가 의금부에

제15장 모전교(毛廛橋)의 두 사람

출두해 남치근에게 잡혀 죽은 자가 임꺽정이 확실하다고 증언한 것도 거짓이었다는 걸 고백했다. 아니, 그 전에 한양 성중을 어슬렁거리다가 붙잡힌 것도, 그래서 문초를 당하기 무섭게 술술 정보를 토해놓은 것도 바로 그때를 위한 포석이었노라고 했다.

몇 년 전부터 그와 같은 계획을 세운 건 임꺽정이라고 했지만 이장생이나 최달평은 그 말을 곧이곧대로 믿지 않았다. 서림의 머릿속에서 나온 생각이 팔 할이 넘을 것이라고 짐작한다. 그러나 지금 그걸 따지고 있을 때인가.

한번 말을 꺼내놓자 이필교는 숨을 헐떡이면서도 얄팍한 입술을 나불거리며 줄줄이 놀라운 사실들을 풀어냈다.

임꺽정이 그런 계획을 세우고 실행할 결심을 하게 된 건 사전에 이미 교동 윤 대감과 밀통했기 때문이라고 했다. 서로를 도와 뜻한 바를 이루기로 단단히 약조했던 것이다.

그 일을 위해 윤원형은 남치근을 끌어들였고, 임금에게 그를 적극 천거하여 토포사로 내보내도록 했다. 그렇게 하는 것도 계략의 한 부분이었던 것이다. 그 결과 임꺽정은 감쪽같이 세상에서 존재를 감추었으며, 서림은 사면을 받더니 신분을 바꾸고 장통방에 가게를 열어 부자가 되었다. 벌어들인 돈이 대부분 임꺽정과 윤원형에게 흘러들어갔지만 그는 여전히 떵떵거리고 살기에 충분할 만큼 부자였다.

임꺽정 토벌의 공으로 남치근은 승승장구하여 종이품의 포도대장 자리에 올라 대감 소리를 듣게 되었고, 윤원형은 임꺽정을 이용해 암중에서 정적들을 차례차례 제거해 나감으로써 자기의 입지를 더욱 확고하게 다졌다.

"지금쯤은 군자금도 충분히 쌓였을 터. 그들은 조만간 반정을 일으킬지도 모르오."

이필교의 말에 최달평이 깜짝 놀랐다.

"반정? 모반을 한단 말이냐?"

"상감을 설득할 수 없으면 폐하거나 죽이고 후대를 옹립하자는 말을 얼핏 들었소."

"흥, 말도 안 되는 소리. 세자저하께서는 작년에 돌아가셨어."

왕의 유일한 혈육인 순회세자(順懷世子)는 원래 병약했는데 작년, 계해년(癸亥年, 1563)에 기어이 병사하고 말았다.

이필교가 마주 코웃음을 쳤다.

"왕실의 족보가 어디 한 줄이랍디까? 찾아보면 만만한 아이들이 십여 명은 될 것이요. 정 안 되겠으면 윤 대감이 왕이 될 수도 있지 않소?"

터무니없는 소리다. 그러나 그럴 가능성이 아주 없는 말도 아니어서 최달평은 할 말을 잊고 말았다.

지금도 윤원형의 권세는 왕을 능가할 정도였다. 병조판서를 바꾼 다음에 고위 무반직을 두루 섭렵한 남치근을 내세워 병권을 장악하는 일쯤이야 내일이라도 시행할 수 있는 사람인 것이다.

그때가 되면 대신과 유생들의 반발쯤은 아무 것도 아니다. 그는 능히 을사사화(乙巳士禍)같은 옥사를 열 번을 일으켜서라도 반대하는 자들을 모조리 옥에 가두거나 죽여 버릴 사람이다. 그런 다음에 왕이 된다고 한들 백성들이야 무얼 상관하겠는가. 그들에게는 등 따숩고 배부

제15장 모전교(毛廛橋)의 두 사람

르게 해주겠다는 사람이라면 누가 왕이 되던 상관없다.

"이제 다 말했으니 약속대로 나를 살려주시오. 나는 더 이상 그들과 상관하지 않고 당신들과도 상관하기 싫소. 이대로 이필교로 남아서 하던 장사를 계속하며 살겠소."

최달평이 이장생을 바라보았다. 어쩌겠느냐고 묻는 것이다.

이필교가 서림이고, 임꺽정과 연관되어 있으며, 이 음모의 한 부분을 담당했던 자이니만큼 죽여야 옳다.

그러나 이장생은 그렇게 할 수 없었다. 내 입으로 말한 이상 원수에게 한 약속도 약속이지 않은가. 지키지 못하면 자신의 행위에 대한 정당성도 인정받을 수 없다.

"그렇게 하지."

이장생의 시원한 말에 이필교가 안도의 한숨을 쉬었다.

그의 부상은 심각했으나 당장 죽을 정도는 아니었다. 화살이 가슴에 깊이 박혀 있었지만 약간의 차이로 심장을 비껴가 있었던 것이다. 피가 많이 흐르지 않는 것으로 보아 대동맥을 찢은 것도 아니다.

부상 정도를 살펴본 최달평이 껄껄 웃었다.

"당신의 목숨은 명주실보다 질기구만. 잘하면 살 수 있겠어. 액땜을 했으니 백년 장수할지도 모르지."

그러더니 대뜸 단봉을 휘둘러 화살대 끝을 사정없이 후려친다.

"으악!"

이필교가 눈을 까뒤집으며 비명을 터뜨렸고 임가선도 놀라서 소리쳤다.

이장생전 李長生傳

“무슨 짓을 하는 거냐?”

이장생이 어깨를 낚아채자 최달평이 돌아보고 천연덕스럽게 말했다.

“살려주겠다고 했잖아. 그새 마음이 바뀐 거냐?”

“그게 살리기 위해서 하는 짓이라고?”

“화살이 깊이 박혔으니 이렇게 뽑을 수밖에 없는 거야.”

화살촉은 뒤로 갈라져 있으므로 한 번 박히면 뽑아낼 수가 없다. 살을 찢고 빼내야 하는데 깊이 박혀 있을 때는 그것도 불가능했다. 생살을 찢고 후벼 파는 과정에서 열에 아홉은 죽기 마련이었던 것이다. 그러니 즉시 죽느냐, 조금 더 사느냐의 차이가 있을 뿐 결국은 목숨을 잃게 된다.

최달평은 그럴 때의 마지막 방법에 대해서 알고 있었다.

그가 후려친 힘에 의해 화살은 이필교의 늑골 사이를 뚫고 등 뒤로 빠져 나와 있었다. 가슴을 관통한 것이다. 이장생은 비로소 최달평이 무얼 하려는 것인지 이해할 수 있었다.

“잘라라.”

그의 말에 이장생이 비수를 꺼내 이필교의 가슴 앞에서 화살대를 썩둑 잘라냈다. 이필교가 다시 죽는다고 비명을 질렀지만 이제는 개의치 않았다.

“단단히 붙잡아라.”

등 뒤로 돌아가 앉은 최달평이 무릎으로 이필교의 허리를 받쳤다. 이장생이 움직이지 못하도록 그의 두 어깨를 단단히 붙잡자 “웃!”하고 불끈 힘을 쓰더니 단번에 화살을 쑥, 잡아 뽑는다. 이필교가 또 한 번 숨

제15장 모전교(毛氈橋)의 두 사람

넘어가는 비명을 터뜨렸다.

임가선의 치맛자락을 찢어 가슴을 단단히 동여매 준 최달평이 그의 등짝을 철썩, 때리고 일어섰다.

"됐어. 용한 의원에게 가서 치료를 받고 한 보름 쯤 정양하면 거뜬해질 거다. 당신은 정말 운이 좋은 사람이야. 명줄 하나는 타고 났다니까? 우라질. 어째서 좋은 놈은 일찍 뒈지고 나쁜 놈은 오래 사는 것인지 몰라. 그걸 보면 하늘이 무심하다는 말이 딱 맞는 말이야."

그의 투덜거림에 씁쓸한 웃음을 흘린 이필교가 창백한 얼굴로 이장생을 보았다. 두 눈에 고마움이 넘쳐난다.

"고맙소. 신세를 졌구려. 언제든 갚으리다."

이장생은 아무 말도 없는데 쳇, 하고 혀를 찬 최달평이 눈짓을 했다.

"두 발이야 성하니 걸어갈 수 있겠지?"

"그래 보리다."

안간힘을 쓰며 일어나던 이필교가 다시 주저앉았다. 상처의 고통도 고통이지만 맥이 풀려서 기운이 떨어진 탓일 것이다. 임가선이 그를 부축해 일으키더니 처연한 얼굴로 이장생을 돌아보고 말했다.

"제가 모시고 가서 며칠 병구완을 해드린 다음에 명월향에 돌아가 있겠어요."

그녀를 지그시 바라보며 잠시 무엇을 생각하던 이장생이 천천히 머리를 끄덕였다.

"그것도 좋겠지. 하지만 그동안 잘 숨어 있을 데가 필요할 것이다. 그 놈들이 또 찾아올지 모르거든."

이장생전 李長生傳

그 말에 이필교가 숨을 헐떡이며 겨우 말했다.

"내가 아는 곳이 한 군데 있소. 거기라면 안전할 거요."

이장생은 "다행이다."하고 말하는데 최달평이 잔뜩 못마땅한 얼굴로 혀를 찼다.

"쳇, 여우가 여기저기 굴을 파놓는다더니 당신이 딱 그 짝이군. 교활한 놈 같으니. 그럼 알아서 잘 먹고 잘 살아라."

빈틈없는 이필교의 처사에 얄미운 생각이 든 최달평이 다시 한 번 매섭게 노려보고 나서 이장생에게 버럭 소리쳤다.

"안 갈 거냐?"

***

달빛이 교교한 밤이다.

가을이 깊어갈수록 대기는 맑고 차가워졌다. 머지않아 하얗게 서리가 내리리라. 구월 보름인 것이다.

으슬으슬한 밤기운이 하늘에서 내려와 땅을 덮었고, 서늘한 바람이 땅에서 일어나 하늘로 치닫는 시간이었다.

삼경 무렵.

세상은 쥐죽은 듯 고요한 적막 속에 침몰해 있었다. 언제 이필교의 집에서 그 난리가 있었느냐는 듯 평화롭기도 하다.

그 침묵 속에서 더 깊은 침묵을 지키며 이장생과 최달평은 천천히 가도(街道)의 복판을 걷고 있었다. 머리 위에 휘영청 밝은 보름달이 두 사

제15장 모전교(毛廛橋)의 두 사람

람의 발아래 그림자를 자꾸 숨겨놓았다.

고개를 숙이고 발끝만 바라보는 최달평의 낯빛이 그림자보다 어두웠다. 그에 비해 이장생의 얼굴은 달빛을 빨아들이기라도 하는 것처럼 차갑기만 했다. 빛이 나는 것 같다.

"휴-"

최달평이 문득 걸음을 멈추더니 길게 한숨을 쉬고 멍하니 저 위의 둥근 달을 바라보았다.

"이제 어쩔 셈이냐?"

말에 힘이라고는 하나도 들어 있지 않았다. 이장생이 중얼거리듯 말했다.

"다 죽여야지."

"무엇 때문에? 고작 선부의 복수를 위해서? 낳아놓기만 했을 뿐 너를 자식취급도 하지 않았던 사람을 위해서 그렇게 하겠단 말이냐?"

"내 한을 푸는 일이다."

"그러니까 그 한이라는 게 고작 그거냐 이 말이다. 내 말은."

이장생이 말하고 있는 한(恨)의 의미에 대해서 최달평은 알지 못하고 있었다. 그것이 꼭 선부의 죽음에 대한 복수만을 의미하는 게 아니라는 것을 아무도 모른다. 그것이 자기 자신의 억울한 삶에 대해 온몸으로 하는 저항이면서, 태어날 때부터 권리를 박탈당한 자가 세상을 향해 포효하는 발악이라는 걸 누가 알아줄 것인가.

"미친놈."

최달평이 하얗게 눈을 흘겼다.

이장생전 李長生傳

“네가 죽든 살든 상관하지 않을 테니까 그렇게 알아라. 조금도 도와주지 않을 거야.”

“그럴 필요 없어.”

이장생이 다시 묵묵히 걷기 시작했다. 그 뒤를 한숨을 연신 쉬어가며 마지못한 듯 따르던 최달평이 불쑥 물었다.

“가선이는 어쩔 셈이냐?”

이필교를 부축해 떠나면서 며칠 병구완을 해준 다음에 명월향으로 돌아가겠다고 했지만 며칠 뒤의 일을 알 수 있는 사람은 아무도 없다.

이장생이 대꾸하지 않고 침묵했으므로 최달평은 그저 속으로 욕할 수밖에 없었다.

골목의 어둠속에 숨어서 지켜보는 눈들이 있었다.

모전교에 가까워질수록 더 많은 자들의 기척이 느껴진다.

이미 예상하고 있었던 일이지만 긴장이 될 수밖에 없었다. 최달평이 굳은 얼굴로 입을 꾹 다문 채 걷는 것도 그런 이유였다.

이장생은 아무 것도 생각하지 않으려고 애썼다. 오직 한 가지에만 집중해야 하는 것이다. 그것마저 잊을 수 있게 된다면 더 좋다.

“이필교 그 음흉한 자가 그동안 가선이에게 얼마나 공을 들였는지 아느냐?”

이곳으로 오는 동안 최달평이 해주었던 말이 가장 마음을 괴롭게 했다. 좀체 집중할 수 없도록 자꾸 방해한다.

“가선이가 그놈과 함께 갔으니 영영 돌아오지 않을 걸? 내기라도 할

제15장 모전교(毛廛橋)의 두 사람

수 있다."

이장생은 상관없다고 생각했다. 그녀가 자기를 따르는 것보다 그 길을 택하는 게 훨씬 나을 것이기 때문이다. 나보다 이필교가 그녀를 더 잘 대해주고 행복하게 해줄 것이라고 믿기 위해 안간힘을 썼다.

내일 아침이 되면 이유야 어찌 되었든 자신은 조정의 대신을 죽인 자객이 되어 쫓기는 신세가 될 것이다. 조선 땅 어디에서도 발붙이고 살 수 없게 된다.

태조가 나라를 세운 이래 얼마나 많은 자들이 혹은 누명을 쓰거나 혹은 죄를 짓고 도망 다녔던가. 그러나 그들 중 끝까지 잡히지 않고 사라진 자들은 열 명 중 한 명이 있을까 말까 했다.

그건 지방 구석구석에 이르기까지 나라의 조직이 잘 자리 잡았고, 포졸이며 나졸들의 기찰 활동이 활발했다는 반증이었다. 한 마디로 조선이 그리 호락호락한 나라가 아닌 것이다.

조정이 당쟁으로 인해 언제나 난장판이 되곤 하는 것과 비교해 보면 참 이해할 수 없는 일이기도 하다.

그런 것을 생각하면 암담하기만 했다. 언제 객사할지, 언제 체포되어 압송될지 그래서 참혹하게 목이 잘리게 될지 모르는 불안한 날들을 보내야 하지 않겠는가. 임가선이 그런 자기를 따른다면 불행을 나누어 갖는 일 밖에 되지 않는다.

그런 생각으로 스스로의 마음을 달래고 떠오르는 잡념들을 씻어내기 위해 애쓰는 동안 모전교가 저 앞에 보이는 곳까지 와 있었다.

달빛이 휘영청 밝게 비치는 돌다리 한 복판에 장약허가 우뚝 서 있

이장생전 李長生傳

었다. 검은 그림자를 옷처럼 입고 뒷짐을 진 채 오만하게 서서 달을 바라보고 있다.

곳곳에서 번쩍이는 눈들은 교동과 붓골의 무사들이 틀림없었다. 장약허와 곽거도의 대결이 어떻게 되든 상관없이 그것이 끝나는 대로 부딪쳐 죽든 살든 결판을 지으려는 것이리라.

윤원형이 일생의 후환거리인 이정빈을 제거하기로 작심하고 장약허를 내세워 곽거도와 붓골의 무사들을 이끌어 낸 건 까닭이 있었다. 북벌을 하기 전에 우선 남쪽을 쳐서 후환거리를 없애려는 것이다. 게다가 더 기다릴 수 없을 만큼 초조해 있기 때문이기도 하다.

그가 그렇게 나오니 이정빈으로서는 울며 겨자 먹기로 상대하지 않을 수 없었다. 앉아서 자객을 기다리고 있을 수야 없지 않은가.

이장생과 최달평이 그들의 따가운 시선을 온몸으로 받으며 침착하게 걸어 모전교 앞에 섰다. 장약허가 돌아보고 소리 없이 웃었다. 달빛에 흰 이가 반짝이고, 살기를 품은 눈빛이 더욱 번들거렸다.

"끔찍한 놈."

이필교의 집에서 있었던 난동을 생각하면 지금도 이가 갈리는지, 최달평이 낮게 중얼거리고 그를 노려보았다.

"네가 올 줄 알았지."

장약허가 턱을 들어 이장생을 가리키며 그렇게 말했다. 그 말은 곧 "다음 차례는 네가 될 테니까 거기서 꼼짝 말고 기다려라."라고 하는 말에 다름 아니다.

드디어 곽거도가 길 저쪽에 모습을 드러냈다. 느릿느릿 걸어서 다가

제15장 모전교(毛廛橋)의 두 사람

온다.

어느덧 삼경삼점(三更三點:자정 무렵)이 된 것이다.

이장생전 李長生傳

제16장

비가 그쳤다고
해가 나오는 건 아니다

주변의 기운이 한층 무거워졌다. 숨어있는 자와 드러난 자 모두의 눈길이 일제히 곽거도에게 쏠렸고, 달빛과 어둠도 그를 따르는 것 같았다.

모전교에 올라서기 전, 이장생의 앞을 지나가던 그가 힐끔 돌아보았다. 웃는 듯 마는 듯 흔들리는 그 눈길의 의미를 이장생은 금방 알아챘다. '나에게 신세진 걸 잊지 마라.'하는 무언의 압박이다.

"누가 이길까?"

최달평이 바싹 다가서며 물었다. 긴장과 호기심으로 입술을 핥는다.

"장약허."

"그래? 허, 그렇다면 위험해지겠군."

곽거도가 없는 붓골의 무사들은 형편없이 당할 것이다. 최달평은 만약 그렇게 되면 자기와 이장생도 위험해질 것이라고 생각했다. 곽거도가 이겨주기를 바라지만 그거야 알 수 없는 일이니 불안해진다. 더구

389

나 이장생이 생각할 것도 없이 '장약허' 하고 대답한 터라 더욱 그렇다.

무겁다고 해야 할 만큼 침착한 걸음으로 다리 위에 올라선 곽거도와 장약허가 드디어 마주보고 섰다. 다섯 걸음 사이의 공간이 무시무시한 긴장으로 압축되는 걸 멀리서도 느낄 수 있었다.

이장생은 누가 이기고 지던지 그것에는 관심이 없었다. 장약허의 검법이 추풍검법이라는 것을 알았으니 그것이 과연 곽거도의 월녀검법을 맞아 어떻게 움직이는지 똑똑히 보아두고 싶을 뿐이다.

곽거도의 검법에 대해서도 호기심이 컸다. 추풍검법과 함께 조선을 대표하는 두 검법 중 하나라는 월녀검법을 아직 한 번도 보지 못했기에 그렇다. 그것이 고려시대부터 이름난 무장들 가문에서만 비전으로 전승되어 오던 검법이라니 더 궁금했다.

그러나 보지 않고도 짐작할 수는 있었다.

그 이름과 같이 월녀검법은 부드러운 중에 장중하며, 조용한 기세 속에 음험하고 위험한 비술을 감추고 있을 것이다. 그것이 제대로 먹혀 든다면 제아무리 장약허라고 해도 촘촘한 그물에 갇힌 물고기처럼 버둥거리다가 당할 수밖에 없으리라.

그런 생각을 하는데 곽거도가 천천히 칼을 뽑아드는 게 보였다. 이장생의 눈빛이 강렬해졌다.

고수들은 상대의 발도술(拔刀術)에서 느낌을 받는다. 수준이 어떤지 짐작할 수 있게 되는 것이다. 그 최초의 느낌에 의한 판단은 거의 틀리지 않는다.

곽거도는 신중하고 무겁기 짝이 없는 모습으로 천천히 칼을 뽑고 있었다. 커다란 바위가 달빛을 받아 조금씩 제 그림자를 밀어내고 있는 것 같았다.

'대단하구나.'

멀리서도 이장생은 칼을 뽑는 그의 굳건한 모습을 보고 의지를 느꼈다. 그래서 진심으로 감탄했다.

곽거도가 두 손으로 칼을 움켜쥔 채 눈앞에 세워들고 겨누건만 장약허는 움직이지 않았다. 왼손으로 칼집을 잡고 오른손을 아랫배 어림에 둔 채 꼼짝하지 않고 있는 것이다.

이장생은 밝은 눈으로 장약허의 손끝이 느릿느릿 진동하는 것을 보았다. 초조하거나 긴장해서가 아니었다. 손가락의 움직임으로 저와 상대의 호흡을 재는 것이고, 시간을 느끼는 것이다. 고수(鼓手)가 동동동, 하고 북을 두드려 박자를 맞추는 것과 같다.

손가락의 진동이 점점 빨라졌으나 그는 여전히 꼼짝하지 않고 서 있었다.

지루할 만큼 길게 느껴지는 시간이었다.

장약허는 자기의 발도술을 보여주지 않으려는 게 틀림없었다. 그렇다면 지독하게 빠른 발도가 될 것이다. 추풍검법의 요체가 빠르고 정확한 데에 있다는 걸 알면 누구나 쉽게 짐작할 수 있는 일이다.

'과연!'

이장생은 자기라고 해도 지금의 장약허와 같았을 것이라고 생각했다. 내 칼의 장점을 최대한 살려서 일격에 쳐부수는 것이다. 그걸 노리고 상대의 움직임을 주시한다. 예민해질 대로 예민해진 온몸의 신경을

제16장 비가 그쳤다고 해가 나오는 건 아니다

곤충의 촉각처럼 세우고 상대와 나 사이의 공간을 더듬는 것이다. 그 속에서 요동치고 있는 기운의 미세한 변화도 낱낱이 감지해야 한다.

숨 막히도록 무거운 시간이 계속 흘러갔다. 곽거도의 푸른 칼날을 쓰다듬는 달빛이 더욱 부드러워졌고, 한 방향으로 뻗어 있는 두 사람의 그림자가 조금씩 길어졌다. 바닷물에 밀리기라도 하는 것처럼 아주 느리게 움직인다.

다들 지루해 할 시간의 한 점에서 이장생이 움찔, 하고 놀랐다.

'한다!'

자기가 장약허라도 된 것처럼 느끼고 긴장하여 주먹을 움켜쥐었다.

허공을 두드리던 장약허의 손가락이 더 빠르게 진동하다가 뚝, 멈추었다.

"으합!"

그리고 곽거도의 무시무시한 기합성이 터져 나왔다. 온 몸으로 터뜨려버리는 것 같은 소리였다.

정물(靜物)이 되어 멎어있던 그의 칼이 씨잉, 하고 허공을 갈랐다. 놀란 달빛이 유리처럼 깨져 흩어지며 날카로운 비명을 터뜨렸다. 그리고 장약허의 오른손이 칼자루에 닿았다. 한 순간에 번갯불처럼 번쩍이는 빛 한 줄기가 눈부시게 뻗어나갔다.

'나도 저렇게 할 수 있을까?'

이장생의 머릿속에 그런 생각이 언뜻 스쳐 지나갔을 만큼 훌륭한 발도술이었다. 뽑는 것과 후려치는 것이 동시에 이루어지는 그와 같은 발도술을 구사할 수 있는 자가 또 없을 것 같다.

이장생전 李長生傳

"느리다! 더 빨리!"

거듭되는 호통이 적막한 어둠을 사납고 거칠게 깨뜨리며 마구 쏟아져 나왔다.

두두두두―

이십여 필의 말들이 입에 거품을 문 채 달렸다. 정선방(貞善坊)을 지나온 말발굽소리가 천둥치듯이 인적 끊어진 운종가(雲從街)를 두드리고 흔들어댄다.

선두에서 미친 듯 말을 몰아 달려가고 있는 자는 남치근이었다. 완전 무장한 그의 뒤를 이십 필의 말들이 뒤쫓듯 따르고 있었다. 포도군관들이 모두 출동한 것이다. 그들의 뒤에서는 일백여 명의 포졸들이 창을 옆구리에 낀 채 온 힘을 다해 내달리고 있었다. 좌포청에 있는 포졸들이 모두 쏟아져 나온 것 같았다.

말고삐를 바짝 틀어쥔 채 말 등에 납작 엎드려 연신 박차를 가하고 있는 남치근은 이를 악물고 있었다.

그의 기세는 전장을 질주하는 장수의 그것 같았다. 을묘왜변 때에 병사들을 이끌고 왜적을 향해 돌진해 들어갈 때도 그처럼 용맹해 보이지는 않았을 것이다.

"더 빨리!"

남치근이 다시 버럭 소리치며 말배를 박찼다. 그를 따르는 포도군관들이 모두 이를 악문 채 고삐를 흔들었고, 포졸들도 경주하듯이 한 덩어리가 되어 달려갔다.

급한 말발굽소리와 발소리들 때문에 사람들이 무슨 일인가 하여 문

제16장 비가 그쳤다고 해가 나오는 건 아니다

틈으로 엿보다가 포청의 포졸들인 걸 알고는 문을 꼭꼭 걸어 잠그고 급히 안으로 숨었다. 도성 안에 변고라도 생긴 줄 알고 다들 벌벌 떨 것이다.

'어떻게 될까?'

묘화의 마음속에 천 가지 생각의 가지들이 뻗어나가고 있었다. 어지럽다. 그래서 그녀는 지금의 자기가 누구인지조차 잊고 말았다.

그녀의 가슴속에는 원통함과 분함 그리고 알 수 없는 절망감이 달그림자처럼 자꾸만 밀려들고 있었다. 이필교의 집에서 나왔을 때부터 그랬다고 생각한다. 아니, 이장생이 자기를 돌아보지도 않은 채 교동 대감마님의 집에서 떠날 때부터였을 것이다. 그러므로 자기 안의 알 수 없던 절망감이 실은 그에 대한 원망의 또 다른 모습이라고 비로소 생각한다. 그리고 그 원망에 대해서 묘화는 떨리는 마음으로 한마디 말을 떠올리지 않을 수 없었다. '사랑'이라는 것이다.

"나는 아무래도 그놈을 사랑하나봐."

앞에 드리워 있는 나무 그림자에게 가만히 말해보았다. 그것이 대답해 줄 리 없고, 하늘이, 땅이 대답해 줄 리도 없다.

"미친년."

자신을 욕하는 말이 툭, 튀어나왔다. 정말 자기가 미친년이 된 것 같았다. 그 말을 꺼내놓고 나니 더욱 그런 것이어서 신경질이 났다. '이까짓 것!' 하고 이를 악물고 발딱 일어서는 얼굴이 싸늘해졌다.

이까짓 사랑 따위 필요 없다. 이까짓 대업(大業)이니 조선의 앞날이니 뭐니 하는 공허한 말들은 진작 나에게 아무런 감흥도 주지 못했다. 이까짓 돈도 명예도 필요 없다.

묘화는 아무것도 필요 없다고 생각했다. 자기 자신이 불쌍해졌다. '나는 뭐지?'하는 의문과 함께 '왜 살아?' 하고 자신에게 물어보게 된다. 그리고 누군가의, 무엇인가의 대답을 기다리듯이 멍하니 허공을 바라보았다.

거기 이장생의 얼굴이 커다랗게, 불쑥 떠올랐다.

"이젠 너만 남았구나. 가자."

웅웅 울리는 음성이 천둥소리처럼 들려왔을 때에야 묘화는 자기 앞에 임꺽정이 우뚝 서 있다는 걸 깨달았다. 깜짝 놀란다.

"누가 되었든 가서 맞이해야지. 싫으면 여기 남아 있어도 좋다."

찍어 누르듯이 내려다보는 그의 눈길은 언제 받아도 무서워서 가슴이 떨린다. 묘화가 고개를 숙이고 옷자락을 꼭 쥐었다.

그녀의 마음이 비장해지는 건, '이젠 너만 남았구나.' 하고 말했을 때 그의 음성에서 공허함을 느꼈기 때문이었다.

뒤이었던, '가자'는 말 속에 그의 모든 것이 들어 있다고도 생각했다.

세상을 비웃고, 인생을 조롱하며 거침없이 살아온 이 들불 같은 사내는 이제 모든 것을 끝내려 하고 있었다.

묘화는 임꺽정이 가슴속에 담아두고 있는 뜻이 어떤 것인지, 그가 무엇을 하려는 것인지 다 알지 못했다. 알고 싶지도 않았다. 그러나 지금 한 가지는 분명하게 알 수 있었다.

곽거도가 되었든, 장약허가 되었든, 이장생이 되었든 상관없이 그는

제16장 비가 그쳤다고 해가 나오는 건 아니다

살아 돌아온 자를 자기 손으로 죽이려는 것이다. 묘화는 그것이 이 사내가 걸어온 삶의 마지막 관문이 될 것이라고 믿었다. 윤 대감과 모의하고 있는 대업을 이루든 그렇지 못하든 상관없는 일이다.

따다당! 하고 급하게 쇠를 두드려대는 것 같은 소리가 쉴 새 없이 터져 나왔다. 어지럽게 날리는 불똥이 주위를 환하게 밝힌다.

한 줌의 쇠구슬을 무쇠솥 안에 떨어뜨린 것처럼 요란하고 급박하게 터져 나오는 소리의 중심에 장약허와 곽거도 두 사람이 있었다.

세상을 뒤덮을 것처럼 두텁게 쏟아지는 곽거도의 칼은 아름답다고 해야 할 만큼 현란했다. 팔방을 가두고 번쩍이는 칼빛이 천 개의 낚시바늘이 되어 종횡으로 어지럽게 날고 떨어졌다.

그 속에서 장약허의 칼은 몸부림치듯이 좌충우돌하고 있었다. 닥치는 모든 것들을 쪼개고 끊어버리며 빠르게 곽거도를 향해 다가간다.

이를 악물고 있는 곽거도의 얼굴에 울퉁불퉁 핏발이 섰고, 땀방울이 번쩍거렸다.

그의 검법이 장중하고 빈틈없으며 촘촘한 검광을 두르고 있지만 사방에서 두드리고 깨뜨리며 쳐들어오는 장약허의 칼을 모두 막아내지는 못하고 있었다.

장약허를 상대해서 서른 합이 넘도록 버틴 걸 칭찬해야 할 것이다.

그리고 이제는 그 한계를 드러내고 있었다. 장약허가 더욱 빠르고 악랄하게 쳐나갔는데, 그때마다 번쩍이는 칼빛이 미치는 범위가 넓어졌다.

이장생전 李長生傳

“이얏!”

그의 입에서 처음으로 날카로운 기합성이 터져 나왔다. 그리고 이 일격으로 끝내겠다는 듯 거침없이 쳐들어간다.

‘위험하다!’

그렇게 느낀 순간 이장생이 땅을 박찼고, 그보다 앞서 그의 손을 떠난 비수가 유성처럼 번쩍이며 허공을 가르고 뻗어나갔다.

막 곽거도의 목을 치려던 장약허가 칼을 급격하게 꺾었다. 비수가 땅! 하는 소리와 불똥을 남기고 튕겨져 어둠 속으로 사라지는 그 짧은 시간이 죽음을 삶으로 바꾸어 놓았다. 곽거도가 칼을 뿌리며 놀란 듯이 펄쩍 뛰어 물러섰던 것이다.

그는 죽음의 칼빛 아래에서 벗어났고 이장생이 그 자리를 대신했다.

“이놈!”

장약허가 분한 외침을 터뜨리며 몸을 틀다가 깜짝 놀라 웅크렸다. 그 순간 씨잉, 하고 날카로운 소리가 귓전을 아슬아슬하게 스쳐갔다.

독사를 잡으려면 머리를 눌러야 한다. 그것처럼 마음껏 칼을 뽑아 후려쳐 장약허의 움직임을 제어한 이장생이 호흡도 바꾸지 않은 채 그대로 걷어찰 듯이 쳐들어갔다.

한 번의 검격으로 선수를 잡은 그는 이제 아무 것도 거리낄 게 없었다. 꺼려하는 마음은 한 톨도 남아 있지 않고 오직 투지와 살기가 넘쳐날 뿐이다.

장약허의 칼은 충분히 보았다. 그리고 자신감도 생겼다. 내 칼이 더 빠르고 더 교묘하다는 확신을 가진 것이다.

제16장 비가 그쳤다고 해가 나오는 건 아니다

장약허를 쫓아 들어가는 그의 칼은 과연 그랬다.

장약허가 핏발선 눈을 부릅떴다. 이를 악물고 거친 콧김을 뿜어내며 모든 힘을 다해 칼을 휘둘렀다. 악귀의 현신이라고 해야 할 만큼 지독한 모습이고 지독한 칼이었다.

이장생에게는 두려워하는 마음이 조금도 없었다. 그래서 그 또한 악귀가 되었다. 이를 갈며 마주 칼을 후려치는데 누구의 칼이 더 빠른지, 더 정확하고 힘이 있는지 증명해 보려는 것 같았다.

캉!

두 사람의 칼이 처음으로 부딪쳤다. 요란한 소리가 귓전을 먹먹하게 했다.

손목을 타고 올라오는 저르르한 통증에 어깨가 무거워졌다. 그래서 두 사람은 잠시 칼을 붙인 채 움직이지 않았다. 엇갈린 칼 사이로 노려보는 눈길이 불길을 뿜어낸다.

동시에 기합성을 터뜨린 그들이 서로를 와락 밀치며 떨어졌고, 이내 그것보다 배는 빠르게 다시 부딪쳤다.

다리 위에 맹렬하게 칼을 휘두르며 오가는 두 사람의 그림자가 어른거렸다. 허깨비들이 어울려 춤을 추는 것 같은 모습이었다.

펄럭이는 흰 빛이 이장생이고 검은 빛이 장약허라는 것을 짐작할 뿐, 그들이 어떻게 칼을 뿌리고 어떻게 자리를 바꾸는 것인지 알아볼 수가 없다.

몸을 살짝 낮추며 장약허의 칼을 정수리 위로 아슬아슬하게 흘려보낸 이장생이 불쑥 허리를 폈다. 빗나간 칼을 바로잡는 장약허의 모습을 본다.

빠르다. 그리고 무섭다.

장약허의 칼은 그 말로 정의할 수 있었다. 그러나 이장생의 칼은 그보다 더 빠르고 더 끔찍했다. 적어도 지금 이 순간만큼은 그랬다.

피잉.

그의 칼이 급격하게 꺾이며 허공을 갈랐다. 검로를 틀던 장약허의 눈에 당혹감이 언뜻 어리는 걸 이장생은 똑똑히 보았다.

한 순간에 삶과 죽음이 갈리는 게 그와 같은 싸움이다. 용서가 없고 주저함이 없다. 단호한 의지와 그것을 그대로 실현해 보여주는 빠른 칼이 있을 뿐, 생각은 아무 소용없다.

'했다!'

이장생은 손아귀가 아프도록 전해오는 둔탁한 느낌에 전율했다. 희열로 가슴이 터질 것 같았다.

그가 검광을 끌며 펄쩍 뛰어 물러설 때 장약허의 커다랗게 부릅뜬 눈은 그의 움직임을 똑똑히 보고 있었다. 그대로 쫓아 들어가며 유성보다 빠른 검격을 날려야 한다.

그러나 이제 그것은 행동이 따르지 못하는 의지이고 생각에 불과했다. 그러므로 공허하다.

'컥!'

터져 나오는 비명을 억지로 눌러 삼키는 건 자존심 때문이었다. 그리고 그게 그의 마지막이었다.

장약허의 두 발이 경련을 일으켰다. 쩍 벌어지는 가슴과 배의 상처

제16장 비가 그쳤다고 해가 나오는 건 아니다

를 남의 것 바라보듯 내려다보는 눈이 더욱 공허해졌다.

왈칵, 피가 솟구쳐 나왔다.

비로소 고통이라는 게 느껴지는 것이어서 장약허가 기어이 낮은 신음을 흘렸다.

비틀거리더니 빠르게 중심을 잃고 기운다.

허수아비가 쓰러지듯 다리 난간을 넘어 청계천 위로 떨어지기 전 그의 눈길이 마지막으로 이장생을 찾았다.

그는 뒤도 돌아보지 않고 모전교를 건너 어둠 속으로 달려가고 있었다. 질풍이 불어가듯 빠른 달음박질이었다.

철퍽! 하는 요란한 소리를 내고 물방울을 튕겨내며 장약허의 몸이 개울 속에 처박혔다. 그리고 우두두두, 하고 멀리서 급하게 달려오는 말발굽소리가 고함 소리와 함께 들려왔다.

장약허의 의식이 문지른 듯 꺼져버렸고, 모전교 주위에서는 아우성과 칼 부딪치는 소리, 비명소리들이 갑자기 쏟아져 나오기 시작했다.

어둠 속에 몸을 숨기고 있던 교동과 붓골의 무사들이 일제히 달려나와 광란하듯 서로를 죽이기 시작했던 것이다.

그 아비규환의 지옥도를 향해 달려오는 말발굽소리가 더욱 급해졌고, 포졸들의 함성도 빠르게 가까워졌다.

"이런, 제기랄, 큰일 났구나!"

장약허의 죽음에 왠지 허탈한 마음이 되어서 멍하니 텅 비어버린 다리 위를 바라보고 있던 최달평이 깜짝 놀랐다. 교동과 붓골의 두 무리가 서로 부딪쳐 아수라장이 된 다리 주변을 둘러보고 혀를 차더니 빠

이장생전 李長生傳

르게 가까워지고 있는 남치근과 이장생이 사라져버린 곳을 번갈아 보았다.

어떻게 해야 할지 갈피를 잡지 못하고 허둥대는 그의 귀에 남치근의 호통소리가 천둥소리처럼 들려왔다.

"가리지 말고 모두 잡아라! 반항하는 놈들은 죽여 버려도 상관없다!"

그 소리에 화들짝 정신을 차린 최달평이 이장생이 사라진 어둠을 바라보고 몸을 던지듯이 달려갔다.

"이놈아, 기다려!"

그의 외침이 빠르게 멀어졌고, 남치근과 포청의 무리가 아수라장으로 뛰어들었다.

***

장약허를 벤 즉시 뒤도 돌아보지 않고 모전교를 벗어난 이장생은 교동을 향해 바람처럼 달려가고 있었다.

그의 머릿속에는 오직 임꺽정이 가득했다. 그자가 윤원형의 집에 숨어 있다는 것만 생각할 뿐, 그 밖의 것은 다 잊었다.

가로막는 자들이 있다면 모두 베어 버리겠다고 다짐했다. 임꺽정을 찾아내 죽이고, 윤원형과 정난정도 베어 버리겠다고 거듭 다짐한다. 그런 다음에 포청을 들이쳐 남치근의 목을 칠 작정이었다.

그 뒤는 어떻게 되어도 좋았다. 지금은 오직 자기가 하고자 하는 일을 끝내버리고 말겠다는 한 가지 생각뿐이었다.

제16장 비가 그쳤다고 해가 나오는 건 아니다

달빛이 교교한 골목을 이리저리 내달려 드디어 원각사 옛 터에 이르렀을 때였다.

을씨년스러운 폐허의 돌무더기 뒤에서 한 사람이 불쑥 뛰어나오며 소리쳤다.

"거기 서!"

풀어헤쳐 길게 늘어진 머리카락이 밤바람에 출렁거렸다. 어둠을 뚫고 쏘아져 오는 눈길이 끔찍하다.

새파란 빛을 팅겨내는 두 자루의 짧을 칼을 쥐고 있는 여인. 묘화였다.

"너를 죽이고 말 테야!"

그녀가 표독스럽게 말했다.

"비켜서지 않으면 베고 지나가겠다."

아직 살기가 남아 있는 탓에 이장생의 말투가 그 어느 때보다 냉랭했지만 묘화는 두려워하지 않았다.

"장 대형은 어떻게 되었지?"

'설마?'하는 생각을 애써 붙잡는데 이장생의 싸늘한 음성이 칼처럼 가슴속으로 파고들었다.

"그는 죄값을 치렀다."

"그를 죽였단 말이냐? 네가?"

묘화가 깜짝 놀라 주춤했다. '설마 정말 장약허를 벨 수 있는 자가 있을 줄이야.'하는 생각에 얼떨떨해진 것이다.

그는 임꺽정도 꺼려하는 자가 아니던가. 비록 수하로 부리고 있었으나 임꺽정은 언제나 그를 꺼림칙하게 여겼다.

묘화는 언제던가 임꺽정이 "이 세상에서 싸우고 싶지 않은 자가 있다면 그놈 하나뿐이다. 원수가 되고 싶지 않은 자도 역시 그놈 하나뿐이야."하고 말했던 걸 떠올렸다.

그런 장약허를 눈앞의 이장생이 죽였다니 믿어지지 않았다. 게다가 어디 한 곳 다친 데도 없이 멀쩡하지 않은가.

이장생의 칼이 무섭다는 건 알았으나 설마 그 정도일 줄은 몰랐던 터라 놀라는 한편, 그래서 그가 더 미워졌다.

"나도 죽이고 가!"

묘화가 칼을 움켜쥔 손에 더욱 힘을 주고 입술을 깨물었다.

"죽어야 한다면 네 칼에 죽고 싶어. 그러니 어서 해. 그러지 않고서는 여기서 한 걸음도 더 갈 수 없어."

이장생은 표독하던 그녀의 얼굴에 슬픈 기색이 어리기 시작하는 것을 보았다. 증오와 원망 속에 섞여드는 안타까움을 본다.

'금.'

문득 그 생각이 떠올랐다. 보우가 발아래 죽 그어 놓았던 한 줄의 금. 이것을 넘어오면 부처를 볼 수 있게 될 것이라던 그 말이 갑자기 커다랗게 울려서 가슴이 먹먹해졌다.

묘화를 바라보았다. 그녀가 바로 그 금이라는 생각을 하지 않을 수 없었다.

'묘화의 금은 어떤 금일까?'

이장생은 그녀에게도 그녀만의 금이 있을 것이라고 생각했다. 그렇다면 그건 애정의 금이면서 원망의 금일 게 틀림없다. 그래서 안타까워졌

제16장 비가 그쳤다고 해가 나오는 건 아니다

다. 자기에게 묘화가 그렇듯이 그녀에게는 자기가 바로 그 금이라는 걸 인정하지 않을 수 없었던 것이다.

그동안 그것을 의식했든 그렇지 못했든 자기가 그녀에게 하나의 금으로 존재하고 있었다는 것을 깨닫자 연민의 마음이 더욱 커졌다. 그러자 살기가 가라앉았고 안타까운 마음으로 그녀를 바라보게 된다.

어떻게든 반드시 넘어서야만 할 그 금을 더욱 깊고 넓게 해주는 또 한 사람이 거기 있었다.

어둠 속에서 불쑥 나타난 사람.

임꺽정이었다.

"아!"

이장생이 흠칫하고 몸을 굳혔다. 그토록 원했던 자를 드디어 보게 되었다는 것 때문에도 놀랐지만, 그가 이곳에서 자기를 기다리고 있었다는 게 의외라 더 놀랐던 것이다.

"비켜서라. 그는 네가 가로막을 수 있는 자가 아니다."

웅웅 울려나오는 음성이었다. 온 세상의 어둠이 한 덩어리가 되어 꿈틀거리며 내는 소리 같다.

묘화가 천천히 물러섰다. 두 눈은 여전히 이장생에게 멎어 있었다. 그것이 사뭇 흔들렸다.

'달아나.'

그 눈 속에서 그녀의 음성이 들리는 것 같았다. 그러나 이장생은 그렇게 할 수 없었다. 그러려고 여기까지 달려온 게 아니지 않은가.

'제발 나를 데리고 달아나. 지금이라도 늦지 않았어. 이게 마지막 기

이장생전 李長生傳

회야. 달아나. 네가 어디로 가든 상관없어. 너를 따라갈게. 다 잊어버릴
게. 제발…….'

묘화의 간절한 눈길 앞에서 이장생은 발을 가로막고 있는 금이 더 선
명하고 깊어지는 것을 보았다. 이것을 넘어야 한다는 생각이 그 어느
때보다 간절하고 절실해졌다. 그래서 멈칫거리게 된다. 큰 용기를 내기
전의 망설임이고, 돌이킬 수 없는 결심을 하기 전의 머뭇거림이었다.

갈등하는데 묘화가 낮게 한숨을 쉬고 외면했다. 끝내 거절당한 것이
라고 여긴 것인지도 모른다.

그녀가 쓸쓸하고 어두워진 얼굴로 한 걸음 더 물러서며 고개를 푹
숙였다. 그리고 임꺽정이 커다란 그림자를 딛고 그녀를 대신해서 이장
생과 마주섰다.

"용케도 여기까지 왔구나. 그러나 여기가 끝이다."

이장생은 아무 말도 하지 않았다. 이제 결심을 용기로, 행동으로 자
신에게 보여주어야 할 때라는 것을 느꼈다.

천천히 칼을 뽑았다. 번쩍이는 칼빛이 조금씩 드러날수록 어둠이 진
저리를 치며 물러난다. 그것을 바라보던 임꺽정의 표정이 어두워졌다.

"기어이 나를 죽여야 하겠느냐?"

'어째서?' 하고 묻는 눈길이 엄숙하다.

이장생은 여전히 아무 말도 하지 않았다.

"너는 혈육이나 다름없는 내 스승을 죽였다. 그분에게 무슨 죄가 있
고 원한이 있기에 그렇게 했지?"

그 말에 이장생이 움찔했다. 칠장사에서 병해 대사를 죽인 일이 떠올

제16장 비가 그쳤다고 해가 나오는 건 아니다

라 가슴이 답답해진다. 그가 원했던 일이라고 마음속으로 항변하지만 한 마디도 꺼내놓을 수 없었다. 부끄러움과 후회 때문이다.

"네가 나에 대한 일을 잊는다면 나도 그 원한을 잊어버리겠다. 우리는 다시 시작할 수 있겠지. 이 빌어먹을 세상을 뒤집어엎고 새로운 세상을 만들 수 있다. 너에게도 그게 더 가치 있는 일일 텐데?"

"헛소리!"

이장생이 자신의 모든 후회와 번민을 떨쳐 버리듯이 버럭 소리쳤다.

"네가 말하고 꿈꾸는 세상이란 이 땅에 있어서는 안 되는 세상이다."

"어째서?"

"네 본질이 악이기 때문이지. 온갖 비열하고 잔인한 짓을 토대로 하여 세운 세상이란 결국 악한 것만을 뽑아내 주물러놓은 세상일 것이다. 그걸 새로운 세상이라고 한다면 우스운 일이지."

임꺽정은 낯을 일그러뜨린 채 묵묵히 이장생의 말을 들었다.

"그리고 무엇보다 그것은 네 자신의 악을 가리고 덮기 위한 것에 지나지 않다. 나는 그런 세상을 결코 원하지 않아."

"……."

"네 자신을 돌아봐. 그리고 윤원형을 생각해 봐라. 너와 그가 과연 새로운 세상을 가져올 자격이 있는 사람들일까?"

"아니란 말이냐?"

"너는 탐욕스럽고 야비한 짐승일 뿐이다. 그것에 머물러 있을 때는 그나마 괜찮았지. 그러나 지금은 탐욕이 지나쳐 악귀가 되었고 야차가 되었으니 그대로 둘 수 없다."

이장생전 李長生傳

"네 원한 때문만이 아니란 말이냐?"

"너를 죽여야 한다고 말해준 사람들이 있지. 사라진 순리를 되찾고 그것을 지키기 위해서 반드시 그래야 한다고 하더군."

"누가 그런 소리를 할 수 있단 말이냐? 너는 거짓말을 하는구나."

자기가 살아 있다는 것을 아는 사람이 없을 테니 이장생에게 그런 말을 해줄 사람이 있을 리 없다는 생각에 임꺽정이 코웃음을 쳤다. 그러나 이장생의 말을 듣고서는 경악하지 않을 수 없었다.

"네 스승이라는 병해 대사가 그러더군. 나에게 부탁했다. 그리고 보우 선사도 같은 말을 했다. 그 전에 토정 선생은 모든 일이 이렇게 될 것을 예견하고 계셨다. 나에게 짐승을 죽이기 위해서는 짐승이 되어야 한다고 하셨지."

"터무니없는 소리!"

임꺽정이 노성을 터뜨렸다.

"그들이 그런 말을 했을 리가 없다!"

자신의 실체가 드러난 것에 대한 노여움일 것이다. 그래서 더 이상 설득하려는 마음을 버리고 화를 폭발시켰다.

"이놈!"

눈앞이 번쩍, 하는 순간 무지막지한 힘이 쏟아져 들어왔다.

이장생은 그의 힘이 어떤 것인지 이미 한 번 겪어본 터였다. 두려워하지 않을 수 없었다.

꽝!

이장생이 급히 옆으로 뛰어 물러선 것과 함께 돌무더기가 와르르 무

제16장 비가 그쳤다고 해가 나오는 건 아니다

너져 내렸다.

이장생보다 머리 하나는 더 솟아 있는 임꺽정이었다. 깍지동이 같은 몸집과 체구에서 그처럼 재빠른 발길질이 나올 줄은 누구도 생각하지 못할 것이다. 더구나 담장을 한 번 걷어차서 무너뜨리는 힘이라니. 황소도 그것에 차이면 온전하지 못할 것이다.

위협적으로 위세를 떨쳐 보인 임꺽정이 천천히 칼을 뽑았다.

이장생은 그것이 눈에 익었다. 구월산으로 찾아 가던 길에 화전민 촌의 주막에서 그를 만나지 않았던가. 그때 자기를 향해 뽑아들었던 바로 그 칼이다. 장정이 쳐들 엄두도 내지 못할 커다란 칼을 임꺽정은 부지깽이 휘두르듯 했다. 그것 앞에서 칼을 꺾이고 초라해졌던 자기 모습을 한시도 잊은 적이 없었다.

'그러나 이제는 아니다.'

이장생은 그렇게 스스로에게 말해주었다. 그리고 지그시 어금니를 악무는 건 그때의 뿌리 깊은 두려움을 떨쳐버리기 위해서였다.

누구나 죽는다. 아무리 임꺽정이라고 해도 찔리고 베이면 죽지 않을 리 없다. 그러므로 이건 두렵거나 그렇지 않거나 하는 문제가 아니다. 누가 먼저 찌르고 베느냐 하는 문제인 것이다.

그렇게 생각하자 두려움 대신 자신감이 고개를 쳐들었다.

누구의 칼에도 맞지 않고, 누구보다 빠르게 베고 칠 자신이 있었다.

바로 이 순간을 위해서 죽기를 각오하고 수련했으며, 두려움 없이 이 곳까지 달려왔다는 것을 생각하자 더욱 투지가 치솟았다.

"와라!"

이장생이 칼을 정면으로 겨누고 서서 소리쳤다. 임꺽정의 횃불처럼 이글거리는 붉은 눈을 아무 거리낌 없이 마주 바라본다.

그의 넘치는 자신감이 낱낱이 전해지는 것이어서 임꺽정은 눈살을 찌푸렸다.

'이놈은 확실히 그때의 그 애송이가 아니군.'

인정하기 싫지만 그가 장약허를 베고 여기까지 왔다는 걸 받아들였다. 그러므로 자기가 상대하기에 부끄럽지 않은 자라고 여겼다. 그러자 그의 마음에도 뜨거운 투지가 샘솟았다. 얼마 만에 느껴보는 짜릿한 순간인가.

'이놈만 죽이면 다시 시작할 수 있다.'

그런 생각이 투지와 살기를 더욱 부채질했다.

이장생만 죽여 버리면 그만인 것이다. 그리고 잠시 세상의 눈을 피해 숨어 있으면 된다.

윤원형이 나서서 무마하고, 남치근이 거든다면 최 포교라는 놈이 아무리 떠들어 봐야 계란으로 바위를 치는 꼴 밖에 되지 않을 것이다.

세상은 붓골과 교동의 무리들이 서로 싸우다가 죽고 죽였다고 알 것이다. 그래서 오늘 밤이 소란스러웠던 것이라 여길 테고, 머지않아 그것마저 잊어버리지 않겠는가.

묘화를 힐끔 바라보았다. 이장생을 향한 그녀의 얼굴에 긴장과 안타까움과 걱정이 가득했다. 원래 저렇게 유약한 아이가 아니었다는 생각에 입맛이 썼지만 할 수 없는 일이었다. 사랑을 알게 된 여자가 변하지 않는다면 그게 더 이상할 것이다.

제16장 비가 그쳤다고 해가 나오는 건 아니다

이장생의 죽음을 그녀가 어떻게 받아들일지 모르나 잘 달래고 설득하면 포기하고 다시 처음으로 돌아오리라고 믿었다. 서림의 일도 그와 다를 것 없다. 그러므로 달라지는 건 아무 것도 없게 된다.

그렇게 믿자 더욱 이장생을 죽일 이유가 생기고 필요가 커졌다. 그래서 살심을 불길처럼 일으킨 임꺽정이 성큼 걸음을 내딛었다.

위잉.

무지막지한 칼이 무서운 바람소리를 내며 떨어졌다. 번쩍이는 칼빛이 허공을 뒤덮고, 으르렁거리는 숨소리가 온 세상을 짓누른다.

이장생이 그 아래에서 허깨비처럼 가볍게 움직였다. 그리고 소리도 기척도 없이 그의 칼이 바람을 쪼개고 거슬러 올라갔다.

***

다음날 아침, 원각사 옛 터에서 목 없는 거한의 시체가 발견되었다. 머리통이 사라졌으므로 죽은 자가 누구인지 밝혀낼 아무 단서가 없었음은 물론, 누가 그를 죽이고 목을 잘라갔는지 알 수도 없었다. 그러므로 변사자 처리가 되었는데, 남치근이 그 사건을 손수 지휘했다.

그리고 지난밤에 모전교 아래에서 교동과 붓골의 무사들 오십여 명이 모두 체포되었다는 소문으로 한양성 중이 떠들썩해졌다.

그 소란 통에 죽은 자가 무려 열두 명이나 되었는데, 저희들끼리 싸우다가 죽고 죽인 것이라고 판명되었다. 역시 남치근이 그 사건을 직접 진압하고 처리했다는 말을 들은 사람들은 하나같이 조선 팔도에 그만

이장생전 李長生傳

한 무장이 없을 것이라며 칭송해 마지않았다.

윤원형은 수하들의 난동 책임을 지고 정승의 자리에서 스스로 내려왔다. 그러자 그에게 사약을 내려야 한다는 조정의 대신과 유생들의 상소가 빗발쳤는데, 임금은 더 이상 그 일로 죄를 묻지 않겠다고 선언했다.

붓골의 이정빈도 책임을 져야 했으나 윤원형과의 형평성을 고려해 자숙하는 것으로 마무리되었다. 윤원형을 지지하는 자와 이정빈을 지지하는 자들이 상대에 대한 비난을 멈추고 입을 다물 수밖에 없는 처리였다.

최 포교는 자리를 내놓고 물러나 건달이 되었고, 두어 달 뒤 장통방에는 다시 이필교의 가게가 문을 열었다. 그의 곁에는 임가선이 언제나 함께 있었다.

이장생의 종적은 어디에서도 찾아볼 수 없었다. 묘화 또한 사라져 다시는 나타나지 않았는데, 그들의 존재를 기억하는 사람은 몇 되지 않았다. 모두들 약속이라도 한 듯이 입을 꾹 다물고 아무 말도 하지 않았으므로 세상은 곧 그들이 있었다는 것마저 잊었다.

그해 겨울이 지나가고 이월에 문정대비가 세상을 떠났다. 그러자 기다렸다는 듯 윤원형을 탄핵하는 상소가 다시 빗발쳤고, 결국 그는 정난정과 함께 황해도 강음으로 귀양을 가는 신세가 되었다. 그리고 그해를 넘기지 못하고 그곳에서 정난정과 함께 죽었다. 자살했다고 하지만 그가 왜 그랬는지, 정말 자살한 것인지 그 내막을 아는 자는 아무도 없었다.

제16장 비가 그쳤다고 해가 나오는 건 아니다

그로부터 이년 뒤 임금이 승하하니 시호를 '공헌헌의소문광숙경효대왕(恭憲獻毅昭文光肅敬孝大王)'이라 했고, 묘호(廟號)를 명종(明宗)이라고 했다.

명종에게는 후사가 없었으므로 그의 뒤를 이어 중종의 일곱째 아들인 덕흥대원군(德興大院君)의 삼자(三子) 연(昖)이 왕위를 계승했다. 그가 바로 조선의 14대 임금인 선조(宣祖)다.

남치근은 모든 관직을 내놓고 야인으로 돌아갔다. 그리고 삼 년을 더 살고 문득 죽었다. 전라도 지방으로 여행을 갔다가 객관에서 숨진 채 발견되었던 것이다. 누구는 칼을 맞고 죽었다고도 했고, 누구는 잠자듯 곱게 죽었다고 했으나 어떤 말이 맞는지 밝혀진 건 없다.

〈끝〉

이장생전 李長生傳

마치면서

지금까지 이장생(李長生)이라는 한 사내가 가슴속의 한을 풀기 위하여 어떤 생각을 하고 어떤 일을 했으며, 어떤 결과를 이루어냈는지에 대한 이야기를 좇아왔다.

역사는 우리에게 많은 것을 말해 주는데, 그 안에는 교훈은 물론 경계와 경고의 메시지도 넘치도록 들어 있다.

〈소설〉이라는 이야기 또한 그와 같다고 생각한다.

작가의 상상력과 재담으로 빚어낸 이야기일 뿐이지만 그 속에는 역시 우리를 뒤돌아보게 하고, 앞을 생각하게 하는 무언가가 감추어져 있기 마련 아닌가.

이장생을 통하여 나는 그런 '무언가'를 독자들에게 암시해 주고 싶었다.

그것이 성공적이었는지 그렇지 못한지는 순전히 독자들의 판단에 맡길 일이다.

이야기 구조의 미흡함이 드러났다면 그건 전적으로 작가의 미숙함이라고 탓해야 할 것이다. 그러나 역사의 부조리를 두고 그것을 전적으로 당대에 살았던 사람들 탓으로 돌릴 수만은 없다. 그 안에는 조금 더 복잡하고 미묘하게 얽힌 인과(因果)라는 것이 항상 존재하기 때문이다.

그러므로 역사의 한 부분을 다루는 일은 언제나 조심스러우면서 골치 아픈 일이 아닐 수 없다. 무엇 하나 확실하게 규정할 수 있는 게 없기 때문이다. 사람과 사람 간의, 시대와 세상 간의 관계라는 게 여간 복잡 미묘한 것이던가.

나는 그 속에서 신분제 사회 속에서 파생될 수 있는 부조리한 여러 가지 문제들 중 한 가지와 완전하지 못한 왕조 사회에서 삐끗댈 수 있는 불협화음 그리고 그릇된 야심을 품은 인간이 저지를 수 있는 어리석은 일들 중 한 가지를 드러내 보았다.

그 작업의 성공과 실패 여부를 떠나서 이것은 내가 다루어본 최초의 역사 소설이면서, 조선을 배경으로 한 활극이기도 하다는 데에 커다란 의미를 두고 싶다.

작가의 말이 독자에게 100% 전달되는 것은 아니듯이, 독자의 요구 또한 작가에게 모두 반영되는 것은 아니다. 그러나 평가에 있어서는 비평가의 몫보다 독자의 몫이 훨씬 많이 반영된다는 것은 사실이다.

그런 점에서 소설을 완성하고 독자들 앞에 내놓은 지금 사뭇 떨리는 마음을 감출 수 없다.

부족한 점이 있더라도 이것이 나에게 시금석이 될 수 있다는 것을 생각해 격려와 위로를 해주었으면 한다. 질책은 적고 격려는 많기를 바라는 것이 솔직한 심정이다.

이장생전 李長生傳

이 소설을 쓰면서 역사 속으로 파고 들어가 한 시대의 한 지점을 들여다보고 나름대로 해석해서 그 틈새에 나만의 이야기를 섞어 넣는 일이 얼마나 매력적인 일인지를 깨달았다는 것도 커다란 수확이었다.

지휘자마다 곡에 대한 해석이 다를 수 있듯이 작가가 어떻게 보느냐에 따라 달라질 수 있는 역사적 사건과 흐름에 대한 해석이라는 것이 어찌 매력적이지 않을 수 있을 것인가. 그것을 토대로 자기만의 이야기를 덧붙인다는 것은 역사를 재해석하는 데에 머물지 않고 재창조하는 역동적인 일이 분명하다. 그리고 그것은 다른 무엇보다 매력적인 일이 아닐 수 없다.

나는 앞으로 이와 같은 역사 활극 소설을 몇 편 더 써보려고 한다. 그러는 동안 점점 그 창조적인 작업에 능숙해져서 언젠가는 불후의 명작이라고 해도 좋을 그런 역사 소설을 한 편 써 내고 싶은 욕심을 가졌다면 주제넘은 것일까?

여기까지 함께 와준 모든 독자들에게 진심으로 감사드린다.

숨가쁜 21세기 초 어느 날에 '꿈꾸는 곰'

415

마치면서